# 公爵令嬢の恋わずらい

キャンディス・キャンプ

琴葉かいら 訳

HER SCANDALOUS PURSUIT

by Candace Camp

Translation by Kaira Kotoha

mira

HER SCANDALOUS PURSUIT

by Candace Camp



This edition is published by arrangement with Harlequin Books S.A.



Published by K.K. HarperCollins Japan, 2020

# 公爵令嬢の恋わずらい

## おもな登場人物

シスビー・モアランド――――ブロートン公爵の長女
エメリーン――――シスビーの母
ヘンリー――――シスビーの父。ブロートン公爵
コーネリア――――シスビーの祖母。ブロートン公爵未亡人
ベラード――――シスビーの大叔父
テオ――――シスビーの双子の兄
リード――――シスビーの弟
キリア――――シスビーの妹
オリヴィア――――シスビーの妹
コンスタンティン(コン)――――シスビーの弟。双子
アレクサンダー(アレックス)――――シスビーの弟。双子
デズモンド・ハリソン――――研究者
カーソン・ダンブリッジ――――デズモンドの研究仲間
ゴードン教授――――デズモンドの師匠
ザカリー・ウォレス――――ゴードンの後援者

# プロローグ

一五五六年十二月　ロンドン

一人の女性が狭い通りを、建物の張り出し部分から離れないようにして走っていた。時間がない。ジェイミーの使い走りの少年がこっそり伝言を渡してくれたおかげで先手を打つことができたが、そう遠くないところに追っ手は来ている。逮捕令状が手に入った今、あの男は時間を無駄にはしないだろう。

自分を破滅させようとしている男への憎しみが胸を焦がした。あの男が欲しがっているのは君の発明品だけだとハルは言うが、善良な彼は他人も信じすぎる。邪悪な心がどういうものかを知らないのだ。

彼女は身を屈《かが》めて路地に入り、自宅のドアを開けて背後で閉めた。「ハル！　追っ手が来ているわ」

仕事部屋を駆け抜け、居間に入る。小さな暖炉で火が穏やかに燃え、その上に鍋がかけられていた。出ていく前に食事をするつもりだったが、もう遅すぎる。狭い階段を駆け上がり、寝室がある二階に行った。二階は表通りに突きだしていて、一階よりも大きく、自分とハル用の広い部屋と、子供たち用の小さめの部屋があった。じゅうぶんな間取りの、自慢の家だった。彼女は努力し、生まれついての地位より出世していた。

それが今は、卑しい泥棒のようにこの街から逃げるはめになっている。

子供部屋でかばんにものをつめていたハルは勢いよく立ち上がり、身の回り品を床に広げたまま近づいてきた。長男のガイも作業の手を止めて振り返り、その顔は灯心草ろうそくの薄明かりの下で青ざめて見えた。

「ここまで来てるのか?」ハルはこわばった声でたずねた。

「まだ。でも、近くまで来ているはずよ。急がないと」

ハルはうなずき、ガイの外套《がいとう》をつかんで息子の肩にかけた。彼女はベビーベッドの前に行き、小さな娘を抱き上げた。赤ん坊は目を覚まさず、首を回して母のぬくもりに顔をすり寄せただけだった。

「アリス」そうささやき、縮れた黒髪に唇を寄せる。「愛《いと》しい子」涙をこらえ、赤ん坊にしっかり毛布を巻きつけて、小さな頭を寒さから守るために角を引き下ろした。

彼女が振り向いたとき、ハルはすでに外套を着ていた。赤ん坊を差しだすと、腕をつかまれた。「君も一緒に来るんだ」

「行けないわ。行けないのはわかっているでしょう」声が震えた。「私はあれを破壊しなくてはならないの」

ふだんは明るいハルの顔が曇った。「あの邪悪なもの。あれさえ――」

「わかってる。私も同じ思いよ。でも、あなたは子供たちの安全を守ってちょうだい。私はこの手で作りだした悪魔を処分しなくてはならないから」アリスをハルに渡し、身を屈めて夫の両頬、そして唇にキスした。空いたほうの腕が巻きついてきて、抱きしめられる。

「君もあとから来てくれ。来ると約束してくれ」

「ええ」

ハルは強くすばやくキスし、階段を下りていった。

彼女はガイの前に膝をつき、外套の結び目を直して、息子の顔を見つめた。「しっかりね。お父さんの力になってあげて」

ガイは強くうなずいた。「うん。僕が二人を守る」

「さすがね」

この子は自分に似ている。おそらく、似すぎているほどに。くよくよすることも、諦めることもしない。ひたすら前に突き進む。

目が涙でちくちくしたが、まばたきで押し戻し、両頬と唇に軽くキスしたあと抱きしめた。「気をつけて」

ガイは真剣な顔で母親を見た。「二度と会えないんでしょう？」

「私はずっとあなたたちと一緒よ」

ガイは階段を駆け下り、彼女もあとに続いた。赤ん坊は椅子の上で今も眠っていて、ハルの荷物は床に置かれていた。ハルは収納箱を脇に押しやり、床にあるふたを開けていた。冷たく湿った空気が下から吹き込んでくる。

ハルはかばんを拾い上げ、紐《ひも》に頭を通して、背中にかばんが来るようにした。彼女は棚に近づいて、日誌と鞘《さや》つきの短剣《アサメイ》を取った。ハルに近づき、かばんにアサメイを入れる。

ハルは身をかわした。「やめろ！　それを出してくれ。僕はかかわりたくない」

「かかわるしかないのよ。でないと、あの人の手に渡ってしまう。あなたが守って。持っておいて。約束してちょうだい」

ハルの目は熱く揺らめき、一瞬断られるかと思ったが、やがて夫はうなずいた。「約束する」身を屈め、赤ん坊を抱き上げる。彼女はブリキのランプの太い獣脂ろうそくに火をつけ、ハルに渡した。

ハルは暗い穴の上にランプを掲げた。「おいで、ガイ」

ガイは母を振り返り、一瞬怯《おび》えた少年の顔を見せたが、すぐにはしごを下り始めた。ハルは身を屈め、息子にランプを渡した。体を起こし、妻を見る。何も言わなかった。そのまなざしがすべてを語っていた。

彼女は胸に湧き起こる悲しみに溺れてしまいそうだったが、笑顔をひねりだした。「無事を祈るわ、愛する人」

それきり家族は行ってしまい、ぽっかり空いた黒い穴だけが残された。彼女はしばらく動けず、全細胞が家族を追いかけろと叫んでいた。それでも、その臆病風を抑え込み、急いでふたを閉めた。収納箱を元の位置に戻す。

何を約束しようとも、家族を追いかけられないことはわかっていた。家族に敵を差し向けるわけにはいかない。標的は自分なのだ。私と、私の創造物。

暖炉から鍋を下ろし、仕事部屋に急いだ。薬草の瓶を何本かと、貴重な塩が入った壺《つぼ》を取りだす。火鉢に火を入れてテーブルで作業ができればいいのだが、そんな時間はない。暖炉の揺れ動く火で用が足りると信じるしかない。スツールを引きだして上り、棚のいちばん高い段に鍵を差し込んで開いた。

手を入れ、ベルベットに包まれた小さな物体を取りだす。布越しでもぬくもりが感じられた。力の脈動。これは私のものだ。生涯をかけた研究の極致であり、知識と技術の結晶。それでも、破壊しなければならない。

火の前に戻り、膝をついて、その装置から布を外した。装置は火明かりに輝いたが、視線は向けないようにした。薬草をつかんでは、火に放り込んでいく。これでうまくいくかどうかもわからないが、試すしかなかった。

ずっと知を探究してきたが、英知を目指して作ってきたはずの道はいつのまにか変化し、たどり着いたのは力だった。力には酩酊《めいてい》作用があり、そのすばらしさに魅了されたが、中心にあるのは悪だった。悪は破壊されなければならない。手遅れにならないことを願うだけだ。

忌まわしい装置を取って火のほうを向き、腕を伸ばす。ラテン語を唱えようとしたが、口から出てこなかった。手が震える。外で雷が轟《とどろ》いた。この手で作った創造物が、今や自分に抗《あらが》っている。外からはブーツの足音と、何事か命じる低い声が聞こえた。あの男の声だ。

ドアがどんどんとノックされた。彼女は装置をいっそう強く握った。皮膚が切れ血がにじんだが、気づきもしなかった。いつものちくちくとした感覚が腕を這《は》い上がってくる。耳元で誘惑の声が聞こえる。この装置を襲撃者に差し向ければ、私は助かる。家族と一緒にいられる。

いいえ、だめ。誘惑に屈してはいけない。この装置を使えば力は強さを増し、手放すのがいっそう難しくなる。これを使うのはやめると誓った。誰にも――特にあの男には絶対に使わせないと誓ったのだ。

ドアに何かが打ちつけられた。一度。そして、もう一度。ドアは壊れて開いた。彼女は飛び上がり、侵入者のほうを振り向いた。司教の兵士たちがなだれ込んできて、剣を抜く。

その背後に、あの男が見えた。かつて師匠だった男。かつて信頼していた男。私を当局に差しだした男。

憎しみが体内で脈打ち、彼女は考える間もなく、装置を男たちのほうに向けた。「止まりなさい！」

開いたドアから風が吹き込み、家の中を渦巻いて、仕事部屋の書類が舞い上がった。稲妻がその光景を照らしだし、彼女のうなじの毛が逆立つ。男たちとの間の空気がエネルギーでぱちぱち爆《は》ぜ、火花が散った。

兵士たちは突然、壁にぶつかったかのように止まり、手は剣の柄の上で固まった。自分が動けないこと、熱を放つエネルギーに力を奪われていることに気づくと、その顔に不安が広がった。

この創造物によって駆使できる力の全容を知れば、不安は恐怖に変わるだろう。世間で私は、死者と話ができると噂《うわさ》されている。死者を蘇《よみがえ》らせ、死にかけている人間から死を取り除くことができると。だが、それと同じくらい簡単に、生きている人間を死に追いやることができるのは知られていない。

彼女は凶悪な笑みを浮かべ、声を殺して呪文を唱え始めた。こんなことをしてはいけないし、装置を使い続けてはいけないが、やめられなかった。やめたくなかった。自分から男たちへと力が注がれているのを感じると、全身に快感があふれた。兵士たちの顔に恐怖の色が浮かぶのが見え、波動が手足を焦がし始めたのがわかった。彼女は力を強め、兵士たちから命が抜けていき、顔が青ざめていくのを眺めた。

かつては師匠だったが、今は宿敵となった男を見る。その顔に浮かんでいるのは恐れではなかった。欲と羨望だ。力を欲しがり、この装置を自分のものにしたがっている。それを奪うためなら何でもするし、かつての弟子を異教徒として告発し、絞首台送りにすることも厭《いと》わない。その魂は、力への欲望によって真っ黒に染まっていた。

このまま続ければ、私の魂もそうなる。やめなければならない。この悪の世界を葬らなくてはいけない。だが、自身の中にある闇が誘いの言葉をかけてくる。これを使えば、自由になれる――これを使えば、思いどおりのことができると。

彼女は叫び声をあげ、くるりと向きを変えた。かつて師匠だった男が〝やめろ!〟と吠《ほ》え、飛びだしてくるのが見えたが、もう手遅れだった。彼女は創造物を炎の中に放り込んだ。

# 1

一八六八年十二月　ロンドン

シスビーはコヴィントン研究所での講義を、人生の役に立つものだと思っていた。しかし、人生を変えるものだとまでは思っていなかった。

講義が始まって数分後、うなじに妙なうずきを感じ、シスビーはうしろを振り返った。満員の講義室の戸口に若い男性が立ち、こちらを見ていた。男性がすばやく目をそらしたので、講師のほうに向き直る。一週間、この講義を楽しみにしてきたが、今では講師の言葉に集中するのが難しくなっていた。戸口の男性のことで頭がいっぱいだ。

男性ばかりの世界にいるため、他人の視線を浴びることには慣れている。色目を使ってくる者、驚きの目で見てくる者、その大胆さに悪意の視線を向けてくる者もいるが、ふだんは無視している。だが、この男性は無視できなかった。ほかの人と何が違うのかはわからないが、興味をそそられた。

胸の中で、これまで一度も経験したことのない、奇妙な感覚が生まれた。興奮と発見に胸震わせる、実験が進むときの期待に似ていた。その中には確信のようなものも混じっていたが、何に対する確信なのかは見当もつかなかった。

もう一度振り返ろうとした瞬間、男性が隣の席にすべり込んできた。男性はうつむいていて、シスビーのほうは見ないまま、小さなノートと短くなった鉛筆を取りだしてメモを取り始める。彼を見ているうちに、シスビーの中の奇妙な感覚は強くなり、熱を持ち始めた。この男性の何が私をこんなふうにさせるのだろう?

男性は横顔しか見えず、ノートの上に身を屈《かが》めているせいで表情もよく見えなかったが、見える範囲では魅力的に思えた。年はシスビーより少し上のようだ。髪は濃い茶色で量が多く、少し長めでぼさぼさしていた。自分で切ったみたいに見える。目は何色だろう? 彼をもっとよく見たかった。背が高くて細身で、長い脚が列の間に押し込まれている。指も長く俊敏で、紙の上をすばやく動いていた。その動きを見ていると、体の中心部がなぜかきゅっと締まった。

じろじろ見ていることを隣の席の男性に気づかれたくなくて、シスビーは講師に向き直った。内容のほとんどを聞き逃してしまったらしく、内容は原子番号の話に移っていた。シスビーは再びメモを取り始めたが、速さも分量も隣の男性にはかなわなかった。これほど速くメモが取れるのは、ほとんど判読不能な文字を書いているからだろう。あとできちんと読めるのだろうか？

男性はシスビーのほうは向かなかったし、話しかけてもこなかったが、ときどきシスビーを見ているのは視界の隅に入った。内気な人なのだろうか？　シスビーは家族のせいで、内気な人には慣れていなかった。あるいは、科学界の集まりに女性がいることに驚いているのかもしれない。

シスビーは男性のほうに顔を向けていたため、男性が次に視線をよこした際に目が合った。彼は少し目を見開き、頬骨の上をピンク色に染めたあと、メモを取る手元に視線を戻した。

やはりそうだ。内気なのだ。目の色は温かなチョコレート色。すてきな色だ。

隣の男性が気になってしかたない。彼の体温が感じられ、男性の香りとコロンが混じり合ったほのかな匂いが香った。それもまた、体の奥深くを軽く締めつけた。

周囲で拍手が起こり、講義が終わったのがわかった。シスビーは遅れて拍手をし、まわりの動きに合わせて立ち上がった。隣の男性も勢いよく立ち上がったが、その弾みでノートと鉛筆が落ちた。鉛筆はシスビーのほうに転がってきて、スカートの裾で止まった。男性はノートを拾って体を起こすと、鉛筆に視線を向けた。ノートをポケットにしまい、もう一度名残惜しそうに鉛筆を見る。

これで彼はシスビーに話しかけなければならなくなった。シスビーは自分のノートと鉛筆をハンドバッグにしまいながら待った。拍手はやみ、周囲の人々がいっせいに帰り支度を始める。

男性は足を動かし、席を離れようとした。彼と話したいなら、あとはシスビー次第ということだ。

「あの！」シスビーは鉛筆を拾い上げた。男性は歩き去っていく。「すみません」彼のあとを追い、腕に触れようと手を伸ばした。

男性はくるりと振り向いたが、その動きがあまりに急だったので、シスビーは彼にぶつかりそうになった。

「ああ、奥さま……お嬢さん……ええと……」

「これを落とされたと思うんですけど」シスビーはそう続け、鉛筆を差しだした。男性の濃い茶色の目は濃いまつげに囲まれていた。

「ああ！」男性の頬が再び赤く染まった。「その……あ、ありがとうございます」

彼が鉛筆を受け取った瞬間、その指先が肌をかすめ、シスビーの全身に震えが走った。

男性はポケットに鉛筆を入れたが、立ちつくしたままシスビーを見た。「その……とてもいい講義でしたね？」

シスビーの胸に喜びがあふれた。彼も自分と話したがっているのだ。話題を見つけるという重荷は、こちらが背負わなければならないようだけれど。

「そうですね。コヴィントン研究所では興味深い講義がよく行われています。先月はミセス・イザベル・デュラントが植物学の非常にすばらしい講義をされました。もちろん、すべての議論が科学的だったわけではないけれど」

「ミセス・デュラント?」男性は驚いた顔をした。

「ええ。長年にわたる熱心な野草収集家であり、挿絵画家である方です。著書も何冊か出版されています」

「そうですか。すみません……植物学はあまりなじみのない分野なので。その方のお名前も、ええと、聞いたことがない気がします」

「残念ながら、お名前はあまり知られていません。ミセス・デュラントの研究は、彼女が女性だからという理由でほとんど無視されているので。でも、コヴィントン研究所は非常に進歩的な思想を持っているんです」シスビーはにっこりした。「ここなら女性も所属できますし、講義も聴講もできます。私もよくここに来るんです」

コヴィントンはシスビーの母親の旧姓であり、女子教育促進のために母が研究所に寄付していることは言わずにおいた。長年の間に、家族の話はしないほうがいいと学んでいた。シスビーが公爵の娘だと知ったあとは、誰もが態度を変える。その公爵に変人という評判があるとなればなおさらだ。

「それはよかったです」男性はほほ笑み、シスビーの心臓が跳ねた。

「遅刻なさっていましたね」

「大遅刻ですよ」男性はほほ笑んだまま言った。「仕事を早めに抜けられなかったんです。すみません……こうやって、おじゃまになっていないといいのですが」

男性は最初よりリラックスし、シスビー同様に立ち去りがたいと思っているようだったが、二人がいる講義室からはほとんど人がいなくなっていた。

「いいえ、まったくじゃまだなんてことはありません。あなたが来られる前に私が取ったノートをお貸しできますよ」シスビーはハンドバッグからノートを取りだし、彼に差しだした。

「本当に？」男性はそうたずねながらも、すでに手を伸ばしていた。「これはあなたにも必要なのでは？」

シスビーは肩をすくめた。「読み終わったあとに返していただければ。次の講義には来られますか？」

「はい」男性は即答し、ノートを受け取った。今回、彼の指が自分の指に触れたのは偶然ではないだろう。

「次の講義のテーマが何かはわかりませんが」

「それは別にいいんです。ええと……テーマが何であろうと興味深いだろうから、ということですが」

「じゃあ、ノートはそのときに返してくださいね」講義までの一カ月はとても長く思えたが、別の考えが頭に浮かび、シスビーは顔を輝かせた。「それとも……王立研究所のクリスマス講義にはいらっしゃいます？　私はそちらにも行くつもりなの。ミスター・オドリングが炭素の化学反応について講義されるんです」

「ええ。ボクシング・デーに始まるんですよね？」

シスビーはうなずいた。「何回かの連続講義だったはずです」

「いいですね。炭素の性質だけで何日ももつものなのかは疑問だけど」

「あら！　あなたの専門分野ではないからですか？」

「専門ではありません。あなたは科学に興味があるんですね」

「生涯をかけています」シスビーは簡潔に言った。「十七歳のときから科学を学んでいるの。実際にはもっと早かったけど、十七歳でそれを専門にすると決めました」

「本当に？　いったいどこで……」男性はすぐに声から驚きを消した。「その……どの学校で勉強されたんですか？」

シスビーは軽い笑い声をあげた。少なくとも、彼は驚きを隠そうとしてくれた。「家族全員が勉強熱心なんです、男の子も女の子も。私は兄や弟と一緒に勉強しました。そのあとはベッドフォード・カレッジへ。ロンドン大学は今年になるまで女性に入試を受けさせてくれなかったので」

「女子大学ですね。なるほど、興味深い」男性は本気でそう言っているように見えたが、それは珍しいことだった。「オックスフォードとケンブリッジが女性を入学させないのは不公平だと、ずっと思っていました」そこで顔をしかめる。「まあ、僕も入学させてもらえなかったんですが。卑しい労働者の息子はお断りということで」

やはり自分と貴族階級とのつながりは隠したほうがよさそうだ。「その二校はスノッブの温床ですもの」

「僕はロンドン大学に行きました。まあ、二年間ですが。科学を扱う授業はとても少なくて」

「ええ、少なすぎるんです」それはシスビーがイギリス教育に対して、女性差別の次に抱く大きな不満だった。「イギリスは科学研究の重要性の認識において、諸外国から大きな後れをとっています」

男性はうなずいた。「科学はいまだに紳士の道楽だと思われている。イギリスは哲学と死に絶えた言語を重視しすぎですね」

「おっしゃるとおりだわ」シスビーは父とその件で何度か熱い議論を交わしたことがあった。「だから私はドイツに渡って、エルレンマイヤーの下で学んだんです」

「エミール・エルレンマイヤーですか！　冗談でしょう？」

「名前をご存じなのね？」

「もちろん。ナフタレンに関するすばらしい論文を読みました！」

二人はナフタレンやベンゼン環や実験法について活発な議論を始め、それはしばらく続いた。開いた戸口にミスター・アンドリューズが現れ、さりげなく咳払《せきばら》いをして初めて、シスビーは周囲に誰もいないことに気づいた。外のロビーからも物音一つ聞こえない。

「ミスター・アンドリューズが講義室を閉めたいみたい」もちろん、シスビーが頼めばアンドリューズは二人をいさせてくれるだろうが、こちらの気まぐれだけで彼をここに引き留めるのは気の毒だ。

男性はあたりを見回した。「ぜんぜん気づかなかった」

「私もです」

二人が戸口へと歩いていくと、アンドリューズはおじぎをして言った。「よい一日を」

アンドリューズが昔のように〝お嬢さま〟と呼びかけなかったことに、シスビーは胸をなで下ろした。その習慣は何とかやめさせたものの、彼はときどき口をすべらせる。〝レディ・モアランド〟ではなく〝ミス・モアランド〟と呼びかけるのも気が進まないようだった。

二人はロビーで足を止めた。アンドリューズはしばらく講義室の片づけをするだろうから、あと数分はここにいられる。会話を続けたくて、シスビーは言った。「ごめんなさい、ずっと私が興味のあることばかり話してしまって。あなたの専門をお聞きしていなかったわ」

「そうですね」男性は表情にかすかに警戒の色をにじませた。「僕はゴードン教授とあるプロジェクトに取り組んでいます」

「アーチボルド・ゴードン？」シスビーは目を見張った。「幽霊の存在を信じているという？」

男性はため息をついた。「皆さんが同じ反応をします。ゴードン教授は尊敬を集めている科学者ですよ」

「心霊写真のようないんちきに片足を突っ込むまでは、尊敬を集めている科学者でしたけど」シスビーはそう言い返したあと、顔を赤らめた。「ごめんなさい、今のは失礼でしたね。私はずけずけものを言いすぎると皆に言われるの。あなたがたの信念を非難するつもりはないんです。もしあなたが心霊主義者なら……」〝非常に残念です〟とは、もちろん言えなかった。

シスビーを安心させるように、男性はにっこりした。「ご心配なく。怒っていませんから。それに、僕は心霊主義者でもない。迷信や伝説は信じていません。僕が育ったドーセットには迷信や伝説がたくさんあって、おばからはよく幽霊や魔法の話を聞かされました。若い雄牛の心臓にとげのある木を刺して煙突に入れれば魔女が下りてくるのを防げるとか、そういった類いの話です。それらが戯言《たわごと》であるのは知っています。でも、人が幽霊のようなものを見る事実は無視できない。目覚めると愛する人がベッド脇に立っていたというのはよく聞く話でしょう」

「それは夢だわ。人は誰もが、ときどき奇妙な夢を見るものだから」

「でも、それらをすべて退ければ、証拠を無視することになります。個人的に、心霊写真が実際に幽霊の姿を写したものだとは思っていないけど、提示された証拠については考える必要があります。ミスター・ゴードンは写真そのものも、写真が撮られるところも見て、そこにごまかしの気配がないのを知っています。だから、それを信じているんです。心霊写真家がどうやって感光板に幽霊の姿を焼きつけるのか、まだ誰もその説明はできていない」

「そうかもしれないけど、ボストンの女性が、ある心霊写真に写っている幽霊は、同じ撮影所で撮った自分の写真だと言っていませんでした？　それは決定的な証拠と言ってもいいんじゃないかしら」

男性はうなずいた。「だからこそ、僕は心霊写真の存在は信じがたいと思っているんです。でも、その女性の言葉を証拠として受け入れるなら、写真に写っているのが自分の愛する人だと断言する人々の話にも耳を傾けるべきだ」

「悲しみに暮れる親族は、自分たちが失った人の写真だと信じたいあまりに、実際よりも似ていると思い込んでしまうんじゃないかしら。そういう写真は白っぽくてぼんやりしているものよね？　洗礼用の服を着せられた赤ん坊はみんな同じように見えるし、顔が少しぼやけているなら、自分が見たくてたまらないものをそこに見るのは簡単だわ」

「もしあなた自身がそれを見たら？　自分の目の前に、その証拠があったら？」

「だとしても私は疑うでしょうね」

男性は笑った。「そんな気がします」

「でも確かに――」シスビーは続けた。「もし決定的な、反論の余地のない証明がなされれば、信じるしかなくなる」

「それこそが、僕たちがしようとしていることです」男性の顔は熱意に輝いた。「僕の目的は、死後も生き続ける心霊の存在を証明、もしくは反証すること。どちらが正しいのかは、僕にとってどうだっていいんです。重要なのはそれを探究することだから。この世界には、僕たちが知らないこと、見えないものがいくらでもあります。今僕たちが知っている中にも、五十年、いや、二十年前でさえ、存在するはずがないと思われていたことは多い。例えば電信がそうです。何キロも離れたところにいる誰かに一瞬で伝言が送れるなんて、誰が想像したでしょう？　写真も電気もそう。原理はずっとそこにあった。ただ、僕たちに見えないだけで」

幽霊を研究するのは科学とは呼べないとシスビーは思ったが、男性の目に浮かぶ喜び、学びと探究への情熱に共感を覚えた。知識への熱い渇望と発見の興奮こそ、シスビーの生きがいだった。この男性には一目で好意を抱いたが、今この瞬間には、彼が自分にとって大切な存在になることを悟った。

「でも、その理論をどうやって証明するつもりですか？」シスビーはたずねた。

「適切な道具を見つけなくてはなりません。望遠鏡が発明されるまで、星の観察はできなかった。顕微鏡ができるまで、極小のものは目に見えなかった。心霊は僕たちのそばにずっと存在していて、僕たちにはそれを見る力がないだけだとしたらどうでしょう？」

「霊を見るための道具を発明したいということ？」

「それが僕の望みです。心霊写真術は、動きが速すぎるか気配が微弱すぎるせいで僕たちには見えないものを、カメラならとらえられるのではという考えに基づいています。僕が研究しているのは、光の性質についてです。光はプリズムを使わないかぎり、色としては目に見えない。でも、ウィリアム・ハーシェルは、プリズムを使っても見えない別の種類の光、赤外線を発見しました」

シスビーはうなずいた。「ええ、それは読んだことがあります。プリズムを使って色を分離したあと、それぞれの色の下に温度計を入れ、どれが早く熱くなるかを調べたのよね。でも、そのスペクトルの外にある温度計が最も温度が高くなった。だから、存在はしていても、私たちの目には見えないスペクトルが存在するはずだとわかった」

「そのとおり。そのあと、リッターが青の側に別の帯域を発見した。紫外線です」

「つまり、心霊はさらに別の帯域に存在する何かだと考えているの？」

「別の帯域で見ることのできる何かです。プリズムのおかげで光の色が見られるように、心霊を見られる道具を作ることはできるだろうか――」男性は肩をすくめた。「それが、僕たちが取り組んでいる課題の一つです」

「僕たち？」

「ほかにも何人か仲間がいるんです。ゴードン教授にはこの研究に強い興味を示している後援者がついているので、研究所と設備が揃《そろ》えられるんです。すばらしいですよ。いつかあなたにも見てもらいたい。その、ええと……興味があれば、ということです。もちろん」

「それは――」シスビーが言いかけたとき、アンドリューズが再び、シスビーの外套《がいとう》を手に現れた。

「レ……ミス・モアランド、上着をお持ちいたしました。ご迷惑でなければよろしいのですが」

「いいえ、まさか。ありがとう」これで、ここを出るしかなくなった。シスビーは時間をかけて外套の紐《ひも》を結び、手袋をはめたが、それ以上引き延ばすことはできなかった。

「それでは……」男性のほうを向く。

「そろそろ帰らないといけませんね」男性は一歩踏みだした。「あの……お話ができて、本当に楽しかったです。ノートを貸していただいてありがとうございます」シスビーのノートが入っているポケットをぽんとたたく。「大切に読ませていただいてから、お返ししますね。クリスマス講義のときに」

「ええ」シスビーは男性に片手を差しだした。「これで失礼しますが、最後に自己紹介させてください。シスビー・モアランドといいます」

男性はシスビーの手を握った。まだ手袋をはめていなければよかった。「ミス・モアランド。お会いできて光栄です。僕はデズモンド・ハリソンです」

「ミスター・ハリソン」最後にほほ笑んでからドアのほうを向くと、デズモンドはドアに飛びついて開けてくれた。

デズモンドはシスビーに続いて階段を下りたあと言った。「お願いです、お宅まで送らせてください」

シスビーは街路に目をやり、自分を待っているモアランド家の馬車を見た。御者のジョン・トンプキンズが馬の前に立っていて、シスビーを見ると馬車によじ登った。

シスビーはトンプキンズに背を向け言った。「ご親切にありがとうございます」

馬車ががたがたと近づいてくる音が聞こえたが、シスビーはデズモンドとともに反対方向に歩きだした。片手を背中に回して振り、御者に立ち去るよう合図する。トンプキンズならわかってくれる……いや、正確には、使用人たちはモアランド家の奇行に慣れている。

トンプキンズはシスビーの意図を察したらしく、馬のぱかぱかという蹄《ひづめ》の音がつかのま止まったあと、ペースを落として再開した。デズモンドがうしろを振り返って、馬車がこっそりあとをついてくるところを見ませんように。

両手をポケットに入れて歩くデズモンドに目をやった。「ミスター・ハリソン、コートはどこですか？　手袋も帽子も研究所に置いてきたんですか？」

「いえ」デズモンドはおどおどしながら言った。「遅刻したので、コートも帽子も取らず飛びだしてきたんです。手袋は先週なくしました」かすかに困惑した表情になる。「どこかで」

「テオみたい。手袋をなくしてばかりいるんです」

「テオ？」デズモンドは鋭くシスビーを見た。

「ええ、兄です。正確には、双子の」

「ああ」デズモンドの表情は和らいだ。「双子なんですね。双子には興味をそそられます。もちろん、一卵性のほうがいいけど」彼はシスビーを見た。「ごめんなさい、そのほうが優れているという意味じゃなくて。ただ、その、研究対象としては……要するに……」言葉はとぎれ、デズモンドの顔はまた赤くなった。

シスビーは笑いだした。「いいの、言いたいことはわかります。私の弟二人は一卵性双生児です。見分けがつかないくらい似ていて。二人は確かに興味をそそるわ」

「ごきょうだいがたくさんいるんですね」デズモンドの声には何かに焦がれるような響きがあった。

「男兄弟が四人、妹が二人です。あなたのごきょうだいは？」シスビーはデズモンドの声の響きが気になった。

デズモンドは頭を振った。「サリーという姉がいました。数年前に亡くなりましたが」

「それは……お気の毒に」

「ありがとうございます。年は少し離れていたけど、仲がよくて。おばを手伝って僕を育ててくれました。母は僕が生まれた直後に亡くなったんです」

「何てこと」シスビーはデズモンドの腕に手を置いた。「本当にお気の毒だわ。お父さまは……」

デズモンドはためらったあと言った。「いいえ、父ももういません」

「クリスマスはどうなさるの？　ご家族はほかにいらっしゃる？　うちに来ていただきたいわ」もちろん、そうすれば家庭環境を明かすことになるが、デズモンドが休暇に一人ぼっちのところを想像すると胸が痛んだ。

デズモンドはシスビーにほほ笑みかけた。「ご親切にありがとう、でもご心配なく。クリスマスはゴードン教授と過ごしますから」

「それならよかった」シスビーは自分がまだデズモンドの腕に手を置いていることに気づ

き、しぶしぶ引っ込めた。「震えてますよ、寒いんでしょう。本当に、家まで送ってくださらなくていいのよ。何度も一人で帰っているし、危険はまったくないんです」

「僕は大丈夫。しょっちゅうコートや帽子や……とにかく、いろんなものをなくしているので」デズモンドはシスビーに悲しげな笑顔を向けた。「よくこういう状況に陥るんです」

デズモンドに家まで送らせるわけにはいかなかった。もちろん、いずれは家族のことを話さなくてはならないだろうが、今はまだいい。悪名高いブロートン・ハウスを一目でも見れば、誰もが裸足《はだし》で逃げだすだろう。

「遠いんです」前方にこの窮地の解決策が見えて、シスビーは口を開いた。「乗合馬車に乗らなくてはいけないの」その公共交通機関を待つ人々の群れを指さす。「乗り場まで送ってくだされば、そこからはひとりで平気です」

デズモンドは同意したが、乗合馬車が実際に到着し、シスビーが乗り込むまで、その場を離れなかった。シスビーは乗合馬車の窓越しに、小走りで視界から消えていくデズモンドを見送った。残念ながら、次の乗り場に着くまでここからは抜けだせない。それがいつになるのかも、この馬車がどこに向かっているのかもさっぱりわからなかった。最初のチャンスを逃さず降車し、うしろをついてきている自分の馬車まで引き返すしかない。

シスビーは知らず知らず笑いだしていた。これでまた、御者が今夜の食事でほかの使用人に話して聞かせるための、モアランド家の新たな奇行エピソードが生まれた。

それでも構わない。今日起こったことには、使用人の物笑いの種になってもお釣りが来るほどの価値がある。

今まで知らなかった感情が芽生え、生まれて初めて、科学のことをすっかり忘れられる男性に出会ったのだ。

## 2

デズモンドは自宅までの道のりをほとんど走って帰った。寒かったが、エネルギーがみなぎっていた。シスビー……すてきな名前だ。個性的でかわいらしく、彼女にぴったりだ。講義室に入った瞬間、彼女に目を留めたのは、単にその場にいるただ一人の女性だったからだ。興味をそそられ、空いている席の中からあえてあの席を選んだ。

しかし、彼女を間近で見ると、胸全体が締めつけられるような感覚を抱いた。シスビーは美しかった。金髪に青い目、作り笑いをした陶器の人形のような美しさではない。ボンネットの下の髪は漆黒で、目ははっとするほど鮮やかな緑色だった。背がとても高くて、話すときにこちらが身を屈《かが》める必要はなく、体は葦《あし》のように細かった。しなやかなその体つきは、息ができなくなるほどウエストを締めつけることで作りだされる理想の砂時計型とは違っていたが、デズモンドにはより魅力的に映った。シスビーは優雅に軽やかに動き、コルセットをつけた女性のこわばった姿勢とはまったく違っていた。そして、あの顔……シスビーの顔つきをあますことなく表現できるような言葉をデズモンドは持っていなかった。端整で女性的でありながら力強く、鋭い輪郭に頑固そうなあごをしているが、ぷっくりした下唇がその印象を和らげている。あの唇を自分の唇の下に感じたいという欲望の強さは、自分でも驚くほどだ。

だが、デズモンドが口下手で不器用な、哀れな男に成り下がったのは、シスビーの外見のせいだけではなかった。彼女はとても……どこまでも個性的だった。服装もそうだ。簡素なリボンしか装飾のない小さな帽子に、あまり広がらず、一つのフリルもついていないスカート、おしゃれというよりは頑丈そうなハーフブーツ。喋《しゃべ》り方は直接的で、無遠慮に思えそうなくらい。歩き方も大股ですばやく、毅然《きぜん》としていた。人を見る視線はまっすぐで、自信に満ちていた。すまして目を伏せることも、くすくす笑うことも、まつげをぱちぱちさせることも、意味深な目つきを作ることもなかった。シスビーはただ……シスビーだった。

当然ながら、デズモンドはまぬけな態度をさらした。メモを取りながらちらちらシスビーを見たし、取ったメモの惨状は考えたくもないほどで、立ち上がるときにはノートと鉛筆を落とした。

シスビーのスカートに触れずに鉛筆を拾うことはできなかった。許可を得ずにそうするのも図々《ずうずう》しすぎる。だが、気後れして話しかけることはできなかった。ふだんから内気なほうではあるが、体が固まってしまうなんて初めてだった。口を開いても言葉が出てこなくて大恥をかくのではと、不安が全身を支配していた。

ほかの男性、例えば友人のカーソン・ダンブリッジならシスビーに話しかけ、鉛筆を落としたことに関して気の利いた冗談を言っただろう。女性と話すカーソンはリラックスし、落ち着いていて、笑顔で相手を虜《とりこ》にする。だが、それをいうなら、カーソンは紳士階級の生まれで、子供のころから礼儀と社交術を教え込まれている。淑女と接することに慣れているのだ。

簡素な服とボンネットを見るかぎり、シスビーは裕福ではないのだろうが、淑女なのは間違いなかった。正しい英語は教われば身につく。自分自身も正しい文法を使って、ドーセット訛《なま》りはほんの少しに抑えて話せるようになったのだ。だが、シスビーには人に教わることのできない、上流階級ならではの雰囲気があった。コヴィントン研究所の人間もそれに気づいているようで、ていねいな言葉遣いをしていた。

だが、デズモンドはそうした上流階級の一員とはかけ離れた存在だ。父のことは完全な嘘ではなく、実際にここにはいないのだが、あの答えは事実の上澄みをかすった程度だった。父は労働者で、まともな仕事が見つからないときは泥棒を働き、ついにはオーストラリアの植民地送りになった。

デズモンドの知識はほとんど独学で得たもので、知性と知識欲に気づいた村の教区牧師が大いに力になってくれた。ロンドン大学を中退したのは、科学の授業が足りなかっただけでなく、お金が足りなかったせいでもある。カーソンを筆頭としたゴードンの研究所のほかの学生たちとは違い、親からの仕送りがないデズモンドは、自活するために工房で働かなければならなかった。

シスビーのような女性が話し相手になってくれるような男ではないのだ。だが、彼女はそうしてくれて、そのとき初めてデズモンドはシスビーの真の魅力に気づいた。いったん会話が始まると、あとは簡単だった。ふだんは女性と話すのが大の苦手で、デズモンドが興味を持っているものの大半を、彼女たちは死ぬほど退屈だと考える。公平を期すために言えば、たいていの男性もそれを死ぬほど退屈だと思っているが。

しかし、シスビーはまるで違っていた。互いの意見が合わないときでも、その議論は友好的で楽しく、爽快でさえあった。上の空になってコートや手袋を忘れるという、デズモンドがしょっちゅう引き起こす事態も、シスビーは気にしていないようだった。

シスビーがテオという名前を出したとき、デズモンドは気を揉《も》んだ。シスビーが結婚指輪をはめていないことはそれまでに確認していたが、あれほどすばらしい女性に恋人がいないほうがおかしい。その男性が兄だとわかったときにはほっとした。シスビーを勝ち取るなどありえないことだというのに、デズモンドは彼女を求めていた。

この思いは成就しない。それはよくわかっていた。だが、しばらくその事実については考えないようにしよう。夢見ることを自分に許すのだ。数日後にシスビーに再会できることだけを考えればいい。

コートを置いてきた職場は夜間は施錠されるため、取りに行くことはできず、まっすぐ研究所に向かった。

地下にある研究所の灯《あか》りは暗く、窓は地上に出ている高い位置に二つあるだけだった。細長い部屋のざらついた石壁は古く、じっとり湿っていることも多い。だが、設備は整っているし、部屋の広さはじゅうぶんあり、そこで研究をする面々は誰も黴《かび》くささや眺めの悪さを気にしていなかった。

ドアを開けると、ゴードン教授と研究員たちが集まっていて、誰もが興奮した口ぶりで喋っていた。

ゴードンが最初にデズモンドに気づいて言う。「デズモンド、来たのか。今夜はずいぶん遅いな」

「はい、工房を閉めたあと講義を受けに行っていたので」シスビーのことを話そうとは思わなかった。秘密にする理由はないが、それでもしばらくは自分の胸だけに秘め、楽しみたかった。「何があったんです？　その顔は――」

「興奮しているように見えるって？　なぜって、我々は興奮しているからだよ」ゴードンはにっこりし、丸い顔を輝かせた。デズモンドを手招きする。「さあ、こっちに来て見てくれ。ミスター・ウォレスから手紙が来たんだ。非常にすばらしい知らせだ」

「資金の増額ですか？」デズモンドは尋ねながら近づいていった。ありがたいことに、室内はフランクリン・ストーブで暖まっていて、指に感覚が戻ってきた。

「もっとすごいことだ」ゴードンの目がきらめいた。

それが何であろうと、教授がこれほど上機嫌なことが嬉《うれ》しかった。最近は鬱々と沈み込むことが増えていた。評判に傷がついたことが重くのしかかっているのだ。何年も前、デズモンドが初めてロンドンに来たとき、ゴードンはこの街の科学を牽引《けんいん》する存在だった。デズモンドが弟子にしてもらえたのは、運よく例の教区牧師がゴードンの友人で、デズモンドのことを頼んでくれたからだ。だが今、霊が存在する証拠を探し始めたことで、ゴードンは科学者仲間の笑いものにされている。彼が意気消沈していくさまを見るのは胸が痛かった。

「知らせって何です？」デズモンドはほほ笑み、ほかの面々を見回した。「教えてください」

「ミスター・ウォレスが〈アニー・ブルーの目《アイ》〉の場所を突き止めたんだ」ゴードンは勝ち誇ったように言った。

「え？」デズモンドの両眉が跳ね上がった。「本当に？」

「そうなんだよ！」

「ほらな、アン・バリューは実在するって言っただろう」カーソンが高い作業台に無造作にもたれ、口元をゆったりとほころばせて言った。大衆がその女性につけた通り名〝アニー・ブルー〟をカーソンが使うことはなかった。

「実在することは知ってたよ。異教徒として火あぶりの刑にされたことも」

デズモンドはかつて、その女性に関する歴史を手当たりしだい調べたが、おばが彼女について話す荒唐無稽な物語に反論するのが目的だった。

「〈アイ〉と呼ばれる装置を作ったことも知っている。ただ、それが実際に機能したという証拠を見たことはない。それがアンの失墜後も後世に残ったという証拠も。アン・バリューの死後、〈アイ〉は見つからなかった。燃やされたという噂《うわさ》があっただけだ」

「その火の中から救いだされたという噂もあった」カーソンは指摘した。

「でも、その証拠が今見つかったんだ」ゴードンは手にした手紙を振った。「ミスター・ウォレスはそれを見つけたと確信している」

デズモンドは何も言わなかった。師匠に楯突《たてつ》くつもりはないが、ゴードンは自分の意見よりもその後援者の意見を信頼している。ミスター・ウォレスは科学者でも古典学者でもない、幽霊の存在を証明することに多大な熱意を注ぐ金持ちだ。そして、ついさっきシスビーが心霊写真について指摘していたとおり、人が何かを強く望んでいるとき、その何かを信じることは非常にたやすい。

「ほら、ここに書いてある」ゴードンは手紙を指でたたき、読み始めた。「〝私はこの目で、ヘンリー・コールフィールドという男性が一六九二年に書いた手紙を見た。その手紙には、アーバスノット・グレイという人の家を訪れたときのことが書かれていて、アニー・ブルーの悪魔の装置を見せてもらったという〟」

「つまり、ミスター・ウォレスは今、〈アイ〉がどうなったかを突き止めようとしているんですか？」

「いや」ゴードンは興奮に打ち震えていた。「ミスター・ウォレスはすでにそのありかに見当をつけている。今もグレイ家が所有していて、代々受け継がれていると考えているんだ。アーバスノットの孫娘が書いた遺言状があって、その中で自分の娘に〝母から受け継いだ遺物や珍品、神秘的な骨董品《こっとうひん》のコレクション〟を遺《のこ》すと言っている。トランクか何かに入れてどこかにしまい込んでいるとしても、家族が管理しているはず。貴族というのはそういうものだ。現在は子孫であるブロートン公爵未亡人が所有していると、ミスター・ウォレスは確信している」

疑念はあれど、デズモンドはぞくぞくせずにはいられなかった。「ミスター・ウォレスはそれを買い取るつもりですか？」

ゴードンの表情が曇った。「買い取ろうと公爵未亡人に手紙を三通書いたが、返事は来なかったそうだ。ミスター・ウォレスは実物を手に入れてから私に話すつもりだったが、そこで行きづまってしまったため、手紙をよこしたんだ。〈アイ〉を手に入れるためのアイデアを我々から引きだせると期待したんだろう。でも、ミスター・ウォレスが公爵未亡人を説得できなかったのに、私にそれができるとは思えない」

「盗みましょう」カーソンが軽い調子で提案した。

デズモンドは呆《あき》れて目玉を回した。「ふざけないでくれ」

「僕は真剣だ」カーソンは言い返した。「ミスター・ウォレスはそれを譲ってもらえる見込みはないと思っているんですよね？」

ゴードンが答える。「そうなんだ。公爵未亡人は変わっていて、扱いにくい人だと書かれていた。どうやら、熱心な収集家らしい。何も手放そうとしないんだそうだ」

「では、それが一つなくなったところで気づかないでしょうね」カーソンは言った。「たやすいことだ」

「れっきとした犯罪だ」デズモンドは警告するように言った。

「でも、よく考えてみれば、その公爵未亡人は現在の本当の所有者というわけじゃないですよね？」ゴードンのうしろでスツールに腰かけているベンジャミン・クーパーが言った。

「本当の所有者はアン・バリューだった。本人が作ったんだから当然さ。でも、それはアンが監獄に連れていかれるときに盗みだされた」

「そのとおり」ゴードンは考え込むように言い、うなずいた。

「アニー・ブルーは錬金術師、その時代の科学者です。知識と発見に身を捧《ささ》げてきた。僕たちと同じように」室内にいる別の科学者、アルバート・モローが口を挟んだ。「アニーは〈アイ〉が僕たちの手に渡って、研究され、知識の源にされるのを、どこかの古びた公爵家の屋根裏で埃《ほこり》をかぶっている状況よりも望むんじゃないでしょうか?」

「ああ、そうだろうね」ゴードンの目が輝いた。長年の研究の結果、ゴードンはアニー・ブルーに取りつかれたようになっていた。「〈アイ〉は確実に、科学界から失われた価値を再生する」

「どちらにしても」デズモンドは皮肉めかして言った。「世間の大半の人はそれを窃盗と呼ぶでしょう」

「おいおい、デズモンド」カーソンの目がいたずらっぽく躍った。「そんな興ざめなことを言うな。たまには支配階級から奪われるんじゃなく、向こうから奪ってやるのもいいんじゃないか?」

「指摘するのは気が進まないが、君はその支配階級の一員だ」デズモンドは言い返した。

「本当の意味では違うよ」カーソンは軽い口調で言った。「うちには立派な家名も財産もないからね。僕はその世界の外れにいて、独身だというだけで人数合わせに呼ばれるだけだ」

「本気で言ってるわけじゃないんだろう?」カーソンの場合、その判別がしづらい。デズモンドはほかの面々を見回した。

ゴードンはため息をついた。「いや、もちろん君の言うとおりだ。いくら公爵未亡人に所有者の資格がなくても、我々が〈アイ〉を奪うわけにはいかない。ただ……すぐ近くにあるというのに、手に入れられないことが歯がゆいんだ」

「教授がその女性に手紙を書かれるのはどうです？」デズモンドは提案した。「ミスター・ウォレスのことは、金持ちの紳士の一人としてしか見ていないかもしれない。でも、あなたは科学者です。〈アイ〉を研究したいと思っている。あなたが重視しているのはその謎を解くことで、それを所有することじゃない。〈アイ〉をほかの収集家に売るのではなく、崇高な目的を持つ科学者に貸すことなら、公爵未亡人も許してくれるかもしれない。自分の手を離れるのがいやなら、あなたを自宅に呼んで研究させてくれるかもしれません」

「一理あるな。特に、公爵未亡人がその行為で賞賛される可能性を考えるなら」

「それこそ、たいていの紳士階級が研究の支援をする理由です」カーソンは同意した。

「そうだな。それに、私は彼らを喜ばせる方法を知っている。しょっちゅうその必要に迫られるのでね」ゴードンは部屋の反対端にある自分のデスクに向かった。

学生たちは自分の作業台に戻ったが、一同の間で続くひそひそ話からは、実験よりも憶測が進展しているのがわかった。

デズモンドはカーソンの隣の定位置に座り、シスビーと自分のノートを取りだした。シスビーの文字は彼女自身と同じく、きっちりしていて明確だった。ほかに何を書き留めているのか知りたいという誘惑に抗《あらが》い、今日の講義のところまでページをめくる。もちろん、こちらに見られたくない内容があるなら、シスビーはこのノート自体を貸してはくれなかっただろうが。

「またコートをなくしたのか？」カーソンはスツールの上で回り、デズモンドと向かい合った。デズモンドの忘れ癖をカーソンはいつも面白がる。

「いや。急いでいたから置いていっただけだ。講義に遅れそうだったんだ」

カーソンは笑い、頭を振った。「君のひたむきさには感心せざるをえない。残念ながら、僕は自分の快適さをなかなか無視できなくてね」言葉を切ったあと、たずねる。「その価値はあったか？」

「何だって？」デズモンドは鋭く視線を上げたあと、カーソンが言っているのは講義のことであり、シスビーとの出会いのことではないと気づいた。カーソンがシスビーのことを知っているはずがないし、自分もシスビーのことをほかの男に話す気はない。カーソンとは友人同士と呼べる間柄ではあるが、シスビー・モアランドのことは自分の胸に秘めておきたかった。あまりに大切すぎて、ほかの人に詮索されたくなかった。

「ああ……そうだな、非常に興味深かった」内容の半分も思い出せないが。「次の講義にも出席すると思う」

カーソンは自分の実験に戻り、デズモンドはノートを書き写し始めた。だが、しばらくして手を止め、カーソンのほうを向いた。「本気じゃないんだろう？　〈アイ〉を盗むって」

カーソンはにやりとした。「半分は本気だ。盗むまではしたくないが、〈アイ〉のこともアン・バリューのことも知らないどこかのばあさんの家にしまい込まれているのは望ましくない」デズモンドにきついまなざしを向ける。「話自体をまだ疑っているのか？」

「すべて、ミスター・ウォレスの仮説が正しければの話だろう。〝悪魔の装置〟が本当に〈アイ〉なのか、現在の相続人がそれを所有し続けているかもわからない。誰も実物を使ったことはおろか、見たこともない。何でできているのかもわからないんだ」

「すばらしいじゃないか。そのすべてを探究することができる。興味を惹《ひ》かれないか？」

「もちろん惹かれるよ。心霊を見るための秘技をアンが発見したのかどうかを知りたい。装置がどんなふうに機能し、どんなふうに心霊を写し取るのか。ただ……」デズモンドは肩をすくめた。「絵も論文も手引きも存在せず、あるのは〝大魔女アニー・ブルー〟という伝説だけだ。おばからも、アン・バリューとその魔法の力の物語はたっぷり聞かされた。アンは魔法使いで、死者を見て、死者と話ができると。おばは、野うさぎが通りを走るのを見たら、その通り沿いの家は燃えるという話もしていたよ。目に見えない心霊世界が存在する可能性なら、信じる気になる。でも、魔法は信じられない。〈アイ〉には証拠がないんだ。幻想的な民話は、科学の根拠にはならない」

「ああ、でももし心霊世界が存在すると判明すれば、世間からは賞賛されるよ」

デズモンドはいらだった。「君は……」声が少し大きくなり、デズモンドはゴードンのほうを見たあと、声を落として続けた。「教授が世間からの賞賛のためにこれをやっていると思うのか？」

「いいや。教授は本気で知りたいと思っているし、霊を見たいと思っている。でも、自分を悪く言った世間の目の前にそれをたたきつけることができるなら、いっそう愉快じゃないか」

「確かに、世間の仕打ちはひどすぎる」デズモンドは言った。「教授は以前と同じ知性と探究心を持ち、同じように科学への貢献をしているのに」

カーソンは肩をすくめた。「あれほど声高に喧伝《けんでん》しなければよかったんだ。怪しげな写真が数枚あるだけなのに、我々の身近にいる心霊の存在を証明できると言ってしまった。君は教授と近しすぎる。教授への敬意で視野が曇っているんだ」

「教授には大きな恩がある。〝デズモンドならこの仕事にふさわしい、デズモンドにはチャンスを得る資格がある〟という田舎の教区牧師の言葉を信じてくれた。それどころか、牧師との友情で求められる以上のことをしてくれたんだ。僕が大学に入るのを助けてくれた。お金がない僕を指導してくれた。光学工房に推薦までしてくれたんだ」

「知ってるよ。君は分光法への興味をゴードン教授を助ける分野へと向けることで、恩を返してきた。天文学のほうが、心霊の世界を探究するよりも実用的な選択だと僕は思うけどね」

「分光法はさまざまな分野で役立つんだ。僕がここで発見することは、天文学にも科学にも物理学にも応用できる」

「ああ、でも君は本気で超自然的なものを信じているわけじゃない」カーソンは指摘した。

「むしろ軽蔑している」

「君は違うのか？」デズモンドはたずねた。

「代々語り継がれていく物語には、真実の重要な種が埋もれていると考えているよ」

「怪物や悪魔の話に？」

「いや、そっちは違う」カーソンは顔をしかめた。「でも、死んだあとも残る心霊は？それらの物語はすべて創作か？　何か根拠があるんじゃないのか？　人が唐突に感じる震え、建物の中で一箇所だけ寒い場所、風もないのに揺れるカーテン……」

デズモンドは目覚めた瞬間、亡くなった姉のサリーがベッド脇に立ち、見慣れた笑顔を向けていたあのときを思い出した。ティルディおばに呪いの話をされ、背筋を駆け下りた震えも。

「ありえないはずのものを人が見たり、感じたりすることがあるのはわかっている。それは受け入れられる。でも、言い伝えでは証拠にならない」デズモンドはいったん言葉を切った。「君はどうだ？　たいていのことに冷笑的だが、そういうものの存在は信じているのか？」

「僕はアン・バリューの存在を信じている。アンが実在するのはわかっている。人々に恐れられ崇《あが》められていたことも、時代を先取りしていたこともわかっている。アンが〈アイ〉を作りだしたことも信じている」

「それを使って死者を見ていたことも？」

カーソンの口角が上がり、目がきらめきを帯びた。「それこそが、これから僕らが突き止めることだろう？」

カーソンは無邪気に言ったが、デズモンドの背中は冷たい息を吹きかけられたかのように悪寒が走った。

# 3

シスビーは誰かと話したくてたまらない気持ちで、早足で屋敷の中に入った。いつもどおり屋敷の至るところから音が聞こえ、大理石の広い玄関ホールがそれを増幅させていた。〝赤の間〟から聞こえる、母と支持者たちのざわざわした話し声。二階で小さな足がたてる物音と、双子のコンとアレックスの取りつかれたような甲高い声。屋敷の奥でどすんと重い音がしたかと思うと、シスビーの双子の兄テオが続けざまに激しく悪態をつくのが聞こえた。

ふだんのシスビーならテオのもとに向かうところだが、この会話の相手としては適切でないし、今の彼の機嫌を考えればなおさらだった。長い歩廊の突き当たりにいる父――大きな木箱を開けている使用人のまわりをうろついている――もやめておこう。質問が何であれ、父の返事はなだめるような、〝そうか、シスビー、それはよかった〟に決まっていて、そのあとはミノア文明の壺《つぼ》や像など、自分が手に入れたばかりのものに褒め言葉を強要してくる。

この会話には妹が必要だ。シスビーは階段に向かいかけたが、そのとき音楽室のピアノが和音を奏でる音と、でたらめな旋律、笑い声が聞こえた。シスビーはきびすを返し、音楽が聞こえてくる方向を目指した。

ピアノを弾いていたのはキリアで、その指は飛ぶように動き、笑いながら歌っているせいで歌詞は聞き取れなかった。顔は上気し、鍵盤を強くたたいているため、赤毛はアップにした部分からほつれていた。もちろん、それでもキリアはとても美しい。キリアから少し離れたところで、オリヴィアが椅子に横になっていた。胸の上に本を開きっぱなしにしたまま音楽に合わせて両腕を大げさに振り、ドイツ語訛《なま》りでこう叫んでいた。「だめ《ナイン》、だめ《ナイン》、ミス《フロイライン》・モアランド。テンポが！　テンポが！　アー、マイン・ゴット！」

「また音楽の先生を困らせていたんでしょう」シスビーは音楽に負けないよう声を張り上げた。

「シスビー！」オリヴィアは椅子から飛び上がり、茶色の三つ編みを揺らした。「困らせていたのはミスター《ヘル》・シュミットのほうよ。〝フロイライン、音楽に感情を込めなさい。これは芸術だ！　情熱をこめて！〟って」

「私が弾き方のお手本を見せてあげていたの」キリアが椅子の上でくるりと回り、姉妹のほうを向いた。

シスビーは笑った。「今のはモーツァルトというより大衆演芸みたいだったわ」

キリアはにっこりした。「リードに教わったの。オリヴィアに、次はヘル・シュミットの前でこれを演奏しなさいって言ったのよ」

「やめてあげて。かわいそうに、ヘル・シュミットは卒中を起こすわ」

「そうね、あの人が愛するのはベートーヴェンだけだもの」オリヴィアはキリアの隣に座った。

二歳と数カ月離れているだけなのに、二人の妹はもっと年の差があるように見える。今シーズンに社交界デビューしたキリアは、最新流行の白いひらひらのドレスをまとい、髪を凝ったアップスタイルにして、耳たぶに真珠のイヤリングをつけている。十五歳のオリヴィアはまだ短いスカートをはいて、茶色の髪は簡素な三つ編みにし、勉強部屋の世界から出ていきたがってはいないようだった。

キリアがたずねた。「今までどこにいたの？　誰も知らないみたいだったけど」

「お父さまには言ったわ」シスビーは答えたが、オリヴィアが鼻を鳴らしたので続けた。

「ええ、わかってる。フィップスに言えばよかったんだけど、家を出るときに見当たらなくて。コヴィントンの講義を聞きに行ったのよ」

「ああ」キリアは鼻にしわを寄せた。「もっとわくわくすることをしていると思ったのに」

「わくわくしたわ」シスビーは言った。

「待って」キリアは飛び上がった。「今にやっとしたわ。何かあったの？」

「きらきらしてる」オリヴィアが口を挟んだ。「キリアが舞踏会から帰ったときみたい」

「実は……」シスビーは大きな笑みを浮かべた。「ある人に出会ったの」

「男の人ね！」キリアは鋭く息を吸い、姉の腕をつかんだ。「だからきらきらしてるんだわ」

シスビーの頬が赤くなった。「馬鹿なことを言わないで。きらきらなんてしてない」

「してるわよ」オリヴィアが言った。「それに、目も輝いてる」

「誰なの？　私たちの知ってる人？」キリアはしつこくたずねた。

突然、部屋の外に甲高い笑い声が響き、ねまき姿の幼児が二人、部屋に飛び込んできた。そのあとを子守りが必死に追いかけてくる。二人の男の子はそっくりで、シスビーと同じ黒髪と緑の目をしている。ぽちゃぽちゃした頬は走ったせいで赤くなり、目はいたずらっぽくきらめいていた。

二人は姉たちを一人ずつ見たあと、長姉が最も権威があると判断したらしく、シスビーに飛びついてきた。二手に分かれ、背後に回り込んでスカートをつかむ。「ご本読んで」「ご本読んで」まずはコンが、次にアレックスがそう言い、二人でぴょんぴょん飛び跳ねる。

「よーくわかった」キリアは腰に両手を当て、怒ったふりをした。「役に立つのはシスビーだけだと思ってるのね？」

双子は動きを止め、顔を見合わせた。アレックスがシスビーを捨ててキリアに突進し、芝居がかった動きで脚に抱きついた。「キリア!」

双子は陽気な叫び声をあげながら、姉三人のまわりをぐるぐると、近づいたり離れたりしながら回り始めた。ついにはシスビーが手を伸ばして一人を抱き上げる。「コン。もういいでしょ」

コンはシスビーに満面の笑みを向け、肩に頭をのせて、首に両腕を巻きつけた。語尾を長く伸ばし、頼み込むように言う。「シスビー。お願い《プィーズ》」コンは今も〝L〟の発音がうまくできないのだ。

「たいした役者ね」シスビーは笑い、コンの頭のてっぺんにキスをした。

その言葉を気に入り、コンは繰り返した。「やくしゃ」

「読んでくれる?」アレックスはキリアの腕に抱かれたまますずねた。はっきりした返事を欲しがるタイプなのだ。「キリアも」

「オイヴィアも」コンがオリヴィアを指さした。

「オリヴィアも」アレックスはうなずいた。

「部屋に連れていったほうがよさそうね」シスビーは妹たちに言った。「でないと、平穏は訪れないわ」

それ以上に大事なのは、子守りを休ませることだった。シスビーは疲れ果てた子守りに目をやった。もはや明日にでも辞表を出しそうな顔をしていて、もしそうなれば今年四人目になる。

双子はつねに誰かが捕まえておくのが得策なため、姉妹は二人を抱えて階段を上り、ホールを抜けて双子の部屋に向かった。コンは自分とアレックスの一日を姉たちに話して聞かせたが、ところどころでアレックスが口を挟み、コックから最初にビスケットをせしめたのは、高いところまで登ったのは、階段のほとんどを跳べたのはどっちだったかで意見が分かれた。

双子には続き部屋《スィート》が与えられていた。コンとアレックスが一つの寝室、子守りがもう一つの寝室を使っていて、その間に勉強部屋がある。勉強部屋はハリケーンに襲われたようなありさまだったが、一日の終わりにはいつもそうなるのだ。子守りは自分の部屋に直行した。必要な休憩をとるためなのか、荷造りを始めるためなのかはわからない。姉妹は双子をベッドに寝かせた。

双子はシスビーにお伽話《ときばなし》を読んでもらったあと、オリヴィアにお気に入りの物語をねだった。それは北極熊と猿という、地理的な条件が無視された二匹の動物を、少年が知恵を使って救う物語だった。その話をしたのが間違いで、双子はいっそう目が冴《さ》えてしまい、キリアが子守歌を歌ってなだめると、ようやく目を閉じた。

部屋を出るとき、キリアはシスビーの肘をつかんで、自分の寝室へと急《せ》き立てた。「さてと」ベッドに座り、目を輝かせる。「全部話して。わくわくしちゃう」

シスビーは自分の頬が熱くなるのを感じて驚いた。「ええと……そんなに面白くないかもしれないわ」

「冗談でしょう。お姉さまと男性の話よ？　世界が震撼《しんかん》するわ」

「そうよ」オリヴィアも同意し、ベッドの反対端に腰かけた。「どんな人なの？　どこで出会ったの？　暴走する馬車に轢《ひ》かれそうになったところを救われた？　追いはぎから助けられた？　それとも……」オリヴィアは小説を読むのが大好きなのだ。

「講義で隣に座ったの」

「なあんだ」オリヴィアはがっかりした顔をした。

「馬鹿なこと言わないで」キリアは妹に呆《あき》れた表情を向けた。「お姉さまは、突進する馬車の前に飛びだすほど愚かじゃないわ。盗まれるような高価なものも身につけないし。続けて。彼がお姉さまの隣に座ったの？　その逆？」

「本当に何もかも知りたいのね」シスビーもベッドに座り、中央に陣取ると、あとの二人もシスビーのほうを向いた。三人姉妹が長いお喋《しゃべ》りの体勢に入るのは、それまで何度も演じられてきた場面だったが、今夜はいつもとは違い、何かきらきらしたものが満ちているような気がした。「その人が私の隣の席に座ったの。正確に言うと、遅刻したから、空いている席があまりなかったのよ」

「たとえ席が二つしかなかったとしても、その人がお姉さまの隣を選んだことは重要よ」

「確かに、何か意味はあると思うわ。たいていの男性は私の隣に座ることを怖がるから」

「名前は？　私が知ってる人かしら？」キリアはたずねた。

「知らないんじゃないかしら。あなたのお仲間の中にはいないわ。工房の仕事をしている人だから」

「工房の経営者？」その情報にキリアもがっかりしたようだった。「おじさんなの？」

「学者じゃないと知ったらお父さまは残念がるわね」オリヴィアは言った。

シスビーは笑った。「お父さまはとても気に入るはずよ……といっても、エトルリアの花瓶とローマのオリーブ瓶の見分け方を知らない男性の中では、ということだけど。デズモンドは科学者で、とても頭がいいわ。それに、おじさんでもない。工房を経営しているのではなくて、生活のために働いているだけなの。とにかく、お父さまに認められるかどうかはたいした問題じゃないわ。その人と結婚しようとしてるわけじゃないんだから」

「それはどうかしら。お姉さまから男性の話を聞くなんて、たいていもう死んでいる気難しい科学者のおじいさん以外では初めてだもの」キリアは言った。「デズモンド」その言葉を試すように口の中で転がす。「いい名前ね」

「褒めてくれてありがとう」

「見た目はどう？　その人のどこがよかったの？」オリヴィアはたずね、詳細を追及した。

「とても背が高くて、テオくらいあるわ。でもテオより痩せていて、あそこまで筋肉質でもない」

「別にいいじゃない」キリアは言った。「科学者がアマゾン川を手漕《てこ》ぎボートでさかのぼらなきゃいけないことはめったにないもの」

「髪は黒っぽくて、少し長くて、かなりぼさぼさだったけど、それは遅刻して急いだからだと思うの。話してる間にしょっちゅう顔に落ちてきて、それをこんなふうに手で押しのけるんだけど、そのたびにもっとぼさぼさになるのよ」シスビーはその姿を思い出してほほ笑んだ。「顔は四角よりは卵形に近くて、すっきりした輪郭よ。口も大きすぎず小さすぎず、完璧。笑うとかわいいんだけど、たいていはまじめくさった顔をしているの。目は焦茶のチョコレートみたいな色で、まつげがすごく濃くて黒くて、男性であれはずるいと思ってしまうほどよ」

デズモンドの細かな点を思い出しながら話していたシスビーが妹たちに視線を戻すと、二人は口をぽかんと開けてこちらを見ていた。

「お姉さまが誰かのことをこれほど詳しく説明するのは聞いたことがないわ」オリヴィアは言った。

「先週はミスター・バーロウの髪が金色か茶色かも思い出せなかったのに」キリアもうなずいた。

「ミスター・バーロウ？」

キリアは頭をのけぞらせて笑った。「ほら、そういうことよ。先週うちに来た人だけど、ほとんど覚えてないんでしょう」

「まったく覚えてない。でも、あなたのいい人をいちいち覚えていられないわ、キリア。脳の容量を使いすぎるもの」

「じゃあ、従僕のウィリスの目の色は？」キリアは挑むようにたずねた。

「ええと、茶色？」

「青よ」キリアは勝ち誇ったように言った。「ウィリスは四年もここで働いてるのに。毎晩、夕食のときに会うでしょう。お姉さまは相手の外見にまったく注意を払っていないのよ」

「ふだんはその人が何を言うかのほうに興味があるもの」

「なのに、その男性の見た目は細かいところまで覚えている。さあ、説明して。その人は何を着ていた？」

「普通の灰色っぽいジャケットとズボンよ。靴は黒で、少しすり減ってた」シスビーはにっこりした。「コートと帽子は忘れたらしくて、手袋はなくしたって」

「お父さまみたい！」オリヴィアが叫び、三人はいっせいに笑った。

「確かに、お父さまが気に入りそうな人だわ」キリアは言った。「よかった。お姉さまはすっかりのぼせ上がってるみたいだから」

「のぼせ上がってる？　これがそうなの？」シスビーはかすかにほほ笑んだ。「この状態をどう呼ぶんだろうって思ってたの。すごく変な感じだったわ。デズモンドが私を見たときは全身に活気がみなぎって、それから、あの人を知っているかのような気分になった。もちろん、実際には知らないんだけど、デズモンドを見るだけで、ずっと前から知っているような気になるの。言っている意味はわかる？」

「少しもわからないけど、私は恋をしたことがないから」キリアは言った。「私はいろんな男の人を好ましく思ってるし、ほかの人よりいいなと思う人もいる。ハワード・バックリーとは舞踏会で二回以上踊りたいと思うけど、それはハワードがダンスの名人だから。ハイスミス卿《きょう》は私を笑わせてくれるわね。でも、その中の誰にも恋する気がしないの」

眉間にしわを寄せる。「私、どこかおかしいのかしら？」

「おかしいのは、言い寄ってくる男性が多すぎることだけよ」シスビーは答えた。「あれだけ大勢の中から、どうやって特別な一人を見つけろというの？　これはあなたの初めての社交シーズンだし、まだ始まったばかりよ。社交界デビューしてすぐに恋ができるとは思えないわ」

「そうね」キリアはにっこりした。「むしろ、すぐに相手が見つかるほうが興ざめかも」

「ねえ、キリアのシーズンのことはどうでもいいんだけど？」オリヴィアは言い、手を伸ばしてキリアの脚を小突いた。「シスビーのいい人の話をもっと聞きたい」

「私もよ」キリアは言ったが、いったん言葉を切り、仕返しにオリヴィアの腕をつねってから続けた。「初めて会ったとき、その人は何て言ったの？」

「何も。会話を始めたのは私なの。こちらを向かせるために腕をつかまなきゃいけなかったわ」

「お姉さまに気づいてなかったの？」キリアは眉を上げてたずねた。

「あら、気づいてたわよ」シスビーは笑った。「ノートを取りながらずっと私のほうをちらちら見てたもの、こんなふうに」そのときの様子を再現する。

「いい感じじゃない」キリアは知ったふうに言った。

「でも、一言も喋らなかった。少し内気なんだと思う……顔もほんのり赤くなってたから」

「かわいい」オリヴィアは言った。

「それで、私のノートを貸そうかと申しでたら、お願いしたいと言われて、そこからは話が弾んだわ」

「何を話したの？」

「それはまあ、学校のことや、エルレンマイヤーのナフタレンの理論のことよ」

「ナフタレン！」キリアは唖然《あぜん》としてシスビーを見た。「シスビー、本当に、科学の話をしたの？」

「それからプリズムや、そうだ、心霊写真のことも……。そのことでは少し意見が対立したけど」

「言い争ったの？」

「そんな雰囲じゃなかったわ。活発な議論といった感じ。むしろ、すごく盛り上がったわ。デズモンドはゴードン教授の下で研究をしているの。あの教授とかかわっていては出世しにくいだろうから、それは残念だけど、科学的発見に先入観を持ってはいけないという考え方はそのとおりだと思ったわ」

「シスビー……」キリアはうなった。「まさか、ずっと科学の話をしていたわけじゃないでしょうね」

「もちろん違うわよ。乗合馬車まで送ってもらう間には、家族の話なんかもしたわ」

「乗合馬車って？　トンプキンズが馬車で迎えに来てくれたんじゃないの？」オリヴィアがいぶかしげな顔になった。

「トンプキンズは待っててくれたけど、無視するしかなかったの。だって、デズモンドには言ってなかったから。その……家のことを」

「ああ」妹二人は納得したように声を揃《そろ》えた。

「そのほうがいいわ」キリアが続ける。「男性が近づいてくる目的が、自分を好きだからなのかお金が好きだからなのかを見分けるのはとても難しいもの」

「いいえ、そこじゃないの。デズモンドは財産狙いには世界一向いてなさそうだから」

「モアランド家の一員だと知られたくないのは、私たちが世間に変人だと思われているから？」オリヴィアがたずねた。

「私たちが〝いかれたモアランド一族〟と呼ばれてるのは知ってる？」キリアは口をとがらせながら言った。

「ええ、何年も前にテオに聞いたわ。あのときテオがオックスフォードを停学処分になったのはそのせいだったの。そうやって呼びかけてきた人を殴ったのよ」

「本当に？　ずっと、何があったんだろうと疑問に思ってた」キリアは考え込むように言った。

「テオが停学？」オリヴィアはたずねた。「知らなかった。どうして誰も教えてくれなかったの？」

「あなたはまだ子供だったからよ。二度と同じことは起こらなかったし。きっと、ほかの誰も殴り飛ばされたくなかったんでしょうね」シスビーは続けた。「でも、私が単にシスビー・モアランドとしか名乗らなかった理由は、それとも違うわ。私は……ああ、あなたたちは、私が身元を知られたときにどんな反応をされるかを知らないわよね。みんな、私に媚《こ》びて研究費を引きだそうとするか、私が遊びで科学に手を出しているだけだと思うか、お父さまが公爵だから講師に気に入られていると思うかなのよ」

「デズモンドもそのどれかの反応をすると思ったのね」

「それを知りたくなかったの。デズモンドにはありのままの私を見てほしかった。敬遠されたくなかった。デズモンドにお金がないのはわかってる。お父さまは労働者だったと言っていたし、本人も生計を立てるために工房で働かなきゃいけないんだから。私はそんなことは気にしないけど、デズモンドが気にするんじゃないかと思うの」

「そうね。怖じ気《おけ》づくかもしれない」キリアは言った。「でも、家を訪ねてくるようになったら気づかれ……待って、お姉さまの身元を知らないなら、どうやって家に来られるの？　次はどうやって会うの？」

「クリスマスの次の日に会う予定よ」シスビーは少し気取って答えた。「デズモンドはクリスマスの連続講義に来るし、私も行くの。クリスマスから十二夜までの間に何回かあるのよ」

「それまでにデズモンドはお姉さまに夢中になって、家のことなんて気にしなくなってるわ」オリヴィアが請け合った。

「それはわからないけど」シスビーは笑った。

「私、その人に会ってみたい」キリアは宣言した。「私たちもお姉さまにくっついてクリスマスの講義に行けばいいわ。死ぬほど退屈に違いないけど――」

「やめて！」シスビーはすぐさま遮った。「あなたたちがついてきたら、その場にいる若い独身男性が一人残らず群がってくるわ。中には既婚の紳士もいるかもしれない。そこらじゅうが大混乱よ。私がデズモンドと話すチャンスもなくなる」

「私たちは講義室の別の場所に座ればいいわ」オリヴィアが提案した。

シスビーは鋼のような目つきで二人をじっと見た。「絶対に、来ては、だめ」

「もう、わかったわよ」キリアは折れた。「お姉さまのスパイはしない」そこで顔を輝かせる。「でも、ドレス選びは手伝わせて。私のドレスを着ていってちょうだい。サイズはほとんど同じだもの。髪のセットもしてあげる」

シスビーは用心深い顔つきになった。「どうかしら。デズモンドはもう私の見た目は知ってるでしょう？」

「でも、すてきな服を着ているところは見ていないもの」

「私の服のどこが悪いの？」シスビーは自分のドレスを見下ろした。「完璧に礼儀にかなってる」

「完璧に地味よ」

「私自身が地味だもの。私は別に……ぎらぎらしたくないわ」

「お願い、シスビー」キリアは頼み込んだ。「すごく楽しいだろうし、〝ぎらぎら〟はさせないって約束するから」

シスビーはその提案に惹《ひ》かれた。今まで自分の外見を気にしたことはなかったが、男性たちがキリアに向けるようなうっとりした目でデズモンドから見られたら、どんなにいいだろう。

「お姫さまみたいにはしないから」キリアはさらに食い下がった。「貴族だって疑われたりしないようにする」

「フリルはなし？」

「なし。まあ、一つくらいはあるかもしれないけど」

「大きな張り骨もペチコートもなしよ」

「大きな張り骨はなし。そもそも流行遅れだし」

「羽根も腕輪もなし。ビーズ飾りも」

「どれもなしにするわ」キリアはきっぱりうなずいた。

「髪に花も挿さない」

「ええ、一つも」

「それならいいわ」シスビーは同意した。「お願いする」

「やった！」キリアは期待を込めて両手をこすり合わせた。「これでデズモンドはいちころよ」

シスビーは暗闇に立っていた。石壁に取り囲まれている。あまりの圧迫感に呼吸が速くなり、心拍数が上がる。石壁は濃い灰色の霧の中へと消え始めた。胃がむかつき、頭がくらくらする。毛布のように包み込んでくる霧は、石の監獄よりも怖かった。視界を覆い隠す、無限に続く虚無。

その中に何かが潜んでいた。誰かが。姿も見えず、声も聞こえない。シスビーにはなすすべがなかった。だが、それが待ち受けていることはわかった。もやがシスビーのまわりに渦巻き、吐息のように肌をかすめる。低く、遠い音が霧を震わせた。うめき声？　泣き声？

それはシスビーを欲していた。シスビーを求め、手を伸ばしていた。シスビーは鋭く息を吸い、不安が稲妻のように神経を駆け抜けた。向きを変えて走ろうとしたが、できなかった。霧が濃く、力強く渦巻き、シスビーを締めつける。窒息しそうだ。どこまでも続く虚無に囚《とら》われ、永遠に抜けだせない……。

今も、それはシスビーに手を伸ばし続けていた。脚をつかみ、皮膚に爪が食い込む。そして痛みが……恐ろしい、信じられないほどの痛みが襲ってきて……。

シスビーはベッドの上で跳び起きた。筋肉はこわばり、肺は燃えていた。全身の隅々まで痛みが走っている。つかのま、悪夢と現実の間に取り残され、動けなかった。ぜいぜいにはえぐうちに、少しずつ現実に戻っていく。自分の部屋、自分のベッドにいて、まわりには家族がいる。

もし叫び声をあげれば、危険や痛みを感じれば、誰かが……いや、全員が助けに来てくれるだろう。父は子供のころと同じように来てくれるだろうか？　公爵が手にろうそくを持ち、白髪が交じってきた頭にナイトキャップを斜めにかぶって飛び込んでくるさまを想像し、かすかに笑みをもらした。そしてなぜか、その光景を思い浮かべたことが何よりも心を落ち着かせてくれた。

シスビーは力を抜き、長く、ゆっくりと息を吸った。痛みは消えていった。何ておかしな夢だったのだろう。霧、囚われた感覚、漠然とした未知の恐怖。脚をつかんだ手、そのあと訪れた苦悶《くもん》の瞬間。

シスビーはベッドを出て、室内の寒さにローブをはおった。ろうそくを灯《とも》し、椅子に座る。すぐ眠りに戻れるとは思えなかった。それに、この夢について考えたかった。

実に奇妙で、思いがけない夢だった。すてきな一日を過ごしたのだから、夢も楽しくなりそうなものなのに、悪夢を見た。しかも、奇妙な悪夢を。これまでにも、追いかけられたり、道に迷ったりする夢は見たことがあるが、これはそういう夢とはまるで違っていた。だが、妙なのはその点だけではない。夢はあまりに鮮やかで、生々しかった。周囲の世界は灰色で、脅威は目に見えなかったが、夢につきものの曖昧さは少しもなかった。どこまでもはっきりしていた。記憶から失われた部分もない。あらゆる瞬間が意識に刻まれていた。

だが、何よりも不思議なのは、その結末だった。ふだん見る悪夢では、何か悪いことが実際に起きる前に目が覚める。落下しても地面に激突はしない。ナイフが向かってきても、それが自分に刺さる感触はない。恐れはあっても、肉体的な痛みは感じないのだ。

だが今夜は、全身に痛みが満ちていた。脚をつかむ指も、肌に食い込む爪も思い出せる。シスビーはその記憶に身震いし、手を伸ばしてふくらはぎをさすった。まるで実際につかまれたような感触が残っている。もちろん、そんなことがあるはずはない。それを自分に証明するように、ローブを引き上げた。

真っ白なふくらはぎに、五つの赤い痕がついていた。その大きさと三日月形から、爪痕だとわかる。

シスビーは凍りつき、その痕を見つめた。ある恐ろしい考えが頭の中を渦巻く。だが、一瞬だった。痕がついたのには、何か理由があるはずだ。世の中とはそういうものなのだから。

夢の中で爪が食い込んでも、実際の肉体に痕はつけられない。目覚めたとき、部屋には誰もいなかった。これは自分でやったのだ。

それ以外にない。生々しい悪夢に苦しむ中で、何かをつかもうと必死になり、手の届く範囲にあったのが自分の脚だけだった。そして皮膚に痕が残るくらい、強い力で指を食い込ませた。そう考えれば、痛みに襲われたことの説明もつく。

シスビーは満足し、ろうそくの炎を吹き消してベッドに戻った。

# 4

数日後、シスビーは鏡の前に座り、キリアが髪をセットしていた。シスビーは妹の申し出を受け入れたのは間違いだったような気がしていた。

たしかにドレスは美しく、目の緑色を引き立てていた。キリアが約束したとおり、ひらひらはすべて取り除かれ、スカートの広がりは控えめにされていたため、そこらじゅうのものにぶつからずにすんだ。ただ、魅力的に見えても、自分らしい外見のようには思えなかった。

今この時点ではキリアがシスビーの髪を分け、それをあちこちで大きな輪にして、一つずつ留めているため、魔女のように見えた。といっても、ずいぶん身なりのいい魔女だ。

「本当にこれでうまくいくの？」

「心配しないで」キリアは請け合い、髪束の一つをねじって、頭のてっぺんにきっちりと結び目を作った。「ジョーンに教わったんだから」

「しかも、私の髪で練習もしてるわ」ベッドの端に腰かけたオリヴィアが言った。「すてきな仕上がりだったわよ。少なくとも、双子の弟たちと遊び始めるまでは」

シスビーは鼻を鳴らした。「想像がつくわ」

「アレックスは構造を知るために髪をばらばらにしないと気がすまなくて、私が元に戻せないとわかると、すごくがっかりしていたわ」

「あの子、お父さまの書斎の柱時計にも同じことをしていたわよ」キリアは言った。

「シスビー！」開いた戸口から、男性の低い声が聞こえた。「何だこれは。今度はキリアに何をそそのかされたんだ？」

「あら、テオ」潮時だ。自分のかたわれであるテオのことは大好きだが、いつもからかってきては過保護な兄貴ぶりを発揮する。そもそも、双子に兄も妹もないと思うのだが。

「何があった？」次男のリードが不思議そうに戸口に顔を突っ込んできた。

「二人とも、ここで何をしているの？」キリアはいらだたしげにたずねた。「今日はボクシング・デーよ。プレゼントをあげに行くんじゃないの？」

「それはもう終わった」テオは答えた。

「そう。じゃあ、友達の家を訪ねなくていいの？　飲み歩かなくていいの？」

「それには少し時間が早い」リードはにやりとした。「それに、優しい姉妹と時を過ごす以上に楽しいことがあるか？」

「二人とも出ていって」

「なぜだ？　何を企《たくら》んでる？」テオはたずねた。

双子のシスビー同様、背が高く、黒髪と緑の目をしたテオは、ドア枠に無造作にもたれ、腕組みをして三人姉妹にほほ笑みかけた。

「なぜシスビーにそんな仕打ちを？　シスビーが怒らせたのか？」リードが部屋にすべり込んできた。兄ほど体格はよくない。髪は黒よりは焦茶に近く、目は灰色だが、モアランド家らしいあごをし、目には一族に共通する知性が輝いていた。

「いいえ、シスビーには怒っていないわ。でも、私たちをじゃまするのをやめないと、お兄さまたちのことは怒るでしょうね」キリアがにらみつけた。

「僕たちは何もしていない」テオは指摘した。

「キリアはシスビーの髪をきれいにしてあげてるのよ」オリヴィアが兄たちに説明した。

「でも、なぜ？　しかも、どうしてそんな髪型に？」リードがたずねる。

「かわいいからよ」キリアは二人の兄を振り返り、腰に両手を当て、目に獰猛《どうもう》な光を浮かべた。

「なるほどね」テオは疑わしげに言った。

「とにかく、完成したらかわいくなるし、そのためにはお兄さまたちがいないほうがずっと楽なの」キリアはシスビーに向き直り、髪を編んで留める作業を再開した。

テオとリードは顔を見合わせて怪しむような表情になり、シスビーはさらなる追及に備えて気を引きしめた。鏡に映るキリアに懇願の視線を送る。だが、救世主となったのはオリヴィアだった。

「シスビーは賭に負けたのよ。もしキリアが勝ったら、クリスマス講義のためのドレス選びも髪型も任せるって言っていたの」

「ああ」勝ち負けという概念なら、テオとリードにも理解できる。

「シスビーが、キリアはものを知らないから、イギリスの君主の名前を征服王ウィリアム一世から順に挙げられないはずだと言ってきたの」キリアは作り話を広げた。「そして、私はちゃんと言いきったというわけ」編んだ髪を器用に巻きつけてピンで留めたあと、最後に残った毛先を結び目の下にたくし込んだ。「ほら！　見て？　きれいでしょう」

「確かにきれいだ。シスビー、すてきだよ」テオがシスビーに言った。

「そんなにすっとんきょうな声を出さなくていいのよ」シスビーはぴしゃりと言い返して、キリアに渡された手鏡をつかみ、頭を動かして鏡に映る自分をあらゆる角度から見た。

髪は太い三つ編みが複雑に並ぶよう巻きつけられ、すべてがねじられ、始まりも終わりもないような形へとたくし込まれていた。あまりに洗練され、しゃれているため、一見派手ではないのに視線を引く髪型だった。リボンも装飾もなし、凝ったカールも施されておらず、きっちりとまとまった輝く髪が顔を縁取っている。

「すてき。私……何ていうか……」

「いい女に見える？」キリアが答えた。

「別人に見えるわ」シスビーは鏡に向き直り、首を傾《かし》げてみた。

「何言ってるの。テオ、別人には見えないと言ってあげて」

「でも、別人に見える」テオは答えたが、キリアににらまれ、急いで続ける。「悪い意味じゃないよ。すごくかわいく見える」いったん言葉を切った。「といっても、ふだんはかわいくないという意味じゃなくて。要するに……」

キリアは呆《あき》れて目を動かし、リードはくすくす笑ったあと言った。「これ以上深みにはまる前にやめておいたほうがいい」

「ドレスアップしてるって感じだ」テオは力なく結論づけた。

「おしゃれだ」リードは断言した。「目を奪われる」

「ずっとよくなったわ」キリアは認めるようにリードに向かってうなずいた。

テオはためらってから言った。「じゃあ、僕がお前を講義にエスコートしたほうがいいのか？」

「やめて」シスビーは叫んだあと、テオのほうを向き、彼の表情を見て笑いだした。「絞首台に上る前みたいな顔をしないで。その気持ちは嬉《うれ》しいけど、あなたにそんな犠牲を払わせるわけにはいかないわ」テオはシスビーと同じように学びへの熱意を持っているが、その探求心は科学研究よりも自然界に向けられていた。

「ありがとう」テオはシスビーに向かってほほ笑んだ。「行こう、リード。例の遠征についてコフィーと相談しよう。お前も一緒に来る気になるかもしれないし」

リードは兄に続いて廊下に出たあと、最後に姉妹を振り返り、頭を振った。

「リードは、テオとアマゾンに行くつもりなの？」オリヴィアがたずねた。

「いいえ」キリアは断言した。家族の中でリードと最も親しいのが、二歳しか年が離れていない彼女であり、リードと並んで、モアランド家で最も〝普通〟だと言われている。

「テオに引きずっていかれでもしないかぎり、リードは例のお父さまの工場の問題を投げだしたりしないわ」

「お母さまと出会った場所だからという理由で、お父さまが維持している工場？」

「ええ。お母さまが事務所に押しかけて、自分を鎖でドアにつなぐと脅したことをロマンティックだと思うのは、お父さまだけでしょうね」キリアは笑った。

「お父さまがちゃんと事務所にいたことが驚きだわ」

「若かったのよ。新公爵としての自分の務めを受け入れようとしていたんでしょう。さてと」キリアはシスビーを鏡に向き直らせた。「仕事に戻りましょう」首を傾げる。「帽子も私のをかぶってちょうだい。お姉さまのでは私の作品がすっぽり隠れてしまう。ちょうどいいのを持ってきたの」

〝ちょうどいいの〟は、小皿よりは多少大きい程度のフェルトの帽子で、緑のリボンと小枝飾りが前についていた。

シスビーは笑った。「これほど実用性のない帽子は初めて見たわ。日差しが目に入るのも防げないし、頭を温めることもできない」

「当たり前でしょう。フィリピーナの帽子は芸術作品なんだから」

「どうやって落ちないようにするの？」

「ハットピンよ」キリアは二本の長い、凶器のようなピンを掲げた。

「少なくとも、オリヴィアが言うように追いはぎにでくわしても武器はあるというわけね」

キリアはシスビーの頭の前で帽子の位置を決めた。帽子のうしろは上向きにして、頭頂に巻きつけた髪に触れるようにし、前は額へ斜めにかかるようにした。そのあと、巻きつけてある髪の両側にハットピンを深く挿した。「かわいいわ」

「うん、すごくかわいい！」オリヴィアも同意し、もっと近くで姉を賞賛しようと、座っていたベッドから飛び下りた。「ミスター・ハリソンも見とれるでしょうね」

「キリア、ありがとう」シスビーは心からそう言った。そのちっぽけな帽子はかわいらしく、ドレスと髪型はうっとりするほどすてきだった。

だが、講義室に向かう間じゅう、気を揉《も》まずにはいられなかった。

見た目が変わりすぎていたらどうしよう？　お金持ちに見えすぎたら？　貴族に見えす

ぎたら？　貴族に見える外見というのがどういうものか自分ではわからないが、世間の人はぴんとくるようなのだ。あるいは、自分が誘惑されているとデズモンドは思うかもしれない。私が彼に、異性として惹《ひ》かれていると感じるだろうか？

だが、実際に私はデズモンドが好きで、異性として惹かれているのだから、それを隠すことに意味はないのでは？　明らかにするほうが筋の通った行動に思える。だが、キリアが求愛者たちに、意中の人物を知られないようにしているのも確かだった。

そういうことには混乱させられるばかりだ。シスビーには女の手管というものがよくわからなかった。本ばかり読まず、女性の立ち居ふるまいに関するミス・クラブトリーの授業をもっとよく聞いておくべきだったのだろう。キリアはそうしたことを、習わずとも知っているようだ。

講義室に着いたときには、シスビーの胃はきりきりしていた。御者に王立研究所の少し手前で降ろしてもらい、そこから歩いた。前回、馬車を隠すためにあれだけ小細工をしたことを思えば、今すべてがばれてしまうのは馬鹿げている。

もちろん、デズモンドが自分とまったく同じタイミングで現れたり、外をうろついていたりするはずはなかったし、これだけ時間が早いならなおさらだ。シスビーはデズモンドが着く前に席に座るため、三十分は早く到着するようにしていた。デズモンドが自分の隣に座るかを選択することが重要だった。また、デズモンドがたどり着きやすい席を確保したかったし、あからさまでない形で彼の席を取っておく必要もあった。すべて不要な行為かもしれないが、不確定事項を残したくなかった。

建物に着くまでデズモンドには会わず、彼が外で自分を待ってもいなかったことがわかると、理不尽だと知りながらも少しがっかりした。講義室に入り、室内を見回す。

しかし、すでにその場にデズモンドはいた。シスビーよりも先に来ていたのだ。聴衆はまだまばらだ。デズモンドはシスビーが選んでいたであろう位置に席を取り、隣の席にコートを広げていて、シスビーは胃をきりきりさせながらも笑顔になった。急に、なじみのない気恥ずかしさに襲われる。

デズモンドは体をひねって講義室の中を見回し、その目がシスビーをとらえると、勢いよく立ち上がってほほ笑んだ。胃の中の冷たいかたまりは溶け、シスビーは同じように満面の笑みを返した。デズモンドに近づくにつれ、彼の目に浮かぶ感情が見えるようになり、それはシスビーが望んでいた感情そのものだった。

シスビーは近づきながら手袋を外し、デズモンドに触れたいという衝動を覚えながら片手を差しだした。「ミスター・ハリソン」

「ミス・モアランド」デズモンドの温かい、かすかにたこができた手がシスビーの手を包み込んだ。彼は、求愛者たちがキリアを見るような目で見てきてシスビーを喜ばせたが、その視線はもっと強い何かを帯びていた。「おきれいです」

シスビーは頬が熱くなるのを感じた。このような褒め言葉には慣れていない。幸せに胸がふくらんだが、どう返事すればいいのかわからなかった。

「あなたもです」そう言ったものの、さらに頬が熱くなった。それがこの状況にふさわしい返事でないことだけははっきりとわかった。「つまり、ハンサムってことで、その……今日のあなたはとてもすてきだから」

「ありがとう」

デズモンドが放して初めて、シスビーは手を握られたままだったことに気づいた。「あなたが本当に来るかどうかわからなくて」

「この機会を逃すわけにはいきませんからね」デズモンドは隣の椅子からコートを取り、シスビーとともに座った。「雇い主はいい人なんです。早めに出勤すれば、早めに帰っていいと言ってくれました」

「よかった。でも、研究に使えるはずの昼間の時間をお仕事に費やさなくてはならないのは残念な気がするわ」

「もちろん、研究に専念できるに越したことはないですが」デズモンドは認めた。「でも、仕事も僕の興味の対象です」

シスビーはデズモンドに話を続けてもらうための言葉を探した。これほど彼の近くに座っていては、考えるのが難しかった。「どんなお仕事?」

「光学器械や部品を扱う工房なんです。レンズとか、温度計とか。僕はおもに万華鏡を担当しています」

「万華鏡を作っているの？」

デズモンドはうなずいた。「その分野を進歩させる試みもしています。いろいろな種類の対象物《オブジェクト》を使ったり、対象物の使い方を変えたり。新たなアイデアを追求することもあります。特に、組み合わせ万華鏡に興味があるんです」

「それは何？　万華鏡には詳しくなくて」先ほどの質問はデズモンドと話を続けたい一心で出てきたが、今では好奇心がうずいていた。

「万華鏡の仕組みはご存じですよね。大きさも形もさまざまな、色つきの水晶の破片が入った箱がある。その箱が筒に取りつけてあり、反対端に接眼レンズがついています」

シスビーはうなずいた。「その箱に光が入ると、いろんな角度の鏡が模様を作るのよね」

「そのとおり。組み合わせ万華鏡もパターンを作る仕組みは同じですが、その水晶の破片を撤去し、対象物として身の回りの品を使うんです。例えば、花が断片化され、パターンを作りだす。筒を回せばパターンは変わり、まったく別物に見えます」

「それは面白そう」シスビーは前のめりになった。「見てみたいわ」

「お見せしますよ。あいにく、今は持っていないけど」デズモンドは手元に視線を落として続ける。「もし見たいなら、そうですね……講義のあと工房に来てもらえれば。あなたがふだん行くような場所ではないでしょうけど、誰もいませんし」そこですばやく上げた顔が赤みを帯びていく。「つまり、その、男だらけの工房に入って気まずい思いをすることはないという意味です。でも、よく考えたら、礼儀にかなっていませんね。無作法な提案をするつもりじゃなかったんです。あなたを不適切な状況に誘い込もうとしたわけでは……」

デズモンドの表情はひどくこわばり、真剣そのもので、シスビーは彼の腕に手を置いた。
「気になさらないで。あなたが言いたいことはわかったけど、その点も心配なさらなくて大丈夫。私を知っている人は誰もが、私はそう簡単に気まずい思いをする人間ではないと言うでしょう。私は男性といることに慣れているの。そもそも、男兄弟が四人いるし、講義では自分一人だけが女性ということが多いから」

ほほ笑んで頬にえくぼを作ったところで、シスビーは驚いた。私が男性の気を惹こうとしているなんて。

デズモンドもそう受け取ったらしく、目を輝かせ、自分も笑みを浮かべたが、それは安《あん》堵《ど》の笑みというより誘うようだった。「あなたを怒らせていなくてよかった」
「それに、私の貞操に対して、あなたにふしだらな意図があるとは思えないの。私にも人を見る目はありますから。あなたの工房と万華鏡をぜひとも見たいわ」

内心では、デズモンドと一緒にいる時間を長引かせる口実ができたことを喜んでいたが、そのことを彼に伝えるつもりはなかった。シスビーはそこまで大胆ではない。もちろん、御者と馬車の問題はある。講義の帰りは迎えに来ないようトンプキンズを説得しようとしたのだが、頑《かたく》なに拒まれた。トンプキンズの雇い主はシスビーではなく公爵で、あのぼんやり者の父でさえ、娘が一人で外出するときには馬車での送迎を譲らないのだ。だが何とか、こちらが呼ぶまでは近寄ってこないとトンプキンズに受け入れさせた。前回の手際の鮮やかさを思えば、今回もこっそり私を尾行することはできるだろう。

「家に帰るのが遅くなったら、ご家族が心配するんじゃないですか？」

「いいえ、みんな自分がしていることで頭がいっぱいだし、私の行動パターンには慣れていますから。どっちにしても、私には武器があるし」シスビーは手を伸ばし、キリアのハットピンを一本抜いてデズモンドに見せた。

「それを見たら、紳士らしからぬ衝動も引っ込んでしまいますね」デズモンドはシスビーの帽子を見た。「どうやってそれを固定しているのかと思ってたんです。とても小さいので」

「私もキリアに、実用性がまったくないと言ったの」シスビーは同意した。

「そうかもしれないけど、すてきですよ」

「じゃあ、キリアの言ったとおりね。あの子の帽子なの」

「キリアはご姉妹？　お友達？」

「そうね、どっちもかしら。妹で、私とは似ていないの。科学にも本にもぜんぜん興味がなくて。その点では、テオに似ているわ」

「あなたの双子ですね」

シスビーはうなずいた。「テオと私は似ているところもあるの。二人とも一つのことに夢中になるし、頑固で、人にはときどき……というかしょっちゅう、ずけずけものを言いすぎると忠告される。でも、テオは勉強も読書も昔から嫌いで、旅や冒険が好きなんです。何もかもを見たがるの。私は何もかもを知りたがるけど」

「ほかのごきょうだいは？　双子があと一組いるんでしたっけ？」

「もうすぐ三つになります。アレクサンダーとコンスタンティンという名前で、私たちは〝皇帝たち《グレーツ》〟と呼んでいるの」

「皇帝の名前だから？」デズモンドは笑い声をあげた。

「ええ、しかも実際、皇帝みたいな態度をとるから。とんでもない脅威なんです」

デズモンドは笑った。「その脅威が大好きなんですね」

「ええ。幸い、わんぱくなのと同じくらいかわいくて。見ているだけで楽しいの。二人は自分たちだけの独自の言語を持っているんです」

「冗談でしょう」

「いいえ、本当よ。二人がまだ言葉を身につける前、私たちとは話せなかったんだけど、互いに意思疎通はしていたの。二人が何を言っているのか、私たちにはさっぱりわからなかった。今もときどきそれをしているけど、もっと不思議なのは、二人は互いを見ただけで、あらかじめ計画していたかのように同じ動きをすることなの」

「二人は思考を送り合っている……言葉にせずとも思考が空気を伝わるとお考えですか？」

「少しおかしく聞こえるかもしれないけど」シスビーは認めた。

「僕たちのまわりには目に見えない心霊が存在するかもしれないと考えるのと同じくらい、おかしくはありませんよ」デズモンドは目をきらめかせて答えた。

シスビーは大笑いした。「わかったわ。あなたの勝ちよ。私ももっと先入観を捨てるよう努力します。あなたがどうやってそれを証明、もしくは反証しようとしているのかは想像できないけど」

「いつかうちの研究所に案内しますよ。僕がどんな研究をしているのか見てください」

「いいわね」

今後の計画を立てることは、また会うことを意味してもいた。単なる可能性にすぎなかった〝いつか〟が現実味を帯びてきた。

「ほかのご家族のことも教えてください。お父さまは古物収集家なんですよね？」

「ええ。一緒に住んでいるベラード大叔父は、熱心な歴史学者です。とんでもなく頭がよくて、すごく内気で。でも、「歴史にまつわる質問をすれば、何時間でも話してくれるの」

お喋《しゃべ》りは続き、講義室には人が増えていったが、二人は室内の様子など少しも気にならなかった。話題は、講義をすることになっているミスター・オドリングのことから、講義のテーマである炭素のこと、そして、ヘリウムという最近新たに発見された元素のことに及んだ。シスビーは何日も前からこの講義を楽しみにしてきたというのに、講師が演壇に登ると残念に思ったほどだった。

シスビーは隣のデズモンドが気になるあまり、なかなか講義に意識を集中できなかった。クリスマス講義はいつも出席者が多く、その規模に合わせるため、席はコヴィントンのときより狭く、隣との距離は近かった。二人のどちらかが身動きすれば、腕が当たるだろう。デズモンドの腕がかすめるたびに全身の血が沸騰する状況では、落ち着いた真剣な表情を保つのが難しかった。

講義が終わると、二人はデズモンドの工房に徒歩で向かい、途中で乗合馬車に乗った。シスビーの御者は距離を空けてついてきたが、デズモンドは一度も振り返らなかった。工房は小さく、二つの大きな建物の間にひっそり立っていて、ドアの看板には〈バロウ&サンズ〉と記されていた。二人が着いたときには、灯《あか》りは消えかけ、工房は閉まっていたが、デズモンドはポケットから鍵を取りだしてドアを開けた。ろうそくを灯《とも》し、シスビーを中に入れる。

売り場は狭く、短いカウンターが一つと、その奥に木製の棚が一つあるだけだった。

「普通のお店のようには商品を並べていないんです。お客さんがここに来るときには買うものが決まっているのが普通だし、目的はたいてい特注品ですから」デズモンドは説明し、カウンター脇のドアに近づいていってそれを開けた。

シスビーは今までこのような作業場に入ったことはなく、興味津々にあたりを見回した。備品の棚が、細長い部屋の両側の壁沿いに並んでいる。作業台がいくつかあり、それぞれにスツールが二、三脚置かれていて、どの台にも進行中の作業らしきものが広げられていた。デズモンドはいちばん奥の作業台にシスビーを案内し、その上のガスランプを灯した。ほかの作業台とは違い、デズモンドのスペースは片づいていて、工具は片側のトレーに収納されていた。

デズモンドはしゃがんで作業台の下にある箱の中を漁《あさ》り、万華鏡を手に立ち上がった。

シスビーはそれを受け取ってのぞき込むと、反対端を回してパターンを変えていった。

「きれいね。色がとても鮮やかだわ」

「ありがとう」デズモンドはにっこりした。「うちのレンズは最高品質なんです。僕は鮮やかな色を使うのが好きで」別の万華鏡を取りだす。「これが組み合わせ万華鏡です。これを使って、この台の上にあるものを見てください」工具と鍵をランプの下に置いた。

シスビーはその万華鏡を目に当てた。「すごい！　まったく鍵には見えないわ」それを回し、見えるパターンを変えていく。しばらくしてから万華鏡を置き、笑顔でデズモンドを見上げた。

デズモンドは唇にかすかな笑みを浮かべ、シスビーを見ていた。「気に入ってもらえて嬉しいです」

「ええ、本当にすてき」シスビーは再び万華鏡を手にし、別の対象に向けた。「昼間の太陽光の下で見たらもっとすごいでしょうね。花や遠くの景色や……とにかく何でも見られるわ」

「差し上げます」

「え?」シスビーは万華鏡を下ろし、デズモンドのほうを向いた。

「もうそれはあなたのものです。あなたに差し上げますよ」

「違うの、私、そんなつもりじゃ……。一つ欲しいと遠回しに言っていたわけではないの。これはほかの誰かのために作ったんでしょうから」

デズモンドは頭を振った。「いいえ。それは僕のです。僕が一人で作っていただけなので」

「でも、あなたのを奪うわけにはいかないわ」シスビーは万華鏡をデズモンドに差しだした。

「いや、あなたに差し上げたいんです」デズモンドは万華鏡を持つシスビーの手に手をかぶせ、そっと押し戻した。「お願いです、受け取ってください」

デズモンドはあまりに近く、こちらを見つめる彼のまなざしに、シスビーは息ができなくなった。シスビーはデズモンドのほうに身を乗りだし、デズモンドも同じことをした。

そして、彼はシスビーにキスをした。

# 5

ファーストキスが工房というぱっとしない場所なのは自分らしいとシスビーは思った。だが、キスにはぱっとしない部分は少しもなかった。それは一瞬で終わったが、心臓が胸から弾《はじ》け飛びそうだった。

デズモンドは少しぼうっとした目をして顔を上げ、そのあと身をこわばらせた。「ああ、何てことを」シスビーのウエストを両側からつかんでいた手を放し、半歩後ずさりして、口ごもりながら言った。「そんなつもりはなくて……あなたにもこの状況を利用しないと言ったのに、なのに僕は今……申し訳ない」

シスビーはデズモンドの目を見つめて言った。「謝らないで」前に進みでてデズモンドにキスし、彼の首に腕を絡めた。

デズモンドは驚いたような声をあげたあと、シスビーに腕をきつく巻きつけた。デズモンドの唇は柔らかく、熱く、しなやかで、キスが深まるにつれ、唇の圧迫感は増していった。シスビーはその衝撃にめまいを覚えそうになりながら、しっかりとしがみついた。

デズモンドの腕が巻きつく強さ、手のひらが広げられるさま、鼻孔をくすぐる形容しがたい彼の香り、そして、その唇！　シスビーの唇の上で動き、押し開いて、舌を中に潜り込ませてきた。それには驚き、全細胞が飛び上がったが、次の瞬間、シスビーはデズモンドに向かって溶けていくように、筋肉質な体に体を押しつけていた。

永遠とも思える時間が過ぎたあと、デズモンドはキスを打ち切ったが、シスビーはまだ終わってほしくなかった。顔を上げたデズモンドの目は暗く、深淵をのぞき込むようだった。

「シスビー」

デズモンドが自分の名を呼ぶのを聞くだけで、こんなに心がざわめくのはなぜだろう？　あまりに心地よかったため、同じことをしてみる。「デズモンド」手を伸ばし、その額に落ちている髪の毛を押しやると、彼の表情はそれに反応してかすかに変わった。

私が触れることでデズモンドに影響を与えられる。何て不思議で、何て心躍ることなんだろう。試しに頬に手を当てると、今度は彼の体温が上がるのが感じられた。

デズモンドはシスビーの手に手を重ね、しばらくその場に留《とど》めたあと、手を握って持ち上げ、手のひらにそっと優しくキスをした。「僕は……僕たちは……そろそろ帰ったほうがよさそうだ」

「そうよね」

デズモンドはうなずいたが、後ずさりはしなかった。それどころか、顔を傾けてもう一度、ゆっくりシスビーにキスをしたあと、顔を上げ、両手をジャケットのポケットに突っ込んだ。二人で工房から外に出る間、デズモンドは黙っていた。シスビーも黙っていた。二人の間にある感情は、言葉で伝えるにはあまりに壊れやすいものだった。

デズモンドはシスビーを乗合馬車まで送り、シスビーはそこから同じ茶番を繰り返して、最終的に自分の馬車に乗って自宅に向かった。デズモンドのキスの記憶を、自宅までの道中ずっと胸に秘めていた。この時間はあまりに個人的で、妹たちにさえ話せるものではなかった。きっと、いずれはそれを分析し、その意味について考えるだろう。だが、今はただその中に浸っていたかった。

ブロートン・ハウスに入ると、母が玄関広間のテーブルの脇に立って、封をされた手紙に顔をしかめているのが見えた。背が高く、背筋がぴんと伸びた公爵夫人は、キリアが大人になった姿を髣髴《ほうふつ》とさせた。鮮やかな赤毛には白髪が交じりつつあり、ウエストまわりは少し厚みを増していたが、奥からにじみでるような美貌は健在だった。母ほど迫力のある女性をシスビーは知らない。強い信念と確固たる目標を持つエメリーンは、何があろうとも自分の立場を譲らなかった。そのため、一通の手紙にためらい、警戒さえしているのは、普通ではなかった。

「お母さま？　何かあったの？」

「公爵未亡人からよ」

「ああ」それで理解ができた。公爵の母親は筆まめではなく、嫁に手紙を書いてくるのは、文句があるときかありがた迷惑な助言をするときしかなく、たいていはその両方だった。公爵未亡人以外にエメリーンを動揺させられる人物も、シスビーは知らない。「さっさと片づけたほうがいいわね」

「わかってる」エメリーンはため息をつき、封を切った。「今日はとても楽しかったの。キリアとオリヴィアが午後いっぱい、アレックスとコンを裏庭で追いかけ回して疲れさせてくれたおかげで、双子は夕食のあとすぐベッドに入ってくれた。これで新しい子守りを雇わずにすんだわ。なのに、今はここにこんな手紙がある」

「少なくとも短いのはいいことよ」母が一枚きりの紙を開くと、シスビーは指摘した。

「確かにそうね」母はうなずき、手紙を読むために少し手を伸ばした。それはエメリーンの数少ない見栄《みえ》の一つだった。手元を見るための眼鏡をかけることをまだ拒否しているのだ。「皆さんにメリークリスマスを、ですって。それから、やっぱりね、こんなことだろうと思った……休暇に一人きりでバースにいることを嘆いているわ」エメリーンは顔をしかめ、娘に目をやった。「まるで、私があの人をあそこに縛りつけているみたい。私はロンドンで一緒に過ごしたらどうかと言ったのよ。だけど、公爵未亡人は来なかった」

「おばあさまには少し芝居がかったところがあるから。実際にはお仲間と楽しくやっているはずよ」

「もちろんそうでしょう。続きは……ちょっと、最悪だわ！」エメリーンはぞっとしたように手元の紙を見つめた。「気が変わったそうよ」

「こっちに来るの？　ロンドンは嫌いなんだと思ってたわ」

「嫌いよ。空気が〝不衛生〟らしいわ。まあ、正直に言えば、それは否定できないけど。でも、見て」公爵夫人はシスビーに手紙を振ってみせた。「社交シーズンのために来るそうよ。私、シーズン中ずっといるよう誘ったつもりはないんだけど」

「あらまあ」

「私の〝社交活動の経験の浅さ〟から考えて、キリアの社交界デビューが適切に行われているはずがないと言っているわ。レディ・ジェフリーズは私の児童労働反対運動の有力な支援者というだけじゃなく、社交界の指導的立場にある方だと知らないのかしら。レディ・ジェフリーズはお優しくも力を貸してくださっているし、キリアもあの方を尊敬しているわ。これは断言してもいいけど、公爵未亡人はロンドンに来て数日後には社交界の半数の反感を買うでしょうね。それに引き換え、レディ・ジェフリーズはキリアをうまく社交界に紹介してくださっているもの」

「キリアもいやがるわ」シスビーは同意した。「おばあさまはキリアがやることなすこと文句をつけるに決まっているから」

「もちろんそうでしょうね。それが公爵未亡人の目的よ。そのうえ、私の人生をいっそう困難にさせることもできる」エメリーンは陰気に言い添えた。「私はあの人と渡り合えるけど、あなたのかわいそうなお父さま……ヘンリーは間違いなく腹を立てるわ。公爵未亡人は息子が公爵の務めを逃れて〝壺《つぼ》と戯れて〟いることに文句を言うか、〝聖人のような〟父親と比べるかだもの。前公爵のこと、生きていたころよりも亡くなった今のほうが大好きみたい。ヘンリーが自分より身分の低い女と結婚したと、ことあるごとに指摘するし。それを言われるとヘンリーは必ずかっとなって、あなたも知ってのとおりお父さまは腹を立てることが大嫌いだから」

「ベラード大叔父さまは、おばあさまが着いた瞬間逃げだすでしょうね」

「ええ。自分の部屋にこもりっきりになるわ。かわいそうに、叔父さまはあの人を死ぬほど恐れているの。何をされると思っているのかは知らないけど……義理の姉にすぎないのに」

「それは、〝ベラードは頭がどうかしているから屋根裏に閉じ込めるべき〟って、おばあさまが言っているせいだと思うわ」

「そうね。公爵未亡人の言い草は本当にひどいけど、ベラード叔父さまはヘンリーがそれを絶対に許さないこともわかってほしいわ。前公爵だって、いくら妻が文句を言おうともそれはできなかったんだから。ヘンリーが言うには、前公爵が病の治療を受けたがらなかったのは、妻から逃れたかったからだそうよ」エメリーンはため息をついた。「ごめんなさい、シスビー。あなたの前でおばあさまを批判するのはよくないわね。おばあさまはあの人なりにあなたたちを愛しているのよ」

「わかってる。特にテオがお気に入りよね。テオとリードなら、おばあさまがお父さまを怒らせないようにできるかもしれないわ。双子もおばあさまにまた会えて嬉《うれ》しいでしょうし」

エメリーンは笑った。「そうね。双子はおばあさまをも恐れないから」

「あの子たちが恐れる相手なんてそういないわ。双子はおばあさまがたくさんつけているぴかぴかしたものが大好きなの。おばあさまを恐れているのはオリヴィアよ。オリヴィアは自分の〝才能〟を受け継いでいると、おばあさまがしつこく言うから」

「ええ、オリヴィアはベラード叔父さまと一緒に、本と戦争だらけの叔父さまの部屋に閉じこもるかもしれないわ。でも、オリヴィアはああいう子だから、それで満足でしょうね。オリヴィアが一緒なら、叔父さまが食事を抜かないようにもしてくれるでしょうし」

シスビーは階段を上り、双子の兄の部屋の前に来ると足を止めた。テオは隅にある小さな書き物机の前に座り、本を開いて、紙に何かを書き留めていた。シスビーはしばらくその様子を眺めた。

これまでずっと、テオは自分にとって最も近しい存在だった。ほかのきょうだいと愛情の量が違うというわけではない。人生に欠かせないという点では全員同じだ。だが、テオとはそれ以上の絆《きずな》が、言葉にせずとも存在する共感があった。テオの興味の対象がどれだけ自分と違っても、こちらが感じるものはテオにも通じたし、その逆もしかりだった。シスビーは特にエジプトに興味はなかったが、昨年テオがそこに行ったときには、彼の興奮を理解することも感じることもできた。実験が失敗したとき、シスビーはテオにそのことを打ち明けられたし、その失望の一部をテオも感じてくれていることがわかった。

だが今、新たな男性が自分の人生にじりじりと入り込んでいるこの状況で、シスビーは初めて、重要な何かを双子の兄に隠そうとしていた。そのことに胸がざわめき、罪悪感を抱かずにはいられなかった。

だが、テオのことはよく知っている。母がどれだけ息子たちを啓蒙《けいもう》しようと、ふだんは親しみやすく気楽なテオも、妹たちには過保護な兄だった。キリアはついに、自分に言い寄る男性たちをにらみつけて意地悪な質問をするのなら、テオが参加するパーティには行かないと言いだしたくらいだ。双子の妹に近づく男性なら、相手の意図をいっそう怪しむのではないだろうか。デズモンドに会いたがるのは確実で、テオに尋問される目に遭わせたくはなかった。

テオは振り返ってシスビーを見た。作業を中断されたことは少しも気にしていない様子で、鉛筆を放りだして立ち上がる。「やあ、シスビー。講義はどうだった？」

「最高だったわ」シスビーはテオに近づいた。

「何の話だったんだ？」

「炭素の性質についてよ」

「確かにそれは最高だ」テオは顔をしかめた。

「ほかにも、嬉しくない知らせがあるの。おばあさまがこっちに来るわ」

「いつ？」テオは用心深くたずねた。「僕はもういないかもしれないけど」

「そこまで運良くはいかないわよ。今すぐにでも来るような口ぶりだった」

テオはうなった。「じゃあ、僕がオペラに連れていかなきゃいけなくなる。芝居にも。何もかもに」

「連れていかなきゃいけないわけじゃない」

「連れていかないと、相続人としての務めについて延々と説教されるんだ」

「おばあさまのお気に入りでいることの代償ね」シスビーは言い返した。

「僕が相続人だからだよ。お前が相続人になればいい」

「私？　いいえ、けっこうよ。それは私が唯一、女性が参加するのを許されていなくてよかったと思う領域だから。そもそも、私は相続人に向いていないわ」

「僕が向いてると思うか？」テオは自分の運命を憂えるように、顔をしかめた。「リードならうまくやるよ。あいつが相続するべきだ」

「実際、実務は全部リードがすることになるんじゃないかしら」シスビーはからかうように言い、テオは気弱に笑った。シスビーはテオのデスクのほうを見た。「何をしてたの？手紙を書いていたわけじゃないわよね」

「まさか、違うよ」テオの筆無精は誰もが知るところだった。「遠征に持っていくものを書きだしていたんだよ。日程が決まったんだ」

「今日キャヴェンディッシュ博物館の人に会いに行っていたのはそのため？」

テオはうなずき、目に興奮の色を浮かべた。「ああ、指南役が見つかったんだ。膨大な時間をかけて、アマゾン川のことなら何でも知っている人を探してくれてね。一カ月後には出発する」

「そんなにすぐ？」シスビーは胸が締めつけられるのを感じた。「冬に出るの？」

「ほら、向こうは季節が逆だから」

「そうね、そうだったわ。忘れてた」シスビーはとっさにテオに抱きついた。「ああ、テオ！　寂しくなるわ」

「シスビー」テオは双子の妹を抱きしめ、背中を優しくたたいた。「大丈夫だ。永久にいなくなるわけじゃないし」

「わかってる」シスビーはテオから離れ、笑顔を向けたが、その目は少し潤んでいた。

「遠征は今まで何度もしてるだろう。去年はエジプトに行ったし」

シスビーはうなずいた。「わかってるわ。ドナウ川にも行ったわね。大陸旅行にも」

「ほらね？　今回も同じだ」

「今回はすごく遠いわ。それに、とっても謎めいてる。ジャングルだもの」

「ああ」冒険の話をするときはいつもそうであるように、テオは目を輝かせた。「ジャングルを見るのが待ちきれない。色とりどりのオウムがいるそうだ。猿もいる。蔦《つた》は僕の腕くらい太いらしい」

「あなたの腕くらい太い蛇もいるわ」シスビーは指摘した。「人食い魚もいるんじゃない？」

「ああ」テオは楽しげに答えた。「最高だろうな」

シスビーは怒ったふりをして頭を振った。「テオ、危険な目に遭うかもしれないのに、なぜそんなにわくわくしていられるのかわからないわ」

「ほら、ハーマイオニー大おばさまがよく言ってただろう、僕にはガチョウ並みの感性しかないって」

「まあ、とにかく、私はあなたを愛してるということと、もしあなたが死んだら私は激怒するということは覚えておいて」

「死なないよ、約束する。それに、あっというまに帰ってくるから」テオは手を伸ばし、シスビーに両腕を回した。「僕も寂しくなるよ」

シスビーはため息をついてテオにもたれかかった。「大人になって、前に進むのは、少しつらいときもない？」

「でも、僕たちが本当の意味で離れ離れになることはない。それに、未来のことを考えてみろよ。僕は未来を見るのが待ちきれない。お前は？」

「私もよ」シスビーは体を引き、テオにほほ笑みかけた。「きっとすばらしい冒険になるわ」

それから一週間半というもの、シスビーはクリスマス講義でデズモンドに会い続けた。講義はそのあとに三回あり、毎回二人は早めに到着し、終わったあとは散歩しながら話をした。街路をあてもなく往復したり、公園に行ったり、袋から熱い焼き栗《ぐり》を出して食べたりした。

そして、二人はあらゆる事柄について話した。科学研究が持つべき倫理について、資金調達の問題、足りない設備、世の中のあらゆる人に科学の世界を知ってもらえる可能性……。

「最初は写真に興味を持ったんだ」デズモンドは言った。

「心霊写真？」

「いや、普通の。写真家になろうかと思っていた。教区牧師が僕をゴードン教授に紹介してくれたのも、それが理由なんだ。ゴードン教授がその分野に興味を持っているのを知っていたから。たぶん、僕が大学に行って、もっと知的な何かに惹《ひ》かれるのを期待していたんだと思う」

「そのとおりになったわけね」

「牧師が想定していたような、哲学や神学とは違ったけどね」

「あなたも聖職者になろうと思っていたの？」

「いや。牧師がそう望んでいただけなんだ」デズモンドはシスビーに悲しげな笑顔を向けた。

「写真家にならなかったのはなぜ？」

「ガラス板にコロジオンを塗って銀液に浸《つ》け、写真を撮ってそれを現像する……いったんそのプロセスを学んだら、同じことがこのまま続くとわかったんだ。技術を磨いたり、役に立つ装置を作ったりすることはできても、同じ作業の繰り返しなんだろうなと。それで、僕がやりたかったのは銀板写真を撮ることじゃなく、その方法を学ぶことだったと気づいたんだ」

「物事を発見して、新たな知識を得たいのね」

「そのとおり。僕は大学に通いながら、〈バロウ&サンズ〉で働くようになって、そこからプリズムと光の性質に興味を持った。そこには発見と探究の可能性があったんだ。人間の目には見えない帯域がほかにも存在するのか?って」

シスビーはデズモンドがこういう話をする姿を見るのが大好きだった。熱意に顔が輝いて、説明する両手が動き、目はきらめき、しなやかな体に力強さと集中力がみなぎっていた。

あるいは、デズモンドが話をする姿そのものが好きなのかもしれない。二人でもっと静かに、普通の話をするのも楽しかった。自分のことや家族のこと、好きな本のこと、誰かの馬鹿みたいに高価な帽子のこと、自分がした失敗のことも。

シスビーは数年前に起きた、実験の爆発事故のことを話した。「反応は予期していたんだけど、そこまでおおごとになるとは思っていなかったの。水槽が丸ごと吹っ飛んだわ。ノートは全部だめになった。もちろん、実験で火事を出したときよりはましだったけど。カーテンが焼けただけだったんだけど、母はかんかんになったわ」

デズモンドは笑い、ロンドンに引っ越してきたばかりのころに見舞われた数多くの不運の一つを話してくれた。デズモンドの笑う姿は、彼の熱意と同じくらいシスビーを惹きつけた。目には楽しさと、少しの驚きが躍る。きっと笑うことに慣れていないのだ。だから、もっとデズモンドを笑わせたくなる。キスしたくなる。

だが、そのチャンスはあまりなかった。最初は講義室、そのあとは街路と、二人はいつも人目のある場所にいた。デズモンドの手を握るチャンスすらなく、キスとなればなおさらだった。だが、一度か二度、公園で誰にも見られない場所に行くと、デズモンドはシスビーを引き寄せてすばやくしっかりとキスをした。二人の唇は冷たかったが、体の奥深くに炎が燃えた。

シスビーはデズモンドと二人きりになりたかった。どこか暖かい場所に行きたいとも思った。講義はもうすぐ終わってしまうし、そうなればどこで会えばいいのだろう？　まず思いつくのは、デズモンドにブロートン・ハウスを訪ねてもらうことだ。

ブロートン・ハウスでも二人きりにはなれない。お目付け役である母以上にたえず目を光らせそうな人間がいるし、屋敷の中には人が多すぎて、誰がいつ現れてもおかしくない。キリアが社交界デビューした今、彼女に会いに来る若者が毎日一人はいる。それでも、公園や公道や講義室よりは、二人きりに近い状態になれるだろう。

問題は、デズモンドがブロートン・ハウスを見ればすぐに、シスビーは貴族であるという事実に気づいてしまうことだ。そうなれば、父親は公爵だと言わざるをえなくなる。デズモンドは相手が淑女であることは察しているはずだ。言葉遣い、物腰、大陸で教育を受けた過去、家族の行動から、それはすぐにわかるだろう。だが、〝レディ〟の称号を持つことには気づいていない。上流階級の学者の娘と公爵の娘は大違いなのだ。

もちろん、自分の家族が何者なのかはデズモンドに伝えなくてはならない。むしろ、とっくに話しておかなければならなかったことだ。シスビーは嘘はついていないが、真実を隠しているのは確かだった。自分や家族について話すときはいつも、モアランド家の社交界での立場を示すような詳細は慎重に省いている。最初はデズモンドを怖がらせないためにそうしていたが、この状態が長引くにつれ、彼を欺いているような気持ちが強くなっていた。

だが、その告白がすべてを台なしにすることが怖くて、シスビーは先延ばしにし続けてきた。デズモンドの態度が変わったらどうする？　自分への気持ちが変わったら？　それでも自分をありのままに、一緒に散歩してきたシスビーとして見てくれるだろうか？　それとも、二人の雰囲気は急にぎこちなくなってしまう？　シスビーは本物の科学者ではなく、バーデット＝クーツのように、遊びで科学に手を出しているだけのレディだと思うのではないだろうか？　デズモンドは対等に話をしてくれる数少ない男性の一人だ。自分の社会的地位のせいでそれが変わってしまうのは耐えられなかった。

でも、きっとそんなはずはない。何しろ、デズモンドはすでに私のことを知っている。名前に称号がつくという理由だけで、色眼鏡で見るようになるはずがない。問題は、この予想が間違っていたときのリスクが大きすぎることだった。

日が経《た》つにつれ、黙っていることへの罪悪感がふくらんできた。言わなければならない。クリスマス講義の最終日に言おうと心に誓った。言わなければ、コヴィントン研究所の次の集まりまでデズモンドに会えなくなるし、それは二週間以上先なのだ。それでも、クリスマス講義の最終回のあと、粉雪が舞う公園を歩いている間に、シスビーはその言葉を発することができなかった。

誰もいない、周囲からも見えない場所に来ると、デズモンドはシスビーを抱きしめてキスした。それはうっとりするようなキスで、デズモンドが顔を上げたとき、二人とも呼吸が少し乱れていた。

「また君に会いたい」デズモンドは言った。

「ええ。私も」今こそ、真実を打ち明けるときだった。「だから、その……」シスビーはデズモンドの目を見た。突然胃がひっくり返り、彼が自分から離れていくことしか考えられなくなった。「大英博物館の図書室で会うのはどうかしら。あそこなら女性も入れるわ。女性用の雑誌閲覧室にいなきゃいけない決まりもない」

「いつ？」

「そうね……」明日では必死すぎると思われるだろう。「日曜の午後はどう？」

デズモンドはにっこりした。「わかった」そして、再び身を屈《かが》めてキスをした。

それは満足のいく一日の終わりだったが、シスビーは家に帰る道すがら、デズモンドに真実を告げなかった自分を責めた。彼が離れていくと思うなど馬鹿げている。たいていの人は、シスビーの父親が公爵であることに感銘を受ける。科学者の後援者について話しているときに、デズモンドが〝金持ちの好事家〟に多少とげのあるコメントをしたからといって、彼がシスビーのこともそう思うとは限らない。デズモンドはシスビーという人間を知っているのだから。

デズモンドがほかの人々と同じ反応をすると考えるのは、彼を見くびる行為だ。デズモンドは巨大な屋敷の奥を見通し、家族の真の姿を見てくれるはず。むしろ、それができない男性なら、いくら諦めるのがつらくとも一緒にいるべきではないだろう。

日曜に会ったときに話そう。また口が動いてくれないなら、紙に書いてそれを見せればいい。

だが、ブロートン・ハウスに入り、かばんとトランクが玄関に散乱しているのを見ると、シスビーの心は沈んだ。デズモンドに披露するのに、自宅よりも不適切なものがあった。

祖母がやってきたのだ。

# 6

一人の女性の一時的な滞在にこれほどの荷物が必要になるなんて、ありえない。祖母は残りの人生をこの家で過ごすつもりではないかとシスビーは不安になった。だが、公爵未亡人はいつも旅行に異様な量の服を持っていく。それに、〝お宝〟の収納箱も肌身離さなかった。

「シスビー！」母が安堵《あんど》の表情を浮かべ、振り向いた。「おばあさまがいらっしゃったわ」

「ええ、そのようね。いらっしゃい、おばあさま」シスビーは前に進みでて祖母の頬にキスをした。

公爵未亡人はとりたてて大柄ではないが、なぜか大きく見える。髪は銀髪に近くなり、目は灰色で、顔はかつての美貌を残している。氷のような目と頑固そうなあごがなければ、優しくて愛情深いおばあちゃん像そのものだっただろう。

公爵未亡人はいつもどおり流行《はやり》のドレスを着て、双子を魅了する宝飾品をつけていた。金のネックレスが喉に巻かれ、片腕にはそれと揃《そろ》いのブレスレット、もう片方の腕には黒曜石があしらわれた服喪用のブレスレットをはめている。大きな指輪が三本の指を飾り、ウエストには鎖飾りがついていた。鎖飾りには金縁の鼻眼鏡やその他の〝必需品〟がぶら下がっている。気つけ薬、鏡、消化剤、小さな裁縫キット、小型のはさみが、それぞれ装飾のついた金の容器に収められているのだ。鏡の裏にはダイヤモンドの粒でイニシャルがあしらわれていた。

「あなたのお母さんから、テオは留守だと聞いたわ」公爵未亡人は言い、咎《とが》めるような目でエメリーンを見た。

「いらっしゃる日がわかっていれば、テオも家にいておばあさまをお迎えしていたはずですわ」エメリーンは辛辣に答えた。

「快適な旅だったならいいのだけど」シスビーはすばやく言った。

「不快に決まってるでしょう。列車の騒々しさときたら……あれでは気分が悪くなるわ。本当は馬車で来たかったのだけど、ハーマイオニーのために置いてきてあげたのよ」

「レディ・ロチェスターがバースに？」シスビーはたずね、母と視線を交わした。そういうことなら、祖母が突然この家に来る気になったのも理解できる。

「ええ。温泉が痛風に効くと思ってるのよ。毎晩ローストビーフを一皿食べるのをやめれば、痛風はもっとよくなると言ってやったわ。もちろん、私の言うことなんて聞きやしないけど。ハーマイオニーの体調を考えれば、馬車は置いてきたほうがいいと思ったから、私は列車で来たの。私、ふだんは文句を言うほうじゃないんだけど……」公爵未亡人はそこから、列車の乗客、ポーターの無能さ、駅のまわりを薄汚れた子供たちが走り回っていることに盛大な文句を言った。

「それほど道中が大変だったのなら二階に上がって休んではどうかと、さっきもおばあさまに言っていたのよ」エメリーンは言った。

母と祖母が互いの名前を呼ぶのを避けているのは、ちょっと面白い。

「何言ってるの。私はまだ昼寝をしなきゃいけないほどの年寄りじゃないわ。寝すぎたら脳の働きが鈍るのよ」公爵未亡人は向きを変え、公爵も家族もほとんど使わない、正式な応接間へと歩いていった。

エメリーンはため息をついてシスビーのほうを向いた。「あなたが帰ってきてくれてよかった。ほかには誰もいなくて。まあ、ベラード叔父さまはいるけど、公爵未亡人の声を聞いた瞬間、裏階段を駆け上がっていったわ。ヘンリーはクラブに行ったとフィップスが言っていたけど、それも嘘じゃないかと思うの」

二人は公爵未亡人に続いて応接間に入った。彼女は巨大な暖炉の脇の椅子に座っていた。

「ここは冷えるわ」

「この部屋にはふだん火を入れていないんですよ、めったに使わない部屋なので」エメリーンは答えた。「でも、あなたがいらっしゃったときにフィップスが火を入れてくれました。もうすぐ暖かくなりますよ」

「でも、お客さまはどこにお迎えするの？　まさか、あのおぞましい、悪趣味な赤い部屋なんて言わないでしょうね」

「ええ、私は〝スルタンの間〟をよく使います」

公爵未亡人は非難がましく鼻を鳴らし、部屋を眺めた。「ここはとても格式の高い応接間よ。昔から大好きだったわ。これほど質のいい細工は最近では見られないもの」暖炉を取り囲む、彫り模様が施されたクルミ材の炉棚と羽目板を手で示した。「ヘンリーのご先祖さまと話すために、よくここに来ていたの」十七世紀の服装をした陰気な顔つきの肖像画に、愛《いと》おしげにほほ笑みかける。

「エドリックじいさんと？」シスビーの声は上ずった。「でも、二百年前に死んだ人よ」

「シスビー、言葉遣いに気をつけなさい」祖母は叱った。「ご先祖のことをそんなふうに生意気な呼び方をしたらだめ。何しろ、エドリックは初代ブロートン公爵なんだから」

「ごめんなさい。私はただ、その、おばあさまが初代公爵と話をすることに驚いてしまって。おばあさまは親しい人とだけお話をするんだと思っていたから」

「もちろん、よく話すのは前公爵よ。母もよく訪ねてくれるわ。でも、その二人だけじゃないの。霊魂はいろいろな場所で私に呼びかけてくる。私のような〝才能〟を持っている人間に気づくの。オリヴィアも同じよ」首を傾《かし》げ、シスビーをまじまじと見る。「霊魂が言うには、あなたも〝才能〟を持っているそうよ。少しかもしれないけど」

これは新しい展開だった。シスビーは生まれてからずっと、祖母が〝才能〟を自慢するのを聞いてきた。幼いころはそれを聞くたびに鳥肌が立ち、悪夢を見ることさえあった。何よりも不気味だったのは、家で飼っている子犬が死ぬのを見たと祖母が言った一カ月後に、その子犬が道路にさまよいでて、通りかかった荷馬車に轢《ひ》かれて死んだときだった。今では、祖母の予言を聞いても身震いすることはないが、自分も同じ能力を持っていると言われると胸騒ぎを覚えた。

「ずっと、オリヴィアがその才能を持っていると言っていたでしょう？　私じゃなくて」

「私もあなたが持っているとは思わなかったのよ」公爵未亡人は肩をすくめた。「でも、母が私に教えてくれたの、我が家の血筋の女性は全員それを持っていると。といっても、キリアにあるとは考えにくいわね。あの子は間違いなく、あなたに似ているから」公爵未亡人はエメリーンを見た。

「間違いなく」エメリーンは穏やかにほほ笑んだ。

もしかすると、デズモンドを祖母に会わせるのはそう悪いことではないかもしれない。デズモンドは幽霊の存在を信じる師匠に慣れている。祖母のことも研究したがるかもしれない。そう思うと、シスビーは笑いそうになった。

「キリアはどこ？」キリアがどこかに隠れているかのように、公爵未亡人は室内を見回した。「あの子のデビューのことで話があるんだけど」

「リードが妹たちを博物館に連れていっているんです。前からオリヴィアと約束していて」

「キリアが大英博物館に？」シスビーは眉を上げた。「キリアはあの博物館が嫌いなのに。あそこに行くと窒息しそうになると言って」

「それはエジプトと〝肥沃な三日月地帯〟の区画だけよ。たぶん、ミイラのせいでしょう。リードがその区画には入らなくていいと言っていたみたい。キリアは古代の宝飾品を見たいらしくて。それに、ケネス・ダンカンが今日訪ねてきそうな気がするとも言っていたわ」

「キリアには確かに宝飾品を見る目があるわ」祖母は認めた。「そこは私に似ているわね。私のアクセサリーの趣味のよさは昔から有名だから。私が若いころは、女性はあまり装飾品をつけず、カメオ一つ、真珠一連程度だったの。あの時代が終わってくれて本当によかった。まあ、そんなことはどうでもいいわ。私が本当に心配なのはシスビーのことだから」

「私？　おばあさま、私には何の問題もないわ。何も心配してくださらなくていいのよ」

「でも心配よ。あなたも社交シーズンに参加しないと」

「私には必要ないわ」これは昔から繰り返されてきた議論だった。ようやく祖母も諦めてくれたものと思っていたのに。「ああいうことは好きじゃないし」

「何言ってるの。若い女性には社交シーズンが必要よ。そこ以外でどうやって夫を探すの？」

「講義で出会うかもしれないわ」シスビーはにっこりして言った。

「出会うって、学者と？」公爵未亡人はぞっとしたように言った。「違うわ、私が言っているのは結婚相手にふさわしい人ということよ。あなたの地位に見合った人。モアランド家の人間は適切な結婚をすることに慎重にならなくてはいけないの」エメリーンに含みのある視線を向けた。

シスビーはすばやく立ち上がった。「とにかく、私は社交界デビューするには年を取りすぎているわ。もう二十一だもの」

「私が言いたいのはまさにそこよ」公爵未亡人は勝ち誇ったように言った。「あなたもそろそろあとがない年齢になってきた。じきに行き遅れだと見なされてしまうわ」

エメリーンが突然立ち上がった。「ねえ、二人ともシェリーはどう？」

幸い、その後話題が蒸し返されることはなく、まもなく家族の面々がばらばらと帰ってきて、シスビーは祖母と会話をする重荷から解放された。母の隣を父に譲り、父の恨めしそうな視線は無視してその場を離れ、静かにドアの外に出ることができた。

しかし、夕食と一家だんらんは逃れようがなかった。ベラード大叔父までもが姿を現したが、公爵未亡人に挨拶をすると、自分の務めは終わったとばかりにそそくさとテーブルのいちばん遠い席に座った。一家はふだん、男性陣が夕食後にブランデーを飲むという一般的な習慣には従わないが、公爵は母親が訪ねてきたときは喜んでその習慣を復活させた。とはいえ、男性たちがそこに留《とど》まれる時間はそう長くはなく、結局はいかめしい雰囲気の応接間に集う女性たちに合流するはめになった。

周囲で会話が続く中、シスビーは物思いにふけっていた。初代公爵の肖像画を見上げる。シスビーは幼いころ、祖母が死者と意思疎通ができるという話をするのは、単に注目されたいからだと思っていた。その行為は、自分が助言したいことをほかの誰かの言葉として伝えることにも利用できた。だが、シスビーが十四歳になったある午後、公爵未亡人の部屋の前を通りかかったときに、祖母が宙に向かって話をしているのが見えた。

それを思い出すと、今も体が震えた。その場面は衝撃的なうえ不気味で、公爵未亡人は本気で自身が死者と話せると信じていることがわかった。

デズモンドが父の爵位に怯《おび》えることは心配しなくていいのかもしれない。それよりも、変わり者の家族のせいで逃げだす可能性のほうが高そうだ。

そのあと、ベッドに入ったシスビーは眠ろうとしたが、何年も前のあの光景が頭を離れなかった。公爵未亡人の思いやりにあふれた、笑みすら浮かべた顔が思い出される。何よりもぞっとしたのは、その笑顔だった。

それ以外の点では、横柄で批判的であっても、祖母はしごくまともだ。だからこそ、会話の中にときどき奇妙な物言いが挟まるのが、いっそう不気味に思えるのだ。心霊と話をするのが日常であるかのように、ごく気軽に言及する。もしかすると、祖母は本当に正気を失っているのかもしれない……。


熱い、とても熱い。熱がシスビーを取り巻き、押し寄せてくる。なぜここにいるのだろう？　何が起こっているのだろう？　そこらじゅうで火が爆《は》ぜる音が聞こえた。濃く黒い煙が立ち込め、窒息しそうだ。

ここから出なければ。彼を見つけだして、救わなければ。

遠くで悲鳴が、終わりなき苦悶《くもん》のおぞましい声が聞こえた。自分にもその時が来るのはわかっていた。叫び声と嘲りの声、群衆のがやがやとした話し声が近づいてくる。彼らの憎しみが、興奮が感じられた。シスビーの死という見世物を求めているのだ。

「助けて……この子を助けて……お願い」

火が爆ぜる音は大きくなり、空気は肺を焼くほどに熱くなった。焚《た》きつけは今や炎を上げ、火はより太く重い薪《まき》に燃え移っていた。シスビーは炎から離れようとしたが、動けなかった。必死に身をよじったが、無駄だった。

何かがウエストに巻きつけられ、背後の硬い柱に固く縛りつけられた。シスビーは泣きながら重い縄を引っかき、必死に爪を立てて引っ張った。手首も縛られ、太くざらついた縄に触れるのはいっそう難しくなった。

天を仰ぎ、シスビーは叫んだ。「放して！」

シスビーははっと目を覚ました。鼓動は速く、胃は恐怖に締めつけられていた。びっしょり汗をかいている。煙と火の記憶はあまりに鮮明で、あまりに恐ろしく、シスビーはベッドを出てドアを開け、廊下に出て火の気配を探した。もう何も燃えてはいない。煙の匂いもしない。単なる悪夢だったのだ。

何て奇妙な悪夢だろう。ふだん見る悪夢とは違い、逃げることも、落ちることも、何かに間に合わないというようなせっぱつまった感覚もなかった。なぜ炎の夢を見たのだろう？　家の中に火の手はなく、煙の匂いもしない。今日起こった出来事の中にも火に関係するものはなかった。

さらに言えば、なぜ火あぶりの刑にされる夢を見たのだろう？　柱に縛りつけられ、火に取り巻かれている……あの光景は火あぶりに違いなかった。シスビーがふだん夢に見る危険は漠然としたもので、正体がわからないことも多い。だが、これは異常なほど鮮明で、詳細にわたっていた。

そして、〝この子〟とは誰だろう？　シスビーにも、親しい人間にも子供はいない。それ以上にぞっとするのは、聞こえた声が自分の声ではなかったことだ。

まるで、ほかの誰かの悪夢を見ているかのように。

そう思うと、体に小さく震えが走った。綿のねまき一枚でここに立っていたため、すっかり冷えていることに気づく。急いでベッドの中に戻り、腕をさすった。指先に鋭い痛みを感じてたじろぐ。顔をしかめ、ベッド脇のろうそくを灯《とも》して両手を見下ろした。爪がぼろぼろになり、一つは割れていて、指先は赤くなって皮が剥《む》けていた。

まるで、今までざらついた縄に爪を立てていたかのように。


デズモンドは目の前にある装置の接眼レンズをのぞき込んだ。このアイデアは失敗だ。顔を上げ、問題点を考えながら、目の前の紙に大ざっぱにデザイン画を描く。分光器を作るための最近の試みはほとんどが失敗しているわりに、驚くほど失望を感じなかった。この上機嫌はなかなか削《そ》がれるものではない。日曜にシスビーに会えるのだ。デズモンドは一人でにんまりした。

図書室でシスビーに会うのは、理想的とはいえなかった。もちろん、そのあと散歩しながらお喋《しゃべ》りはできるが、シスビーの隣に座り、彼女の存在を強く意識しながら過ごす講義が恋しかった。どこか秘密めいていて、まるで逢引《あいびき》をしているような……。実際にそうなのだろう。人目を忍んで二人きりになるのではなく、人目のある場所にいる点が違うだけだ。

シスビーと二人きりで会えればいいのに。シスビーと歩き、話し、笑い合うのはすばらしかった。これまでの人生で、シスビーと一緒にいるときほど笑い声をあげたことはなかった。ほほ笑むことさえなかったのではないだろうか？

シスビーの腕に触れたかったし、たとえ手袋に包まれていようとも手を握りたくてたまらなかった。何よりも、シスビーを抱きしめたかった。腕の中に彼女の体を感じ、彼女の香りを吸い込みたかった。彼女にキスしたかった。

デズモンドはスツールの上でもぞもぞと動いた。まったく、何てざまだ。このロマンスの結末がどうなるのかは見当もつかない。今この瞬間を楽しみ、現状を受け入れ、思い描く未来までの障害については考えないようにしなければならない。実際のところ、障害は一つに集約される。自分が将来性のない男であることだ。

一日じゅう頭を悩ませていた考えが蘇《よみがえ》り、デズモンドはため息をついて鉛筆を放りだした。なぜシスビーは自分と会う場所を博物館にしたのだろう？　なぜ自宅を訪ねるよう言ってくれなかったのだろう？　なぜ自宅まで送らせてくれないのだろう？

送迎を断るシスビーの理由づけは理にかなっていた。デズモンドは仕事に行かなくてはならない。寒いし、デズモンドはコートを着ていない。だが、シスビーは自宅を知られたくないのではないだろうか？

その理由として考えられることはいくつかあり、どれも気に入らなかった。最も気が滅《め》入《い》るのは、こちらの存在を恥じているというものだった。最も胸をえぐられるのは、シスビーは結婚しているというものだった。その中間にあるのが、父親が厳しくて男性が訪ねてくるのを許さないか、シスビー自身が自宅か家族の誰かを恥じているというものだった。残念ながら、中間にある理由の可能性は低かった。父親が厳しいのなら、娘が一人で講義に行くのを許さないはずだし、その外出が午後いっぱい続くなどもってのほかだろう。シスビーは明らかに家族を愛していて、家族のことを愛おしげに語る。また、あの身なりのよさから考えて、あばらやに住んでいるとも思えなかった。

理由としてわかりやすいのは、デズモンドを家族に紹介したくないというものだった。どんなに無頓着な父親も、娘が将来性のない男に言い寄られるのは不快だろう。学者としても、自分や息子たちのようにオックスフォードに行っていない男のことはぱっとしないと思うに違いない。オックスフォードどころか、デズモンドは大学を卒業もできなかったのだ。

シスビーにも、おそらく彼女の家族にも洗練された雰囲気があり、それが自分にないことはわかっていた。どれだけ文法が正確でも、どれほどドーセット訛《なま》りが抜けていても、自分の話し方に上流の雰囲気はなかった。服は安物だし、髪はぼさぼさ。生い立ちは……自慢できる点は、そこから抜けだすことに成功したことくらいだ。

自分は、手袋をなくし、凍えるような気温でもコートを忘れ、時間にルーズでしょっちゅう遅刻し、誰もが寝てしまう話題で何時間でも喋り続けられるような男だ。家族を養えるだけの金を稼ぐことはできないだろうし、なけなしの金も研究や本に使ってしまう。要するに、女性が両親に紹介したい種類の男ではないのだ。

いい加減にしろ。これでは、幸せをみずから追いやっているようなものだ。

デズモンドは機能しない装置に向き直った。装置全体を分解する必要がある。

そのとき、研究所のドアが勢いよく開き、冬の風が吹き込んできて、笑顔のカーソンが入ってきた。「お知らせがあります。喜んでもらえると思いますよ、ゴードン教授」

「ほう？」ゴードンは作業台の前で立ち上がり、眼鏡を押し上げた。「何か発見したのか？」

「そうなんです」一同の注意を引いたカーソンは自分の作業台まで歩いていき、帽子を置いて、カナリアをのみ込んだ猫のように満足げな顔をした。「ブロートン公爵未亡人がロンドンに来ていることがわかりました」

# 7

デズモンドは口をぽかんと開け、ゴードンはカーソンのほうに突進し、誰もが質問を投げかけ始めた。

「本当に？」

「いつ？」

「どこから聞いたんだ？」

「公爵未亡人と会ったのか？　例のものは見たか？」

「話をしたのか？」

カーソンは降参するように両手を上げた。「待て、待て。一度に一人にしてくれ」

「静かに」ゴードンが厳しい目つきで学生たちを見回した。「カーソンの話を聞こう」カーソンに向き直る。「話してくれ」

「みんなの質問に答えると、公爵未亡人は昨日着いたばかりだ。どうやら、動けばすぐに注目を集めるタイプらしい。それから、僕は会っていない。公爵の奥方たちと同じ輪には

属していないんだから。今日の午後、母とそのお仲間が噂話（うわさばなし）をしているのが聞こえたから、

立ち聞きしたんだ。公爵未亡人は意地悪ばあさんのような人らしい。一人は、あの人は完

全に頭がいかれていると言っていた——家族全員がそうだと」カーソンは言葉を切ったあ

と、意味ありげにつけ加えた。「そして、別の女性がこう言ったんだ。〝公爵未亡人は、亡

くなった夫と話をしていると言い張っているそうよ〟と」

「本当なのか？」デズモンドは身を乗りだした。

「みんなこれには食いつくと思ったよ」

「公爵未亡人は〈アイ〉の正体を知っているということか？　実際にそれを使っているの

か？」ゴードンは驚いてたずねた。

「それはわかりません。ただ、その可能性は高いように思えます」

「公爵未亡人がロンドンにいるのは思いがけない幸運です」デズモンドは言った。「教授

が訪ねて、本人に直接きけばいい」

ゴードンは頭を振った。「いや。私には会ってくれないと思う」高いスツールに腰かけ、

失意の表情を浮かべる。ポケットから折りたたまれた紙を取りだした。「手紙に返事が来

たんだ。代理人からだ。公爵未亡人は自分で返事も書いてくれなかった。手紙にはこうあ

る。〝公爵未亡人はご自分の所有物をいっさいお売りする気も、お貸しする気もありませ

ん。この件に関しては二度とお手紙をくださらないようお願いいたします〟」ゴードンは

石のようにこわばった表情で手紙をポケットに戻した。「とんでもなく傲慢な女性だ。知識の向上に何の興味もない」

「その表現は紳士的すぎる」ベンジャミンが言った。「貴族は自分のことしか考えていないんですよ」

「ここで僕の提案の出番だ」カーソンが声を張り上げた。

「盗むのか？」デズモンドは責めるようにたずねた。

「違う、取り返すんだ。そもそもあれはアン・バリューから盗まれたようなものだと、みんなの意見が一致しただろう。持ち主がいるとすれば、それはアンの子孫だ」

「しかし、それが誰なのかは誰も知らない」ゴードンは言った。「だから、あれは本当は社会全体のもの、科学と歴史のものであるべきなんだ。あれを隠しておきたがる公爵未亡人とは違って、我々なら〈アイ〉を役立てられる」

「それは泥棒の言い分です」デズモンドは抗議した。「それに、もしカーソンが聞いた噂が事実なら、公爵未亡人は〈アイ〉を役立てているみたいですよ」

「でも、あれに金銭的価値はない」別の学生が反論した。「アニー・ブルーは裕福ではなかった。高価な素材で作られたとは思えない」

「そのとおり」ゴードンは前のめりに同意した。「あれは我々にとっては計り知れない価値があるが、物質的な意味では無価値だ」

デズモンドはほかの面々を見回した。彼らの顔は興奮に満ちていた。「揃《そろ》いも揃ってこんなことを実際に検討しているなんて、信じられない」

「デズモンド、そう堅いことを言うな」カーソンが笑顔を作る。

「窃盗は罪だ」デズモンドはきっぱりと言った。

「これは法を守るよりも重要なことだ」ゴードンは言った。「人類の知識の向上のためなんだ。もし公爵未亡人が心霊を見ているのなら、それはアニー・ブルーの〈アイ〉が機能していることの証《あかし》だ。となると、〈アイ〉を調べることがいっそう重要になる。石頭のばあさん一人に進歩のじゃまをさせてはいけないんだ」

「皆さん、あれを盗んで逃げおおせられるという前提で話していますよね。それは誤った論証です。盗める確率はよくて五分五分でしょう。まず、ここにいる人間は誰も泥棒ではないので、しくじる可能性が高い。次に、あれの外観すら誰も知りません」

「実物を見ればわかる」ゴードンは請け合った。

デズモンドは呆《あき》れて目玉を動かそうとしたがやめた。「失礼ですが、教授はそれを直感的に認識できると、ご自分で思っているだけですよね。障害はそれだけではありません。この女性は公爵未亡人です。部屋がいくつもある大きな屋敷に住んでいるはずです。どこを探せばいいのか、どうやって知るんです？」

「本人のそばにあるよ、断言する。いつも近くに置いているはずだ」カーソンが言い返した。

「すばらしい。誰かが眠っている部屋に入って、暗闇の中を忍び足で歩き回り、外観のわからない物体を探せばいいだけというわけか」

「寝室が無人のときに入ればいい」

「真っ昼間、どれほど大勢の使用人が歩き回っているのかもわからないのに？」

「夕食どきにしよう」カーソンは続けた。「もう暗いが、まだベッドには入っていない。公爵未亡人と家族はパーティに出かけているか、一階で長々と贅沢《ぜいたく》な食事をしているかだ。使用人は一階で給仕に忙しいか、使用人用の居間で主人の不在を楽しんでいるかだろう」

「どうやら、君はかなりこのことについて検討しているようだな」

「頭の回転が速いんだ。それに、その類いの貴族の予定も知っている」カーソンはにっこりしてこめかみをたたき、鮮やかな青い目をきらめかせた。

「君にとっては単なるゲームなんだな」デズモンドはいらだちながら言った。「ディベートや、頭の体操のようなゲーム。その結果、何が起こるかは考えていない。君にとって監獄は卑しい人間が行く場所で、自分とは無関係だと思っているんだろう。でも、そうじゃない」デズモンドの声は大きくなった。「盗みをして捕まったら、監獄に入れられる。何年も。君が〝そっち側の人間〟だからといって、逃れられると思うな。公爵未亡人はこういうことには莫大《ばくだい》な影響力を持っているはずだ。監獄には絹のベストも、ふかふかのベッドも、おいしい食事もない。陰鬱でじめじめしていて、不衛生だ」〝僕は実際に知っている。父親がいたからね〟とぶちまけそうになるのはこらえた。

向かい側にいるカーソンの顔から面白がる表情が消えた。「すまない、デズモンド。君をからかうべきじゃなかった。君は何でも大まじめに受け取るから。本気で公爵未亡人の寝室に押し入って〈アイ〉を盗もうとは思っていないよ。だって、僕は絹のベストが大好きだからね」カーソンの口角が上がった。

「デズモンドの言い分にも一理ある。これは不確定事項が多すぎるからな」ゴードンは重々しく言った。「単なる仮説だ」

「時間の無駄だったな」ベンジャミンはため息をつき、頭を振った。

一人、また一人と自分の作業に戻ったが、誰も集中できないようだった。まもなく学生たちは帰っていったが、デズモンドは残った。〈アイ〉を盗むという常軌を逸した考えをゴードンが捨てたことを確かめたかったのだ。教授は諦めたようなことを言っていたが、表情には熱がこもりすぎ、公爵未亡人に拒絶されたことへの苦々しさはあからさますぎて、〈アイ〉を手に入れたいという欲求に屈してしまうのではないかと不安だった。

それは当たらずとも遠からずだったらしく、最後の弟子がドアを閉めたあと、ゴードンはこう言った。「デズモンド、君に話がある」

デズモンドはゴードンのもとに歩いていった。「さっき、失礼なことを言うつもりはなかったんです」

「いいんだ、理解はしたよ。君はあの中の誰よりも現実的で、堅実だ。だからこそ、君に頼みがあるんだ」

「教授のためなら、できることは何でもします」

「〈アイ〉を取り戻してくれ」

「え?」デズモンドは唖然《あぜん》としてゴードンを見た。「先ほどは理解してくださいましたよね?」

「理解はした。でも、同じ意見だとは言っていない」

「教授……」デズモンドは言葉を失い、頭を振った。

ゴードンがこれほど理不尽な頑固さを見せたことはなかった。疑わしく思えるような事象を信じてはいても、これほど理屈が通じないのは初めてだった。

「自分でやればいいんだが、もし公爵未亡人が盗みに気づいたら、手紙を送っていた私が真っ先に疑われると思うんだ」

でっぷり太った貫禄《かんろく》ある紳士が一階の窓によじ登っているところを想像し、デズモンドは呆然とした。「教授……それは無理です」

「でも、君のことなら誰も知らない。私がどこか人目のある場所にいて、確かなアリバイを作っている間に、君がひそかに忍び込んであれを取ってくれればいい。考えろ、デズモンド。彼女に〈アイ〉を所有する資格などない。君はアニー・ブルーが住んでいた村に近いドーセットの出身だ。どこかの貴族よりも、君のほうがよっぽど権利がある」

ゴードンはティルディおばの荒唐無稽な主張でも聞いていたのだろうか？「僕はアニー・ブルーとは何の縁もありません。僕はほかのみんなと同じように、そんな権利は持っていません」

「もしアニー・ブルーがこの件について発言できたなら、あれはドーセットにいる誰かのものになっていただろう」

「そうかもしれませんが、だからといって盗みを働くことは正当化できない。僕だって、公爵未亡人にあれを所有する権利があるとは思っていません。どういう経緯で手に入れたにせよ、もとは盗まれたものなんですから。どこかの貴族が財産の一部を失おうと、まったくもってどうでもいい。ただ、そこに至る行為は違法なんです」

「ここには法律より優先される、大いなる善があるんだ。それがわからないか？　我々は歴史を作るチャンスを得た。あれを見たくないか？　触りたくないか？　機能するところを見たくないか？」

「もちろん見たいです。皆と同じように、それを調べたい。ここに大いなる善があることも、石頭の婦人がそれを世間に隠すべきでないことにも同意します。僕たちがそれを研究できないのは不満だし、間違っている。でも、監獄行きになるリスクを冒すほどではないんです」

「捕まりはしないよ。君は賢い。パニックも起こさないし、足だって速い」

「ニューゲート監獄にいるほとんどの人間についても同じことが言えますよ。それに、これは実行不可能な任務です。僕は〈アイ〉がどの部屋にあるのか知らない。その外観も知らない。公爵未亡人がどこに住んでいるのかも知らないし、家の間取りなどもってのほかです」

「ブロートン・ハウスの場所は私が知っているし、寝室は普通二階にあるものだ」ゴードンはこれで問題解決と言わんばかりだった。

デズモンドはいらいらと両腕を振った。「どうして僕なんです？　ほかの人に頼めばいいでしょう？　カーソンはこの件にかなり熱心です」

「いや、カーソンは……」ゴードンは手を振ってその案を退けた。「衝動的すぎるし、責任感が薄い」

「だからこそ、盗みに乗り気なんです」デズモンドは言葉を切り、目を細めた。「もしかして、カーソンが紳士階級の人間だからですか？　カーソンが捕まれば醜聞は大きくなりますが、僕なら使い捨てにできる」

「違う！」ゴードンは目を見開いた。「そんなはずがないだろう。正直に言えば、カーソンを失うよりも君を失うほうがずっと手痛い。君は研究員の中でいちばん優秀だ。君以外にこれをやり遂げられる人間はいないだろう。君が初めてロンドンに来たときのことを覚えているよ」懐かしそうにほほ笑む。「君がどれほど熱心で、聡明《そうめい》だったか。指導料を払えなくても構わなかった。君のことは息子のように思っているからね。私は自分の知識を、それを理解し役立てられる誰かに渡したかったんだ」

デズモンドの心は揺れた。ゴードン教授ほどすばらしい、寛大な師匠はほかにいない。受けた恩は大きく、教授の頼みを拒絶しようとしたことに罪悪感が生まれてきた。

「教授……返しきれないほどの恩を僕が受けたことはわかっています。僕を息子のように思ってくださるというなら、僕のほうもあなたを父親のように思っています。実の父よりも、ずっと。あなたのためならたいていのことはします。でも、これは……」言葉はそこで途切れた。

「わかった」ゴードンはうなずいた。「君が無理だと言うなら、無理なんだろう。私が自分でやるしかないな」

「教授、だめです！」ゴードンは確実に捕まる。何をすればいいのか見当もつかないだろうし、すばしっこさとは無縁の人だ。「やめてください。功績が台なしになりますよ」

「本来の功績が救われるんだ。わからないか？　私は〈アイ〉を手に入れるしかない。ミスター・ウォレスは我々が結果を出せないことに痺《しび》れを切らしつつある。今後いつまで研究資金を提供してくれるかもわからない。この研究所を維持できなくなるかもしれない」

ゴードンは手を振り回し、室内にあるものを示した。

「別の後援者を探しましょう」デズモンドは言ったが、心霊研究に積極的な金持ちがほかにいるとはあまり思えなかった。ウォレスは天の恵みのような存在だった。

「それだけじゃない。私は……科学者仲間の軽蔑の対象になっている。物笑いの種に。私が心霊を専門にすることにしたせいで、これまでに上げた成果も、書いた論文も、何もかもが無視されているんだ」

「わかっています。あまりにひどい仕打ちです。教授が書いたあの論文は――」

「これは科学だ」ゴードンは作業台にこぶしを打ちつけた。「化学薬品の性質や、太陽にどんな気体が存在するかということよりも重要なんだ。生き物の本質そのものにかかわることだ。生命の起源、我々を獣より高等たらしめているもの……」

「もちろん、それは重要なテーマです」デズモンドはこういった主張を何度も、とりわけ、教授がエールの大ジョッキを飲み干したときに聞いてきた。「そのことはあまり気に病まないでください」

「私は尊敬されていた。賞賛されていた。輝かしい未来が約束されていた」ゴードンは遠くを見て追憶にほほ笑んだあと、デズモンドに向き直った。「あれを取り戻さなくてはいけない。〈アイ〉があれば、連中が大間違いだったことを証明できる。私が堕《お》ちた研究者ではないことを証明できるんだ」

ゴードンの目に涙が光っているのを見て、デズモンドの胸は締めつけられた。ゴードンはこの件に取りつかれている。科学者連中がゴードンを嘲るさまは残酷で、今〝幽霊と戯れている〟からといって、以前の研究まで疑うのは理不尽だった。デズモンド自身も〈アイ〉が機能するところを見たかったが、それ以上に師匠のために実現を望んでいた。〈アイ〉を盗むのはそれほど非道な罪だろうか？　ゴードンの言うとおり、甘ったれた貴族が〈アイ〉を持っていても、せいぜいおもちゃになるだけだ。ゴードンの手に渡れば、革新が起こりうる。世界に何かを与えられる。人類の知識を向上させられる。どこかのレディの宝箱から小さな道具を一つ盗むのが、そんなにひどいことだろうか？　さっき自分が説明したほど難しいことだろうか？

自分は若くて足が速く、それなりにすばしっこい。誰かに気づかれても、捕まる前に家から逃げだせるはずだ。ほかの誰よりも成功のチャンスはある。父の脱法行為の助手こそ務めなかったが、家に押し入る技術についてはかなりの情報を吸収した。少なくとも、ピッキングの仕方は知っている。

勝率は、自分で言ったほど低くはない。屋敷の中に入って探し物をするだけだ。もちろん、その企ては失敗するだろう。自分が知らないものを探すなど、やるだけ無駄だ。

だが、教授はそれで気がすむかもしれない。こちらは鍵のかかっていない窓を見つけるか、ピッキングで錠を外すかして中に忍び込み、屋敷を少し探して、何も見つけないまま出ていけばいいのだ。そして教授のもとに戻り、見つかりませんでしたと報告すればいい。自分が努力したという事実だけで、教授の苦悩は和らぐのでは？　そうなれば、〈アイ〉は盗めないのだという事実を受け入れられるかもしれない。

運よく〈アイ〉が見つかった場合は……。

「やります」

あまり賢明な判断ではなかったと思いながら、ゴードン教授に教えられた住所に向かってデズモンドは歩いた。ゴードンは頼みを聞き入れるよう誘導してきた。そのことに気づいていても、振りきることはできなかった。

ゴードンには大きな借りがあるのだ。ゴードンはさまざまな局面で自分を助けてくれた。無償で指導してくれただけでなく、自力では就けなかった職に推薦し、大学に入学できるよう導き、資金豊富な研究プロジェクトに参加するチャンスを与えてくれた。どうして断れるだろう？　ゴードンが自ら犯行に及び、その結果投獄されるのを、どうして黙って見ていられるだろう？　そんなことになれば、彼の科学者としての評判は完全に地に堕ちてしまう。

正直に言えば、〈アイ〉から開ける新たな未来に、自分たちが……自分が成功するチャンスに釣られたというのもあった。その装置を手に入れられる可能性、それを取り巻く伝説が事実である可能性がいくら低くとも、目の前にぶら下げられた褒美に抗《あらが》うのは難しかった。

富も名声も求めてはいないが、発見すること、知ること、科学界で注目を集めることができるチャンスには惹《ひ》かれた。犯罪行為に走った父を自分は責められるだろうか？　そう思うと気が滅入《めい》った。

とにかく、どれほど愚かであろうと、すでにその役は引き受けてしまった。ゴードンに約束したし、装置を見つける努力だけでもするつもりだった。捕まらないよう全力を尽くそうとも思っていた。

ゴードンは今夜屋敷に押し入ることを望んでいるようだったが、デズモンドはそのつもりはなかった。たしかにカーソンの理論には説得力があった。家に押し入る最良の時間帯は、住人が一階にいて、使用人は厨房《ちゆうぼう》で忙しくしている夕食時だろう。だが、そのチャンスはもう過ぎた。少なくとも公爵未亡人は床についているころだろうし、ほかの面々も寝室にいる可能性が高かった。

賢明なのは、計画を立てて、窓とドアの位置を確かめ、できれば家の間取りをある程度知ることだ。食事の最中に食堂の窓によじ登るのは具合が悪い。目立たない場所にある窓か、使われていない部屋を見つけなくてはならない。あるいは、二階に入り込む別の手段があるかもしれない。例えば、木や、ちょうどいい位置にある雨樋《あまどい》をのぼって。

最寄りの乗合馬車の乗り場からブロートン・ハウスまでは長い道のりだった。決行の晩に貸し馬車に乗る金があるだろうか？　いや、だめだ、馬車に乗ったら犯行時に自分が現場近くにいたことを知る証人ができてしまう。もっと、犯罪者らしく頭を働かせなくてはならない。

目的地に近づくにつれ、その屋敷の大きさと贅沢さがだんだんわかってきたが、それは予想どおりだ。予想していなかったのは、ブロートン・ハウスに着いたとき、それが一ブロック全体を占めていたことだった。デズモンドは口をぽかんと開け、その巨大な石造りの建物を見つめた。目の前にそびえるしゃれた屋敷の前では、通りの向かい側に並ぶ立派な住居がすべて霞《かす》んで見えた。

絶望的だ。この巨大な屋敷の中で、どうやって目的のものを見つければいい？　デズモンドはため息をついた。少なくとも、努力はしなければならない。

屋敷を観察すると、長い道が建物の横を通っていて、その先にあまり立派でないドアがあった。使用人や商人が出入りする勝手口だろうか。ドアの向こう側には、高い塀がそびえ立っている。

屋敷を通り過ぎると、別の道が屋敷の裏のドアへと続いているのが見えた。近くの窓から光がもれ、その部屋が厨房で、使用人たちが晩餐の食器を洗っていることが察せられる。つまり、こっちが勝手口ということになるが、もしそうなら、最初の道の先にあったドアは何だろう？　あそこはもう一度よく調べる必要がありそうだ。勝手口の裏の塀には門があったが、厨房の窓からもれる光が明るすぎて、調べることはできそうにない。デズモンドは塀の外側に沿って進み、裏通りに曲がった。屋敷のちょうど裏側に別の建物がある。二階には窓が並んでいるが、一階に窓はなく、かなり幅広の木製のドアが二つあるきりだ。馬と馬車を入れている馬屋だろう。

自分が育った家よりずっと大きな馬屋に驚きながら、デズモンドは歩き続けた。塀を越えるのに使えそうな木は見当たらなかったが、塀の内側に大きな木がかぶさっているのが見えた。助走してジャンプすれば、塀に飛びついて体を引き上げられるかもしれない。その木を伝い降りれば内側に入れるし、すばやい脱出にも役立つだろう。

ひととおり見て屋敷の横に戻ったときには、塀にはほかに門も隙間もないことがわかっていた。体が震えていたので、両手をポケットに入れて暖をとり、手袋をなくしたことを恨めしく思いながら屋敷を眺めた。これほど大きな屋敷にいったいどんな一家が住んでいるのだろう？　何人いるのだろう？　こんなにもたくさんの部屋に何を置いているのだろう？　これだけの空間の使い道は想像もつかなかった。あるいは、ここを掃除するのに使用人が何人必要なのかも。

街灯のおかげでじゅうぶんな明るさがあったため、デズモンドは屋敷に近づいた。二階の窓のいくつかから灯《あか》りがもれていたが、すべてカーテンが引かれている。このあたりは探索しても安全だろう。

小さなドアからわずか一メートルほどの場所にいたとき、ドアが勢いよく開き、人影が飛びだしてきた。デズモンドは足に根が生えたように立ちつくし、自分に駆け寄ってくるその女性を見つめた。

「シスビー！」

# 8

シスビーが駆け寄ってくる間、デズモンドは動けず、何も考えられなかった。シスビーが抱きついてくると理性は吹き飛び、シスビーにキスをして、重なる唇の感触に溺れた。体じゅうにさまざまな感情が渦巻いた。驚き、混乱、高揚……そのすべてを揺らめく情熱が包み込んだ。

それまでの世界は吹き飛び、デズモンドは抗《あらが》うこともできなかったが、この熱は――この渇望と切迫感は現実だった。しなやかな体が押しつけられ、甘い唇が自分の唇の下で花開いた。そのすべてが現実だった。そして、今はそれ以外のことはどうでもよかった。

片手が上がり、シスビーの髪に絡みついた。ああ、すてきだ。シスビーは髪を下ろしていて、それが指の間を絹のように、しっとりとすべり落ちた。反対側の手は下に動き、シスビーのヒップをつかんで、自分のほうに強く引き寄せた。デズモンドの欲望はすっかり目覚めており、それをシスビーに感じてほしかったし、自分も彼女を感じたかった。

シスビーの唇から唇を離し、首を這《は》い下りたあと、下ろされた髪に顔を埋《うず》めた。シスビーの髪からはラベンダーの香りがし、その香りに陶然とする。シスビーはデズモンドの名前をつぶやき、彼女の息が肌にかかる感触に全身が震えた。

「凍えてるじゃない」シスビーはささやき、体を引いた。「中に入って」彼女はデズモンドの手を取って開いたドアのほうに引っ張り、デズモンドは渦巻く感情を抑えつけて頭を働かせようとした。

いったい何が起きているんだ？　なぜシスビーはランプの精のように、突然姿を現したんだ？

「君はここに住んでいるのか？」デズモンドはだしぬけに言った。

シスビーは軽く笑い、短い無人の廊下にデズモンドを引き込んだ。「当たり前でしょう、何言ってるの。だからあなたはここに会いに来てくれたんじゃないの？」

「ああ……そうだよ、もちろんそうだ。ただ、君はここに客として滞在しているのかもしれないと思って」デズモンドは、散らかった頭の中から筋の通った言い訳を引っ張りだせたことにほっとした。「それとも……ええと、ここで仕事をしているとか」これは馬鹿げている。シスビーがメイドのはずがない。「実験をしてたり」これもありえない。なぜこの大邸宅に、化学薬品を調合するためにやってくる？

だがシスビーは気にしていないようで、今もデズモンドにあのすばらしい笑顔を向けていた。

「確かに実験もするわ。でも、住んでもいるのよ」シスビーはデズモンドの手を握った。

デズモンドはシスビーから目をそらすことができなかった。「今日の君は何て美しいんだ」

シスビーは寝支度をしていて、髪を下ろし、ブロケードのローブをはおって、襟元から薄い綿の白いねまきがのぞいていた。頬は寒さで赤くなり、唇はキスで赤みを増している。欲望がこぶしのように、デズモンドの腹の中を握りしめた。

シスビーはどぎまぎしたようにそっぽを向いたが、嬉《うれ》しそうでもあった。「どうやって私を見つけたの？　昨日、家まであとをつけてきたの？」

「ああ」デズモンドはさりげなく言った。落ち着きが戻り、頭が働くようになっていた。この家にまだ入っていなくて本当によかった。自分が家の暗がりをこそこそ歩き回っているところをシスビーに見つかれば、どうなっていたかわからない。デズモンドは繰り返した。「ああ、もちろん。昨日ね」

「ぜんぜん気づかなかった。ずいぶん尾行がうまいのね」

デズモンドは肩をすくめた。「君が乗合馬車に乗ったあと、貸し馬車を呼び止めたんだ」

「じゃあ、私が馬車に乗り込むところも見たのね」

「ああ」馬車？　シスビーが何を言っているのかはよくわからなかったが、それが無難な答えに思えた。「ごめん。間違ったことをしたのはわかってる。ただ、気になったんだ。

なぜ君は僕に家まで送らせてくれないんだろうって」

「追いかけてくれてよかったわ」シスビーは爪先立ちになって、デズモンドの唇に軽くキスをした。「私、あなたに自分の身元を明かすのが怖かったけど、部屋の窓からあなたが見えたときはすごく嬉しかった」

「じゃあ、君は、その……公爵の親族なのか?」デズモンドは注意深くたずねた。

「公爵の娘よ」

シスビーを見た瞬間から淑女であることはわかっていたが、それでもデズモンドは顔から血の気が引くのを感じた。「なぜ教えてくれなかったんだ?」

「こっちに来て」シスビーはデズモンドをすり減った木製の階段に連れていき、腰を下ろして、デズモンドを引っ張って隣に座らせた。「全部話すわ」


シスビーは自分の中で沸き返る感情をうまく言葉にできなかった。というより、自分でも整理できていなかった

デズモンドが外をうろついているのを見たときは、喜びがほとばしるのを感じた。デズモンドは自分を尾行していて、それは普通なら男性に絶対にしてほしくないことだったが、あとをつけるほど彼は私を好きなのだと思うと、心が満たされた。しかも、何てうまく身を隠していただろう。感心せずにいられない。

だが、喜びやキスの快感には、懸念も混じっていた。今まで恐れてきたことがすべて現実になるのではないか、シスビーの欺瞞《ぎまん》にデズモンドが腹を立てるのではないかという不安が襲ってきたのだ。嘘つきだと思われても仕方がなかった。なぜ事実を教えてくれなかったのかとデズモンドに問われたとき、その傷ついた表情に泣きたくなった。

「ごめんなさい、デズモンド」シスビーはデズモンドのほうを向き、膝を触れ合わせて、両手で彼の両手を握った。「自分が間違ったことをしたのはわかっているし、あなたも私を嘘つきだと思ったかもしれないけど、でも、嘘はついていないの」

「君は自分の名前をモアランドだと言った」

「それは事実だもの。私の名字はモアランド。ブロートンというのは、単なる父の爵位名よ。あなたに言ったことはすべて事実なの。私は科学者で、家族のことも説明したとおりよ。父は古典学者で、母は市民運動家。きょうだいのことも話したとおり。私を訪ねてくれたら全員紹介するから、あなたにもわかってもらえるわ」

「君を訪ねる？」デズモンドの声は上ずった。「僕が？　でも、僕は無理だ……公爵邸を気安く訪ねることはできないよ」

「いいえ、できるわ」

「執事が中に入れてくれないよ。シスビー……」デズモンドはゆっくりと続けた。「君は……公爵の娘だ」

「私は私よ」シスビーは勢いよく立ち上がった。「これが、私があなたにレディであることを言わなかった理由。今みたいに、あなたが私から遠ざかることが怖かったの。私の肩書きだけを見るようになることが。私が本当のことを言っていたら、あなたは公園に散歩に誘ってくれたり、工房に招いてくれたりしなかったはずよ。キスもしてくれなかったでしょうね」デズモンドが答えないので、シスビーは問いただした。「そうでしょう?」

「ああ、しなかったと思う」デズモンドはみじめそうに言った。「でも、シスビー……僕たちがどんな関係になれるというんだ? 僕は君の世界にはそぐわないよ」

「もうやめて。あなたの世界とか、私の世界とか、そんなのは戯言《たわごと》よ。私たちは同じ世界に住んでいる。世の中には他人を分類用の箱に入れて、何かと指図したがる人がいるだけ」

「シスビー、僕は――」

シスビーは人差し指をデズモンドに向け、にらみつけた。「あなたは自分を平等主義者だと言っていたわ。あなたが平等や人権の話をするのも私は聞いた。なのに、今はそこに座って、生まれで私を批判している。私を退屈で、マナーだらけの人生を送る人間だと責めているのよ」

「君を批判しているわけじゃない」デズモンドは反論し、立ち上がった。

「いいえ、しているわ」シスビーは言い返し、さまざまに混じり合った感情が怒りとなって飛びだした。「あなたは父に爵位があるからという理由で、私はこういう人間のはずだ、こういう人間とつき合って、こういうことをするはずだと言っているの。つまり、私には自由がまったくないと主張しているのよ。それに……」デズモンドが何か言おうと口を開いたが、その言葉にかぶせるようにシスビーは続けた。「あなたは私を侮辱している。私と、私の家族全員を侮辱しているの。私があなたに話したすべてが嘘で、モアランド家は本当の姿を偽る一家だと言っている。あなたの言い分では、本当の私たちはひどい俗物という　ことになるわ。見かけとはまったく違う人間だと。でも、そうじゃない。先日公園にいたのも、講義に出席してあなたといろんなことを話したのも、自分の夢と希望を語ったのも同じ私。父に爵位があると知らなかったときと同じ女で、同じ考えと感情を持っているの！」

「シスビー、やめてくれ」デズモンドはシスビーの肩に手を置いた。「僕は君を……最高の女性だと思っている、だけど僕は――」

「君にふさわしくないなんて言わないで。言ったら殴ってやるから！」シスビーは立ち上がり、大きな足音をたてながら階段を上り始めた。「おやすみなさい、デズモンド。私は寝るわ」振り向いて、ぎらつく目でにらみつける。「もしあなたが……」声がつまったが、続けた。「私と一緒にいたいなら、私のことを少しでも思っているなら、博物館でひそかに会うんじゃなくて、家を訪ねてきて。もしそうじゃないなら……ええ、そのときは、さようなら」

シスビーはくるりと向きを変え、目ににじんだ涙を隠して階段を駆け上がった。

シスビーが階段を上りきるころには、最後通牒《つうちょう》を突きつけたことを後悔していた。きびすを返してデズモンドのもとに駆け寄りたくなったが、そのときドアが閉まる音が聞こえた。シスビーは自分の部屋に駆け込み、カーテンの隙間から外をのぞいた。デズモンドは両手をポケットに入れ、うつむいて歩き去るところだった。そのほっそりした体は街灯の前を通り過ぎ、暗闇にのみ込まれていった。

波立つ感情の中、シスビーは椅子に座った。あまりに多くのことが起こり、あまりに多くの思考がせめぎ合って、少しも整理がつかなかった。デズモンドに会えたのはとても嬉しく、そのあとのキスは……思い出すだけで体が熱くなってくるほどだ。だが、シスビーが自分のことを話すと、デズモンドは後ずさりを始めた。デズモンドを失うのではないかと思った瞬間、不安は突然怒りに変わった。

それは、抱いていた不安が的中したからというだけではない。デズモンドが本当の意味でシスビーを理解してはいなかったからだ。あれだけ会話をし、身を寄せ合い、うっとりするようなキスをしてきたのに、デズモンドはすぐさまシスビーを見る目を変えた。デズモンドにとってシスビーは、ひとりの女性から公爵の娘になった。名前だけで簡単に離れてしまう男性だったのなら、シスビーも本当の意味では彼を知らなかったのだろう。もしデズモンドが自身の古めかしい階級意識と何が〝適切〟であるかにこれ以上こだわるなら、もう彼と会いたくはなかった。

でも、もちろん……本当は会いたい。

シスビーは頬の涙を拭った。これほど感情的になるなんて自分らしくない。何はなくとも、私は道理をわきまえた人間だ。今やらなければならないのは、この件を整理し、論理的に検討することだ。わかっていることは何か？　この状況において証明可能な事実は何か？

まず、デズモンドに最初から真実を告げなかったのは、シスビーの失策だ。次に、デズモンドはこの事実を、心の準備をする間もなく突然知らされた。彼はシスビーの告白に衝撃を受けたが、それはしごく当然で理にかなったことだ。公爵の家への訪問に狼狽《ろうばい》していたが、たいていの人がそうなるだろう。この情報を受け入れる時間さえなかったのに、自分が告げた事柄について即座に理解することをデズモンドに求めるのは、公平さを欠いているのでは？

シスビーがここまで怒りを覚えたのは、これらの事実に対してではない。デズモンドがシスビーに距離を置いたことや、その目に浮かべた悲しみに対してだ。

デズモンドはすでに私を失ったかのような顔でこちらを見ていた。傷ついたのは、彼がすでに私を諦めかけていたことだ。

シスビーはため息をつき、ベッドに潜り込んだ。すべてを受け入れるしかないのかもしれない。障壁を壊すほどの価値が私にないと思われているのなら、こちらもデズモンドを諦めたほうがいいのだろう。

# 9

翌日、シスビーは気を揉《も》みながら過ごした。フィップスには、自分を訪ねてくる人がいれば、どれだけその相手が疑わしくても中に入れるよう言った。だが、デズモンドは訪ねてくるだろうか？ 着るドレスはこれでいい？ 髪型は地味すぎる？ 凝りすぎている？

キリアと母がいる応接間に入ると、二人とも驚いた顔でシスビーを見た。シスビーはふだん、キリアのお目付け役を押しつけられることから逃れるため、午後は研究室にこもって夕食まで出てこないのだ。

エメリーンは〝お目付け役は娘たちの看守であり、不要な存在である〟という自分の信念に反しながらも、キリアの客の訪問中は座っている努力をしていた。キリアはさかんな社交活動を楽しんでいて、母はそんな娘のためにしきたりを守っているのだ。頻繁に部屋を出るため、優秀なお目付け役とはいえなかったが、午後の訪問の退屈さにはおおかた耐えていた。リードが家にいるときは彼がその役を務めることもあったが、だいたい応接間に呼ばれて座らされるのはオリヴィアで、時にはシスビーまでもがその役に駆りだされた。

今日の午後はいつも以上に時間を浪費している気がしたが、デズモンドのことで気を揉んでいるせいで、いっそうその思いが強まった。エメリーンの友人が訪ねてきたおかげで、儀礼的な訪問をしていた母娘《ははこ》はすぐに帰っていき、あとは青年たちが午後じゅう出たり入ったりした。キリアはたえずシスビーに好奇のまなざしを投げかけてきたが、つねに自分の求愛者がいるため、シスビーに質問することはできなかった。

キリアの最高に退屈な求愛者二人が現れ、シスビーがこの午後は諦めようと覚悟していたとき、フィップスが入ってきて、どこかうんざりした顔で来客を告げた。「ミスター・デズモンド・ハリソンがいらっしゃいました」

シーツと同じくらい白い顔をしたデズモンドが、執事の真後ろに立っていた。

フィップスがデズモンドのフルネームを言いきる前に、シスビーは勢いよく立ち上がり、部屋を横切ってデズモンドのもとに行った。「来てくれたのね」

デズモンドの口角が上がり、笑みが浮かんだ。「仰せのままに」

シスビーはデズモンドの腕を取って部屋の中に入れ、エメリーンとキリアに紹介したあと、母から最も近い椅子に座らせた。自分はその反対隣に座り、身元を探ろうとするようにデズモンドを見ている求愛者二人の視線をきれいに遮った。

キリアが立ち上がった。「私、座りっぱなしで疲れたわ。ホールを散歩しましょう。ミスター・ジェニングズ？　ミスター・アッシュワース？　歩廊はもう案内したかしら？」

男性二人が飛び上がり、キリアに腕を差しだしたのを見て、シスビーは心の中で妹に感謝した。キリアは肩越しに姉に笑顔を向けたあと、男性たちと部屋を出ていった。

デズモンドは三人がいなくなっても、ほとんどくつろいだ様子は見せなかった。

シスビーはデズモンド越しに母に話しかけた。「ミスター・ハリソンは光学器械の工房で働いているのよ」

その紹介にデズモンドはうろたえて目を丸くしたが、エメリーンは興味を惹《ひ》かれたように身を乗りだした。「教えて、ミスター・ハリソン、勤務時間はどのくらい？　労働環境は整っているの？」

デズモンドは目をしばたたいた。「ええ、そう思います……いい職場です。店主がいい人で」

「それはすてきなことだわ」エメリーンは引き続き、工房のことや、仕事内容、児童労働法に対する意見について、デズモンドを質問攻めにした。デズモンドは徐々にリラックスしていき、キリアと取り巻きが部屋に戻ってきたころには、ロンドンのスラム街の公衆衛生とその欠如に関する議論に熱中していた。

キリアはエメリーンとデズモンドを見たあと、シスビーに共謀者のような笑みを向けてきた。断片的に聞こえてくる二人の会話に、キリアを訪ねてきた紳士たちは唖然《あぜん》としていた。確かに、街路に横たわる死んだ動物の話は、お喋《しゃべ》りの話題として気持ちのいいものではない。

「お母さま！」双子が部屋に駆け込んできた。二人はいつも全力なのだ。

エメリーンは身を屈《かが》めて双子にキスし、自分が座っている椅子の上に抱き上げた。「何をしてたの？」エメリーンがたずねると、双子は長々とわかりにくい説明をした。求愛者コンビは先ほど以上にうろたえている。

コンはデズモンドに興味津々な目を向けたあと、椅子をすべり下りて彼のもとに行った。

「背が高いね」

「そうかな」

「でも、テオよりは低い」コンは兄への忠誠心を表現した。

「うん、きっとそうだね」デズモンドは愛想よく同意し、コンに笑いかけた。

アレックスは話を中断し、双子のかたわれの隣に行った。「あなた、誰？」

「デズモンド・ハリソンです」

「デズモンドは私のお友達なの」シスビーが言い添えた。

「ふうん」アレックスは引き続きデズモンドを、考え込むように見つめた。アレックスのその癖は、しばしば大人を不快な気持ちにさせた。

「背が高いよ」コンがアレックスに教えた。「でも、テオより低い」

「リードよりも低いよ」アレックスは言い添えた。

デズモンドはにっこりした。「僕はどんどん背が縮んでいるみたいだね」

「僕はコン」

「僕はアレックス」

「会えてとても嬉《うれ》しいよ、コン、アレックス」デズモンドは一人ずつ握手して挨拶した。

双子はそれが嬉しかったらしく、楽しげにデズモンドの手を握った。

「あなたたち……」エメリーンは軽く顔をしかめて言った。「ねえやはどこ？」

「確かに」シスビーはホールのほうを見た。「ふだんはあなたたちが逃げだしたら、子守りがあとを追ってくるのに」

「いなくなったよ」コンは気軽な調子で言った。

「いなくなった？　いなくなったって、どういう意味？」

「おばあちゃまが怒ったの」アレックスが言い訳するように言った。「どん！　どん！」

杖《つえ》を床に打ちつけるふりをする。

コンは笑い、アレックスと一緒になって打ちつけるまねをした。「どん！　どん！」

「はいはい、わかったわよ」母が割って入った。「それで、どうなったの？　おばあちゃまは子守りをぶたなかったでしょうね？」

その質問に男性陣はぎょっとしたが、エメリーンの子供たちは落ち着き払っていた。

コンはこっくりとうなずいた。「ぶたなかった。でも、ねえやは泣いちゃった」

「〝ここには住めません〟って言ってたよ」いつものようにアレックスがつけ足した。

「〝この家はめちゃくちゃだわ〟って」コンが続けた。

「そのあと、二階に走っていった」

「おばあちゃまはどうしたの？」エメリーンはたずねた。

「ドアをばんって閉めた」双子はまたも祖母のまねをし、〝どん、どん〟と声を揃《そろ》えた。

「それで、あなたたちは放っておかれたのね？」エメリーンは立ち上がり、目をぎらつかせた。「まったく！　分別というものがないの？」そして大股で部屋を出ていった。

「お母さまが言っているのは子守りとおばあさま、どっちのことだと思う？」シスビーは淡々とたずねた。

「どっちもじゃないかしら」キリアは答えた。

アレックスとコンはしばらく見つめ合ったあと、シスビーとデズモンドに視線を移し、次にキリアと求愛者たちを見た。

「アレックス？　コン？　どうしたの？」シスビーはたずねた。

コンがアレックスを小突くと、アレックスはポケットに手を入れた。デズモンドに向かって手を差しだす。手のひらの真ん中に、精巧な作りのエナメル細工の鳥がのっていた。

「これは驚いた」デズモンドは感心して息をのみ、小さな鳥を手に取ってじっくり眺めた。

「きれいだね」

「これが、おばあちゃまが怒った理由？」シスビーはたずねた。

アレックスはうなずき、その目に涙がたまってきた。コンが近づいて双子と肩を寄せ合い、その目にも涙が光った。

「これをどこかで見つけたのかな？」デズモンドが優しくたずねると、二人は頭を振った。

アレックスは反対側のポケットに手を入れ、ごく小さな箱を取りだした。それはラピスラズリでできていて、ぐるりと金で縁取られ、ふたには金の蝶番《ちょうつがい》がついていた。

デズモンドは箱を開けた。中には打ちだし模様が入った金の薄板が取りつけられ、その中央に楕円形《だえんけい》の窪《くぼ》みがあり、金の針金を絡み合わせて巣を模したものがはめ込まれている。巣の真ん中に小さな穴があった。

「壊しちゃったんだ」アレックスが悲しげに言った。

「鳥が鳴いてたの」コンが説明し、鼻歌で短い旋律を歌った。

「これはオルゴールだ」デズモンドは言った。「心棒が外れているように見える。ちょっと待って」アレックスの手のひらに鳥を戻し、ジャケットの内側に手を入れて、革製の細いケースを取りだした。ケースから小型のねじまわしを取りだし、金の板を留めている小さなねじを注意深くゆるめる。

「おい」求愛者の一人が横柄に言った。「それをいじるのはやめたほうがいい。子供たちがすでに壊してしまったのに――」

「黙って」キリアはぴしゃりと言い、その男性に顔をしかめてみせた。「役に立つことが言えないなら、帰ってちょうだい」

男性はむっとしたようだったが、口は閉じた。

デズモンドは金の板をコンに渡して持っていてもらい、小さなねじを傍らのテーブルに置いた。しばらく装置を観察する。「なるほど、ここだ……ほら、これが外れているんだ」

デズモンドがねじまわしの先でそれを指してみせると、双子はさっきまでの悲しみは忘れたように箱をのぞき込んだ。デズモンドは同じケースから長いピンセットを取りだし、装置のあちこちをそっとつついた。双子は魅入られたように、デズモンドが心棒を持ち上げ、元の位置に戻す様子を見つめた。デズモンドはそっと板を戻し、鳥の台になっている短い軸を心棒にはめた。

「これでいい。さあ、これからは気をつけて扱うんだよ」デズモンドは諭すように言い、双子はこくこくとうなずいた。「前ほどしっかりはついていない。はんだづけする必要があるけど、これでも何とかなるはずだ」

ふたを閉めたあと、ねじを巻いて、再び箱を開ける。輝く小さな鳥が飛びだし、鈴を転がすような音色が奏でられた。双子は畏怖の念に打たれたように顔を見合わせたあと、大声で笑い、ぴょんぴょん飛び跳ね始めた。

愛《いと》おしげに笑いながら双子を眺めているデズモンドを見て、シスビーは胸がいっぱいになった。その一方、キリアの客がぎこちなくその場を辞したので、キリアに視線を移した。

「ごめんなさい。あなたのお客さんを追いだしてしまったみたい」

キリアは物憂げに片手を振った。「いいの。あの人たち、そもそも死ぬほど退屈だったし」

どこか遠くで鋭い声が張り上げられるのが聞こえた。「おばあさまだわ」

キリアはうなずいて立ち上がった。「アレックス、コン、自分のしたことに向き合うときが来たんじゃないかしら。おばあちゃまのお部屋を探検してはいけないって言われてるでしょう」浮かれていた双子はおとなしくなってうなずいた。「何があったのか説明して、おばあちゃまに箱を返してから、ごめんなさいと言うのよ」キリアはデズモンドから箱を受け取り、双子はしぶしぶ姉に従った。キリアはシスビーを振り返った。「みんな一階に下りてくると思うわ。私がお姉さまなら、このチャンスに逃げるけど」

シスビーはうなずき、立ち上がった。「デズモンド、庭を案内させてちょうだい」

二人はコートを着て裏口から出た。ロンドンのど真ん中だというのに、そこには小さな庭園があった。木々と草地が遠くの塀まで続いている。夏はすべてが緑に色づいて、美しい眺めになるに違いない。デズモンドは大きく息を吸った。今も自分たちが街中にいるとは信じがたかった。

シスビーがデズモンドの腕に手をかけ、二人は中央の小道を歩きだした。今この瞬間ほど心が満たされることは、そうそうないだろうとデズモンドは思った。

隣でシスビーが言った。「あなた、双子の扱いがとてもうまかったわ」

デズモンドは笑った。「あの子たちはまるで発電機みたいだ。頭もいい。僕がオルゴールを直しているところを観察する二人を見た？」

「ええ。あの子たちを面倒の種だと言う人もいるけど、本当は違うわ。ただ活発で、好奇心が強いだけなの」

「そして、頭がいい」デズモンドは再びつけ足した。「将来は科学者と古典学者、どっちになるかな？」

シスビーは笑った。「どっちもあの二人には刺激が足りないんじゃないかしら」

二人はしばらく黙って歩き続けた。シスビーの手がデズモンドの腕をすべり下り、手を握る。デズモンドはほほ笑んでシスビーを見て、指を絡めた。

「デズモンド、今日は訪ねてきてくれてありがとう」

デズモンドはシスビーの手をぎゅっと握った。「たとえそうしたくなくても、来ずにはいられなかったと思う。昨夜は驚きすぎて、ほとんど頭が回らなかった。僕たちの間の障壁を意識せずにはいられないけど、だからといって、君に対する僕の気持ちが変わるわけじゃない」シスビーを見つめ、真剣な声で言う。「シスビー、君の身元を知ったからといって、君を見る目は少しも変わっていない。君は今までの君と同じだ……きれいで、賢くて、強い。でも、世間は――」

「噂《うわさ》するでしょうね」シスビーは肩をすくめた。「でも、私たちはすでに噂の種になっているわ。〝いかれたモアランド一族〟って呼ばれてるの」

「いかれた？　なぜ？」

「私たちが変わり者だからよ。行動が変なの。考え方も変。しかも、私たちは自分の考えを口に出す。でもね、私たちはとても変だから、他人にどう思われようと気にしないのよ。母に腹を立てる人は大勢いる。私は化学薬品で遊ぶ変人だと言われる。ものを爆発させるって……でも、しょっちゅうやってるわけじゃないわ。あなたに話した爆発事件があっただけ」

「カーテンに火をつけた事件も」デズモンドは指摘した。

「でも、その二回だけよ」

デズモンドは笑った。「たいした数じゃないね」

「私が言いたいのは、自分が社交界で何と言われようと気にしないということよ」

「でも、ご家族はどうだろう」

「本気できいてるわけじゃないわよね。母に会ったでしょう」

「ああ」デズモンドは同意した。「公爵夫人はとても優しかった。気遣いをされる方だ」

シスビーは鼻を鳴らした。「〝気遣い〟なんて言葉、母を形容するときに誰も使わないわ。デズモンド、母は母らしくいるだけ。それだけなの。母はあなたを気に入った。もし気に入っていなければ、キリアの客に対するのと同じ態度をとったはずよ。礼儀正しく接して、ほとんど何も言わない。それに、あなたはグレーツを祖母の怒りから救ってくれたわ。それだけでも母のお気に入りになるにはじゅうぶんよ」

シスビーの祖母――公爵未亡人。デズモンドはその話題からすばやく意識をそらした。

「じゃあ、僕はまたこの家を訪ねてもいいということかな?」

「ええ、もちろん。大英博物館よりずっといいわ」シスビーは別の小道へと曲がり、屋敷から見えない場所に向かった。「あなたに家族のことを黙っていたこと、私も謝らなきゃ。あれは間違っていた。父の爵位を隠し続けるべきじゃなかった。ただ、私の身元を知った人はみんな態度を大きく変えるものだから。かしこまってよそよそしくなるか、ぞっとするほど媚《こ》びを売ってくるか。女性は急に親しげになって、自分の友達に紹介したり、何かと誘ってくるようになるわ。男性は逃げだすか、私が別人になったかのような態度をとるの。キリアは男性たちが本当に自分を好きなのか、ただ自分のお金と人脈を狙っているだけなのかわからないって言ってる」

「シスビー、僕は絶対に――」

「わかってるわ」シスビーはデズモンドにほほ笑みかけた。「あなたをそんな人だと思ったことはない。でも、私の名前を知ったら、私を色眼鏡で見るようになるかもしれないと思ったの。女性というだけでも、私が科学者として受け入れられるのは難しい。公爵の娘であることを皆が知ったら、受け入れられる可能性はゼロになると思う。あなたが私のことを、レディ・バーデット＝クーツのような好事家だと思うんじゃないかと怖かったの」

「まさか。君が片手間に科学に取り組んでいるわけじゃないのは知ってるよ」

「私も今ではそれがわかるけど、あなたと知り合った当初は自信が持てなくて」

「確かに、もし最初から真実を知っていたら、君にこれほど心を許せたかどうかはわからない。シェイクスピアのバラの話に楯突《たてつ》くわけじゃないけど、名前にはやっぱり大きな意味があると思うんだ」

シスビーは足を止めてデズモンドのほうを向いた。「でも、もっと早く、あなたをよく知った時点で言っておけばよかったと思ってる。でも、そのころには気が進まなくなっていたの。隠し事をしていたことにあなたが腹を立てるのが怖かったんだけど、それは嘘をつき続ける理由としては馬鹿げているわね。でも、とにかく怖かったのよ」

「シスビー」デズモンドはシスビーの両手を取り、目を見つめた。「僕は君から離れたりしない。これからどうなるのかは見当もつかないし、不安もあるけど、君に会わないという選択肢はないよ」

シスビーはにっこりし、デズモンドに身を寄せて頬にキスをした。

デズモンドも顔を傾け、唇で唇をとらえた。そして、それ以外の何もかもが存在しなくなった。心配も、不安も、絡みつく罪悪感も消え去った。腕の中のシスビーの柔らかさだけが、重なる唇の感触だけがあった。二人のキスは激しく、深くなり、デズモンドはシスビーの体を自分の体に押しつけた。

頭の中の奥深くから、こんなことをしてはいけない、不適切だし、正気の沙汰ではないという声が聞こえたが、快楽に絡め取られていたデズモンドはそれを無視した。

ようやく顔を上げたとき、心臓が激しく打ち、血は血管を炎のように駆けめぐっていた。自分と同じくらいぼんやりし、とろんとしたシスビーの顔を見ると、理性をすべて失う瀬戸際にいたことがやっとわかった。シスビーに回していた腕を下ろして、一歩下がり、深く息を吸って、体内で暴れ回る渇望を静めようとする。

「ごめん。僕は……僕たちは、こんなことをしてはいけない」

デズモンドは初めて周囲を見回した。ありがたいことに屋敷からは見えない位置にいたが、この数分間、誰が近づいていてもおかしくなかった。デズモンドは人影に気づけなかっただろうし、それが原因で、デズモンドの希望は潰《つい》えていたかもしれない。どれほどおおらかで平等主義の両親でも、庭で娘を誘惑している男を好意的には見てくれないだろう。

「そろそろ……帰らないと」

「そうね」シスビーはうなずいたが、デズモンド同様、この時間を終わらせたくなさそうな顔をしていた。「次はいつ来てくれる？」

「明日だ」デズモンドは即座に答えた。「いや、それは失礼に当たるのかな？」

「私は構わないわ」シスビーは答えた。「今日いなかった家族も紹介したいし」屋敷のほうを見る。「今ごろ祖母は一階にいるんじゃないかしら。まだあなたを祖母の餌食にしたくはないわ。来てくれなくなると困るもの」

公爵未亡人の話題に、デズモンドはまたも落ち着かない気分になった。シスビーは自分の身元を明かさなかったことを謝ってくれたが、こちらはもっと悪質な隠し事をしている。だが、自分は泥棒だと……いや、少なくとも泥棒になる男だとシスビーに告げることを思うと、身がすくんだ。

しかも、シスビーはたった今、立場を知った人間はいつも何かを求めてくると言ったばかりなのだ！　シスビーと公爵未亡人のつながりを知らなかったことは信じてもらえたとしても、怪しまれるのは間違いない。デズモンドが本当に求めているのが自分なのか、祖母の持ち物なのか、シスビーは疑うだろう。

だから、シスビーが腕を組んできて、小道を引き返すよう促したとき、デズモンドは何も言わなかった。シスビーは庭の縁の中を通って、デズモンドが昨夜目を留めた塀の門まで行き、それを開けた。シスビーが自分のほうを向くと、デズモンドは身を屈めてさよならのキスをしたあと、もう一度キスをした。

そのせいで、いっそう帰りがたい気分になった。デズモンドはしぶしぶ身を引き、一歩離れた。自分を見るシスビーの表情にも未練を感じた。「じゃあ、また明日」

シスビーはうなずき、デズモンドはようやく意志の力を振り絞って、くるりと向きを変えた。だが、振り返らずにはいられなかった。シスビーは開いた門の中に立ってデズモンドを見送っていて、その姿は一月の寒さの中でもぬくもりをくれた。

# 10

デズモンドがゴードン教授の研究所へと向かう足取りは重かった。屋敷に押し入らないとは言ったものの、教授は実行を期待している気がした。報告を聞きたがるはずだ。デズモンドがこの計画から降りると聞けば、失望するだろう。

ゴードンは研究所で待っていて、デズモンドと話したくてうずうずしている様子だったが、幸いほかの研究員がいたため、デズモンドに駆け寄ってきて質問攻めにすることはなかった。デズモンドは自分の席について作業を始めたが、シスビーのことを思いながら、ゴードンの熱い視線を感じながらでは、なかなか集中できなかった。同じ作業台を使っているカーソンが一度か二度、好奇の視線を投げかけてきたので、考え事にふけっているふりをすることに全力を尽くした。

けれど、一晩じゅうゴードンを遠ざけることはできなかった。ほかの面々が帰ったあと、ゴードンはドアに鍵をかけ、デズモンドのほうをくるりと振り向いた。「何かわかったか？」

デズモンドは息を吸った。「僕は降ります」

「何だって？」

「僕にはできません。公爵未亡人はシスビー・モアランドの祖母です。あの屋敷はシスビーの自宅だったんです。僕がそこに押し入って何かを盗むことはできません」

ゴードンはぽかんとしてデズモンドを見つめた。「シスビーとはいったい誰だ？」

「ブロートン公爵の娘さんで、僕の……友達です」

「友達？」

「講義で知り合ったんです。すばらしい人で、僕が見るかぎり、ご家族もすてきな方々です。あの人たちから盗むことはできません」

「君がブロートン公爵と知り合いだって？　公爵未亡人とも？」ゴードンの眉が跳ね上がった。「デズモンド……これは何かの冗談か？」

「いいえ、公爵未亡人にはまだ会っていませんが、公爵夫人と、シスビーのきょうだいのうち三人とは会いました」

ゴードンはデズモンドを見つめ続けた。「信じられない」

「僕自身もかなり驚いています」デズモンドは淡々と言った。「昨日、僕は屋敷の外をこっそり歩いていました。言っておきますが、信じられないほど巨大な屋敷です。あの中をくまなく捜索することは誰にもできないでしょう。僕がそこに立って、何て絶望的な任務なのかと思っていたとき、シスビーがドアから出てきたんです」

ゴードンは驚愕《きょうがく》した表情で近くのスツールに腰かけた。

「教授、これがあなたにとってどれほど重要なことなのかはわかりますが――」

突然ゴードンは顔を輝かせた。「それはつまり、君が盗む必要はないということでもある。公爵未亡人に頼めばいいだけだ」

「〈アイ〉をくれと頼むんですか？　それはどうかと思います」

「なぜだ？　君は孫娘の友達で、見知らぬ人に渡すのとは気分が違うはずだ。公爵未亡人に話をして、この件がいかに重要かを説明すればいい。我々の研究に必要なものなんだと説得してくれ」

「公爵未亡人が僕に渡すわけがありません。僕のことは何も知らないんですから」

「じゃあ、その友達に頼んでもらってくれ。公爵未亡人も孫娘の頼みははねつけないだろう？」

「教授、それはできません。シスビーは、僕には裏の動機があった、僕が自分と仲良くなったのは〈アイ〉を手に入れるためだったと思うでしょうし、僕はそんなふうに思われたくないんです。彼女には何も頼みたくありません。研究所を辞めろというなら、それは仕方がないことだと――」

「君に辞めてほしくなどない。〈アイ〉を手に入れてほしいんだ。友達に頼む必要だってない。この研究所に来てもらって、我々の研究を見てもらおう。私が友達と話をして、それがいかに重要であるかを説明する。彼女とは講義で知り合ったと言ったね。きっと科学に敬意を持っている人のはずだ」

「敬意どころではありません。本人が科学者です」

「女の子が？」

「ええ。でも、問題はそこではありません。シスビーがあなたの主張になびくとは思えないんです。その種のことは信じていない人なので」

「でも、証明し、説得することはできる」

「できるとは思えませんが、それはどっちでもいいんです。もし僕がシスビーをここに連れてきて、教授が〈アイ〉の話を始めたら、僕が〈アイ〉を手に入れるために彼女を利用したのだと思われます。しかも実際、僕がシスビーをここに連れてきたら、彼女を利用し、僕たちの……友情を利用することになる。それはできません」

「よく考えろ！」ゴードンの顔は赤くなった。「これは君より……君のつまらない友情よりも重要なことなんだ。私はどうしても〈アイ〉を手に入れなければならない。これが私に、君に、我々全員にとってどんな意味があるか、君も知っているだろう。千載一遇のチャンスなのに、それをどこかの女のために放り捨てるのか？」

「シスビーは〝どこかの女〟ではありません」デズモンドはかっとなって言い返した。

「何だと？　その女性を愛しているとでも言うのか？　馬鹿なことを」

「そうかもしれません」デズモンドは認めた。

ゴードンは口をぽかんと開けてデズモンドを見た。「君は貴族と結婚できる日が来ると思っているのか？　単なる貴族じゃない、公爵だぞ！　いっそ王族を狙ったらどうだ？」

「シスビーと結婚できると思っているとは言っていません。それが馬鹿げたことなのはわかっています」

「馬鹿げたどころの騒ぎじゃない」ゴードンは激しい口調で続けた。「デズモンド、分別を持て。たとえ君が何か奇天烈《きてれつ》な理由で彼女を説得できたとしても、父親が許さない。駆け落ちをすれば、父親がすぐさま追っ手を差し向けるし、運よく逃げられて身を隠せても、結婚は無効にされる。君には金がない。名もない。父親は犯罪――」

デズモンドは反射的にゴードンを見た。父のことを知っているのか？

しかし、ゴードンはその言葉を途中で切るだけの礼儀は持ち合わせていた。一歩下がり、腕組みをする。「デズモンド、君はこんなに自分勝手だったのか？　科学界から〈アイ〉を研究するチャンスを奪うほどわからず屋なのか？　自分がどこかの女に突然のぼせ上がったからというだけで！」

デズモンドは立ち上がってゴードンと向かい合った。「はい。僕は自分勝手でわからず屋なんだと思います。教授の言うとおり、〈アイ〉の研究は僕の心よりも重要なのかもしれない。僕はシスビーよりも科学的発見を重視するべきなのかもしれない。でも、僕はそうはしません。シスビーを諦めるつもりはありません」そしてジャケットをつかみ、ドアのほうに歩きだした。

「待て！　デズモンド、お願いだ」ゴードンはすがるような口調になり、あとを追ってきた。「わかった。君がそれを頼めないというのも、それが彼女の信頼を裏切ることになるというのも理解したよ。でも、あの家にいる間、少し探すくらいはできるはずだ。だろう？」

「盗めということですか？」

「違う、違う」ゴードンは急いで言った。「盗まなくていい。たぶん、君の言うとおり、盗むのは不可能だろう。ただ、見てほしいんだ」ゴードンの目は空想にふけるように輝いた。「デズモンド、考えてみてくれ。それが実在することを知り、それがどんな外観をしているのかを知ることを。君はそれを説明し、絵に描くことができる。我々の手で複製だって作れるかもしれない。でも、たとえそれが現実にならなくても……私は〈アイ〉に人生をかけてきたから、愚かな夢を追っていたわけではないという証拠が欲しい。世間ではなく、自分に証明したいんだ。人生を無駄にしたわけじゃない、意味もなく名声を台なしにしたわけじゃないと、私自身がわかっていたいんだ」

罪悪感と悲しみがデズモンドの腹の中でねじれた。この人の最後の望みを、どうやって壊せる？　ゴードンが頼んでいるのは、シスビーの家の中であの装置を観察することだけなのだ。盗めとも、家を漁《あさ》れとも言っていない。もしかすると、目につくところにあるかもしれない。公爵未亡人が自分で持ち歩いているかもしれない。

デズモンドはため息をついたが、これ以外の返事はできなかった。「わかりました。探してみます」

デズモンドが訪ねてくるようになって、シスビーは祖母に関する問題を本気で考え始めた。ほかの家族を全員紹介した今、いずれ祖母にも紹介することになるだろう。しかし、公爵未亡人がキリアのお目付け役を務めたあと、勇気の足りない者は来なくなっている。祖母がデズモンドにそれ以上の影響を与えることが心配だった。だが、紹介をできるだけ先延ばしにすることはできる。

それから数日間、祖母の声が聞こえるたびに、シスビーはデズモンドを庭に散歩に誘ったり、オリヴィアが作ってくれる口実を利用して本屋に行く用事を思い出したりした。公爵未亡人の甲高い声が階段から聞こえたときには、デズモンドを父のコレクション部屋に連れていくこともあった。もちろん、デズモンドは喜んでついてきた。デズモンドは古代ギリシャやローマの芸術のことはほとんど知らないものの、いつもどおり熱心に知識を習得した。室内を歩き回って、陶片や模様、さまざまな時代の古代美術や建築について話し、楽しいひとときを過ごした。公爵は名前こそドナルドと間違えて呼んでいたものの、この若者にすっかり感心し、数日後には最新の入荷物の検分のため、嬉《うれ》しそうにデズモンドを呼び寄せていた。

ある日の午後、シスビーは薬局に長居し、家に帰るのが遅くなった。〝赤の間〟をのぞくと、祖母とキリアがいるだけだった。父の書斎も、オリヴィアが読書をしている音楽室にもデズモンドはいない。ようやく、双子の部屋で彼を発見した。デズモンドは双子と一緒に床にあぐらをかいて、目の前には分解したおもちゃが置かれていた。

「ほら、このばねをねじで巻くと……」デズモンドは顔を上げ、にっこりした。「シスビー。グレーツにこの時計仕掛けのおもちゃの仕組みを説明しているところなんだ」

「シスビー！」コンが姉に駆け寄り、手を取って引っ張った。「デズメントがばらばらにしてるんだよ」デズモンドはたちまち二人のお気に入りの客となっていた。

「そうみたいね」シスビーはひとかたまりの部品を見下ろした。「これがおばあさまのおもちゃじゃないことを願うわ」

双子は二人とも目を丸くし、力いっぱい頭を振った。

「オリヴィアのだよ」アレックスが安心させるように言う。

シスビーは一同のそばの床に膝をつき、たずねた。「これ全部、元に戻せるんでしょうね？」

「ああ、もちろん」デズモンドは明るく言った。「歯車の仕組みを説明してたんだ」ねじを放し、装置を掲げる。「見てごらん、ばねがこの歯車をこんなふうに回すと、こっちの歯車と噛《か》み合って、それがもう一つの小さなばねとつながってるから、脚が上下に動くんだ」

双子は魅了されたように見ていた。

「脚の部分がないままそんなふうに動くとぞっとするわね」

デズモンドは笑った。「ああ、でも男の子はそういうところにも興味を惹《ひ》かれるんだ」

「ぞっとするう」コンは節をつけて繰り返し、それを聞いたアレックスはおもちゃが行進するぎこちない動きをまねた。コンも一緒になって行進を始め、二人は部屋の端まで歩いていった。

デズモンドが手際よく部品を元どおりに組み立て始める。

シスビーは隣に座り、デズモンドに肩を寄せた。彼の長く敏捷《びんしょう》な指が動くのを見るのが好きだった。それを見ていると、体内になじみのない、とてつもなく快い何かが起こった。今まで男性の手に注目したことはなかったが、デズモンドの手が最高なのは間違いない。

「どうしてここで双子のお守りをすることになったの?」シスビーはたずねた。

「僕が着いたとき、公爵夫人が下で双子と一緒にいたんだ。新しい子守りは三日しかもたなかったらしい」

「あらまあ」

「公爵夫人はかなり困っていて、仲介業者と直接話をしに行くと言っていた」

「かわいそうに」

デズモンドは同意するようにうなずいた。「それで、僕がこの子たちのお守りをすると言ったんだ。キリアにはお客さんが来るようだったから、二階に上がってきた」

「賢明な選択ね」

「実は……」デズモンドが続きをなかなか言いださないので、シスビーは彼のほうに顔を向けた。「僕が口を出すことじゃないんだろうけど。公爵夫人が求めているような人材かどうかはわからないし」

「人材？」

「双子の子守りの話だよ」

「誰か心当たりがあるの？」

「僕の大家の妹さんなんだ。ご主人が亡くなって、お兄さんと住むようになったんだけど、自立心が強い人でね。できるのは料理と掃除だけだけど、世間体を気にするお兄さんに使用人として働くことを反対されていると言っていた。でも、子守りならきっと大丈夫だし、子供の扱いはうまいんだ。息子を三人育てて、お兄さんの末の子といるところも見たことがある」

「この子たちにも耐えられると思う？」今は勉強部屋の低いテーブルによじ登っては飛び下りている双子に、シスビーは目を向けた。

「まだ若い人で、体力はあると思う。結婚が早かったらしい。すばやく動けるかはわからないけど、力は強いよ。家具を動かしているのを見たことがある。もちろん教育は受けていないけど、言葉遣いは悪くない。でも、公爵夫人は仲介業者に紹介された人しか受け入れないのかもしれないと思って」

「母は業者よりもあなたの推薦のほうを重視すると思うわ。だって、アレックスとコンの子守りを任せるくらい、あなたを信頼しているんだもの。母が双子の子守りを任せられない人は多いわ……父も含めて」

デズモンドは笑った。「公爵は双子がそこにいることを忘れてしまいそうだ」

「そのとおり」シスビーは思い出し笑いをした。「私は子供のころ、父のあとをついて回っていたの。テオはすぐ退屈して、どこかに行ってしまった。グレーツに似た性格で、いつもそこらじゅうを走り回っていたから。でも、私は父の話を聞くのが好きだった。話していることの半分も理解できなかったけど、父が私に、大人を相手にするみたいに話してくれるのが好きだったの。それに、父の壺《つぼ》や本は、母の会合よりずっと面白かったし」

アレックスが床から飛び上がり、獲物を見つけた猟犬のように、さっと戸口のほうを向いた。テーブルの上に立ち、アレックスに続いて飛び下りようとしていたコンは、かたわれの視線を追ってくるりと振り向いた。次の瞬間、いっせいに二人は叫んだ。「おばあちゃま！」そしてドアに向かって突進した。

「いやだ」シスビーはドアのほうを見た。「おばあさまはここには入ってこないとは思うけど……」

ホールから〝おばあちゃま！　こっち来て！　こっち来て！〟という叫び声が聞こえた。シスビーは顔をしかめた。これで逃げ場はなくなった。デズモンドのほうを勢いよく振り向く。「おばあさまを避けることはできなさそうだわ。あなたにあらかじめ言っておけばよかった――」

「公爵未亡人は僕にいい顔をしないと思っているんだね」

「違うの。ううん、それはたぶんそうなんだけど、そこは問題じゃなくて。私は別におばあさまに認めてほしいとは思っていないから。あの人は母のことも認めていないし、それを言うなら、ほとんど誰のことも認めていないわ。問題は、おばあさまが何を言うか、何をするかわからないことよ。文句と決めつけが多いだけじゃなくて……変わった人だから」

「変わった人？」デズモンドの口角が上がった。「それはモアランド家が誇りを持っている部分だと思っていたけど」

「それでも、幽霊と話ができると言い張ったりはしないわ」

「幽霊と？」デズモンドはたずねた。

「ええ。亡くなった夫や母親と。この前は、応接間で初代公爵の霊と話をすると言っていたわ」

「僕は何とも思わないよ。だって、心霊の存在を信じている人には慣れているからね」デズモンドは長い手足を伸ばして立ち上がり、シスビーに手を差しだした。

「デズモンド、お願い……あなたの教授や研究の話は出さないでほしいの」

「教授と同じようなことを信じているなら、話を出しても問題ないんじゃないかな」

「おばあさまがどう出るかは誰にもわからないわ」シスビーは肩越しに振り返ってドアを見た。公爵未亡人の杖《つえ》の音が再び近づいてきて、その間に双子の興奮したお喋《しゃべ》りが混じった。「教授の考えが自分と違えば、すべて戯言《たわごと》だと断言するかもしれない。それならまだましだけど、教授に共鳴する可能性もある。いくらときどき面倒の種になるとはいっても、あの人は私の祖母だから、誰かに利用されるのは耐えられないの」

「教授はそんな――」

「お願い」

「わかったよ。君がそう言うなら、僕は何も言わない」

「ありがとう」シスビーは安堵《あんど》のため息をついた。あとは、祖母がデズモンドを侮辱する手段をどうにかかわすことだけを考えればいい。

「誰が直したの？　そのデーモンとかいう人は誰？」公爵未亡人の声が部屋の外から響いた。

「シスビーの人」コンが簡潔に答えた。

「シスビーの？　シスビーの何？」公爵未亡人はそうたずね、スカートを引っ張る双子たちを見下ろしながら、部屋に入ってきた。そのうしろからエメリーンがついてくる。

「デズメント！」双子は勝ち誇ったようにデズモンドを指さした。

公爵未亡人は顔を上げ、部屋の真ん中に立っているシスビーとデズモンドを見た。急に足を止め、目を見張る。「まあ、何てこと！」

「おばあさま」シスビーは祖母のほうに向かって歩きだした。

公爵未亡人はシスビーのことは少しも見ていなかった。デズモンドだけを見つめていた。そして、手を振り動かしてデズモンドを指さし、アダムとイヴを楽園から追放するヨフィエルのように宣言した。

「あなたの愛のせいで、私の孫娘は死ぬ」

# 11

シスビーの背筋を震えが駆け下りた。

「公爵未亡人、いい加減にしてください」エメリーンが目をぎらつかせて言った。「いくら何でも言いすぎです。私はせいいっぱいあなたを尊重するつもりでいますけど、我が家のお客さまを侮辱するのは認められません」

シスビーはデズモンドのほうを向いた。デズモンドは血の気の引いた顔で公爵未亡人を見つめていて、それは公爵未亡人も同じだった。

双子までもが黙り込み、口をぽかんと開けて祖母を見上げていた。目を丸くして母のほうを向き、二人一緒に近寄っていく。「お母さま？」

「こっちにいらっしゃい」エメリーンは双子にほほ笑みかけ、両手を差しだした。「大丈夫。誰もシスビーを傷つけはしないから。おばあさまは冗談を言っているだけよ」そして燃えるような目で公爵未亡人をにらみつける。

公爵未亡人も高慢な視線を返した。「エメリーン、私は自分が見るものを制御できないの。この男は全身に死の雲をまとわりつかせている」

エメリーンはするどい目つきのまま、こわばった口調で言った。「シスビー、ミスター・ハリソンと一緒に、双子を外へ連れていってくれない？　私は公爵未亡人と話があるの。二人きりで」

シスビーは弾《はじ》かれたように立ち上がり、言われたとおりデズモンドの腕をつかんで部屋を出た。そのあとを双子が急いでついてくる。

シスビーはデズモンドの表情にいやな予感を覚えた。「さあ」アレックスを抱き上げ、デズモンドに押しつける。「アレックスをお願い。私はコンを連れていくから」

シスビーは階段に向かおうとしたが、背後で公爵未亡人がこう言うのが聞こえた。「エメリーン、あなたが娘の安全を気にしなくても、私は気にするの」その言葉を最後に、ドアは背後で固く閉まった。

シスビーは階段を下り、急ぐあまりコートも忘れて裏口を出た。寒さにひるまない双子は、もぞもぞと腕から下りて走っていった。少し遅れて、従僕がコートを手に飛びだす。そこから盛大な追いかけっこが始まり、従僕とシスビーとデズモンドは双子を追って庭を走り回った。

双子を捕まえ、コートを着せたときには、シスビーとデズモンドは公爵未亡人の言葉の衝撃から立ち直っていた。疲れきった従僕が家の中に戻ると、シスビーはデズモンドのほ

う を向いた。「本当にごめんなさい」

デズモンドはかすかにほほ笑み、シスビーの肩を外套《がいとう》で覆った。「まあ、そういう方だというのは先に聞いていたから――」

「あれはおばあさまにしてもとんでもない言葉だったわ」

「確かに鳥肌が立ったよ」その口調は軽かったが、コートをはおっているデズモンドはシスビーのほうを見ようとしなかった。彼が震えているのは、寒さのせいだけではないのでは？

「私も少し驚いたけど、もちろん、まったくの戯言《たわごと》よ」

「もちろん」

「おばあさまが言う〝能力〟にはいっさい正当性がないもの」

「前にも誰かの死を予言したことはある？」

「いいえ」祖母が死を予言した子犬のことは言わないことにした。そもそも、子犬が道路に飛びだして荷馬車に轢《ひ》かれたのは、それから一カ月もあとのことだったのだ。デズモンドの腕を取り、真剣に言う。「私が心配してるのは、これが理由で、あなたがこの家に来てくれなくなったらどうしようということだけ」

「おばあさまに立ち向かう気はあるよ。ドアにかんぬきをかけられなければいいんだけど」

「そんなことにはならないと約束するわ。おばあさまは母と派手に衝突すると思うの」

「公爵未亡人は恐ろしいけど、僕は公爵夫人の勝利に賭けるよ」

デズモンドはシスビーの手を取り、コンとアレックスに目を光らせながら庭をぶらぶら歩いた。

シスビーはデズモンドをちらりと見た。きっと大丈夫、よね？　家族に関するほかの事柄と同じく、デズモンドは祖母の予言も乗り越えたように見えた。それでも、デズモンドの真っ青になった顔と、悲しげな目が頭から離れない。あの子犬のことも完全には忘れられなかった。当時も怖かったが、そんなことは論理的にありえないと退けていた。それでも……祖母が見た場面に、あの門さえ含まれていなければよかったのに。

信じてはいない、とデズモンドは自分に言い聞かせながら、足早に研究所へ向かった。すべて戯言だ。現世に心霊が留《とど》まっているという話は、証明できるのであれば受け入れる気でいる。しかし、人が未来の出来事を見通せるというのは行きすぎだ。妖精の存在や、黒猫が横切った道は不吉だという迷信を信じるようなものだ。

公爵未亡人が何を予言しようと、おばが何を言おうと関係ない。予言も凶兆も呪いも、科学では立証できない。自分がシスビーに危害を加えるなど、考えるのもばかばかしいし、そもそもどうやって愛が人を殺すのだ？

公爵未亡人は単に自分をシスビーに近づけたくないだけで、変わり者ゆえ、こちらを追い払うために選んだ方法がこれだったのだろう。公爵未亡人が過去のことを知っているはずがない。おばの懸念を知っているはずがないのだ。それに、自分が愛する全員が死ぬわけではない。そうだろう？　何しろ、大好きな教区牧師は今もかくしゃくとしている。ゴードン教授も同じだ。

ということは……対象は女性に限られるのか？

やめろ。理性を働かせるんだ。公爵未亡人は自分を追い払いたいだけなのだ。仕方ないことだろう、自分は淑女の結婚相手にはふさわしくないのだから。今週コヴィントンで新たな講義があって、家を訪ねなくともシスビーと会えるならいいのに。

研究所に入ると、ゴードン教授は部屋の反対側からデズモンドに熱い視線を送ってきて、〈アイ〉の新情報をもたらすのをいつものように待っていた。ほかの人が帰ったあとも残るよう言われたときも、少しも驚かなかった。今週三度目だ。ほかの研究員が帰りぎわに不思議そうにデズモンドを見ていたのも、無理のないことだった。

「何か進展はあったか？」ドアが閉まったとたん、ゴードンはデズモンドの作業台に近づいてきた。

「いいえ。もう無理ではないかと思うようになってきました」

ゴードンは落胆した表情になり、デズモンドは罪悪感を覚えた。無理だと思うことには根拠もあったが、実を言うともう探したくなかった。

「赤の他人から見えるところで公爵未亡人がそれを使うとは思えません。どうやって探せばいいんです？　僕のそばにはいつも誰かがいます。一人で勝手に家の中を歩き回ることはできません。屋敷は巨大で、一階の部屋もまだ全部は見ていないし、上の階となればなおさらです」

「何とかしてほしいんだ」ゴードンはせっぱつまったように言った。「デズモンド、これがどれだけ重要なことなのかわからないか？」

「ええ、教授がどれだけ僕に〈アイ〉にまつわる情報を突き止めてほしいかはわかっていますよ。でも、難しいんです。公爵未亡人に会ったのも、今日が初めてなんですから」

「どんな人だ？　この件に関して理屈は通じそうか？」

「それは怪しいです。公爵未亡人は……その、変わった人ですから」今日公爵未亡人に言われたことを、教授に説明する気にはなれなかった。「物事に批判的で、敵意すら感じます。ご家族の話からすると、公爵未亡人の扱いには誰もが苦労しているようです」

「ミスター・ウォレスに何と言えばいいんだ？」ゴードンはうめき、髪に両手を突っ込んであたりをうろつき始めた。

ゴードンがあまりに悲しげなので、デズモンドはわずかばかりの情報を提供した。「公爵未亡人はウエストにベルトというか、鎖飾りを巻いていて、そこにありとあらゆるものをぶら下げています。鎖についているものの一つに眼鏡があります。もしかすると、あれが〈アイ〉かもしれないと思いました。眼鏡に何か特殊なレンズがついているのではないかと」

デズモンドは、公爵未亡人が今日の午後に予言をしたとき、その眼鏡を目に当てていたかどうかを思い出そうとした。〈アイ〉を使って自分のまわりに死が漂っているのを見たということはありえるだろうか？

ゴードンはくるりと振り向き、再び顔に希望の色を浮かべた。「その可能性はある。その眼鏡をよく見てくれ。リボンでぶら下がっているのか？　それなら切ってしまえ」

デズモンドはため息をついた。「そこまで公爵未亡人の近くには行けないと思いますが、観察はしてみます。教授、ミスター・ウォレスも理屈が通じないわけじゃないでしょう。これがどれだけ難しい任務かはわかってくれますよ。本人も公爵未亡人にかけ合ったんですから。公爵未亡人がどんな人かも、僕たちが〈アイ〉の情報をほとんどつかめていないことも知っています。そう簡単に見つかるとは思っていませんよ」

ゴードンは鼻を鳴らした。「金持ちは理屈など気にしない。結果が欲しいだけだ。公爵未亡人がこっちに来て一週間以上経《た》つのに、なぜまだ〈アイ〉のありかがわからないのかと言っている。これ以上、約束を先延ばしにすることはできない」

デズモンドは驚いた。「〈アイ〉を手に入れると、ミスター・ウォレスに約束したんですか？」

「ミスター・ウォレスは答えを要求してきた。私は何か言わなくてはならなかったんだ。デズモンド、公爵未亡人と話をしてくれ。説明するんだ」

「できません」デズモンドは淡々と言った。「教授、お願いです。これ以上僕にできることはないんです」

ゴードンは傷ついた表情で身を引いた。「君なら私を助けてくれると思っていた。君は……このすべてを大事にしてくれていると」手を振り動かし、室内を示した。

「大事にしていますよ。この研究に莫大《ばくだい》な時間を注《つ》ぎ込んできましたし、数えきれないほどのレンズと鏡の組み合わせを、ありとあらゆる水晶を毎日試しました。でもこれは、大変だからできないと言っているんじゃないんです」

「ああ、君が不誠実だからできないんだ」ゴードンはぴしゃりと言った。

デズモンドは平手打ちを食らったかのように、後ずさりした。「教授。僕があなたに不誠実だったことはありません。受けた恩に報いるよう、誰よりも努力し、時間をかけ、研究に全力を尽くしてきました」

「私の必死の頼みを断っておいて、その態度をほかにどう呼べばいい？　ウォレスは私を見放し、資金をすべて引き揚げるだろう。私は決して自説を証明できなくなる。〈アイ〉がなければ、私は終わりなんだ」

「教授、そこまで悲惨な状況ではないと思います」こんなふうになったゴードンは見たことがなかった。

「いいや、違う」その声には苦々しさがにじんでいた。ゴードンはため息をつき、ハンカチを取りだして眼鏡を拭きながら、部屋から歩き去った。

デズモンドはただゴードンを見送るしかなかった。何て厄介な状況になってしまったんだろう？〈アイ〉の問題が自分の身に降りかかってきたのと同時にシスビーに出会ったのは、まったくの偶然で、宇宙規模の災難だ。もしかするとおばの言うとおり、自分は生まれたときから呪われているのかもしれない。

シスビーの身元を知ったときにすぐ事情を話さなかったことで、状況はますます悪化している。シスビーが何者なのか見当もつかなかったと言えば、彼女は信じてくれたのではないだろうか？　何しろ本人が隠していたのだから、わかるはずがない。

だが、デズモンドはどうしても自分がシスビーをだましたと思われたくなくて、もっと大きな欺瞞《ぎまん》を作りだしてしまった。もし、これだけ時間が経ったあとでシスビーが〈アイ〉のことを知れば、反応はいっそう芳しくないものになるだろう。デズモンドはシスビーの家に行き、家族に会った。シスビーにキスをし、抱きしめた。その間ずっと、すべてを秘密にしていたのだ。シスビーはデズモンドが最初から自分をだまそうとしていたと思うほかないのではないか？

今日、祖母が利用されることへの不安をシスビーが口にしたとき、脇腹にナイフを突き立てられた気分になった。今真実を告げれば、シスビーは自分を軽蔑するだろう。永遠にシスビーを失う危険は冒したくなかった。

デズモンドが帰っていくや否や、シスビーは抗議する双子を家の中に追い立てた。双子の部屋に入ると、二階付きのメイドが一人、むっつりした顔で待機していた。双子の子守りを課されたのだろう。シスビーは双子をメイドに任せ、祖母の寝室に向かった。公爵未亡人が不運な侍女に理不尽な命令をし、侍女が引き出しや棚から中身をすべて出しているのを見ても驚かなかった。

「おばあさま、何をしているの?」答えはわかっていながら、シスビーはたずねた。

公爵未亡人は背筋をぴんと伸ばし、あごを上げて宣言した。「この家を——我が家を出ていくのよ。あの人の望みどおりに」

母が〝あの人〟になるのは、決していい兆候ではなかった。

「お母さまはブロートン・ハウスを出ていけとは言っていないはずよ」

「自分が歓迎されていなければ、そうとわかるわ」公爵未亡人は憮然《ぶぜん》として答えた。

シスビーは侍女のほうを向いた。「おばあさまと二人きりで話がしたいの、お願い」

「かしこまりました」侍女は礼儀正しく膝を曲げ、公爵未亡人に逆の命令をされる前に急いで部屋を出ていった。

「ちょっと、シスビー、グッドウィンに命令する権利はないわよ」

「ええ、わかってるわ。でも、使用人にわざわざ家庭内不和の様子を見せたい？」

公爵未亡人はうんざりしたように顔をしかめた。「わかったわよ。何の話？　平等に関するあの人の戯言の続きを聞かされるの？」

「いいえ、私はおばあさまとお母さまの長年の不和に口を挟む気はないわ。ただ、そのことに腹を立てたままこの家を出ていってほしくないの」

祖母に家を出ていく気がないのはわかっていた。トランクを屋根裏から下ろしてさえいないのだ。出ていくという脅しは、祖母の滞在中に一度はなされる。騒ぎを起こして公爵夫人を責め、出ていかないよう懇願されるのを楽しんでいるのだ。懇願するのはかつては公爵の役目だったが、最近ではシスビーが父に代わっている。シスビーの懇願が利かなければ、テオにその仕事を振り、祖母を懐柔してもらうのだ。

「お母さまはおばあさまを家から放りだす気なんてないわ。そんなことをすれば、お父さまがどれだけ悲しむか。お父さまは、おばあさまとお母さまが仲違《なかたが》いするのが大嫌いなのよ」

「当たり前よ。いい息子だもの。でも、あの人に操られている」

「お母さまはお父さまを操ってなんかいない。でも、お父さまはお母さまをとても愛していて、おばあさまのことも愛しているから、おばあさまが出ていけばものすごく悲しむわ」

「あの人にあれこれ命令されたくないのよ」

「お母さまに何を言われたの?」母はせいいっぱい義母に感じよく接しようとしているが、時には癇癪《かんしやく》に負けてしまうことがあるのだ。「出ていけと言われた?」

「あなたの客をあんなふうに侮辱するのは許さないと言われたわ」公爵未亡人は言い、その会話を思い出したことでさらに憤慨し始めた。「礼儀正しくふるまって、罪のない若者に意地悪なことを言うなと」

「お母さまはおばあさまがとても礼儀正しい人であることを知っているから、あれほど不作法なことを言ったのがショックだったんだと思うわ。だって、おばあさまはつねにその場にふさわしい行動をとる、きちんとした人だもの」

「まったく、田舎の地主の娘が、私よりも礼儀をわきまえているかのような言い分だったわ。私の父は——」

「ええ、おばあさま、わかってる」シスビーは自分の忍耐も限界に近づいてきているのを感じた。「お父さまは伯爵で、とても尊敬を集めている人だったのよね。お母さまの血筋も同じくらい高貴。でも、お父さまもお母さまも、おばあさまの失礼な態度をどう思うかしら?」

「私は失礼なことなんかしてないわ！　正直なだけよ」

「時に、礼儀と正直さは両立しないものよ。私がレディ・モンゴメリーに、なぜリスを殺して腕にかけているのかとたずねたとき、おばあさまにそう言われたわよね」

その出来事を思い出し、公爵未亡人は笑った。「あれはミンクだったと思うけど、あの肩掛けはとんでもない失敗作だったわね。かわいそうなドロシーはそもそも趣味が悪いのよ」

「でも、あの人はおばあさまのお友達だから、私はあんなことを言うべきじゃなかった」

「ええ、そのとおり」公爵未亡人は目を細めてシスビーを見た。「でも、私をごまかそうとしても無駄よ。それとこれとは別の話。私はあなたの身の安全を心配しているの。孫娘が脅威にさらされているときに、マナーを考慮する余地はないわ」

「おばあさま……」シスビーは公爵未亡人の椅子のそばに膝をつき、せいいっぱい懇願の表情を作って祖母を見上げた。「ミスター・ハリソンは脅威なんかじゃないわ。優しい、すばらしい男性で、誰も傷つけない人だと確信できる。グレーツにどれだけよくしてくれたか、おばあさまにも見てもらいたかったわ」

「あのお猿さんたちね」非難がましい口調とは裏腹に、公爵未亡人の目はきらめき、口角は上がった。

「ええ、あの二人を、ミスター・ハリソンは静かにさせたのよ。すごく頭がよくて、教育も受けていて――」

「ふん！」公爵未亡人は手を振ってシスビーの言葉を退けた。「そんな話はしていないの。血筋の話よ。あの人は私たちとは別世界の人でしょう。一目でわかったわ」

シスビーは歯を食いしばった。「だからといって、悪い人ということにはならないわ。私を殺したりはしない」

「そうね」公爵未亡人は考え込むように首を傾《かし》げた。「私はあの人があなたを殺すとは言っていないわ。それは見えなかった。ただ、あの人が理由であなたが死ぬところが見えたの。二つはまったく別だけど、結果は同じ。あなたはあの若者に近づいてはいけない」

「おばあさま……そんなことがわかるはずがないでしょう」

「ほかの人と同じように、あなたが私の能力を軽視しているのは知っているわ。でも、あなたは向き合わなきゃだめ。オリヴィアもよ。残念ながら、キリアにはその才能はなさそうだけど。たぶん、あの赤毛が理由でしょうね」

「赤毛！　よりにもよって、そんなくだらない理由で……」シスビーは口をつぐんだ。なぜ自分が信じていないものの仕組みについて反論しようとしているの？

「あなたは私にその力があることを知っているわ。実際に体験したんだから。あの子犬のことを覚えているでしょう？」

「ええ、覚えているわ。おばあさまはラジャは死ぬと言った」

「ほらね？」祖母は満足げにほほ笑んで椅子にもたれた。「私は子犬の死を見たの。あの門を見た」

「でも、死んだのはおばあさまが予言してから一カ月後のことだったわ。同じ門ですらなかったし。おばあさまが見たのは庭の門だったけど、実際には道路に出る門だった」

「そんなのは取るに足らない点よ。とにかくあれは開いた門で、私は子犬に死の印がついているのを見た。あの晩、母にそのことをきいたら、見たものは正しいと言われたわ」

幽霊の意見は予知の証拠にはとうていなりえないことを、シスビーは指摘せずにおいた。

「デズモンドを見たとき、正確には何が見えたの？」

「あの人には暗いオーラが、まさしく死の黒雲がまとわりついていたわ。それがあなたにつながっていたの。あなたたちの間の空間ににじみでて、あなたの腕に触れていた。いつかそれがあなたをのみ込むことになるのがすぐにわかったわ」

「でも、私が死ぬところは見てないんでしょう？　ナイフも、銃も、死ぬ場面も――」

「シスビー、この現象は私が制御できるわけではないの。ただ、向こうからやってくる。私だけが持つ力に引き寄せられるのよ。時には、言葉にできないほど曖昧なものが、ちらりと見えるだけのこともある。チャールズ・バークワイラーが馬に乗っているところを見たことがあるけど、それがどういう意味なのかはわからなかった。たいしたことではないと思ったわ。ときどきそういうこともあるから。でも、一年も経たないうちに、バークワイラーは狩猟中の事故で死んだ」公爵未亡人はシスビーに意味ありげな視線を向けた。

「でも、死因は馬じゃなくて、撃たれたことでしょう？」

「私が説明しようとしているのはそこよ。意味はこっちが解釈しなくてはならないの。乗馬が狩猟に関係あるのは明らかだし、バークワイラーは狐狩《きつねが》りに目がなかった。つまり、バークワイラーは狩猟中に死ぬ、という意味だったのよ」

「じゃあ、今日見た場面には、別の意味もありえるんじゃないの？」シスビーは反論した。

「それが意味するのは死ではなく、悲しみや孤独や……そういうものかもしれない」

「死よ」公爵未亡人はそっけなく言った。「なぜ黒が服喪の色とされていると思うの？まあ、あれが赤でも紫でもピンクでも、死を意味していることはわかったでしょうけど。空気中に立ち込めていたんだもの」

「でもそれが、私が死ぬことを意味しているかどうかはわからないわ。デズモンドは、彼を産んだときにお母さまが亡くなったと言っていたから、もしかすると死そのものから生まれたということを意味しているのかも。あるいは、私は早死にする運命だったけど、デズモンドがその運命から遠ざけてくれるのかもしれない。デズモンドは私を守れる人だから、私は彼と一緒にいるべきだという意味かもしれないわ」

公爵未亡人は悲しげに頭を振った。「あなたは私の警告を無視するつもりなのね。どんな結果になろうとも、あの男性とのつき合いをやめられないし、やめるつもりもない」杖《つえ》をついて立ち上がる。「あなたの母親も、あなたを守るために何かするつもりはなさそうだわ。あなたたちは二人とも頑固だから、あの男性と死のオーラがこの家に入り込むままにするんでしょう」公爵未亡人は言葉を切り、いつもの不穏な様子で首を傾げたあと、うなずいた。「ええ、わかりました」

「何がわかったの？」シスビーは立ち上がり、祖母と向かい合った。

「初代公爵に、私には義務があると指摘されたの。初代公爵が応接間を出てここまで来るのはとても珍しいから、非常に重要な事態だということよ。危険に気づいているのは私だけ。あなたの母親にどんなにひどい扱いをされても、ここを出ていくわけにはいかない。あなたを守るためにここに残るわ」

「よかった」祖母が自分の決断を翻す理由としては斬新だったが、シスビーはうなずいた。「でも、お願い、デズモンドに意地悪しないと約束してほしいの」

「意地悪なんてしないわよ。でも、わかったわ。私もあのかわいそうな若者が悪いとは思っていないもの。あの人を避けるようなことはしない。そもそも、あなたを危険から守るためにはあなたのそばにいなきゃならないんだから」

その言葉に、シスビーはうなり声をあげそうになった。母と祖母の不和を修復しようとしたのは間違いだったのかもしれない。とりあえず、祖母を避ける方法を見つけなくては。

部屋から出たシスビーは研究室に向かった。ふだんは研究をしていれば心が落ち着く。

だが、今日は手元の作業に意識を集中させるのが難しかった。

祖母の予言自体は恐ろしくなかった。もともと前兆や予言のようなものは信じていない。だが、祖母が死にこだわる様子には不穏なものを感じた。幽霊と話ができるという思い込みや、差し迫った死の予言だけではなく、祖母と友人たちの会話にも死がちりばめられていた。不慮の死を遂げた人、今にも死にそうな人、死ぬはずなのにしぶとく持ちこたえている人。

以前は変だとは思わなかった。何しろ、祖母は年老いている。死んだ人を多く知っているのは当然だ。老人とはそういうものではないか？ 友人たちと一緒に座って、病気や死にまつわる噂話《うわさばなし》をするものでは？

だが、よく考えてみると、祖母はそこまで年をとっているわけではない。公爵未亡人もその仲間も、ほとんどは六十代だ。まわりの人がどんどん亡くなる年ではない。祖母と同年代の女性は、祖母ほど多くの葬式には参列していないはずだ。まるで、祖母自身が死にまつわる経験を収集しているかのようだった。

モアランド家の人々はかなり変わっている。だが、それは基本的に、社交界のしきたりに従わないからというだけだ。ペネロピおばがオペラ歌手になるためにフランスに渡ったり、シスビーが科学者になったり、ベラード大叔父がブリキの兵隊を収集したり。確かに珍しい行動ではあるが、頭が変になったというわけではない。だが、その場にいない人間と話をするというのは、一線を越えていた。

何よりも不穏なのは、子犬の一件だ。子犬が死ぬ一カ月前、祖母はラジャを構おうとしてしゃがみ、こう言ったのだ。〝かわいそうに、もうすぐ逝ってしまうのね？　この家の人は本当に、あの庭の門にはもっと気をつけなきゃいけないわ〟ラジャの死に方を聞いたときに背筋を駆け下りた寒気も忘れられなかった。

もちろん、すべては戯言だ。ミスター・バークワイラーの狩猟中の事故のように、祖母は自分が見た場面を都合よく、自分の望む形に〝解釈〟する傾向があるのだ。ラジャの事故も偶然だ。門が開けっぱなしになっていたせいで犬が死ぬというのは、珍しいことではない。

祖母がデズモンドのことをあんなふうに言ったのは、彼を〝私たちとは別世界の人〟だと思っているからだ。デズモンドに恋してほしくないからだ。予兆とは何の関係もない。

それでも、シスビーはあの子犬のことを考えずにはいられなかった。

# 12

今や完全に火に取り巻かれ、黒い煙が充満していた。鼻孔いっぱいに煙の刺激臭が広がる。シスビーは息をしようとあがいた。火が放たれてから数秒しか経《た》っていないのに、炎の壁はすぐそばまで迫っていて、火に触れてもいない肌が焼けつく。薪《まき》が跳ね、火花が散っている。今にも火花がスカートに飛んできて、炎に包まれるだろう。狼狽《ろうばい》し、必死に体をよじって逃れようとしても、縛《いまし》めがとけるわけもなかった。

煙越しに宿敵が見えた。冷淡な笑みと、それ以上に冷淡な目、満足げな表情。あの男が勝ったのだ。あの男を食い止めようとする最後の試みも敗れた。あの男に破滅させられた。あの男のせいで、このおぞましい死がもたらされた。すべて、力のために。

心の底からあの男が憎い。持っていた力はもう消え失《う》せている。目の前に迫る苦悶《くもん》を防ぐことはできない。だが、復讐《ふくしゅう》ならまだできるはずだ。シスビーは内側深くに分け入り、自分の中に棲《す》みついた、痛みや怒りを糧とする闇をまとった。

空は暗くなり、風は強くなった。暗い渇望が体内に沸き起こり、血管に力が駆けめぐる。

風が炎を煽《あお》り、スカートの裾に火が燃え移った。一瞬にして服が燃え上がる。耐えがたい苦痛に見舞われ……。

シスビーは飛び起きた。脚全体に刺すような痛みを感じた。手を伸ばし、ふくらはぎをつかむ。単なるこむら返りだ。つった筋肉を揉《も》みほぐし、今も鼻孔に残る煙の匂いは無視した。無理やり気を静め、胸の中の恐怖をのみ下す。何も起こってはいない。あの忌まわしい夢をまた見てしまっただけだ。

初めてのときもひどかったが、今回は最悪だった。火と痛みがいっそう激しくなっていた。こむら返りのせいだろうか？　だが、この痛みも夢の中の苦悶とは比べものにならなかった。それに、全身に噴きでた汗や、足のずきずきした痛みも説明がつかない。

なぜ火あぶりにされるという、こんなにも恐ろしい夢を見るのだろう？　それに、あの男は誰だろう？　あの目にはとてつもない悪意が浮かんでいた。思い出すだけで体がぶるっと震える。

こむら返りが少し和らいだため、あとは歩いて治そうと思い、シスビーはベッドを出た。だが、床に足が触れると、またうめき声がもれた。足の裏がひりひりする。ろうそくを灯《とも》して座り、よく見ようと足を上げた。

口がぽかんと開き、驚きに目が丸くなった。足の裏には火ぶくれが三つできていた。

翌日、デズモンドが仕事を終えると、研究所の前に馬車が停《と》まっていた。前を通り過ぎたとき、馬車の扉が開いて呼び止められた。「ハリソン」

デズモンドが振り向くと、馬車の扉から一人の紳士が身を乗りだした。片手に金の握りがついた杖《つえ》を持っていて、それを振って近くに来るよう促してくる。デズモンドは内心ため息をつき、その男性のほうへと歩きだした。「ミスター・ウォレス」

「どうか乗ってくれ」ウォレスはていねいに言った。「外に立っているのは寒いから」

「わかりました」

自分たちのプロジェクトの財布の紐《ひも》を握っている人物に、ほかに何と言えただろう？

デズモンドは馬車に乗り込み、ゴードン教授の後援者と向かい合って座った。

ザカリー・ウォレスはずんぐりした男性で、四角い顔と好戦的なあごをしている。炭鉱で財を成したと聞いているが、体つきは経営者というより炭鉱で働く労働者のように見えた。貴族ではないが、金はうなるほど持っている。スーツは上等なあつらえで、金の懐中時計の鎖がベストを横切るように垂れている。一方の手には金の指輪を、他方には縞瑪瑙《しまめのう》の印章指輪をはめていた。飾りピンとカフスボタンにはルビーが光っている。襟が黒っぽい毛皮で装飾された分厚いコートを着て、子山羊《こやぎ》革の手袋をはめている。布に包まれた熱い煉瓦《れんが》が床に置かれ、足元を温めていた。

ウォレスは研究所に何度か来たが、直接話しかけられたことはなかった。ウォレスが話し始めると、その上流階級風の口調の裏にヨークシャー訛《なま》りがうっすら潜んでいるのが聞き取れた。

「君はモアランド家に出入りできると聞いた」ウォレスは切りだした。

「あの一家とはある程度仲良くしています」デズモンドは慎重に答えた。

「ゴードンが、君は公爵未亡人の孫娘に影響力があると言っていた。そろそろ、その影響力を〈アイ〉を入手するために使うときだ」

「ミスター・ウォレス……僕は彼女との友情を悪用することはできません」

「ほう?」ウォレスは片眉を上げた。「報酬がじゅうぶんなら、できると思うようになるんじゃないかな」その言葉にデズモンドは首を振ったが、ウォレスは続けた。「ゴードンが言うには、師匠への愛情も、師匠に受けた恩も、君を揺さぶるには足りないらしい」

「ゴードン教授のことは大いに尊敬していますし、教授が僕にしてくれたこともよくわかっていますが、でも――」

「でも、そこに金ほどの説得力はない」ウォレスが言葉を挟んだ。

「そんなことを言おうとしたのではありません」

「だが、重要なのはそれだ。私は君が〈アイ〉を持ってきてくれれば、報酬を与えるつもりでいる」ウォレスはジャケットの内側に手を入れ、薄い革の財布を取りだしてから、札を抜き始めた。それを扇状に広げ、デズモンドのほうに向ける。

ウォレスが提示した金を見て、切望が噴きだしたのは否めなかった。これだけあれば、一年ぶんの家賃が払える。だが、デズモンドは再び首を振った。

「だめか？　もっと必要かな？」ウォレスは一枚、また一枚と札を足した。「仕事を辞めて、一日じゅう研究に打ち込めるよ」さらに一枚札を足す。「君のプロジェクトへの資金提供を考えてもいいかもしれない。何しろ、私は知の地平を広げることに身を捧《ささ》げているからね」

「とても寛大なお申し出で、ありがたく思います。でも、できません。本当に無理なんです」どれほどの大金にも、シスビーの敬意を失うまでの価値はない。「すみません」

デズモンドは扉の取っ手に手を伸ばしたが、ウォレスに杖で遮られた。「今すぐ答えなくていい。よく考えてみてくれ。また話そう」

デズモンドはうなずき、馬車から飛びだした。うつむいて乗合馬車の乗り場に急いだが、胸が苦しかった。ウォレスの申し出を拒否したことへの無念を抑えるのは容易ではなかった。金の心配をせずに科学に没頭するのは、長年の夢だ。だが、シスビーを利用することはできない。

乗り場に着くと、乗合馬車は行ってしまったところだった。夜遅くのこの時間帯は馬車の本数が少ないため、北風の中で長時間待つ体勢に入った。突然、うなじをぞくりとしたものが駆け上がり、誰かに見張られているような感覚に襲われる。ウォレスにあとをつけられているのだろうかと、今通ってきた暗い街路を振り返った。

馬車の気配はなかった。そもそも、なぜウォレスが自分を追う必要がある？　歩いている人間の気配もなかった。それでも、街路を端から端まで眺める。男性が一人、寒さに身を縮めて逆方向に急いでいるだけで、ほかには誰も見当たらなかった。

きっと疲れているのだ。この奇妙な感覚は、それが理由に違いない。毎朝四時に起きて、午後にシスビーを訪ねる時間を残して職場を出られるようにし、夜は毎日研究所で過ごしている。そのせいで疲労がたまり始めていた。

乗合馬車がやってきたので、デズモンドは乗り込んだ。だが、そのあと馬車を降り、自宅に向かって歩きだすと、あの妙な感覚が再び湧き起こった。勢いよくうしろを振り向く。そこには誰もいなかった。だが、視界の片隅で何かが動いたような気がする。並ぶドアに一箇所、ほかより影が濃いところがあるような……。

馬鹿げた考えだ。それでも、デズモンドは自分以外の足音に注意深く耳をすましながら、歩調を速めた。アパートの外階段に着くと、うしろを振り返った。やっぱり。建物の間の狭い路地で何かが動いたのが確かに見えた。警戒して待っていると、ねずみが一匹、路地から飛びだしてきて、もう一匹があとに続いた。デズモンドは肩の力を抜いた。ただのねずみだ。誰かに尾行されていたわけではなかった。そもそも、尾行される理由などない。

この調子では、次は公爵未亡人のように死者を見るかもしれない。ねずみが何に驚いて路地から飛びだしてきたのかは、考えないようにした。

初めて足の火ぶくれを見たとき、シスビーは凍りつき、原因はあの火あぶりしかないと考えた。だが、軟膏《なんこう》を塗り、足に包帯を巻いているうちに、つい昨日、新しい靴を下ろしたことを思い出した。これは、靴がこの部分にこすれてできた傷に違いない。ベッドから飛び下り、はだしで床に触れるまで、その痛みに気づかなかっただけなのだ。

筋の通った説明ができたことにほっとし、これを悪夢に結びつけた自分の愚かさに笑みをもらした。翌朝には痛みはかなり引いていて、ほとんど気づかないほどだった。そんなことには構っていられないほど、祖母にいらだっていたせいもある。

公爵未亡人はシスビーを守るという約束に従い、午後はシスビーとともに〝赤の間〟に座り、ふだんの〝昼寝をしているわけじゃない時間〟のために二階に上がることさえしなかった。デズモンドの訪問中はずっと、射すくめるような視線を彼に向け続けた。

翌日、シスビーは詮索の目を逃れ、コヴィントン研究所の講義でデズモンドに会えたことにほっとした。

二人とも早めに着き、お喋《しゃべ》りに没頭していると、一人の男性がそばで足を止めた。「デズモンド、君もこれに出席しているんじゃないかと思っていたんだ」

シスビーはその人物に目を向けた。若い男性で、しゃれた服装をし、暗いブロンドと青い目をしている。薄くほほ笑み、シスビーと同種の好奇心に目を輝かせていた。デズモンドの友達だろうか？　同僚？　そういえば、デズモンドからは誰も紹介してもらっていない。

デズモンドに視線を戻すと、その男性をぎょっとした表情で見つめていた。「カーソン……こんなところで何をしているんだ？」

デズモンドのぶっきらぼうな口調にカーソンは軽く両眉を上げたが、穏やかに言った。「前回の講義がとてもよかったと君が言っていたから、今月は僕も来てみようと思って」

「そうか。じゃあ、君が楽しめることを願うよ」

「きっと楽しめるさ。すでにかなり楽しい気分だし」カーソンはデズモンドの隣に座った。「隣に座らせてもらえるとありがたい。何事も友と一緒ならいっそう楽しめるからね」カーソンの鮮やかな青の目は面白がるようにきらめき、デズモンドとシスビーを交互に見た。

ようやくデズモンドが言った。「ミス・モアランド、カーソン・ダンブリッジを紹介するよ。カーソン、こちらはミス・モアランドだ」

「ミス・モアランド」カーソンの目が鋭くなった。「お会いできて嬉《うれ》しいです」シスビーが片手を差しだすと、カーソンはデズモンド越しに身を乗りだしてその手を握った。自分の席に戻り、デズモンドをじろりと見て小声で言う。「ずいぶん水くさいな？」

傍らでデズモンドは身をこわばらせた。何かが起こっているのは明らかだ。カーソンは楽しげだが、デズモンドは二人を引き合わせることに乗り気でなく、今も不満げで、ほとんど言葉を発しなかった。一方、カーソンは完全にくつろいだ様子で、楽しんでいるようですらある。それに、〝水くさい〟とは、何を指しているのだろう？

話をしているうちに、カーソンもゴードン教授の研究所で働いていることがわかった。デズモンドは私との交流を、知り合いの誰にも話していないのでは？　カーソンが一人で面白がっているのは、デズモンドに秘密の女友達がいたことを突き止めたからだろう。兄弟やその友人たちの会話から判断するかぎり、男性は恋人を作ることに関して互いをからかうことに妙な楽しみを感じるようなのだ。

デズモンドがぎこちなく黙ったままなのは、そのからかいのせいかもしれないが、彼が不安げにちらちらと見てくることや、カーソンを見るときに視線が険しくなることは不可解だった。そういえば、キリアの求愛者たちの間で、ときどき似たような態度を見る。もしかして、デズモンドは嫉妬しているのだろうか？

もちろんそれは馬鹿げた感情だし、私がデズモンド以外の誰かを好きになるのを恐れるなんて、信頼してくれていない証拠だ。それでも、妙な満足感を覚えたのは事実だった。

講義が終わると、デズモンドは弾《はじ》かれたように立ち上がった。「カーソンと僕は研究所に戻ってやらなきゃいけない仕事があるんだ」

シスビーは落胆を隠そうとした。いつもなら講義のあともしばらく居座り、時間をかけて散歩もする。デズモンドのおかしな様子は友人に関係がある気がして、カーソンにいらだちが募った。

カーソンはデズモンドのほうを冷笑的にちらりと見てうなずいた。「ああ、そうだな。ミス・モアランド、お会いできてよかった」シスビーに向かっておじぎをし、デズモンドに意味ありげな視線を向けた。

デズモンドのあごはこわばり、険しい目つきは熱を帯びたが、彼が口を開く前にシスビーは急いで言った。「お二人を研究所まで馬車で送らせてちょうだい」

「それは必要な――」デズモンドは言いかけた。

「ありがとう、とてもご親切に」カーソンが同時に言った。「あなたともう少し一緒にいられるなんて、さぞかし楽しいでしょう」

シスビーはデズモンドの返事は無視することにした。この状況にいらだちを隠せない。外にいるモアランド家の馬車まで案内すると、二人は乗り込んでシスビーの向かい側に座った。

ああ、カーソンがここにいなければいいのに。デズモンドと馬車で二人きりになるのはすてきだろう。抱き合って、キスをして……。

馬車が停まると、シスビーは窓の外の、そっけない煉瓦造《れんがづく》りの建物に目をやった。「これが研究所？」

「ああ、そこの地下だ」デズモンドは言った。

シスビーは招待されるのを待ったが、デズモンドはそれ以上何も言わなかった。しかし、誰かに指図されるのをただ待っているような性格ではない。「私も中に入って研究所を見せてもらおうかしら」

「だめだ」今回はデズモンドがカーソンよりも早かった。「いや、その……ゴードン教授が部外者を入れるのを許してくれないんだ」

シスビーはカーソンがデズモンドに向けた妙な目つきを見逃さなかったが、カーソンは同意した。「そのことはきつく言われているからね。ありがとう、ミス・モアランド。お会いできてよかったです」

カーソンは馬車を降り、歩き去った。シスビーはデズモンドのほうを向き、妙な態度の理由をたずねようとしたが、デズモンドはその機をとらえ、身を乗りだしてシスビーにキスしたため、彼を咎《とが》める気は一瞬で消え失《う》せた。

シスビーのキスの甘さも助けにならず、デズモンドは暗い気分で馬車を降りた。きっと、おばの言うとおりなのだ。自分は呪われている。先ほどもひどい態度をとってしまった。急に押し黙り、シスビーとカーソンの両方に疑問を抱かせた。シスビーが研究所に入ることも拒否してしまった。きっと侮辱されたと思っただろう。あの態度の理由を説明しろと求められたら、何と言えばいい？

カーソンは階段の近くでドア枠にもたれ、腕組みをして、片眉を上げて待っていた。

「デズモンド、何のゲームをしている？」

「ゲームなんかしていない」デズモンドは辛辣に答えた。「君はいったいどういうつもりで今日の講義に来た？　僕のあとをつけていたのか？」

カーソンの眉は今回、両方が跳ね上がった。「あとをつけていただって？　我が友よ、僕が君の居場所にそんなに興味があると思うかい？　理由は言ったとおり、君が前回の講義をかなり楽しんでいたように見えたからだ」カーソンはにやりとした。「ようやくその理由がわかった」

デズモンドは顔をしかめ、カーソンの前を通り過ぎて研究所に入った。研究所は無人だったため、デズモンドはため息をついてスツールに座り、諦めてシスビーの話をすることにした。

何かカーソンの好奇心を満足させることを言わなければならない。ゴードンの弟子の中、よりによってカーソンにシスビーと一緒にいるところを見られたのは最悪だった。ほかの誰かであれば、今後シスビーと話すことはおろか会うこともないだろうが、カーソンはシスビーと同じ世界に属している。どこかのパーティでシスビーに会うかもしれない。カーソンがシスビーの家を訪ねても、誰も変だとは思わない。

「君はミス・モアランドが何者か知っているな？」デズモンドは切りだした。

「ブロートン公爵家の名字がモアランドであることを知っているかという意味なら、ああ、確かに彼女の身元は予想できる。娘さんたちの名前は覚えていないが、二、三人いたはずだ」カーソンはぶらぶらと歩いていき、デズモンドと向かい合う位置に座った。「君が〝いかれたモアランド一族〟に出入りしていること、ゴードン教授は知っているのか？」

「あの一家をそんなふうに呼ぶな」デズモンドはぴしゃりと言った。「あの人たちは少しもいかれてなどいない。世界じゅうのたいていの人間より賢いよ。ただ……変わっているだけだ」

「そうか」カーソンは身を引き、考え込むような表情をした。「君はモアランド家のことにとても熱心だ。〈アイ〉を手に入れる以上の理由があるのか？」

「僕は〈アイ〉を手に入れようとはしていない。自宅に入り込むためにシスビーを利用しているわけじゃないんだ。シスビーとは偶然出会った。彼女が何者なのか、僕は知らなかったんだ」デズモンドはカーソンを見た。

カーソンを信用できるのかはわからない。だが、カーソンは昔からの知り合いで、友人とも呼べるだろう。それに、いずれにせよ、事情を打ち明けないわけにはいかない。

デズモンドはため息をつき、最初の講義のところから話を始めたが、キスの件にはいっさい触れないよう注意を払った。

カーソンは最後まで黙って聞いていた。それから、勢いよく息を吐きだし、もう一度言った。「そうか」立ち上がり、行きつ戻りつし始める。「これはまったく……予想外だ」

「作り話みたいに聞こえるのはわかっているが」

「いやいや、作り話よりもずっと信じがたいよ」カーソンの唇が歪《ゆが》んだ。「この話をしているのが君じゃなければ、かつがれていると思っただろう」デズモンドのほうを向く。

「君は気高い男だな。僕なら〈アイ〉を手に入れるために彼女を利用しただろうから」

「君はシスビーに恋をしてはいない」

「そして君は恋している」

デズモンドは力なく肩をすくめた。「叶《かな》わないのはわかっている。僕に望みはない。でも、自分の気持ちを変えることはできないんだ」

「ゴードン教授は激怒しているんだろうな」

「深く失望している。でも、どうしてもシスビーの家族からあれを盗むことはできない」

「でも、彼女に事情を話せば――」

「本気か？　もし君がシスビーなら、僕がこんな非現実的な話をして、〝僕は財産狙いではなく、まったくの偶然で君に出会ったんだ。ところで、君のおばあさまが持っているものが欲しいんだけど〟と言ったら信じるか？」

「そんなふうに言われると……」

「しかも僕は今も——シスビーの身元を知ってから二週間以上経っても、まだこのことを話していないんだ。ずっとシスビーに隠しているんだよ」

「でも、君はその間〈アイ〉を探そうとはしていない。それが話の裏付けになるはずだ」

「教授には探すと言った」

「探したのか？」

「本格的には探していない。つねに誰かと一緒にいるのに、人の持ち物を探し回るのは簡単じゃない。ただ、シスビーの幼い弟たちを通じて情報を得ることはできるかもしれない。あの子たちは何にでも首を突っ込む。〈アイ〉を見られる人間がいるとしたら、あの子たちくらいだろう。そのことを僕に話してはいけないなんて思いもしないだろうし。でも、子供たちの信頼を悪用することはできない。考えるだけでも罪悪感に襲われる」

「デズモンド、君の欠点が何かわかるか？　正義感が強すぎることだ。私利私欲も少しは持ったほうがいい。僕が貸してあげたいくらいだよ。僕にはありあまっているからね」

カーソンの軽口に、デズモンドの唇にほのかに笑みが浮かんだ。「ありがたい申し出だけど、役には立たないと思うよ」デズモンドはしばらく自分の手元を見つめた。「カーソン、お願いだ。この話、彼女にはいっさいしないでもらえるか？」

「ミス・モアランドに？」

「ああ。というか、誰にも」

「僕が彼女にまた会うことはないと思うけど」

「会おうと思えば会える」

「僕が自分で〈アイ〉を手に入れたいなら、ということか？」

デズモンドはうなずいた。「君が研究所のために〈アイ〉が欲しいとシスビーに言えば、僕も〈アイ〉の価値を知っていることがばれてしまう」

カーソンはしばらくデズモンドを見つめた。「君がミス・モアランドに本当のことを言うのがいちばん安全だと思うよ。でも、わかった、彼女に会いに行ったりはしない。〈アイ〉のことも頼まない。ほかの人にも彼女のことは話さないよ」

「ありがとう」デズモンドは安堵《あんど》に包まれた。

「教授とウォレスが諦めないことは、君もわかっているな」カーソンは警告した。

「二人があの巨大な家の中で〈アイ〉のありかを突き止めたいと言うなら、成功を祈るだけだ」

デズモンドは少し軽くなった心で仕事に戻った。カーソンの言うことを真に受けてはいけない。彼が私利私欲で動いているというのも、半分冗談で言っているだけだ。だが、この約束に関してはカーソンを信じられた。シスビーに対する自分の裏切りを明かせる機会はいくらでもあったのに、カーソンはこの事情を知る前から口をつぐんでいた。

ゴードン教授は一晩じゅう姿を見せず、遅くなってから研究員が二人来ただけだったため、デズモンドとカーソンは静寂を破られることなく作業を進めた。カーソンは先に帰り、まもなくデズモンドも家路についた。眠気がひどく、乗合馬車に乗っている間もうとうとして、いつもの乗り場で御者に起こされてようやく目を覚ました。

まだ目をしょぼつかせながら、とぼとぼとアパートに向かった。ふだんは追いはぎを警戒する狭く暗い路地の前を通ったとき、手が伸びてきて腕をつかまれ、路地の中に引きずり込まれた。

襲撃者はデズモンドを壁にたたきつけると、胸に片腕を押しつけて体重をかけ、ナイフの先端を喉に当てた。一瞬、デズモンドは息ができなくなったが、やがて口を開いた。

「金が欲しいのなら、相手を間違えている」

「金はいらない」男はうなり、デズモンドの顔に顔を近づけた。「欲しいのは〈アイ〉だ」

# 13

「〈アイ〉！　驚いた、君もか？」デズモンドは今や、恐怖よりも怒りを感じていた。こちらに〈アイ〉を見つけてほしいのなら、この男は喉をかき切りはしないはずだ。

「欲しがっているのは俺じゃない。俺はそれが何なのかも知らない。ただ、知り合いがどうしてもそれが欲しいと言っているんだ」

「僕もそれが何なのか知らないよ」デズモンドは答え、壁から体を起こして、男を押しのけた。「見たことがないんだ。見たことがあるという人も知らない。〈アイ〉はミスター・ウォレスの想像の産物ではないかとも思う。君を雇っているのはその人だろう？」

「俺の雇い主が誰なのかは、お前には関係ない」男は後ずさりした。手にはまだナイフを持っているが、集中力は切れている。「お前は俺のところに〈アイ〉を持ってくることだけを考えればいいんだ」

「僕にはできない。君は自分の時間を無駄にしているし、それ以上に、僕の時間を無駄にしている」デズモンドは男を避けて進もうとしたが、片腕が行く手を遮った。

「おい、待て。雇い主は金はやると言っている。俺はもらったことがないほどの額だ」

「じゃあ、君が手に入れればいい」

男は鼻を鳴らした。「俺は押し込み強盗なんかしない。とにかく、雇い主はお前に頼みたいんだ」

「いいか。これはゴードン教授にも言ったし、ミスター・ウォレスにも言ったが、君にも同じことを言う。僕は〈アイ〉を盗むつもりはない」

「それはどうかな」男はこぶしを作り、これ見よがしに指の関節を鳴らし始めた。「人は理由さえあればたいていのことはやるよ」

「暴力で言うことを聞かせるつもりか？　僕が痣《あざ》だらけで家に入ってきたら、モアランド家は警戒するとは思わないか？」

「痣だらけになるのはお前じゃないかもしれない」男の目は、街路の薄暗い灯《あか》りの下でもぎらりと光った。「傷つくところをお前が見たくない誰かかもしれない。例えば、あの女とか」

全身に怒りが駆けめぐった。デズモンドは男のコートの襟をつかみ、反対側の壁に押しつけた。「シスビーを脅すのは絶対にやめろ。指一本でも触れたら、お前を殺す」

男の唇に嘲るような笑みが浮かんだ。「あの女が大事なんだな？」

デズモンドは自分がとんでもない過ちを犯し、シスビーがどれほど強力な武器になるかをこの男に知らしめてしまったことに気づいた。「とにかく、やらない」冷静で険しい声音を保つ。「公爵の娘を襲って無傷で逃げられると思うのか？　向きを変える間もなく、檻《おり》の中に放り込まれる」男の上着を放し、前を通り過ぎたあと、くるりと振り向いて言い添えた。「ミスター・ウォレスに言っておけ、僕は警察に行ってすべてを話してもいいんだと」

デズモンドは立ち去り、悪党はついてこなかった。今の脅しだけでウォレスを阻止できるだろうか？　見当もつかなかった。ウォレスが盗みまでさせるとは思わなかったし、それを強制的にやらせるなどなおさらだった。すべてはったりに違いない。あの男がシスビーを殺せば、こちらと交渉する切り札を失うことになる。

寒気が走り、鼓動が速くなって、デズモンドは足を止めた。これこそ、公爵未亡人が言っていたことでは？　デズモンドの愛のせいでシスビーが死ぬ。

公爵未亡人にはわかったのだ。デズモンドの奥深くをのぞき、おばがずっと主張していたことを見抜いた。デズモンドが愛した人間は死ぬことを。

小屋の暖炉の前に座り、背中に火の熱を感じていた記憶が蘇《よみがえ》った。炎はティルディおばの顔に赤と金の光を投げかけ、その姿は、おばがアニー・ブルーの物語を繰り返し語る低い声と同様に眠りを誘った。

「あなたはアニーの継承者よ。彼女の印を帯びている。彼女は悪魔と契約を交わした。悪魔の知と力の約束にそそのかされ、その邪悪な申し出に同意したとき、悪魔が彼女に触れたの。ここにね」おばは、シャツに包まれたデズモンドの背中をぽんとたたいた。そこには赤い鎌形の痣があった。「アニーは悪魔に自分自身と、子孫を差しだした——誰でも好きな者を選ぶように、と。それは全員に起こることではないの。私には才能も呪いもない。あなたの母親にも。でも、私の祖母にはあった。ええ、祖母は悲惨だった。大きくなった子供は一人だけ。悪魔が夜に現れ、命を奪っていくの。この呪いのことを教えてくれたのは祖母なのよ」

デズモンドの父もこの話を知っていた。昼間は触れなかったが、夜、酒に酔っているときはいつも同じことを言った。「お前がお母さんを殺した。お前を見るといつも、お母さんがそこに横たわって、死人みたいに白い顔でお前を抱き、この子の面倒を見ると約束してと懇願する姿が見える。ああ、約束はした……今も守っている。でも、お前を愛することはできない」

デズモンドは今までずっとそれを否定し、おばが話すくだらない言い伝えの一つだと、父が自身のつらさを吐きだしているだけだと退けてきた。背中の痣は、死の前兆でも何でもないのだと自分に言い聞かせてきた。女性が出産時に亡くなるのはよくあることなのだと。

だが、姉のいまわの際に、そのベッドの足元に立ち、姉の夫がそばにひざまずいて泣いていたときのことは忘れられなかった。ティルディおばが向かい側からデズモンドを見てうなずいた。おばにはわかっていたのだ。

自分が愛した人はみんな死ぬ。

そのときもシスビーがデズモンドを見ると、デズモンドは首をひねって背後を見ていた。シスビーは薬局に行くという口実で、祖母の監視を免れたところだった。実際にはデズモンドと待ち合わせしたのだが、思い描いていた楽しい時間は、デズモンドの妙な態度に水を差されていた。

デズモンドの態度がおかしいのは数日前からだ。講義の日にはぎこちなく押し黙り、研究所を見せてくれなかった。あの態度はミスター・ダンブリッジへの嫉妬と思えば何とか説明はついたし、ゴードンも本当に部外者の立ち入り禁止を言いわたしているのかもしれない。ゴードンは自分の実験を間近で見られることに気乗りはしないだろうから。

だが、デズモンドはそのあとも様子がおかしかった。祖母の存在に萎縮しているのかもしれないが、ふだんより無口なうえ、ときどきこちらを妙な、せつなげとも呼べる表情で見ていた。昨日、シスビーがデズモンドを玄関まで送り、二人きりになれる唯一の時間を利用して薬局で待ち合わせしようとささやくと、彼は喜びと警戒の入り混じった顔つきになり、たった一ブロック先だというのに、薬局まで馬車で来るよう念を押してきた。

今日もデズモンドは気もそぞろで、たえずあたりを見回し、シスビーが手を置いている腕はこわばっていた。シスビーと車道の間をつねに歩きたがり、その様子は礼儀の範疇《はんちゅう》をはるかに超えていた。

「デズモンド、どうかしたの？」ついにシスビーはたずねた。

デズモンドは驚いてシスビーを見た。「いや。どうもしない」

「何だか様子が変」

「ああ、ごめん。その……分光写真を撮るために加えられる変更について考えていたんだ」

デズモンドがプリズムや角度や鏡に関する議論を始めたので、シスビーはますます困惑した。「理解できないわ。どうすれば、ここことは別の次元を見ることができるの？」

「確かに、問題はある」デズモンドは認めた。「人間が知覚できる範囲には限界があるから。でも、人が見たり、触れたり、聞いたり、嗅いだりできる範囲の外側にも、いろんなものがある。太陽にある化学物質の発見もそうだ。それは目には見えないけど、計算から導きだせる。だから、もし正しい計算法がわかれば……」

デズモンドは自分の主張に熱中するあまり、シスビーが焼き栗《ぐり》を買おうと行商人の荷馬車に近づいていったことに気を留めていなかった。歩道は混雑していたため、シスビーは縁石のほうへとじりじり進んだ。そして突然、車道に突き飛ばされた。

「シスビー！」デズモンドはシスビーに飛びつこうとしたが、シスビーの背後にいた男性が一足早く、倒れ込みそうになったシスビーを受け止めた。

見知らぬ男性はシスビーを引き上げて言った。「忌ま忌ましい悪ガキめ」

シスビーは男性を見上げた。「ありがとうございました」

デズモンドはシスビーの反対側の腕をつかみ、その男性を見つめた。

「ああいう子供たちは何とかしなきゃいけない」シスビーを助けた男性はそう続け、デズモンドのほうを見た。「お連れさんが車道に投げだされていたら、馬車に轢《ひ》かれるところでしたよ」ほほ笑んで帽子を持ち上げ、歩き去った。

シスビーはデズモンドのほうを向いたが、デズモンドはシスビーを抱きしめたまま、こわばった表情で男性の後ろ姿をじっと見ていた。

「デズモンド……ちょっと痛いわ。私は大丈夫よ」

「え？」デズモンドは手の力をゆるめた。「ごめん。気づかなかった」周囲に大勢の人がいることは気にもせず、シスビーを腕に抱きしめた。「本当にごめん」

「大丈夫よ」シスビーはデズモンドを見上げてほほ笑んだ。「あなたのせいじゃないもの。子供が走ってきたの。威厳以外は何も傷ついていないわ」

デズモンドは周囲の好奇の目に気づいてシスビーを放した。「僕は君を守れると思ったけど、無理だったね」あたりを見回す。「御者はどこ？　家まで送ってもらおう」

「何言ってるの。私はガラスでできてるわけじゃないのよ。粉々に割れたりしない。さあ、約束どおり公園を散歩しましょう」

デズモンドは苦しげにも見える表情でうなずいた。ハイド・パークに行く間ずっと、彼は黙っていた。雪が降り始めていて、白い雪片が物憂げに舞い落ち、二人に降りかかった。おかげで公園にいる人が減ったことが、シスビーは嬉《うれ》しかった。今は見える範囲に誰もおらず、シスビーは大胆にもデズモンドの手を握った。もっと大胆に、彼にキスしてしまおうか？　転倒しそうになったあとの数秒間でも、デズモンドの腕に抱きしめられるのは本当に最高の気分だった。

シスビーは枝の下に身を隠せる大きなモミの木へと向かい始めた。デズモンドは物思いにふけっていて、行き先はほとんど意識していないようだ。

デズモンドは本当のことを言っていない。今日の彼は何かがおかしかった。シスビーはデズモンドに身を寄せた。彼が自分にもその重荷を分け与えてくれればいいのに。

デズモンドは立ち止まり、シスビーを腕の中に引き寄せ、強く激しく抱きしめた。シスビーにキスする唇は強引で、自暴自棄にも思えるほどだった。シスビーも同じくらい激しくキスを返し、デズモンドの首に腕を回して、体を押しつけた。熱い欲望が全身に押し寄せ、デズモンドの体をもっと近くに、コートの詰め物越しでなく感じたかった。デズモンドの肌を直接感じたい。そのことを想像すると、体に震えが走った。

デズモンドは顔を上げ、シスビーの顔を見下ろした。頬は赤く染まり、胸は勢いよく上下していたが、その顔に浮かんでいるのは欲望ではなかった。それは……絶望だった。

「デズモンド？　いったいどうしたの？」

「愛してる」苦しそうにデズモンドは言った。「ああ、シスビー、僕は何よりも君を愛している」手がシスビーの頬を愛撫《あいぶ》する。

驚きと喜びが体じゅうに広がり、シスビーは言いかけた。「私も愛――」

「しいっ」デズモンドは指を一本、シスビーの唇に当てて黙らせた。「言わないでくれ、でないと僕はこれをやり通せなくなる」

「やり通すって、何を？」シスビーが困惑して顔をしかめると、デズモンドは手を離して一歩下がった。結婚を申し込もうとしているのだろうか？　シスビーはどきどきしてきた。早すぎる、あまりに早すぎる。でも……自分が承諾するのはわかっていた。

「もう会うのはやめよう」

デズモンドの言葉は予想とあまりにかけ離れていて、シスビーは目を見張ることしかできなかった。

「大丈夫だと思ったんだ。君の安全を守れると思った。でも、今わかった。僕は君を危険から遠ざけることはできない。僕こそが危険そのものだから」

# 14

「危険?」シスビーは唖然《あぜん》としてデズモンドを見た。「いったい何の話? どうしてあなたが危険なの?」

デズモンドは、まるで自分が二つに引き裂かれているような気分だった。だが、ウォレスの手下がシスビーの腕をつかんでいるのを見た瞬間、自分のやるべきことを悟った。どんなにつらくとも、シスビーを守らなくてはならない。「おばあさまの言うとおりだった。シスビー、僕は君の死に神になる。君は僕を愛してはいけない……僕は君を愛してはいけないんだ」

「おばあさまの予言のことを言っているの?」シスビーは驚いて声を張り上げた。「あんなのどうかしてるわ。おばあさまは未来を見ることなんてできない」

「そうかもしれない。でも、〝僕〟を見ることはできるんだ。何らかの方法で僕の中をのぞき込んで、それを見たんだ。そんなのは戯言《たわごと》だと自分に言い聞かせた。心配するな、僕は君を守れると。でも、あんなことがあった今では――」

「私が転びそうになったから？」シスビーは目を見張った。「あのちょっとした事故だけで、あなたと一緒にいたら私は死ぬと思うの？」

「それだけじゃない」デズモンドは手で髪をかき上げた。どうすればシスビーにわかってもらえる？「僕を愛する人はみんな死ぬんだ」

「デズモンド、人はみんな死ぬわ」

「若くして死ぬ人は多くない。母は僕を産んで死んだ。僕が世界の誰より愛していた姉も、やはり出産で二十歳のときに死んだ。おばも死んでいる。父の死の際、何があったかは神のみぞ知る、だが」

「デズモンド、女性が出産で亡くなるのはよくあることよ。お母さまもお姉さまも亡くなったのはつらいけど、あなたに限ったことではないわ。おばさまとお父さまは年を取ってからでしょう。おかしなことでは――」

「君のお父さまは亡くなっているか？　お母さまは？　おばさまやおじさまは？」

「生きているけど、でも――」

「でも、何だ？　おばあさまと大叔父さまだって生きているだろう。僕の親族が一人も残っていないのは本当に偶然だと思うか？」

「そういうこともないとは言えないわ。あなたのせいじゃないことは確かよ」

「僕もずっと自分にそう言い聞かせてきた」

「ええ、だってそれが事実だもの。理にかなっているわ。祖母の予言とは違う」

デズモンドはたずねた。「おばあさまに死者の霊は見えないと、なぜそこまではっきり言える？　僕が死を引き寄せることは、おばも感じていた。シスビー……僕は姉をこの目で見たんだ」

「お姉さまを見た？　意味がわからないわ」

「姉が死んだあとのある晩、姉が現れて、僕のベッドのそばに立ったんだ。はっきりと姿が見えた。理性が何と言おうとも、自分が見たものは否定できない」

「夢だったのよ」シスビーは反論した。

「違う。夢ではなかった。僕は姉を見たんだ」デズモンドはため息をついた。「シスビー、僕の背中には印がある。ティルディおばはそれを死の印と呼んでいた」

「印？　痣《あざ》のこと？　そんなの馬鹿げてる」

「これが馬鹿げて聞こえるのはわかっている」

シスビーにすべての事情を話すべきだった。自分が〈アイ〉について知っていること、それを欲しがっている人々のことを明かし、なぜシスビーが危険なのかを説明するのだ。そうすれば、自分を欺いたデズモンドを憎み、シスビーは確実に離れていく。だが、そのことを思うと、デズモンドはそれ以上言葉が出なくなった。自分がしたことをどうしても認められなかった。シスビーの顔に浮かぶ嫌悪感を見るのが耐えられなかった。シスビーを諦めるだけでもつらいのに、軽蔑のまなざしを向けられるなど考えたくもなかった。

「ええ、実際に馬鹿げているもの」シスビーは答えた。「愛していると言ったあと、私を捨てるというの？」

「わからないか？　君を愛しているからこそ、そうするんだ。何者にも君を傷つけさせたくないから」

「あなたは私を傷つけているのに？」シスビーの目がきらりと光った。

その言葉はデズモンドに突き刺さった。「シスビー……」

「迷信なんてどうでもいい。私は気にしないわ」

「わかってる。君はどんなことももののともしない。でも、そこから起きるリスクが大きすぎる。僕は君の命を賭けることはできない」

「わかったわ」シスビーは背筋をぴんと伸ばした。その目はデズモンドが見たこともないほど鮮やかな緑色で、つややかな黒髪には雪片が散り、頬は真っ赤だった。息をのむほど美しいその姿を、デズモンドは目に焼きつけた。「よくわかった。じゃあ、私は帰るわ」

デズモンドは前に進みでようとしたが、シスビーはエメラルド色の目をぎらつかせてそれを止めた。「やめて。送ってくれなくてけっこうよ。馬車が公園のすぐ外にいるのはわかっているから。一人で何の問題もないわ」

デズモンドはシスビーを歩き去るがままにし、彼女がぶじ馬車にたどり着くのを見届けるしかなかった。シスビーは振り返ることなく馬車に乗り込み、走り去った。デズモンドはしばらくそこに立ちつくし、急に激しくなった雪を侘《わび》しく見つめていたが、やがて向きを変え、研究所を目指して歩きだした。

そこにいたのはゴードン教授だけだった。デズモンドが近づくと、ゴードンは顔を上げた。

「ミスター・ウォレスに伝言があります」デズモンドはゴードンに言った。

ゴードンの眉が上がった。「ミスター・ウォレスに？」

「はい。ご存じかどうかわかりませんが、あの人の手下に最後通牒《つうちょう》を突きつけられました」

ゴードンは頭を振った。「何の話をしているのかわからない」

「わからないのは幸いです。でも、もしよければ、ミスター・ウォレスに僕の答えを伝えてください。あなたの脅しはもう役に立たないと。僕はミス・モアランドに二度と会わないし、ブロートン・ハウスで歓迎されることもないと」

「何だと？」ゴードンは目を見張った。「それは――」

デズモンドはうなずいた。「僕はウォレスのためにも誰のためにも、監獄送りになる危険を冒すつもりはありません。ミス・モアランドとは別れました。彼女が僕を助けてくれる可能性はもうありません。公爵未亡人にはもともと嫌われていますし、今後僕には〈アイ〉どころか時間さえ与えてくれないでしょう」

デズモンドは向きを変えて自分の作業台に戻り、淡々とした態度を崩さなかったが、内心は荒れ狂っていた。これでよかったのだと自分に言い聞かせる。

自分はやるべきことをした。あとはただ、胸に空いたこの穴に慣れればいいだけだ。

毛皮の縁取りがついた毛布を脚にかけていても、シスビーの体は震えた。胸の中の氷は内側から湧きでているのであり、馬車の寒さとは無関係だとわかっている。早く家に帰りたい。いいことがあったときも悪いことがあったときも、家族のぬくもりに包まれていたかった。

家に着くと、中に飛び込んで階段を駆け上がった。階段を下りようとしていたキリアがすぐに向きを変え、シスビーについてきた。「シスビー！　どうしたの？　何があったの？」

「キリア……あの人、もう私に会いたくないんですって」そう言うと、シスビーはわっと泣きだした。

キリアは姉を抱きしめた。「何？　誰が？　まさかデズモンドじゃないでしょうね！」

「いいえ、デズモンドよ」

「嘘。何か勘違いしてるんだわ。デズモンドはお姉さまに夢中だもの」

「違ったの」シスビーは泣きながら、デズモンドとの会話のことを話した。

ホールの先のドアが開いたり閉まったりして、まもなくオリヴィアが現れ、次にエメリーンが、そして公爵未亡人までもがやってきた。エメリーンが率先してシスビーを抱きしめ、慰めるように背中をさすりながら言った。「ほら、ほら、いい子だから」

シスビーは子供に戻ったかのように、母の肩に顔を埋《うず》めた。ただ、今は膝をすりむいたわけでも、母の力で追い散らせるような心の傷を負ったわけでもない。しばらくして、シスビーは泣きやんだ。顔を上げ、涙を拭う。「ごめんなさい。私は泣いたりしないのに」

「誰でも泣くことはあるわ。さあ、座ってこの問題を解決しましょう」母はシスビーの肩に腕を回し、壁際のベンチに連れていった。ハンカチを取りだしてシスビーに渡す。「さてと。何があったの？」

「デズモンドにふられたの」キリアは言った。

「キリア！」オリヴィアは姉をにらみつけた。「やめて。デズモンドはそんなことしない。二人はまだ婚約もしていないのよ。デズモンドはただ――」

「ただ、私にはもう会わないと言ったのよ」シスビーは打ち明けた。

「どうして？　デズモンドはとても感じのいい若者に見えたけど。あの人が紹介してくれた子守りは天の恵みだったし」エメリーンは言った。「どうしてあのデズモンドが、そんなふうにあなたのことを突き放すの？」

「おばあさまのせいよ」シスビーは公爵未亡人に恨めしげな視線を送った。

エメリーンは勢いよく公爵未亡人のほうを向いた。「何をしたんです？」

「違うの、おばあさま自身は何もしていないわ」シスビーは急いで説明した。「ただ、デズモンドはおばあさまが前に言ったことを信じていて……」

「ふうん」公爵未亡人は杖《つえ》で鋭く床をたたいた。「それはよかった。あの子は私が思ったより分別があるのね」

「デズモンドは、おばあさまの幽霊や子鬼の話を信じてるの？」キリアが驚いてたずねた。

「キリア、それは違うわ」公爵未亡人はぴしゃりと言った。「私は子鬼なんて信じていない。でも、死者の霊は現実に存在するの。あなたにそれを見る能力がないからといって、その事実は変わらないわ」オリヴィアのほうに向かってうなずく。「オリヴィアなら、その事実に背を向けるのをやめれば理解できる」

シスビーはため息をついた。「デズモンドはおばあさまの警告を無視することはできないと言うの。どうやら、背中の痣は死の印だとかいう戯言をおばさまに吹き込まれたらしいわ」

「やっぱり！」公爵未亡人は勝ち誇ったように言った。「あの若者には死がまとわりついているのが見えたもの」

「それから、お姉さまが死んだあと、お姉さまの霊を見たって」

「本当に？」オリヴィアの目は丸くなった。

「単なる夢に決まってるわ」シスビーは言った。「デズモンドがおばあさまの予言を完全に信じているかどうかはわからない。でも、もし私が危険に陥る可能性が少しでもあるなら、自分はそれを避けなくてはならないと言うのよ」

「そのとおり」祖母が近づいてきて、シスビーの肩をぽんとたたいた。「大丈夫よ、シスビー。そのうちわかる。あの子は自分がやるべきことをした。たいした若者だわ」

「私はそうは思わない」エメリーンは言った。「私にこれほど人を見る目がなかったなんて。デズモンドを叱ってやりたい」言葉を切る。「テオが昨日からブリストルに行っていて本当によかった」

「そうね」シスビーは実感を込めて言った。もしテオがここにいれば、デズモンドをとっちめに飛びだしていったに違いない。

「大事なのは……」公爵未亡人が再び会話の手綱を握った。「シスビーは若くて、これは一時ののぼせ上がりにすぎないということよ。あのハーソンとかいう若者のことはそのうち忘れるわ」

「ハリソンよ」シスビーは訂正したが、なぜ今になってもそんなことを気にしているのか、自分でもわからなかった。

公爵未亡人はシスビーの訂正を無視した。「あなたの相手にふさわしい若者は世の中にいくらでもいるわ。これでいっそう、シーズンに参加する必要性が出てきたわね」

「おばあさま……私、参加したくないわ」

「シーズン中ずっとじゃなくていいのよ」キリアはシスビーの反対側に座った。「そんなことをすれば、お姉さまは頭がおかしくなる。でも、パーティの一つや二つくらいは出たほうがいいと思うの。出かければ気分転換になるし。最悪なのは、ただじっと座って、男性のことでふさぎ込んでいること。来週、スロックモートン邸で舞踏会があるの。そこに一緒に行きましょう」

「それがいいわ」公爵未亡人はうなずいた。「キリア、すばらしい考えね。あなたに社交性があって本当によかった」

「二人の言うとおりよ」エメリーンが言った。

「お母さままで、やめて」シスビーはぞっとした目で母を見た。「私も基本的には、舞踏会の類いは時間の無駄だと思っているけど、キリアの言うことは正しいわ。あなたがこの問題をしばらく忘れるには、パーティに行くのがいちばんよ」

「舞踏会に行ってつまらないお喋《しゃべ》りに参加しても、デズモンドを忘れることはできない」

「そうね、でもつまらないお喋りにいらいらしたら、デズモンドから気をそらせるかもしれない」キリアが皮肉めかして言い、シスビーは胸がちくちくしながらも笑わずにはいられなかった。

「さあ」キリアはシスビーの手を取って引っ張った。「コックにココアを作ってもらって、お喋りしながらドレスの試着をしましょう」

「ドレスの試着なんてしたくない」シスビーは抗議したが、妹に手を引かれるまま立ち上がり、あとをついて寝室に向かった。

「じゃあ、デズモンド・ハリソンの悪口を言って午後を過ごせばいいわ」

「あの人のことは考えたくないの」

残念ながら、デズモンドのことを考えずにいるのは不可能だとわかった。研究に没頭してもだめだった。分光器を用いたルビジウムの発見に関する論文を読んでいると、デズモンドのことを思い出した。実験の最中も、二人で過ごした思い出へ思考は流れた。今デズモンドは何をしているの？　私を恋しく思っている？　決断を後悔しているだろうか？　デズモンドにキスされたこと、触れられたこと、抱きしめてくれた腕の感触を思い出し、今ではおなじみとなった胸の痛みを感じた。

一度ならず、デズモンドと話をしに行こうと思ったが、勇気が湧いてこなかった。こちらに興味を失った男性を追いかけるほど、プライドが低いわけではない。そう、デズモンドは私に興味がなくなったのだ。一緒にいれば私が死ぬと、彼が本気で信じているはずがない。あまりに馬鹿げているし、デズモンドは迷信を信じていないと言っていたではないか。彼は科学者で、ゴードンの心霊研究に携わっているとはいえ、その動機は科学的興味だ。邪悪な予言や死の痣を信じているわけではない。

そう、デズモンドは私に興味がないだけ。一連の出来事は一時ののぼせ上がりに過ぎず、それが終わったのだ。祖母が言ったとおり、この気持ちも単なるのぼせ上がりであることを願うしかない。数日も経《た》てば、デズモンドのことを考えることも、恋しがることも、唇に彼の唇を感じたくてうずくこともなくなるはず……。

研究室に座り、テーブルの上でガラスの攪拌棒《かくはんぼう》を無為に回しながら、デズモンドの言葉をもう百回も考えていると、オリヴィアが息を切らし、お下げ髪を揺らしながら部屋に飛び込んできた。

「シスビー！　テオが帰ってきたわ」

それを聞いて、シスビーはぱっと気分が明るくなった。勢いよく立ち上がる。「よかった。どこにいるの？　自分の部屋？　〝スルタンの間〟？」

「違うの。おばあさまがテオにデズモンドの話をして、テオはデズモンドを捜しに飛びだしていったのよ」

「いやだ！　どうしておばあさまはそんな話をしたの？」

「自分の勝利の瞬間をテオに話したかったんじゃないかしら。でも、そんなことはどうでもいいの。テオはデズモンドをこてんぱんにしちゃう……わかるでしょ、ボクシングでイートン校のチャンピオンになったんだから」

「テオはデズモンドの居場所を知らないわ。しばらくは捜し回るでしょうけど、その間に冷静になる。戻ってきたら――」

「御者と話をするわ」オリヴィアは絶望した声で言った。

「トンプキンズと？　ああ、どうしよう」シスビーは玄関に走った。ドアの脇のコート掛けからコートをつかみ、帽子をかぶる手間は惜しんで、外に飛びだした。

馬車はテオが乗っていっただろうから、貸し馬車を拾わなくてはならない。シスビーは乙女にふさわしくないほど高くスカートを持ち上げ、往来の多い通りへと走った。テオはどこでデズモンドを見つけるだろう？　今はちょうど、以前ならデズモンドがモアランド家を訪ねていた時間帯だ。そこに時間を使わずにすむのだから、ふだんどおりの時刻に出勤しているだろう。まだ工房にいるはずだ。

シスビーは貸し馬車の前に飛びだしてそれを停《と》めた。乗り込んでから初めて、お金も持たずに家を出てきたことに気づいた。まあいい、テオに払わせよう。そのくらいのことはしてもらわなくては。

工房に着くと、馬車を飛び降り、開けっぱなしのドアに向かって走った。いやな予感がする。家の馬車で工房に送ってもらったことはないため、トンプキンズはここの住所を知らないと見込んでいたのに。うしろで貸し馬車の御者がどなっていたが、注意を払わなかった。心臓が早鐘を打ち、胃は恐怖にむかむかしていた。

売り場には誰もおらず、裏の作業場に続くカーテンは引き裂かれ、だらりとぶら下がっていた。シスビーはカーテンの中に飛び込んだ。部屋の奥に男性たちが群がり、口をぽかんと開けて目の前の光景を見ている。彼らに視界を遮られ、男性たちの上に突きだしているテオの頭だけが見えた。ああ、どうしよう、デズモンドはどこ？

「くそっ！」テオの声が響く中、シスビーは男たちに向かって走った。「やり返してこいよ！」

「いいや」デズモンドの声だ。「君の言うとおりだ。悪いのは僕だ」彼の頭も一同の上に突きだした。立ち上がったのだろう。顔の片側に血が流れている。

デズモンドを見て、シスビーは叫び声をあげた。「だめ！　テオ、こんなことはやめて！」男たちをかき分けて進み始める。一人、二人は驚いて後ずさりしてくれたが、最後はこぶしでたたいてどかさなければならなかった。

シスビーの声を聞いて、テオはすでに振り向いていた。「いったいここで何をしている？　近づくんじゃない」

「シスビー……」デズモンドの声はささやきにすぎなかったが、シスビーはその声を全身で受け止めた。

シスビーはデズモンドのほうは見ず、テオの腕をつかんだ。「やめて。今すぐやめるの」

テオは頑としてシスビーをにらみつけ、そのあごはこわばり、目には緑の炎が燃えていた。「出ていけ。お前には何の関係もない」

「関係ないですって?」シスビーはテオとデズモンドの間に入り、片手を腰に当て、テオの胸を指で突いた。「自分の気に入らないことをしたからというだけで、人を殴って回るのはやめなさい」

「シスビー、頼むから……」テオは顔をしかめたが、こぶしからは力が抜け、シスビーは自分の勝利を確信した。

それでも、もう一度テオの胸を突いた。「自分の闘いは自分でできるわ、どうもありがとう。私は、あなたが守らなきゃいけない子供じゃない。大人の女だし、自分の過ちの結果には自分で向き合わなきゃいけないの」

「わかってる、わかってるよ。それをやめてくれないか?」テオはまた人差し指で突かれるのを防ごうと、片手を上げた。

「よかった。これで話はついたわね」シスビーはテオと腕を組んで、ようやくデズモンドのほうを見た。

デズモンドは今も同じ場所に立って、シスビーの顔を熱心に見つめていた……少なくとも片目は。もう片方の目はみるみる腫れ、ふさがろうとしている。目のまわりの皮膚は赤く、口の近くにも血がにじんでいた。どちらもそのうち痣になるだろう。唇は裂けて血が滴っていたが、顔の片側に血が流れているのは眉の脇の切り傷のせいだった。

シスビーは胃がきりきりし、テオがつけた傷にこみ上がる涙をこらえた。デズモンドの手当てをし、血を洗い流して、世話を焼きたい。それと同時に、耐えがたいほど激しい切望に刺し貫かれてもいた。デズモンドの乱れた髪も、引きしまった長身も、顔も、あまりに近しく、それでいて決して自分のものにはならない。そして、デズモンドがこちらを見る目に浮かぶ切望……そんな状態で、どうやって私から離れられたのだろう?

シスビーはデズモンドが前に出ることを、手を伸ばしてくることを、一歩でも自分に近づくことを願った。少しの間、心をうずかせて待ったあと、かすれた声で言った。「ごめんなさい、デズモンド。テオに代わって謝るわ」

デズモンドは頭を振った。「仕方のないことだよ」

「さあ、帰ろう」テオは向きを変えてシスビーを引っ張り、シスビーは抵抗しなかった。

二人がテーブルの間の通路を歩いていくと、人だかりはほどけた。

「あの野郎、やり返してもこなかった」テオはぶつぶつ言った。

「あなたより分別があるからよ」

「分別があるならお前を手放しはしなかったはずだ」

シスビーはほほ笑み、テオの腕に肩を軽くぶつけた。「ありがとう」売り場と作業場の間にかろうじてぶら下がるカーテンを手で示した。「あれはあなたのせいなんでしょうね」

「急いでいたんだ」

一人の男性が入り口をふさぐように立ち、腕組みをして、長い馬車用の鞭《むち》を肘の内側に挟んでいた。挟んでいた。「お客さん、お代を払ってくれ。目の前に飛びだしてうちの馬たちを死ぬほど怖がらせ、あげくのはてに金を払わず飛びだしていくとはね」

テオはシスビーを見て眉を上げ、シスビーは同じことを言った。「急いでいたの」

テオが御者を冷ややかに見た。「まさかその鞭をレディに使おうと思ってたわけじゃないだろうな?」

「違うよ。ただ……俺は……」男性はつっかえつっかえ言った。

テオは手を振って御者を外に出した。「家まで送ってくれれば、君に迷惑をかけたぶんも払うと約束する」

御者はテオに向かって帽子を上げ、急いで馬車に戻った。テオはシスビーに続いて馬車に乗り込むと、シスビーの隣に座った。

「馬車はどこ?　家に送り返したの?」

「いや。トンプキンズは送ると言ってくれたが、そう遠くなさそうだったから、住所を聞いて貸し馬車を拾ったんだ」

「どうしてトンプキンズが住所を知っているの?」

テオは肩をすくめた。「トンプキンズが知っていたのは研究所の住所で、そこでハリソンの居場所を聞いたんだ」言葉を切る。「あそこにいる連中、変じゃないか？」

「あなたには科学者がみんな変に見えるのよ」

二人はしばらく黙って馬車に乗っていたが、やがてテオがため息をついた。「すまなかった。あんなことをするべきじゃなかった。騒ぎを大きくしてしまったな」

「確かにやめてほしかったけど」シスビーは同意した。「でも、あなたが悪いとは思わないわ。あなたを傷つける女《ひと》がいれば、私も殴りたくなるもの。悪いのはおばあさまよ。少し待って、私からあなたに話させてくれればよかったのに」

「おばあさまが馬鹿げた予言であの男を追い払ったというのは本当か？」

「デズモンドは私を守るためにこうするんだと言っていた。でも、そんなことはありえないと思わない？　死が見えるというおばあさまの言い分を信じるなんて」

「まあ、おばあさまは説得力のある物言いができるからな。もしおじいさまと結婚していなかったら、舞台で生計を立てることもできただろう。理性的な人間でも、自分が恐れているものであれば信じることはある」

「つまり、デズモンドが臆病なだけだと言いたいの？」

「わからない。あいつは僕と戦おうとはしなかったけど、逃げようともしなかった。怖がっているようには見えなくて、どちらかというと……諦めたみたいな感じだった。それに、悲しそうだった」

「私だってあなたに殴りかかられたら悲しいわよ」

「いや、僕が殴る前からってことだ。僕が作業場に入ってくるのを見ても、裏口から逃げようとはしなかった。ただそこに立って、僕を待っていた。……なあ、思うんだけど、自分が愛する誰かが傷つけられるとなれば、誰だって臆病になるんじゃないかな。前、リードと僕が……その、行ってはいけない場所に行こうとしたとき、追いはぎに遭ったんだ。そいつはリードに銃を突きつけ、僕は立ち向かうことなど少しも考えずに金を差しだした。もし僕が一人きりだったら、たぶん――」

「馬鹿なまねをして撃たれていた」シスビーは後を引き取った。

テオはにっこりした。「僕の能力をあまり信用していないんだな」

「まるで、デズモンドの言い分を信じているようなことを言うのね」テオが肩をすくめると、シスビーは続けた。「なのに、そんな彼を殴った」

「理由が何であれ、あいつがお前を傷つけたことに変わりはない」テオは簡潔に言った。「終わらせられないことは、始めるべきではなかったんだ」

シスビーは座席に頭をもたせかけた。本当に、テオが言っていることは事実なのだろうか？　デズモンドが自分を見たときの表情を思い返す。君を愛しているとデズモンドは言った。だが、今となってはどちらでもいい。デズモンドには二度と会えないのだ。涙がこみ上げ、喉がつまった。

テオはシスビーをまじまじと見た。「僕が家にいたほうがいいか？　遠征は延期できる」

シスビーは目にたまった涙をまばたきで押し戻し、無理に笑顔を作った。「私がめそめそしているからという理由で、アマゾン探検を恋しがりながら過ごすの？　私は大丈夫よ、テオ。本当に。これから一生、一人の男性を思いながら生きるなんてまっぴら」シスビーはあごを上げた。「少し時間はかかるでしょうけど、デズモンドのことは忘れるわ」

そう、いつかは。

# 15

シスビーは舞踏室に集う大勢の客を見わたし、暗い気分になった。「どうして私、あなたの話に乗ってしまったのかしら？」

「それは私の賢明さに気づいたからよ」キリアはシスビーに笑顔を向けた。

「こんなに大勢来るなんて言わなかった」

キリアは姉の手を取り、励ますように握った。「そんなに悪くないわ。そのうちわかる、ダンスは傷心を癒すいちばん確実な方法だから」

「キリア、くだらないことを言うのはやめなさい」反対側から公爵未亡人が言った。シスビーが逃げないよう二人で挟んでいるのだ。「シスビーはしゃんとしなさい。あなたはモアランド家の一員よ。おどおどしてはいけません」

「おどおどなんてしてないわ。見知らぬ、好きでもない人の群れの中に押し込まれて、退屈な夜を過ごすところを想像しているの。ああ、テオの申し出を受けていればよかったわ」テオは殉教者のような顔つきでパーティに付き添うと言ってくれたのだが、シスビーは親切心からその役を免除したのだ。

「テオはここにいないほうがいい」キリアは断言した。「お姉さまは一晩じゅう、テオとお喋《しゃべ》りして終わっていたでしょうから」

「だからいてほしかったのよ」

「パーティのテオは最悪ですよ」公爵未亡人は言い放った。「すぐに結婚適齢期の若い淑女とその母親たちに囲まれるのに、それに応えるのがとても下手なんだもの。なぜもっとましな教育を受けてこなかったのかしら……」意味ありげに肩をすくめ、爵位のない母親のお粗末さを仄《ほの》めかした。

「リードはパーティでの立ち居ふるまいが完璧だわ」キリアは指摘した。「だから、育ちのせいじゃなくて、テオの性格の問題よ。テオは蛇やベドウィン族を前にしても平気なのに、パーティとなると逃げだしてしまう」

「ええ、リードが来なかったのは残念だわ」公爵未亡人は言った。

「リードには先約があったの」今度はシスビーが擁護に回った。

「断ればいいでしょう。男同士の集まりなんだから」その言葉を最後に、公爵未亡人は壁際に座っているほかの未亡人たちのもとに歩いていった。

「おばあさまはお目付け役をいったい何だと思っているの？」シスビーは言った。「一晩じゅうあそこに座って、お友達と噂話《うわさばなし》をするんだわ」

「それってとってもありがたいことよ」キリアは答えた。「行きましょう、とにかく私のそばにいてくれればいいから」

キリアが扇を開いて前に進み始めたので、シスビーは妹についていくしかなかった。十歩も進まないうちにキリアの信奉者が寄ってきたので、二人が足を止めると、たちまち男性たちがぎっしりと半円状の人だかりを作った。

予想どおりシスビーは退屈してしまった。信望者たちは全員が全員くだらない話をし、キリアはしょっちゅうダンスフロアに消えていった。残った男性の中には、礼儀正しくシスビーにダンスを申し込む者もいたが、シスビーはダンスが苦手だったし、見知らぬ男性と密着して床の上をくるくる回るのは、義務感からしかできなかった。

自分の胸までしか頭が届かず、自分と同じくらいダンスが下手な男性と苦心してフロアを一周したあと、シスビーは妹に群がる男性たちを避けて軽食のテーブルへと向かった。グラスを手に向きを変えたとき、自分の名前を呼ぶ声が聞こえた。

「ミス・モアランド」

振り向くと、デズモンドとの最後の講義で会った若い男性がいた。名前は何だっただろう？「こんばんは」

男性はフロアを横切ってシスビーのもとにやってきた。「すみません。レディとお呼びするべきだった――」

「やめてください、ミスター・ダンブリッジ」名前はぱっと頭に閃《ひらめ》いた。「私はミス・モアランドのほうがいいので」

「迷ってしまって。前回とはまったく違う場だから」カーソンは近くの空いた椅子を手で示した。「座りませんか？」

「そうしましょう」シスビーはにっこりした。「お会いできて嬉《うれ》しいわ」

「本当に？」カーソン・ダンブリッジは軽く眉を上げた。

デズモンドの友人に対しても、私が腹を立てているとカーソンは思っていたのだろう。実際には、彼がデズモンドの情報を口にするのではないかと、淡い期待を抱いていた。

「ええ、紳士クラブや馬よりも興味深い話題のある人と話せるのはいいものですから」

カーソンは笑い、鮮やかな青い目の目尻に笑いじわができた。洗練された、貴族らしい雰囲気のハンサムな男性だ。この人に魅力を感じられたらいいのに。ぼさぼさ髪と、しわになった服のほうが好きじゃなければいいのに。

二人は座り、しばらく話をした。理論や実験について議論するのは楽しかったが、残念ながらカーソンはデズモンドの話題を出さなかったので、シスビーは自分からたずねるはめになった。「ミスター・ハリソンはどうしていますか？」

「痣《あざ》を二、三個作っていた以外は、元気そうだよ」カーソンは言い、男性なら誰もが感じるらしき、互いをこき下ろすことへのあの妙な喜びに口角を上げた。「痣を作った理由は教えてくれないから、女性が関係してるんだろうとみんな思ってる」カーソンは答えを待つように言葉を切ったが、シスビーが何も言わないので先を続けた。「デズモンドは研究に打ち込んでいる。それ以外のことはほとんど何もしていないよ」

何の役にも立たない情報だったが、自分が知りたいことはとても質問できなかった。あの人は悲しんでる？　私を恋しがってる？　それとも元気いっぱいで、自由になれて喜んでいる？

「さてと」カーソンは立ち上がった。「残念ながら、僕は行かないと。すでに礼儀に反するくらい君の時間をとってしまっているようだし」

シスビーはあたりを見回した。近くにいる女性二人が自分たちを興味ありげに見ている。

「ええ、もちろんそうね」シスビーも立ち上がった。

カーソンが続ける。「ええと、もしご迷惑でなければ、お宅に――」

「やあ、ダンブリッジ」突然、ずんぐりした紳士が満面の笑みを浮かべて二人に近づいてきた。

カーソンはむっとしたように唇を引きつらせたが、すぐに無表情に戻り、その男性に向き直ってうやうやしくほほ笑んだ。「ミスター・ウォレス。いらっしゃっているとは知りませんでした」

「ああ、ロディのお祭り騒ぎは逃せないからね」男性はわざとらしくシスビーのほうを見た。

「ミス・モアランド、ミスター・ザカリー・ウォレスを紹介させてください。ゴードン教授は幸いにも、このミスター・ウォレスに研究に興味を持っていただいていて。ミスター・ウォレス、こちらはミス・シスビー・モアランドです」

「おお、ミス・モアランド。お会いできて光栄です」ウォレスはシスビーにほほ笑みかけた。

「はじめまして」シスビーは会釈した。つまり、この人がデズモンドのプロジェクトの後援者なのだ。

ウォレスはお金のかかった身なりをしていた。ファッションに疎いシスビーにもわかるくらいだ。けばけばしい服装で、ルビーがあちこちに光っていて、杖《つえ》にはこれ見よがしに金のライオンの頭が輝いている。心霊現象にも、それをいうなら科学にも関心がある種類の男性にはまったく見えないが、きっと人を外見で判断してはいけないのだろう。

ウォレスは繰り返した。「ええ、とても光栄です。お噂はかねがねうかがっていて」

「私の噂を？」なぜ？

ウォレスは甘ったるい笑みを浮かべた。「女性科学者ですからね、注目されないはずがないでしょう？」

「なるほど」それはシスビーが求めている種類の認知とはほど遠かった。自分が出版を求めている論文は現状、男性主体の王立研究所やその会員の間にさざ波すら立てていない。

「ハリソン青年を通じてお近づきになれればと思っていたんですがね」

シスビーはどう答えていいのかわからず、黙ってウォレスを見た。デズモンドが私の話を後援者にしていた？　私とデズモンドとの関係が科学界で噂になっているのだろうか？

「デズモンドは人一倍慎重な男ですから」カーソンはぼそぼそと言った。

「それはともかくとして、ようやくお会いできて嬉しいですよ」ウォレスは続けた。「そのうちゆっくりお話しさせてください」

「そうですね」シスビーは曖昧に答えた。「私は妹を捜しに行きたいので、よろしければこれで失礼させていただきます」

「来週、カーソンにあなたをうちのパーティに連れてきてもらおう」ウォレスはすばやく言った。「もちろん、これに比べれば規模は小さいですが、楽しんでいただけるはずです。そのときにまたお話ししましょう」

カーソンはうなずき、シスビーは礼儀正しくほほ笑んだ。

「招待状をお送りします」ウォレスはシスビーに言った。「公爵ご夫妻にも」

「両親は社交の場にはあまり出ないんです」シスビーは正直に言った。

「ああ、それからもちろん、公爵未亡人にも。今夜はいらっしゃっていますか？　公爵未亡人にもお会いしたい」

「ええ、来ています、そのあたりにいると思いますが」シスビーは室内を見回すふりをした。「今は見当たらないようです」このなれなれしい男性に祖母がどんな反応をするかは容易に想像がついた。「私はそろそろ行かなくては」

「そうだね。ミスター・ウォレス、失礼します、僕はミス・モアランドをエスコートしますので」カーソンはおじぎをし、シスビーに腕を差しだした。

二人で歩いていきながら、シスビーはそっけなく言った。「舞踏室を横切るのにエスコートは必要ありません」

「わかってる」カーソンはにっこりした。「でも、とっさに思いついた口実がこれくらいしかなかったんだ。後援者のことは申し訳ない。ときどき……熱心になりすぎるんだ」

「そうですか」

「でも、彼のパーティへのエスコートは本当にさせてほしい。豪華な催しでね……僕たち全員が招かれている」

それはデズモンドも参加するという、あからさまな仄めかしのように思えた。シスビーと同じくデズモンドもそのような催しを楽しむタイプではないが、研究所の経費を払っている人物に招待されれば参加するだろう。デズモンドの存在は、参加しない理由としてじゅうぶんだったが、シスビーは言った。「ええ、参加させていただくわ、ありがとう」

永遠のような長さに感じられたパーティも終わり、自宅に戻ったシスビーは自分の部屋に直行した。上品な舞踏会用ドレスと、キリアと祖母が舞踏会に出るのに必要だと見なした装身具のすべてを脱ぎ捨てられることがありがたい。ブレスレット、ペンダント、ヘアアクセサリー、肘までの長さの手袋、扇、小さなダンスカードと鉛筆まで。

やがて、髪を下ろし、頭痛が和らぐのを感じながら、ねまきと分厚いローブを着た。ため息をついて椅子に座り、髪をとき始める。穏やかに燃える暖炉の前は暖かくて心地良く、なめらかに髪を通るブラシの感触が心を落ち着かせてくれた。

もう金輪際、傷心から立ち直るときにはキリアの助言に従わない。そもそも、キリア自身はその苦しみを味わったことがないのだ。パーティは少しも役に立たなかった。変わったことといえば、心と同じくらい足も痛くなったことくらいだ。

シスビーは立ち上がり、デズモンドがくれた万華鏡のある炉棚に近づいた。暖炉を見るたびに心を締めつけられないよう、それを引き出しにしまうことも考えたが、そうすれば双子の手に届きやすくなってしまう。だが、それをそこに置いているのは、デズモンドを思わせるものがそれ一つしかないからだということもよくわかっていた。

万華鏡を手に取り、暖炉の火をのぞきながら回すと、炎はくるくると無数のパターンに変わった。デズモンドがこれをくれたときのことを思い出す。深く、黒っぽい目の表情を。そのあとのキスを。

ミスター・ウォレスのパーティに行くことに同意しなければよかった。ウォレスが現れたときは、カーソンから家を訪ねていいかときかれそうだったため、ほっとした。だが、その後ウォレスのパーティに行くと言ったことで、結局カーソンに家を訪ねる許しを与えてしまったのだ。

ウォレスが不快な人物だというわけではない。ただ、一緒にいると落ち着かなかった。こちらをパーティに招くことに熱心すぎるし、両親と祖母に会うことに貪欲すぎた。おそらく、公爵未亡人と友達になることで、貴族社会の上層部に出入りできるようになりたいのだろう。

そのパーティでウォレスからご機嫌取りはされたくない。そもそもパーティは嫌いなのだ。今夜と同じように退屈し、場違いな気分になるだろう。人が大勢いるだろうし、その中に知り合いはカーソンしかいない。そして、デズモンドも。

もちろん、シスビーが同意した唯一の理由は彼だ。たとえ部屋のこちらと向こうであっても、デズモンドに会いたかった。デズモンドに会ったところで心の空洞は埋められないし、彼に触れられたいという切望は消せないのに。むしろ、事態はいっそう悪くなるだろう。それでも、どうしてもデズモンドに会いたいという欲望を抑えることができなかった。

シスビーが新たなパーティに男性と行くと聞いて、キリアは喜んだ。キリアは自分の計画がうまくいったと思い込んでいたが、シスビーは妹の高揚に水を差したくはなかった。

だが、祖母も喜んだのには腹が立った。

「ダンブリッジにたいした評判は聞かないけど、家名には歴史があるし、醜聞もないわ。あなたならもっといい人が見つかるでしょうけど、少なくとも正しい道には乗っているわね」

いっそう気が滅入《めい》るのが、あの奇妙な夢を見続けていることだった。夢はいつも同じだ。火、無力感、粘り強く助けを求め続ける女性。その夢を見るたびにシスビーは飛び起き、汗びっしょりになって、眠りに戻るのに長い時間がかかった。

睡眠不足のせいで、目の下には父ですら気づくほどの隈《くま》ができた。ある夕方、図書室でシスビーと顔を合わせた父は、目的の本を取ろうとした手を止めてたずねた。「シスビー、大丈夫か?」

「もちろんよ、お父さま」シスビーはにっこりし、分厚い本を脇に押しやった。同じページをもう三回も読んでいた。立ち上がり、父のもとに行って頬にキスする。「私のことは心配しないで。よく眠れないだけだから」

「あの青年……何という名前だったかな?」

「デズモンド」シスビーは淡々と言った。「でも、あの人とは何の関係もないの。悪夢を見るのよ」

公爵は穏やかな顔をしかめ、シスビーに腕を回してソファに連れていき、座らせた。

「全部話してごらん、昔みたいに」

悪夢を見たあと、父がベッドに座って抱いてくれたことを思い出し、シスビーはかすかにほほ笑んだ。父の腕の中はとても安全で温かかった。「私が怖い夢の話をしたら、お父さまがギリシャの英雄の話でそれを追い払ってくれるのよね」

「そうだったな」

「怪物が出てくるとか、道に迷うとか、そういういつもの悪夢とは違うの」シスビーは自分が見る夢を詳しく話し、こう言い添えた。「話してみると、そんなにたいしたことじゃないように聞こえるわね」

「夢がどのくらいの長さだとか、どれほど恐ろしい内容かは問題ではない。それが喚起する感情に人は怯《おび》えるんだ。そうだな……」父は眼鏡を直し、考え込むように絨毯《じゅうたん》を見つめた。「火は誰もが恐れるものだから、悪夢としては一般的だ」

「私が怖がっているのは、火そのものではないの。ひどい無力感を感じるのよ。まるで、麻痺《まひ》しているか、縛られているかのように動けなくて。そして、その女性のパニックが全身を襲うんだけど、彼女が何を求めているのかはさっぱりわからない。何もできないの」

「ふうむ……」公爵はつぶやいた。「その女性はあまり手がかりを与えてくれないんだな？」

「この夢に意味があるのかどうかもわからないわ。私はおばあさまとは違って、未来は見えないから」

「ああ、そうであることを願うよ」父は警戒するように言った。「でも、お前の夢が未来を予知していると言いたかったわけじゃない。私は、夢は自分の気持ちに関係していると思っているんだ」

「でも私、怖いものはないわ」

「お母さまとつき合っているころのことなんだが」公爵は椅子にもたれ、顔全体を輝かせた。妻の話をするときはいつもそうなるのだ。「とても恐ろしい夢を見た」

「本当？　恋をしてからは、お父さまは幸せな夢ばかりなのかと思った」

「普通はそう思うだろう。でも、何かを探して走っているのに、どこにもたどり着けないか、霧の中で道に迷っているかというものばかりだった。お母さまの身が危険なのに、駆けつけられないというものもあった。恐ろしい夢だよ」父は大げさにぶるっと体を震わせた。「結婚してからは、そういう夢は見なくなった。だから、つまり……」シスビーに意味ありげな視線を向ける。公爵は自分の主張の結論を言わず、相手に理屈を理解してもらおうとする癖があった。

「悪夢もお母さまにはかなわない？」シスビーは思いきって言った。

父は笑った。「何だってお母さまにはかなわないよ。でも、私が言いたいのは……そんな夢を見たのは、エメリーンを勝ち取れないことへの恐怖が自分にあったからだと気づいたんだ。もし彼女が自分を愛してくれなかったら？　もし彼女の身に何かあったら？　もし母が彼女を追い払ってしまったら？　昼間はエメリーンといられて、彼女のことを考えられて、とても幸せだったから、気づいていなかった。でも、夜になると、恐怖が這《は》いだしてきて私をのみ込んだんだ」

「じゃあ、なぜ私は悲しい夢を見ないの？」

父は思いやりを込めてシスビーを見た。「わからない。悲しみは感じていても、その裏にそれ以上の何かがあるのかもしれない」

「無力感、かしら」シスビーはため息をついた。目に涙がたまり、父の肩に頭をもたせかける。

「お前は闘わずして諦めたくはないはずだ」

「彼が私を愛していないという事実と闘えるはずがないでしょう？」

「それは確かなのか？　お前を見つめているときのあの青年の顔を見たが、私がエメリーンを見るときと同じだったよ」

「お父さまは今もそうよ」

「ああ。これからもずっとそうだ」

「私が欲しいのはそれよ……お父さまとお母さまの間にあるような愛」シスビーは言った。「もしデズモンドが私を愛しているのだとしても、その愛はじゅうぶんではないわ。あの人はすべてを危険に晒《さら》すつもりはない。私のために闘うつもりはないの。私だったら、くだらない予言のためにデズモンドを諦めはしない。誰にも彼を傷つけさせないようにするわ」

父は笑った。「そうだろうな。お前はエメリーンにとてもよく似ている」

「私が?」シスビーは驚いてたずねた。「私はお母さまには似ていないわ。お母さまに似ているのはキリアよ」

「見た目ならそうだ。でも、ここは」父は自分の胸をたたいた。「ここも」額をたたく。

「内面的には、お前はエメリーンにとてもよく似ているよ。シスビー……」真剣な面持ちで身を乗りだす。「お母さまは美しいが、私が恋をしたのはそれが理由ではない。お母さまからはっきりと放たれている力強さと勇気だ。意志の強さ、自分と信念への揺るぎない自信。何者にも行く手をじゃまさせたりはしない」父の口角が上がった。「私の母にさえ」

「でも、私は違う。不正をただすためや、世界をよりよくするために闘ったことはないもの。バリケードに攻め込んだこともないし」

「もちろん、興味が向かう先は同じじゃない。それはごく自然なことだ。でも、同じ性質は持っている。お前がしてきたことを考えてごらん……あのかわいそうなドイツ人の男を、自分も一緒に勉強させてくれるまで苦しめた。科学者として認められるよう闘い、論文を書いてきた」

「でも、出版はしてもらえないわ」シスビーは口を挟んだ。

「それでも、お前は諦めていない。論文も、研究も、実験も続けている。お前が何かを諦めたところは見たことがない。このことについても、お前が降参するとは思えないよ」

「でも、これはどうやって闘ったらいいの？　デズモンドにおばあさまの警告を無視させることはできないわ。私を愛させることもできない」

「彼の考え方を変えることはできる。お前がどう思っているかを理解させることもできる。彼の頭の中はわからないが、お前の安全のために自分の感情を犠牲にする、気高い若者に見えるよ。おそらく、純粋で……間違った考えに固執しているんだろう。自分の痛みは見えているはずだが、お前の痛みはわかっているのか？　お前は彼に対する自分の思いを話したか？　自分の痛みと悲しみを説明したか？　闘いたいという意志は？」

「私……」シスビーはためらった。「どうかしら」

「私はお前をよく知っているから、ほかの誰かに自分の将来を決めさせるとは思えない。もし本当にデズモンドを求めているなら、彼を自分の人生に取り戻す道は見つけられるはずだ」

# 16

デズモンドは憂鬱な気分でパーティに臨んだ。ここはこの世で最も来たくない場所だった。食べ物にも飲み物にも惹《ひ》かれない。欲しいのは睡眠だけだ。シスビーと過ごす時間を作るために早起きして工房に行く必要がなくなった今、よく眠れているはずだと人は思うかもしれない。だが実際にはなかなか眠れず、寝ついても眠りは浅かった。シスビーの身に危険が迫っているのに、自分は彼女のもとに行けないという悪夢に苦しめられた。ある晩見た夢は特に恐ろしく、デズモンド自身がシスビーを襲撃者だと思い込んでナイフを突き立てていた。

物事もまともに考えられる状態ではなく、望遠鏡を分解修理しているときにミスをした。研究所でも頭がぼんやりしていた。心霊の隠された世界を暴きたいどころか、そこに対する興味をほとんど失っていた。

ミスター・ウォレスが開くパーティには、それ以上に興味がなかった。ウォレスはゴードンとその研究員、ほかの科学者もときどきパーティに招いていた。自分は真に科学を志す者であり、単なる好事家ではないことを証明したいのだろうかとデズモンドは思っていたが、ウォレスの仲間は誰もそのような立場には感銘を受けない気がした。むしろ、科学者たちに自分の偉大さを見せつけたいのかもしれない。とはいえ、ウォレスの小切手帳だけでその役目は果たせていた。

ウォレスの動機が何であれ、ゴードン教授がなぜその忌ま忌ましい催しに自分を参加させようとするのか理解できなかった。ウォレスはデズモンドに来てほしくはないはずだ。そもそも、ウォレスが自分を首にしなかったことが驚きだった。シスビーの双子の兄に殴られ、もう〈アイ〉探しの役には立たないと思い知ったはずなのに。

そこまで考えたところでデズモンドは頬に触れた。痣《あざ》はほとんど消え、目の脇にうっすらと青と黄色の斑点が残っているだけだったが、痛みはまだ少しあった。まったく、何てすごいパンチだったろう。とはいえ、シスビーが自分を助けに駆け込んでくるのを見たときの衝撃には負ける。……いや、デズモンドを助けるためではない。きょうだいがこれ以上ひどい騒ぎを起こさないようにするためだ。

突然視界に飛び込んできたシスビーはとても美しかった。緑の目が強く光り、頬は真っ赤に染まっていた。シスビーは……とにかくシスビーだった。今にも駆け寄って、僕を許してほしい、僕をまた君の人生に迎え入れてほしいと懇願しそうになった。シスビーに抱きしめてもらいたかった。

幸い、欲しいものが手に入るとは限らないことは、大人になるまでに学んできた。シスビーがきょうだいと腕を組んで立ち去ったとき、言いたいことは何一つ言わず、ただ見ていたのも後悔していない。自分はやるべきことをしたし、シスビーはウォレスの手下から守られている。デズモンド自身からも守られている。

ウォレスの屋敷は広くて贅沢《ぜいたく》だったが、ブロートン・ハウスに入ったことのあるデズモンドが圧倒されることはなかった。ウォレスは舞踏室の入り口に立ち、客に挨拶をしていた。

彼を見たとたんに怒りが湧き上がったが、それを抑えつける。必要な程度の忠誠をウォレスに見せ、ゴードンに自分が出席したことを証明したあと、こっそり帰るのだ。

ウォレスはデズモンドに淡々と挨拶し、デズモンドは礼儀正しくも意味のない返事をした。その試練を乗り越えると、舞踏室に入ってゴードンを捜した。科学者と学生の群れの中にゴードンを発見したが、デズモンドが近づこうとすると、耳に女性の声が飛び込んできて足が止まった。

「それは馬鹿げた認識ですし、学識者がそれに気づかないなんて信じられません」

シスビーだ。とたんに背筋が張り詰めた。ここにいるはずがないのに、デズモンドの目はシスビーをすぐさま見つけた。背が高くほっそりしていて、琥珀色《こはくいろ》のきらめくドレスを着た姿は涼しげだ。シスビーはぎょっとした顔をした年配男性と話していて、隣には笑いをこらえたカーソンが立っていた。

体内を怒りが駆け抜け、デズモンドは大股に近づいていって、カーソンの腕をつかんだ。

「どういうつもりだ？　なぜシスビーをここに連れてきた？」

カーソンは何も言わず、ただ両眉を上げ、いつもデズモンドの神経を逆撫《さかな》でする、人を小馬鹿にしたような表情を作った。シスビーは当然ながら二人のもとに歩いてきて、残された年配男性は驚きといらだちの目で彼女を見つめていたが、やがて向きを変えてそそくさと退散した。

「デズモンド、あなたこそ何のつもり？」

間近で見るシスビーはすばらしかった。ドレスの襟ぐりから胸元が見え、デズモンドの下腹部にありがたくない衝撃を引き起こした。

一瞬、デズモンドの舌は口蓋にくっついて離れなくなったが、やがて声が出た。「君は帰ったほうがいい」

すでに不穏だったシスビーの目に、炎が燃え上がった。「なぜ私が帰らなくてはいけないの？　あなたが帰ればいいでしょう」

「僕は帰るつもりだよ、本当だ」体内で荒れ狂う矛盾した感情に、デズモンドは自分が爆発するのではないかと思った。カーソンのほうを向く。「よくもこんなことができたな？　シスビーを連れてくるなんて――」

「ミスター・ダンブリッジは何もしていないわ」シスビーは扇でデズモンドの腕をぶしつけにたたき、デズモンドの注意を自分に引き戻した。「私がここに来たのは、主催者に招待されたからよ」

「ウォレスに会ったのか？　どうやって？　なぜ？　くそっ、カーソン……」デズモンドの目は険しくなった。「君はいったい何のゲームをしている？　今度はシスビーを追いかけることにしたのか？　僕は――」

「嫉妬しているのか？」カーソンのゆったりした口調は、耐えがたいほど楽しげだった。

「デズモンド、やめて！　今すぐやめてちょうだい」シスビーが二人の男性の間に割って入り、デズモンドをにらみつけた。「あなたの喧嘩《けんか》を仲裁することにはもううんざりだわ」

「僕は頼んでいない」

カーソンの隠しきれていない笑みを見なくても、自分が子供っぽくすねているだけなのはわかっていた。デズモンドはシスビーにキスしたかった。シスビーを揺さぶってやりたかった。この部屋からシスビーを連れ去りたかった。安全な場所に連れていきたかった

――自分のベッドに。

シスビーはカーソンのほうを向いた。「カーソン」今はミスター・ダンブリッジではなく、カーソンと呼んでいるのか？「ちょっと席を外してもらっていい？　デズモンドと話したいことがあるの」

「いいのか？」カーソンはたずね、横目で皮肉っぽい視線を送ってきた。「デズモンドはかなり……不安定なようだけど」

「大丈夫」シスビーは毅然《きぜん》と言い、カーソンはおじぎをして立ち去った。

「シスビー、誓って言うけど――」

「話をしましょう」シスビーはあたりを見回した。「庭に出るのは寒すぎるわ。どこかに空いた部屋があるはずよ」

「シスビー、だめだ、二人で抜けだすわけにはいかない。そんなことをすれば――」

「騒ぎになる？」シスビーは片眉を上げた。「ご心配ありがとう、でもあなたはすでに騒ぎを起こしていると思うわ。私はそれが大きくなるのを防ごうとしているの」

デズモンドがあたりを見回すと、ひそかな視線とあからさまな視線がいくつも自分たちに向けられているのがわかった。デズモンドはうなずき、シスビーについて部屋を出た。シスビーは早足で廊下を歩き、一つずつ部屋を見ていった。「ああ、図書室だわ。完璧。ここには誰も入ってこないでしょう」部屋は壁のガス灯で照らされていたが、薄暗く、大部分は暗がりになっていた。

シスビーはデズモンドの手を取って部屋に引き入れ、背後でドアを閉めた。デズモンドは部屋に入ることにも、肌を触れ合わせることにも反対するべきだったが、できなかった。シスビーの手を再び自分の手に感じるのは心地良かった。

シスビーは振り向いてデズモンドと向かい合い、手を放した。デズモンドの胸の鼓動が速くなる。自分の中でせめぎ合う感覚を何とか脇に押しやろうとした。「どうかわかってくれ。君の身が危険なんだ。だめなんだよ――」

「あなたと一緒にいることが？」シスビーは遮り、両手でデズモンドの顔を挟んで目をのぞき込んだ。「デズモンド……私が欲しい？」

デズモンドの喉から、首を絞められたような声が出た。

「私と一緒にいたい？」シスビーは背伸びし、デズモンドの唇に軽くキスした。「私とキスしたい？」

デズモンドの頭の中は混乱に陥った。シスビーの香りが鼻孔を満たし、唇は記憶どおりに柔らかく、快かった。シスビーのウエストに手を置いたが、彼女を遠ざけるためだ、と心の中で思う。「もちろんだよ」デズモンドは言った。「でも、問題はそこじゃない」

「私はそこが大事だと思うわ」シスビーはさらに近づいた。

今にも二人の全身が触れ合いそうだ。

「シスビー……」シスビーの脇腹で指を広げると、親指が胸のふくらみのごく近くに触れそうになった。「だめだ」

「だめじゃない」シスビーは何度も唇を触れ合わせながら、両手をデズモンドの髪に差し入れた。「私はあなたといたい」シスビーの声はささやくようだった。息がデズモンドの頬を愛撫《あいぶ》する。「あなたに会いたかった。頭がおかしくなるくらい、あなたのことを考えてた」

「シスビー」デズモンドは目を閉じた。「僕もだ」

「離れ離れになるなんて馬鹿げてるわ」

デズモンドはシスビーの頬にキスした。その肌はベルベットのように柔らかく、シスビーがわずかに息を吸い込むと、デズモンドの息は喉でつまった。身を屈《かが》めて首に、そして、誘うようにすぐそばにある白い肩にキスをする。指は細いウエストに食い込み、二人の体が触れ合うまでのわずかな距離が埋まった。

デズモンドの頭は真っ白になった。シスビーの名を呼ぶ以外、言葉が出てこなかった。ゆっくりと手が上がり、胸の曲線を探り当ててそれをたどる。シスビーは聞いたことのないような小さな声をもらし、デズモンドは自分の手の下で彼女の体が熱くなるのを感じた。その瞬間、理性はすべて吹き飛び、デズモンドはシスビーにキスした。唇は強引に、貪欲に動き、両腕はシスビーに巻きついて、自分の体に彼女を押しつけた。

図書室のテーブルの上にあるものをすべて払い落として、シスビーを横たえ、体で体を覆い、彼女が柔らかく自分を迎えるのを感じたかった。デズモンドは片腕を強くシスビーに巻きつけたまま、反対側の手を上げて胸のふくらみを包んだ。さらに上に向かい、指先で襟ぐりのレースの縁取りに触れたあと、驚くほど柔らかい胸元に触れた。親指で生地の縁をもてあそんでから、中にすべり込み、シュミーズの綿生地の下に入る。そこには蕾《つぼみ》があり、デズモンドが触れると硬くなった。唇は首を這《は》い下り、硬い鎖骨を感じながら、さらに下に向かった。今にもうめき声がもれそうだった。

ドアが背後で開き、デズモンドはびくりとした。勢いよく振り向き、シスビーを壁に押しつけて自分の体で隠す。床に明るい光が一筋走ったあと、落胆の声が聞こえた。「ただの図書室だ」ドアは再び閉まった。

デズモンドは悪態をついて飛びのいた。「まずい」大きく息をし、すでに乱れている髪を手でかき上げる。僕はいったい何をしていたんだ？「すまない、シスビー」

「謝ってほしくないわ」シスビーの声は揺れていたが、同時に力強く脈打っていた。デズモンドは全身にその脈動を感じた。

「君はわかっていないんだ。僕たちは――」

シスビーの声には怒りが混じっていた。「私、危険なんて気にしないわ。信じてもいない」

「信じてくれ」デズモンドは振り向いてシスビーと向かい合い、二人の間に安全な距離がとられていることを願った。シスビーのこととなると、自制心は存在しないも同然だった。自分の声が耳障りだったため、デズモンドは咳払《せきばら》いをし、態勢を立て直そうとした。

「デズモンド、私は呪いなんて信じていない。あなたも信じないで。そんなのは愚かで時代遅れだわ」

「それだけじゃないんだ」デズモンドは、シスビーに軽蔑されずに彼女を説得できる方法を必死に探した。

「じゃあ、ほかに何があるの？」シスビーは問いただし、腰に手を当てた。

「カーソンを信用しないでくれ」

「あなたの友達だと思ったけど」

「友達だ。友達だった。でも、君のこととなると、話が変わるんだ。ウォレスも信用しないでほしい」

シスビーは唖然《あぜん》としてデズモンドを見た。「あなた、自分がおかしなことを言ってるのがわかってる？」

「考えてみてくれ。ウォレスはなぜ君をこのパーティに招いた？」

「裏の思惑がなきゃだめ？」シスビーの目はぎらりと光った。「私も男性科学者と同じように招待する価値があると思ったんじゃないの？　今夜はあなたも含め、科学者が大勢来ているでしょう」

「そんな話はしていない！　僕が君を科学者としても尊敬しているのは知っているだろう。ただ……」デズモンドは歯を食いしばった。

「続けて。ただ、何なの？」

デズモンドが何も言わず、じりじりしながらシスビーを見つめていると、シスビーはため息とうなり声を合わせたような声を発したあと、くるりと向きを変えてドアに向かった。

「待ってくれ！　ああ……くそっ。やつらは、やつらは〈アイ〉を狙ってるんだ！」

# 17

シスビーは足を止めて振り向いた。デズモンドの精神状態が本気で心配になったせいで、怒りは消えつつあった。

デズモンドは正気の縁をぎりぎり歩いている人間のように見えた。髪をつかんでいる両手は今にも根元から引き抜きそうで、目は血走り、全身はがちがちにこわばっている。シスビーは注意深く言った。「狙ってる？　誰を？」

「違う」デズモンドはほとんどうめき声のようにその言葉を口にしたが、ようやく体の力を抜き、両手を体の脇にだらりと下ろした。かきむしられた髪があらゆる方向に突き出していたが、シスビーは少しも笑う気になれなかった。

「人じゃない。〈アイ〉だ。〈アニー・ブルーの目《アイ》〉だよ」

「デズモンド……何を言っているのかわからないわ。アニー・ブルーって誰？　どうして彼女の目が欲しいの？」

「やつらは、君のおばあさまがそれを使って死者を見ると考えているからだ」そこでシスビーは口をぽかんと開けたが、デズモンドは重苦しい声で続けた。「ウォレスは手紙を持っている。アーバスノット何とかという人物が〈アイ〉を持っていたという内容だ」

「アーバスノット・グレイ？　私の曾曾《ひいひい》……曾が何個つくのかわからないおじいさまの、アーバスノット？　デズモンド、これは何かの冗談？」

「断じて違う！　アン・バリューは錬金術師だった。僕のおばのティルディは僕がその人物の子孫だと信じていたけど、もちろんそんなのは戯言《たわごと》だ」

「座ったほうがよさそうね」シスビーは図書室にあった椅子に座ったが、頭の中は混乱していた。

デズモンドは座らなかったが、自分を支えるように椅子の背をつかんだ。「アニー・ブルーというのは世間がつけたあだ名だ。アンは有名人だった。魔女として火あぶりの刑に処されたんだ。アンは死者が見えると言っていた……少なくとも、人々はそう信じていた。心霊と意思疎通ができると。アンはそのための装置を持っていた」

「それの名前が〈アイ〉なのね」シスビーは肩の力を抜いた。デズモンドは正気を失ってはいなかった。話している内容は荒唐無稽だが、少なくとも意味はわかった。

「そうだ」

「ミスター・ウォレスは私の祖母がそれを相続したと思っているの？」

「ああ。ゴードン教授のプロジェクトのテーマを知っているだろう？　人が――」

「人が幽霊を見られるようにするための装置ね。何らかの光学装置、例えば、万華鏡のような――」シスビーは体から血の気が引くのを感じながら立ち上がった。「それなのね？　それが、あなたが……あなたが――」

「違う！　それが理由じゃない。僕は君を知らなかったんだ」

「でも、私と知り合うように仕組んだんでしょう？」シスビーは胃がむかむかしてきたが、頭はすばやく回転した。「だからあの講義に来たのね？　そのためにあの席を選んだんだわ。私を通しておばあさまに近づけると思った。私におばあさまを説得させて、あれを手に入れようとした」

「誓って言うが、違うんだ」

「あなたが誓う内容を信じるのはそう簡単じゃない」

「君に出会ったときは、君が何者なのか知らなかった。ブロートン公爵未亡人が君のおばあさまだとは知らなかった。君があのドアから出てくるまで、あそこが君の家だとは知らなかったんだ」

シスビーは鋭く息を吸い込んだ。氷の破片が胸を刺す。「あの晩、あなたは私に会いに来たんじゃなかったのね。あなたは我が家に……それを盗みに来たの？」

「盗むつもりはなかった」

「じゃあ、何？　ありかを突き止めに来ただけ？　誰かが盗めるよう、家の間取りを確かめに来たの？」

デズモンドは途方に暮れたようにシスビーを見た。「シスビー、わかってくれ……ゴードン教授は自暴自棄になっていたんだ。僕は教授に大きな恩がある」

「私には何の恩もないしね。よくわかるわ」

「いいや、僕は君を愛してる」

「もうやめて。聞きたくない」救いのように怒りが押し寄せてきて、寒気を追い散らした。

「いったいなぜ、直接私に頼まなかったの？」

「それは、今君が思っているとおりのことを思ってほしくなかったからだ」デズモンドは言い返した。「くそっ！　僕は盗もうとはしていない。君を利用したくなかったんだ」

「もういいわ」シスビーは鋭く手を突きだした。「私と一緒に来て」向きを変えて部屋を出ると、タイル敷きの廊下を早足で歩いた。

「どこに？　シスビー、何をするつもりだ？」

「おばあさまのところに行くの」

デズモンドは諦めてため息をつき、シスビーに従った。階段を下りるまでデズモンドは何も話しかけてこなかったが、執事がコートを持ってきてくれるのを待つ間、彼はおずおずと言った。「カーソンには、帰ると言わなくていいのかな？」

「自分で気づくでしょう」シスビーはカーソンにも腹を立てていたが、今この瞬間にデズモンドに対して抱く、腸《はらわた》が煮えくり返るような思いとは比べものにならなかった。

カーソンに送ってもらって来たため、自分の馬車が待っていないのは不便だったが、ウォレスの家から自宅まではそう遠くなかった。それに、冷たい夜気の中をさっさと歩けば、ぎこちない会話をしなくてすむだろう。デズモンドは話しかけてこようとはせず、シスビーは安堵《あんど》したが、あと一度でもデズモンドが〝自分は悪いことはしていない〟と言い張ろうとしたら言ってやりたいことで頭の中はいっぱいだった。

〝知らなかった〟〝違うんだ〟〝そんなつもりはなかった〟――いくら言葉を並べても、デズモンドはシスビーに嘘をついたのだ。シスビーを欺いたのだ。存在しない感情を持っているふりをした。ついに公爵未亡人に会ったときは、近づくために孫娘を利用したのは無駄な企てだったと気づいたはずだ。だが、少なくとも公爵未亡人の予言のおかげで、デズモンドがこちらの人生にかかわらない口実はできた。

屋敷に着いたとき、デズモンドの顔に浮かんだ不安げな表情を見て、シスビーは小さな満足感を覚えた。公爵未亡人はすでに自室に下がっているとのことだったが、シスビーはためらわず階段を上り、祖母の部屋に向かった。

ドアをノックする。「おばあさま、話したいことがあるの。大事な話よ」

少しして、公爵未亡人の侍女がドアを開け、シスビーに向かって膝を曲げたあと、ドアから出ていった。公爵未亡人は居間に歩いていった。ふだんじゃらじゃらとつけている宝飾品は外し、ねまきに着替えているが、ずっしりしたブロケードのローブをはおり、ナイトキャップとしてターバンをかぶっている姿は、ふだんと変わらず威厳があった。

「シスビー、何なの？」公爵未亡人は目を細めてデズモンドを見た。「この人はここで何をしているの？」「今は客を迎える時間ではないわ」

「デズモンドがおばあさまにききたいことがあるの。というより、デズモンドに代わって私がおばあさまにききたいことがあって来たの。デズモンドはそれを自分で言うのは図々《ずうずう》しいと思っているから」その言葉にデズモンドが驚いたのが見えた。シスビーが公爵未亡人に、彼の罪をすべてぶちまけると思っていたのだろう。「知ってのとおり、デズモンドは科学者で、おばあさまが興味を持ちそうな実験をしているの」

「そうは思えないけど」

「デズモンドとそのお仲間は、私たちを取り巻く世界に心霊が存在することを証明しようとしているのよ」

「心霊が存在するのは当たり前のこと。私には時間の無駄に思えるわ」

「私もそう思うけど、デズモンドたちは研究する価値のある問題だと考えているの。指導している教授は、この研究に役立つ遺物をおばあさまが持っていると思っているのよ。〈アニー・ブルーの目《アイ》〉という名前だったかしら」

「〈アイ〉。そういうことだったのね！」公爵未亡人はデズモンドのほうを向き、神秘的な話をするときにいつも使う、芝居がかった低い声を出した。「あなたは〈アイ〉を欲しがっているのだと、とっくに気づくべきだったわ。死の瘴気《しようき》に包まれているんだから、あなたがそれに……そして、私の孫娘に惹《ひ》かれるのは当然だもの」

シスビーは祖母の芝居じみた言葉を無視した。「おばあさま、問題は、デズモンドのお仲間が〈アイ〉を研究したがっていることなの」

「馬鹿なことを」公爵未亡人は鼻を鳴らした。「〈アイ〉は解明できませんよ。合理的な説明はできないんだから。私たちの限られた理解力を超えたものなのよ」

「でも、おばあさまが最初からずっと正しかったことを、みんなに証明したいとは思わない？　おばあさまが死者と話せることを」

「私が死者と話せるのは当然よ。証明なんて必要ない。長年ずっとやってきたことなんだから」

「でも、それを世間に周知させるのは大事なことだわ」

「なぜ私が世間にどう思われるかを気にすると思うの？」

「でも、おばあさま――」

「だめ」公爵未亡人はすぐさま遮った。「私を丸め込んでそれを手に入れようとしても無駄。〈アニー・ブルーの目《アイ》〉は私のものなの。私たちのもの。何代にもわたって継承されてきて、私にはそれを守る神聖な義務がある。他人に貸すことはできないわ」

「おばあさまが望むなら、私が実験を監督してもいい。私がそれを持って、家と研究所を行き来する。それが損なわれたりしないよう、四六時中そばで見張っているわ」

「ほかの人の手に渡るだけで損なわれるのよ。それは母から娘、その孫娘へと、女系に継承されてきたの。アン・バリューは私たちの先祖。世間で思われているように、庶民ではなかったのよ」

　これほど芝居がかった発想に至るのは、いかにも祖母らしかった。シスビーは疑わしげに言った。「家系図でその人の名前を見たことはないわ」

「そんなことを公にするはずがないでしょう！」公爵未亡人はぞっとしたように目を見開いた。「火あぶりの刑にされたのよ、世間に言いふらすようなことじゃないわ」

「じゃあ、おばあさまはどうして――」

「とにかく、私にはわかるの」公爵未亡人はきっぱりと言った。

「僕からもお願いします」デズモンドが初めて声を発した。何かを発見しそうなときにいつも燃え上がる熱い好奇心で、目が輝いている。シスビーの胸はうずいた。「もしよければ見せていただけませんか？　実は、誰もその外観さえ知らないんです。見せていただけるなら、それだけでもすばらしいことです」

　公爵未亡人は顔をしかめたが、シスビーは祖母が口を開く前に訴えかけた。「お願い。私も見てみたいわ」

公爵未亡人はためらい、シスビーとデズモンドを見比べた。ようやく、ため息をついてうなずく。「わかりましたよ。私が見せてあげないと、あなたたちはいつまでも持ちだそうとするでしょうからね」そして寝室に続くドアへと向かい始めたが、くるりと振り向いて言った。「ついてこないで」

シスビーとデズモンドが待っている間、公爵未亡人は隣の部屋を捜し回った。叫び声をあげ、引き出しや扉を開けたり閉めたりする。しばらくして、美しい彫り模様が施された小箱を持って出てきた。それを振りながら言う。「どうやら双子が見つけて間違った場所に戻したようね。あの子鬼たち……ぴかぴかした物体のこととなると、カササギよりもたちが悪いんだから」

公爵未亡人はシスビーに箱は渡さず、開いて中身を見せた。中には濃緑のベルベットが張られ、彫り模様の入った木製の枠に、同じ木材の持ち手がついた一つきりのレンズが置かれていた。

「単眼鏡なのね！」シスビーはそれに触れようと手を伸ばしたが、公爵未亡人にぴしゃりとたたかれた。

「だめ、触ってはいけません。これは私の手を離れてはいけないんだから。もとは単眼鏡ではなかったの。単眼鏡が流行《はや》った前世紀に枠が加えられたのよ。本来の目的を隠すのにも役立つし」

公爵未亡人は単眼鏡を箱から出し、裏側を見せた。透き通った小さな水晶がちりばめられている。公爵未亡人がそれをランプの灯《あか》りにかざすと、魅惑的な色があちこちの方向に放たれた。

「きれい」シスビーはため息をついた。

「すばらしい」デズモンドは単眼鏡とそれが作りだす光景に惹かれたらしく、無意識に一歩踏みだした。

公爵未亡人は単眼鏡をさっと箱に戻し、すばやくふたを閉めた。「はい、終わり。これが〈アイ〉よ」

「でも、おばあさま……」シスビーは抗議した。「せめて、のぞかせてもらえない？　確かめたいのよ、本当に……ううん、何が見えるかを」

シスビー自身もそれに触れたくてたまらなかった。デズモンドはどれほど使ってみたいことだろう。もちろん、デズモンドが何を望もうと知ったことではないけれど。

「絶対にだめ」二人がそれを奪おうとするのを防ぐかのように、公爵未亡人は箱を背中に回した。

「お願いします、公爵未亡人」デズモンドも口を開いた。「それは非常に貴重なものです。僕は何もしないと誓います」

「ふん」公爵未亡人は渋い顔でデズモンドを見た。「あなたの誓いなんてあてになりませんよ。あなたが私の孫娘に近づいた理由に、私が気づいてないと思っているの？」

デズモンドはいらだたしげにうなった。「あなたが思っているような理由ではありません」

「その話はしても無駄よ」シスビーは、祖母と同じくらい決然とした口調でデズモンドに言った。「でも、私たちがそれを試せない理由はわからないわ、おばあさま」

「シスビー」その口調から、シスビーは祖母の堪忍袋の緒が切れかかっていることを悟った。「〈アイ〉は私に託されたの。ほかの誰も触れてはいけない。触れた者には不幸が降りかかるの。それに、この人には何も見えないわ」デズモンドにそっけない視線を送る。

「私たちの血筋の人間だけがこれを使えるの。アン・バリュー直系の女性よ」

「じゃあ、私は――」シスビーは言いかけたが、祖母は視線で孫娘を黙らせた。

「その英知は真の信奉者にしか啓《ひら》かれない。死者を見る力を持っているのはオリヴィアではないかと私は思っているわ。さあ……」二人に向かってうなずき、下がるよう示した。「あなたたちの頼みには応えました」公爵未亡人はデズモンドのほうを向いた。「あなたの顔は二度と見ることはないと思っておきます」

祖母は寝室に入っていってドアを閉め、残されたシスビーとデズモンドはその後ろ姿を見つめた。

シスビーを駆り立てていた怒りはすでに引き、急に気が抜けたようになった。「これで終わりね。教授と後援者のもとに戻って、公爵未亡人には断られたと言ってちょうだい。おばあさまが気を変えることはないわ」

「ああ。それはわかった」デズモンドの目は打ち沈んでいた。シスビーについて部屋を出て、階段を下りる間もずっと黙っていたが、玄関まで行くとシスビーのほうを向いた。

「シスビー、お願いだ、僕を信じてほしい」

シスビーはデズモンドの言葉を無視した。「あれを盗もうとしても無駄よ。鍵のかかる場所に——」

「盗むつもりなんてない！」デズモンドの声は怒りにかすれていた。「くそっ、なぜ僕がそんなことをすると思う……」そこで言葉を切り、視線をそらしてから、再びシスビーのほうを向いた。「僕が永遠に君の信頼を取り戻せないことはわかった。それでも、君が今も危険に晒《さら》されていることは覚えておいてくれ。信用してはいけない、カーソンもウォレスも——」

「私はもう誰も信用する気はないわ」そう、永久に。

デズモンドはドアを開け、足元に視線を落とした。「僕が君に言ったことは、すべて本心だ。君への気持ち、敬意は一つも嘘じゃない。それは信じてもらいたいんだ。僕は〈アイ〉のために君を追いかけたわけじゃないし、君のもとを離れた理由はただ一つ、僕と一緒にいると君が危険だからだ」顔を上げ、シスビーの目を見つめる。

シスビーはわっと泣きだしてしまいそうな衝動を抑えた。険しい、冷ややかな目でデズモンドを見つめ返し、冷静な声を保った。「幸い、それはもう問題じゃないでしょう？さようなら、デズモンド」

# 18

シスビーは暗く寒い廊下に立っていて、背後のたいまつの炎が壁に影を映していた。門の鉄格子越しに、女性が何人もいる狭い部屋が見える。あてどなく歩き回っている者もいれば、座って壁にもたれている者もいる。床に横たわっていたり、間に合わせの藁《わら》のベッドに寝ている者もいた。壁は石造りで、土と煙で黒くなり、緑の黴《かび》が生えている。壁の高い位置に格子窓が一つだけあり、光はそこからしか入らない。鎧戸《よろいど》はなく、一月の空気に晒《さら》されていて、その場所はひどく寒かった。火といえば低く積まれた焚《た》きつけだけで、熱よりは煙のほうを多く放出していた。

会話と悪態とうめき声の中で、一人静かに立っている女性がいた。着ている服は上品なもののようだが、汚れと乱暴な扱いのせいで、ブロケードのスカートの質のよさは見た目にわからず、刺繍《ししゅう》が入っていたであろう硬い胴着《ボディス》は取り去られ、この寒さの中で簡素なシュミーズ一枚になっていた。ヘアネットまでもが頭から取られているため、豊かな黒髪は肩から背中へと流れ落ちていた。

だが、骨格がはっきりした顔は今も魅力的で、大きな黒い目には鋭さと知性があり、ほかの女性たちのぼんやりした目つきとは違っていた。女性はシスビーのほうを向き、あごを少し上げて、勝ち気な視線を向けてきた。

「時間なのね」女性は髪を払いのけ、指で梳《す》いていくらか整えたあと、房から出てきた。

シスビーは突然どこか別の場所――街の中央にある広場にいた。そこらじゅうに人がいて、空気中には煙と肉が焼ける匂いが充満している。そこかしこで人が話し、叫び、笑っているが、あらゆる雑音を上回るように苦悶《くもん》の金切り声が聞こえた。その声にシスビーの血は凍りついた。

振り返って背後の光景を見たくはなかったが、自分を抑えられなかった。互いに離れた二つの炎が燃え、周囲の薪《まき》の山をその舌でなめていて、中央にはそれぞれ炎に包まれる人間がいた。その光景にシスビーの胃はむかついたが、周囲の野次馬は歓声をあげ、笑った。

二つの炎の間に、円状に積まれた薪の山がもう一つあった。焚きつけ用の小さめの枝が、太い薪の山の前に積まれている。焚きつけにはすぐに火がつくから、それが重い薪に燃え広がり、やがて轟々《ごうごう》と炎を上げるのだろう。円状の薪の中央には頑丈な柱が立ち、無人だった。待っているのだ。

シスビーは喉にせり上がってきた苦い汁をのみ込み、両手をこぶしにして、爪を手のひらに食い込ませた。だめ。やめて。胸の中にパニックが湧き起こる。走りだしたかったが、脚は石のように重かった。

興奮したささやき声が群衆の中を走り、シスビーは騒ぎの源を見ようと振り返った。行列がこちらに向かってくる。一行のうしろには立派な、両側に塔のついた建物が見えた。黒装束の司祭が十字架を握りしめ、先頭に立っていた。そのうしろに、甲冑《かっちゅう》の胸当てと兜《かぶと》を身につけ、両手に長い槍《やり》を持った護衛が二人歩いている。二人の間には女性が一人いて、がっしりした護衛に比べると華奢《きゃしゃ》で繊細に見えた。体の前で両手が縄に縛られている。長い黒髪が背中に垂れ、毛先が冷たいそよ風になびいていた。

監獄にいたあの女性だ。女性は顔を上げ、その姿勢には誇り高さがにじんでいて、青白い顔には表情がなかった。群衆は女性を指さし、大声で罵倒した。「魔女！　異教徒！　罰あたりな売女《ばいた》！」女性は群衆を無視し、柱に縛られて燃えている哀れな人影のほうも見なかった。

女性は一度だけ、待ち受ける薪の山へと進みだしたときによろめいたが、次の瞬間には背筋を伸ばし、顔はいっそう蒼白《そうはく》になったものの、不屈の表情は変わらなかった。司祭は脇によけ、処刑人が待つ場所へと続く最後の区画に、護衛が女性を導いた。

シスビーは叫んだが、喉から声は出なかった。走りだしても、目の前の群衆は密度を増し、皆なかなか脇によけてくれなかった。

護衛は女性を柱に縛り、ウエストに縄をきつく巻いた。シスビーは何度も何度も叫んだが、やはり声は出なかった。どれだけ群衆をかき分けて前に進んでも、行く手を遮る人は増える一方に思えた。心臓が早鐘を打つ。凍えるような寒さの中でも、汗が顔を滴り落ちた。

処刑人がたいまつを手にし、薪の山に近づいた。女性は群衆を見わたしてシスビーと目を合わせ、その黒い目を強い決意に燃やした。

〝彼を救って〟その声がシスビーの頭の中に響いた。〝彼を救って〟

シスビーが前に飛びだしたとき、処刑人がたいまつを焚きつけに放り込み……。

「やめて!」シスビーは目をぱちりと開けた。しばらく動きを止め、周囲の世界が再び現実としてなじむのを待つ。

今回は痛みこそなかったが、悪夢は恐ろしさを増していた。あの悪臭を、空気に充満していた憎悪を、目の前で惨劇が展開していくのを止められない無力感を思い出すと、胃がむかついた。

喉はひりつき、渇いていた。ベッドから出て、水差しからグラスに水を注《つ》ぐ。それをごくごく飲んだあと、部屋の寒さには構わず、椅子に身を沈めた。またおかしな夢を見てしまった。

少なくとも、今回は説明がつけやすい。デズモンドの裏切りに傷つき、彼が語ったアン・バリューのこと、彼女が魔女として火あぶりにされて死んだという話で頭をいっぱいにし、動揺したままベッドに入った。悪夢がそのような場面だったのは何の不思議もない。恐ろしいが、理解はできる。現実ではなく、単なる悪夢だ。

それでも、誰かが火あぶりの刑にされる夢を何週間も前から、アン・バリューの話を聞いてもいないうちから見ているのがなぜなのかは、説明がつかなかった。

体がぶるっと震えた。違う。いま浮かんだ考えはあまりに突飛だ。それについては今夜は考えられない。シスビーはベッドに潜り込み、頭の上まで上掛けを引き上げた。

デズモンドの裏切りの知らせは翌朝、家じゅうに広まっていた。公爵未亡人が一刻も惜しまずその話をまき散らしたに違いなかった。朝食の席では誰もその件に触れないよう気をつけていたが、皆の顔に浮かぶ同情の色がシスビーには耐えがたかった。そのあと、キリアは明るい声でトランプをして遊ぼうと提案し、妹たちはシスビーを娯楽室に引っ張っていった。

「昨夜のことから気をそらそうとしてくれているんだと思うけど」シスビーは、キリアとオリヴィアについて娯楽室に入りながら言った。「今日の私は一緒にいても楽しくないわよ」

「じゃあ、お喋《しゃべ》りしましょう。音楽室に行ってもいいし」キリアはめげずに提案した。

「本屋でもいいわ」オリヴィアは言った。

「やめておく」シスビーは頭を振った。「あまりに腹が立って、何もしたくないの」

「見かけほど悪い状況ではないんじゃない？」キリアがおずおずと言った。

「悪いわ。先週はこれ以上最悪の気分になることはないと思った。でも、苦痛に限界はないとわかったの」シスビーはため息をつき、どさりと椅子に座った。「今の私、まるでおばあさまね。家に訪ねてくる男性を失ったことを壮大な悲劇にしてるんだから」

「デズモンドは単なる〝家に訪ねてくる男性〟じゃなかったでしょう、わかってるくせに」キリアは言った。「お姉さまにとっては悲劇だわ。もっと感情を表に出していいのよ」

「そうかもしれないけど、あなたたちをうんざりさせたくないの」

「もう、私たちがここにいるのはそのためじゃない」キリアはトランプ台の椅子に座り、オリヴィアはシスビーの反対側に座った。二人の顔があまりに真剣で心配そうだったため、シスビーの胸は温かくなった。

「少なくとも前は〝デズモンドは私を愛している、私たちが別れたのは彼の迷信深さのせいだ〟という可能性にしがみつけた。でも、デズモンドが最初から私を愛していなかったことがわかってしまったの。彼の言動はすべてでっち上げだった」

「それは本当なの？」オリヴィアはたずねた。

「自分で白状したも同然よ」

「理解できないわ」オリヴィアは言った。「デズモンドは何をしたの？　デズモンドが盗もうとしているとおばあさまが言っているのは何？」

「おばあさまが持っている古い遺物よ。〈アニー・ブルーの目《アイ》〉と呼ばれているわ」

「オリヴィアが読む物語に出てきそう」キリアが言った。

「実際にそんな感じなの。人が霊を見られるようになる不思議な単眼鏡で」

「幽霊を？」オリヴィアは目を見張った。

「ええ」シスビーは昨夜の出来事とデズモンドの告白について詳しく説明した。「もちろん、おばあさまはデズモンドに〈アイ〉を貸すのを拒否したわ。デズモンドは去って、そこで私たちの〝おつき合い〟は終わった。私は二度とデズモンドに会わないし、彼はいい厄介払いができたというわけ」目に涙があふれてきた。「本当に馬鹿みたい、あの人が私を愛していると思うなんて。私は危険なんて気にしないとまくし立てたわ。デズモンドと一緒にいたかったから。あの人、私のことをとんでもない愚か者だと思ったでしょうね」

「デズモンドが自分のしたことをお姉さまに告白した理由がわからない」キリアは顔をしかめた。「自分の得にはならないでしょう」

シスビーは肩をすくめた。「だから何だというの？　デズモンドは私に、ウォレスとカーソンに近づかないよう警告したかったの。たぶん、それはあの人の優しさだったんでしょう」

「でも、どうしてその前にお姉さまと別れたの？」オリヴィアがたずねた。「自分がいるとお姉さまが危険だと言ったときよ」

「知らないわ。〈アイ〉は手に入らないと気づいて、私を愛しているふりをするのが面倒になったんじゃないかしら」

「もしくは、真実を言っているかよね」オリヴィアは提案した。「本当に最初のうちはお姉さまの身元を知らなかったのかもしれない」

「オリヴィア！　デズモンドの肩を持つなんてどういうつもり？」キリアは妹のほうを向いた。

「そうじゃないわ。ただ、公平でいようとしているだけ。シスビーもデズモンドと出会ったとき、自分の身元を言わなかったんでしょう？」

キリアが一蹴するように鼻を鳴らし、シスビーは言った。「そうなると、デズモンドがおばあさまの〈アイ〉を手に入れようとしているのと同じ時期に、偶然私に出会ったという信じにくい状況になるわ。それに、私はモアランドという名前は言ったの。そこから、私が親族かもしれないとは思ったはずよ」

「デズモンドが知っていたのはブロートン公爵未亡人という名前だけで、モアランドのほうは知らなかったかもしれない」オリヴィアは言い返した。「誰もが貴族のあらゆる爵位と名前に精通しているわけじゃないもの」

シスビーはオリヴィアに向かって顔をしかめた。「今も彼が好きなのね」

「お姉さまを傷つけたことには腹を立ててるわ」オリヴィアは答えた。「それに、デズモンドがお姉さまに黙っていたのは間違っていたし、愚かだったと思う。私が言いたいのは、だからといってあの人が言ったことが全部嘘だとは限らないってこと。たとえ最初はだまそうとしていたんだとしても、そのあとお姉さまに恋したことだってありうるでしょう」

「あなたは小説の読みすぎよ」

「デズモンドのことは忘れて」キリアはシスビーに言った。「これからは――」

「あなたとパーティには金輪際行かない」シスビーは妹を遮った。

「そのことじゃないわ。これからはもう一人の男性と会えばいいんじゃないって言おうとしたの。メイソンだったかしら」

「カーソンよ」

「どっちでもいいわ。パーティにエスコートさせる程度には好意を持ってたんでしょう」

「あれはデズモンドに会えるかもしれないと思ったからよ」シスビーは白状した。「とにかく、私はカーソンには何の興味もないし、あの人も〈アイ〉を追っているの。これからはどんな男性とも距離を保つつもり」

オリヴィアが再び口を開いた。「事情をすべて話したらお姉さまに嫌われるかもしれないとデズモンドが思ったのは、おかしなことじゃないと思うわ。だって、実際そうなったんだもの」ため息をつく。「それから……ええ、私はデズモンドが好きよ」

「じゃあ、あなたがデズモンドと結婚したらいい」シスビーは答えた。

オリヴィアは呆《あき》れたように目を動かした。「つんけんしないでよ。デズモンドを愛してるのは私じゃないわ。でも、デズモンドは頭がよくて面白くて、とても優しい人よ。お姉さまの相手として完璧だわ。すごく幸せだったじゃない」

「私はデズモンドを愛してなんていない」妹たちが信じられないという目で見てきたので、シスビーは訂正した。「少なくとも、今は愛するつもりはない。デズモンドのことは愛さないと決めたの」

「どうやってそれを成し遂げるつもり？」キリアはたずねた。

「研究に没頭するわ。この数日間はたるんでいたけど、これからはとにかく集中する。デズモンド・ハリソンに私の人生をかき回されたりはしない」

「おばあさまの予言は当たってるのかしら？」オリヴィアは言った。「デズモンドが本当に危険な気がしてきたものだから」

シスビーは言い返した。「本気でおばあさまに未来が見えると思うの？」

「いいえ、そうじゃないけど」

「おばあさまはいつもどおり、作り話をしているのよ」キリアは言った。「あの人がどれだけ芝居がかったふるまいが好きか知ってるでしょう。デズモンドのことが気に入らなかったから、あの人を放りだしたうえ、自分を偉大に、神秘的に見せるとっておきの方法を考えついたのよ」

オリヴィアは鼻を鳴らして笑った。「本当におばあさまが嫌いなのね」

「おばあさまが私を嫌っているの」キリアは反論した。「自分がおばあさまのお気に入りじゃないのは構わないけど、祖母というのは少なくとも孫のことは好きなのが普通でしょう？」

「あなたがお母さまに似ているからよ」シスビーはキリアに言った。

「わかってるわ。それでも——」

「おばあさまにしょっちゅう、あなたは〝見える〟だの、自分に似ているだの言われないんだから、喜んだほうがいいわ」オリヴィアも言い添えた。「確かに小説で読む幽霊は楽しいけど、私も自分が実際に幽霊に出会うとは思っていないし」

「アニー・ブルーのことも全部でっち上げだと思う？」キリアはたずねた。

「おばあさまに全部はでっち上げられないわ」シスビーは言った。「デズモンドもあの単眼鏡のことをそう呼んでいたもの、〈アニー・ブルーの目《アイ》〉って。だから、その女性にまつわる何らかの伝説はあるはずよ」

「その女性が魔女として裁かれた部分も事実かもしれないわね」キリアは言った。「一六〇〇年代には魔女裁判がたくさん行われていたから」

「テューダー朝にも多かったわ」オリヴィアは同意した。「血まみれのメアリーとか」

「メアリー女王が処刑したのは異教徒よ。でも、それをいうなら、魔女も異教徒なんでしょうね」キリアはつぶやいた。「呼び名は何であれ、ぞっとするわ」

「おばあさまはそういうのも好きそう」オリヴィアは指摘した。

「誰に話を聞けばいいかはわかってるわよね」キリアはシスビーに言った。「ベラード大叔父さまよ。この女性について何か知っている人がいるなら、それは大叔父さま以外にいない」

「大叔父さまにきいてみるわ。そんな戯言《たわごと》で時間を無駄遣いしたい気分になったら、ね」シスビーは言った。「でも、今は研究に時間を費やすつもり」

その言葉とは裏腹に、翌朝シスビーは、離れた場所にある大叔父の部屋へと向かっていた。昨日の午後も研究はうまくいかず、夜はまたも炎の中に立つ女性の夢を見たせいで、あまり眠れなかった。今朝も研究がはかどるとは思えなかったため、〈アイ〉に関する何らかの情報を得ることに時間を使ったほうがいいと考えた。それに、正直に言うと、好奇心が強すぎてこのまま放っておけなかったのだ。

「シスビー？」ベラードはいつもの物柔らかな笑顔でドアを開けた。「元気かい？　コーネリアおばあさまは一緒じゃないかな？」狼狽《ろうばい》したように、廊下の先に目をやった。

「ええ。おばあさまは私がここにいることも知らないわ。大叔父さまの部屋の場所さえ知らないんじゃないかしら」

「よかった」ベラードは嬉《うれ》しそうにうなずき、シスビーを居間に案内した。「入って、入って」

いつもどおりベラードが再現した戦闘場面が、至るところにあるテーブルに散らばっていた。部屋の壁には背の高い本棚がびっしり並び、本は床にも椅子にもテーブルの空いたところにも積み重なっていた。

「お茶を飲むかい？　ドリスがちょうど新しいポットを持ってきてくれたんだ」

ドリスという名のメイドはこの家にいないが、シスビーは指摘せずにおいた。大叔父は遠い昔の誰かのものでないかぎり、人の名前には少しも興味がないのだ。

「スコーンも持ってきてくれた」ベラードはシスビーに向かって目をきらめかせた。「エメリーンはいつも、コーネリアの滞在中に私が飢え死にするんじゃないかと心配するんだ」

「おばあさまはしばらくここにいるみたい」

「ああ、ハーマイオニーがバースにいると聞いた。まあ、少なくともハーマイオニーはこっちに来ないのはいいことだ」ベラードは一つの椅子から本を片づけ、シスビーにお茶を注いだ。「お前もコーネリアから隠れているのか？」

「いいえ、でも私の質問はおばあさまに関係しているの。大叔父さまはアン・バリューという女性のことを聞いたことがある？」ベラードが考える体勢に入り、腕組みをして本棚の上段を見上げている間、シスビーは続けた。「錬金術師だったと思うの。魔女として火あぶりにされたそうよ。といっても、その人が実在したのかどうかもよくわからないんだけど」

「アン・バリュー。アン・バリュー。聞いたことはあるな。どこに住んでいた？」

「知らないわ。魔女として処刑されるくらいだから、だいぶ昔の話だもの」

「該当すると考えられる期間はかなり長い。人は昔から、自分が理解できないものを恐れてきた。中世。十七世紀にランカシャーで行われた魔女狩り。といっても、錬金術師というならそれよりは前だろうな。錬金術師というのは、科学者に近い存在だ。知識の限界を押し広げる学識者。エリザベス女王の顧問ジョン・ディーは、とても有名で尊敬もされていた。でも、女性が錬金術師になるのは珍しいな……待った」ベラードは指を一本上げた。「アン・バリュー。アニー・ブルー。そう呼ばれていたはずだ。ジョン・ディーから思い出した。アンはジョン・ディーの弟子か何かだよ」

「じゃあ、エリザベス朝の頃？」

「ああ、あるいはもう少し早くて、メアリーの治世だったかもしれない。どちらの時期にも異教徒の処刑が多く行われたから」ベラードは肩をすくめた。「でも、私が知っているのはそこまでだ」

「その人がおばあさまの先祖だった可能性はあると思う?」

「アン・バリューが?」ベラードの声には驚きがあらわになっていた。「そんなことはありえないと思う。コーネリアは古くからの高貴な血筋の出だ。その中に錬金術師がいたとは考えにくい。魔女もね。誰がそんなことを言ったんだ?」

「おばあさまよ」

「コーネリアが自分で?」ベラードの眉が跳ね上がった。

「ええ。おばあさまの力はそこから得ているんですって」

「コーネリアの力? ああ……」ベラードの表情が晴れた。「アン・バリューは心霊の世界とも交信ができたんだったな?」

「伝説では、アンにはそれができて、心霊が見えるレンズのようなものを使っていたとされているそうよ」

「面白い。コーネリアはその魔法のレンズとされるものを持っているのか? それとも探しているだけ?」

「おばあさまは装飾のついた大きな単眼鏡を持っていて、それは〈アニー・ブルーの目《アイ》〉と呼ばれているそうよ」

「それはまた……」

シスビーはうなずいた。「その伝説は広く知られているみたい。アン・バリューは実は良家の出身だったとおばあさまは言っていたわ。一般的に考えられているような庶民ではなかったんですって」

「コーネリアの言いそうなことだよ」ベラードは上唇をとんとんとたたいた。「そうだな……コーネリアの旧姓はベリングハムだったかな？」

「ええ、でも〈アイ〉の存在に初めて言及があったのは、祖先の家を訪れた誰かの手紙だったの。持っていたのはアーバスノット・グレイ。だから、そこまでさかのぼればいいんじゃないかしら。そうすれば、調査の手間が少し省けるわ」

「グレイ……グレイ……」ベラードは再び上唇をたたいた。「コーネリアが、自分の祖母はグレイ家の出身だと話していた気がする。あの悲劇のグレイ家とは別だ。かわいそうなジェーン……ダドリーとかかわったのは賢明ではなかった。もちろん、ジェーンにも正統な王位継承権はあったが、メアリーやエリザベスに比べると本筋から遠かったんだ」

「ええ、大叔父さまの言うとおりね」シスビーは同意し、元の話題に引き戻した。ベラードが歴史の話を始めると、何時間も続くのだ。「大叔父さまは、おばあさまの系統のグレイ家の家系図は持っているのかしら？」

「そうだ、そうだ、自分が何をしているのかすっかり忘れていた。テューダー朝のことになると、すぐ気を取られてしまう。コーネリアのグレイ家はコッツウォルズの出身だったな。それなら持っている」ベラードは椅子から飛び上がって本棚に向かった。

シスビーの前で、ベラードはときおり独り言を言い、一度ははしごを別の場所へと押しやりながら本棚を捜した。「おお！　あったぞ、『コッツウォルズの名門諸家』。少々大げさな題名だと思わないか？」分厚い本を引き抜く。「実際に載っているのは、コッツウォルズの家系の半分くらいだ」

ベラードはブリキの馬と大砲をいくつか脇に押しやって、テーブルに本を置き、ページをめくり始めた。「グレイ、グレイ……グッドウィン、ゴートン……あった、グレイ、これだ」室内をきょろきょろしたあと、上着のポケットを捜す。「眼鏡はどこに行った？」

「頭の上よ」シスビーは言い、大叔父のいるテーブルに近づいた。

「おっと、そこだったか」ベラードは笑みを浮かべ、眼鏡を鼻にかけた。身を屈《かが》め、読み始める。「驚いた、ノルマン征服までさかのぼれるのか」親指で一、二ページめくる。「あった、これだ。アーバスノット」指でそのページを上までたどり、次のページをめくって同じことをした。

「おばあさまが言うには、〈アイ〉は母から娘へと受け継がれているんですって。だから、アーバスノットの妻か母親の家系なんじゃないかしら。ここにはその家系図も載ってる？」

「コッツウォルズの家系でなければ載っていないよ。ここにあるのは妻たちの旧姓と生没年だけで、その項目が不明の者もいる。妻の名前が空白のこともあるね。アーバスノットの妻、セシリー・ハーグリーヴズはウェールズ出身か……」ベラードはさらに数ページめくり、その家系を調べ始めた。「セシリーの母親はペンバートン家のようだ。父方の祖母はキャリントン。これはちょっときりがないんじゃないか？」

シスビーはため息をついた。「望みのない追跡かもしれないわね。すべての可能性をたどるには時間がかかりそう」

「いやいや、気を落とすことはない。作業を分担しよう。私は家系図をたどる作業を続けるよ。この種の調査には慣れているからね。お前はテューダー朝の歴史を調べて、錬金術師や、このアン・バリューという人物への言及を探すんだ。ジョン・ディーの伝記を当ってもいいだろう、きっと役に立つ。そうだ、思い出した！　アルフレッド・サイミントンが著書を送ってくれていたんだ。ときどき手紙のやりとりをしている人なんだが、私より民間伝承に詳しい。何という題名だったかな？　魔女の言い伝えに関する本だったはずだ。私の興味の対象ではないから、まだ読んでいないと思う。でも、どこかに置いてあるはずだ。知り合いの本だし、どっちにしても、本を簡単に捨てるわけにはいかないから」

シスビーは本棚のほうを向き、一列ずつ見ていった。「あるとしたらどのあたりかわかる？」

「それが、さっぱりだ。歴史か宗教に関する本のあたりか、あるいは……いや、正直に言うと、どこにあってもおかしくない」ベラードは顔を輝かせた。「オリヴィアを呼べばいい。あの子は本を探し回るのが好きだ。最近はよくここに来るんだよ」

当然ながら、オリヴィアは喜んでラテン語の文法書を放りだし、ベラード大叔父の部屋にやってきた。シスビーが錬金術師を見つける作業をし、オリヴィアは魔女について調べる作業を引き受けた。ベラードはときどき歴史上の出来事とのつながりに気をとられ、オリヴィアはアメリカの心霊主義に関する議論に寄り道した。シスビーも一度、脇にそれてアイザック・ニュートンの伝記を読んでしまった。だが、三人とも自分の分担を守り、お茶の時間を通して作業を続けた。

アン・バリューについては何もわからなかったが、三人は翌朝も粘り強く調査を再開した。ベラードはコーネリアの血筋を一つずつたどったが、ついにきっぱりと、コーネリアの先祖にバリュー家の人間はいないと宣言した。

「ただ、コーネリアの祖父のいとこの中に、絞首刑にされた人がいたのはわかった」ベラードはいたずらっぽく目をきらめかせて言った。「ジャコバイトだ。植民地への追放ですんでいたはずなのに、裁判官の法の理解度に疑問を呈して、相手を怒らせたらしい」

「いかにもおばあさまの先祖らしいわね」シスビーは笑った。オリヴィアのほうを向く。「何かわかった？」

オリヴィアは頭を振った。壁を背にして床に座り、周囲に本の砦《とりで》を築いている。「アメリカに、自分たちが霊と交信《チャネリング》できると思わせた姉妹がいるって知ってた？　降霊会を開いて、そこで霊のラップ音が聞こえるとか何とか言って。どうして幽霊は何かをたたく音《ラップ》は出せても話すことはできないのかしら？」

「たぶん、その姉妹にはおばあさまみたいに死者と話せる〝才能〟がないからでしょ」シスビーは妹ににやりと笑ってみせた。

「ほとんどの人は、姉妹はラップ音なんかを自分で出していると考えているの。でも、支持者はすべて事実だと言い張ってる。心霊主義《スピリチュアリズム》はアメリカで信仰に近いものになっているのよ」

「それはイギリスにも入ってきているわ」シスビーは言った。「デズモンドの師匠は心霊写真術をニューヨークから来た誰かに学んだそうよ」

「心霊写真は確かに興味深いわ」オリヴィアは認めた。「私が思うに、前にも使ってきちんと洗わなかった感光板を使っているんじゃないかしら」顔をしかめる。「悲しみに暮れている人にそんなものを見せるなんて、本当にひどい仕打ちだと思うけど」

「そのとおりよ」

「今何と言った？　心霊主義？」ベラードが本から顔を上げた。「シスビー、それはお前を訪ねていた、あの感じのいい若者の専門じゃなかったか？」

「デズモンドは心霊主義者ではないわ」シスビーは反論した。「デズモンドは科学者で、霊の存在を証明もしくは反証するための実験を……」オリヴィアの視線に気づき、唐突に

かった？」

言葉を切った。「デズモンドの考えはどうでもいいわね。アン・バリューのことは何かわ

「いいえ。大叔父さまのお友達が書いた本がまだ見つかっていないの」

「友達というよりは文通相手だね」ベラードは言った。「でも、その本はここにはない」部屋中に散らばった本を手で示す。「ここにあるのは、私が今使っている本なんだ。その本は本棚のどこかにしまってあるはずだ。そっちは見てみたかい？」顔を振って反対側の壁を示す。

オリヴィアは立ち上がり、その本棚に近づきかけたが、途中で足を止めた。「グレーツがやってきたみたい」

確かに、小さな足がたてるどたどたという音が聞こえ、幼い双子の接近を知らせていた。「あの子たち、走らないではいられないのかね。もちろん、足音が聞こえるのはいいことだけど……こっちは心の準備ができるから」

ベラードはシスビーの視線が軍隊のフィギュアに向けられたことに気づいた。「心配いらない。あの子たちは兵隊には行儀よくするから。ただ、アレックスには困った癖があって、ときどきポケットに一人入れてしまう。もちろん悪気はないんだ。モアランド家の収集癖を受け継いでいるんだろう」

コンが叫びながら部屋に飛び込んできた。「僕の勝ち！」

アレックスがとっさに抗議した。「僕はミス・ケイティを案内してきたんだよ」天使のような顔で子守りを振り返る。

「ええ、そうですよね」その女性は言い、アレックスを抱き上げて、大きな音をたてて頬にキスをした。「それでも、ビスケットはお茶の時間までは食べてはだめよ」

「僕も案内したもん」コンは取り残されたくない一心でそう言い放った。

「そうね、あなたたち二人がいないと、私はこのお屋敷で迷ってしまうわ」子守りは明るく同意した。

デズモンドは少なくともこの家にケイティをもたらしてくれた、とシスビーは思った。この女性は天の恵みだった。双子を楽々と捕まえ、それまでのどの子守りよりもうまく双子を操縦した。

双子とベラードはそれからの数分間、新たなコレクションを鑑賞して過ごし、双子は驚くほど静かにしていた。コンでさえ、いつものようにぺちゃくちゃ喋らなかった。双子はしばらく感銘を受け、真剣な議論をしたあと、兵隊の前を離れた。姉たちに飛びついてハグとキスを欲しがり、ドアを飛びだしてホールを駆けていくと、ケイティがあとを追った。

部屋は再び静まり返ったが、やがてオリヴィアが叫んだ。「あった！　見つけたわ！」

「サイミントンの本か？」ベラードはたずねた。「よくやった」

オリヴィアはその本に目を通しながら、自分の本の巣まで戻ってきた。「中世。十四世紀。テューダー朝。この章、すごく長い」ページをざっと眺め、突然目を丸くした。「あった！　シスビー、ここに載ってる！」顔を輝かせ、姉を見上げる。「アン・バリューよ」

「何て書いてある？」シスビーはオリヴィアのもとに駆け寄った。

「ドーセット出身ですって」オリヴィアはそのページに目を走らせた。

「ドーセット。デズモンドの故郷だわ」

「それって重要なことなの？」オリヴィアはたずねた。

シスビーは、初めて〈アイ〉のことを話してくれたときのデズモンドの言葉を思い出さずにはいられなかった。おばが、彼をアン・バリューの子孫だと信じていたと。だが、二人がドーセット出身だという事実は、何の証明にもならない。ドーセット出身の人などいくらでもいる。シスビーは首を振った。「もちろん違うけど……ただ、気になって」

「続けてくれ、オリヴィア」ベラードが二人のもとに来た。

「夫や子供がいたかどうかは書いていない。〝当時としては知識の豊富な女性で、高い教育を受け、非常に尊敬されている錬金術師だった〟って。ジョン・ディーの仕事仲間で、ロンドンに引っ越したらしいわ。〝一般大衆にはアニー・ブルーとして知られ、強力な魔女で、死者と話ができ、命令すらできると信じられていた。死霊魔術師として恐れられ……〟」オリヴィアは顔を上げた。「これってどういう意味？」

「死者を蘇《よみがえ》らせることができたという意味だと思う」ベラードが重々しく答えた。

オリヴィアは口をぽかんと開けた。

「ほかには何て書いてあるの？」シスビーはオリヴィアの手から本を奪い、開いているページを見た。

アン・バリューという名前の上に、面長の顔に黒い、強く訴えかけるような目をし、黒髪をまとめた女性のイラストが載っていた。

シスビーの全身が凍りついた。それは、悪夢に出てくる女性だったのだ。

# 19

「シスビー？　大丈夫？」オリヴィアがシスビーの顔をのぞき込んだ。

シスビーは少しも大丈夫ではなかったが、夢のことは誰にも言うつもりはなかった。正気とは思えない。

「私、ただ……アンの絵を見て驚いたんだと思う。絵があるとは思ってなかったから」

「そんなにおかしなことではないよ」ベラードは言った。「金を持っている人間は自分の肖像画を描かせることが多い。アンがそれだけ有名なら、ある程度金を貯《た》めていてもおかしくないからね」

「服装からもそれがわかるわ」オリヴィアは同意した。

「これは本当に当時描かれた肖像画だと思う？　それとも、ずっとあとになって誰かが想像で描いた絵かしら？」シスビーは絵から目がそらせないまま尋ねた。

「どうだろう。印刷用の版を作るには、元の肖像画の版画がなくてはならない」ベラードは言った。

それがアン・バリュー本人だろうが、想像上の彼女だろうが、悪夢で見た女性とよく似ている事実は変わらなかった。そんなことはありえないのに……。

ベラードは挿絵をまじまじと見た。「これはアンが生きていた時代に描かれたんじゃないかな。様式が当時のほかの肖像画とよく似ている。少しのっぺりとしていて、エリザベス朝の絵画の特徴があるよ」

「あまり上手ではないわね」シスビーは言った。

「肖像画家は大勢いたから、技術が低い者も多かったんだろう」

シスビーはうなずいた。これがアン・バリューの正確な外見であることを証明するものは何もない。たとえ当時描かれたのだとしても、画家は顧客を喜ばせようとして、エリザベス朝の理想に近い容姿にしたのかもしれないし、うまい画家が描いたものでもない。そのあと、版画職人がそれを模写したのだから、絵はまたいくらか変わったはずだ。

これは脳が起こしたいたずら――それだけだ。いかさま心霊写真の犠牲者のように、もともと自分の意識にあったものを見ているのだろう。黒い髪と目、面長の顔など、二人の女性には確かに共通点があるため、意識が都合よく両者を一つに融合させたのだ。祖母に未来を見ることができないのと同様に、シスビーが今まで見たことのない女性を夢で見ることはできない。

「アンのことはどう書かれてる？」シスビーは一歩下がった。絵を見たくなかった。

「〝不道徳で異教徒的な行い〟を告発され、一五五七年一月二十七日に火あぶりの刑に処された、とだけ。主に、隣人と錬金術師ジョン・チザムの証言がもとになったみたい」オリヴィアは目を丸くした。「この錬金術師が、アンが墓場で死者を呼びだしているところを見たと宣誓証言したんですって」

「嫉妬だ」ベラードが指摘した。「些細《ささい》な縄張り争い、羨望、不安……これらが異教徒や魔女の告発を生みだすんだ」

「書かれてるのはここまでよ」オリヴィアは肩をすくめ、本を閉じた。「〈アイ〉のことも、そのほかの魔法の装置のことも書かれていなかったわ」

「でもこれで、アンがメアリー女王の処刑で死んだことがわかった」ベラードはガラス張りの本棚に早足で向かった。「〝血まみれのメアリー〟は在位中に三百人近くを処刑し、イングランドをカトリック信仰に戻そうとしたんだ。何といっても、キャサリン・オブ・アラゴンの娘だからね」

「人を燃やしても、不信仰者に戻ってきてもらえるとは思えないけど」シスビーはつぶやいた。

「宗教は狂信者の手にかかると恐ろしいものになりうる」ベラードは答えた。「火あぶりはイングランド全土で行われ、ロンドンではスミスフィールドで執行されたんだ」

「市場があるところ?」オリヴィアはたずねた。

「ああ。聖バーソロミュー病院の前だ。数少ない広い野外空間の一つで、旧市街の塀のすぐ外にあった」

シスビーの背筋がひやりとした。夢の中の女性が観衆の前を通り過ぎ、処刑台に向かった広場が思い出される。「そこに群衆が集まったのね」

「ああ、大衆はいつだってその種の見世物が見たくてたまらないんだ」

「囚人はどうやってそこに行ったのかしら？　歩いて？」シスビーは自分の夢を否定する答えを期待してたずねた。

しかしながら、ベラードはうなずいた。「ああ、ニューゲート監獄のすぐ近くだからね。もちろん、今の監獄とは別だ。旧監獄は一六六六年のロンドン大火で焼け落ちて、同じ場所に再建された。ギルトスパー・ストリートを少し歩いたところに処刑場があったんだ」

シスビーは胃がむかついてきた。「旧ニューゲート監獄って……両側に塔があったりした？」

「ああ、そうだ」ベラードはシスビーの知識にほほ笑んだ。「見てみよう」隣の本棚を眺める。「ほら、ここにあった」一冊の本を開き、ページをめくってからシスビーに差しだした。「これが当時のニューゲート監獄の姿だ」

それは悪夢の中で見た建物だった。シスビーは本を大叔父に返したが、手は震えていた。

ベラードはすでに別の本を引きだしていて、嬉《うれ》しそうに言った。「さあ、これが何かの参考になるはずだ。『殉教者列伝』だよ」テーブルの上の紙類を押しのけ、本を置く。

「『殉教者列伝』って何?」オリヴィアが二人のもとにやってきた。

「キリスト教の殉教者をごく初期から列挙した本だ……膨大な作業だよ。ジョン・フォックスはこれをエリザベス朝のはじめに書いた。当時、とても大きな反響のあった本だ。本自体が少なかったから人気を博した。字が読めない人も、陰惨な拷問や死のさまざまなイラストを見ることができたんだ」ベラードはすばやくページをめくった。「この本は網羅する範囲も広いし、説明も詳しい。我々の目的にとって重要なのは、メアリー女王時代の殉教者だ。ええと……あった、一五五七年」

ベラードはページをめくる速度を落とし、行を指でなぞり下ろしながら、小声でつぶやいた。「こんなにある……時には一日に何件も」頭を振る。「一月……これだ」勝ち誇ったように、一つの段落を指でたたいた。「アン・ベロー。これが我々の目当ての女性に違いないな? 当時は綴《つづ》りが移ろいやすかったから」

「何て書いてあるの?」シスビーは身を乗りだし、ベラードの反対側にいるオリヴィアも同じようにした。

「残念ながら、ほとんど何も。その日に火あぶりにされた六人の殉教者の一人として列記されているだけだ。〝アン・ベロー、細工人〟」

「細工人って何?」シスビーはたずねた。「職業?」

「ものを作る人という意味だ。職人とか発明家とか」ベラードはため息をついた。「殉教者としてさえ、女性は不当な扱いを受けることが多かったんだろう。こっちの人は誰かの〝妻〟としか書かれていない。それからもちろん、アンの異教徒的行いはプロテスタント信仰のことではない。これほど多くの女性が処刑されたのは実に異様だという指摘はすでにされている。一月三十一日には五人の女性が処刑された」ベラードはシスビーを見た。

「すまないね、シスビー。わかるのはここまでだ」

「これ以上はきっと無理よ、ありがとう」シスビーは室内の何百冊もの本を見回した。突然自分を取り巻く世界が変わったかのような、妙な、どこか他人事のような気分だった。

「とりあえず、アンが実在したことはわかったわ」

「それに、おばあさまが言っていたとおり、死者と話ができると思われていたことも」オリヴィアがつけ加えた。「アンは〈アイ〉を使っていたのかしら？　それをのぞいたら何が見えると思う？」

シスビーは言った。「私が思うに、それはプリズムや鏡の類いでできた万華鏡のようなものじゃないかしら。のぞくとぼんやりした曖昧な光景が見えて、信者はそれを自分の望むように解釈するの」アン・バリューの絵に対する私の反応のように。「ごめんなさい、大叔父さま。時間の無駄遣いをさせてしまったわね」

「シスビー、少しも無駄なんかじゃなかったよ」ベラードはシスビーの手を取ってぽんとたたいた。「楽しかったし、追跡を始めた以上、引き続きコーネリアの家系はたどろうと思う。どんな面白い話に出合えるかわからないからね」

「私は研究に戻るわ」シスビーはオリヴィアのほうを向いた。「あなたの時間も無駄にしてしまったわね」

「私はこのままここにいるつもり」オリヴィアは言った。「アメリカの降霊会についてももっと知りたいから」

シスビーは研究室に戻ったが、集中できないことはわかっていた。自分が知った事実に動揺しすぎていた。悪夢に現れるのはアン・バリューだ。その確信が、胸の中に鉛のように横たわっていた。

そんなことはありえない。論理的ではない。それでも、自分が見たものは否定できなかった。不安になるからという理由で、浮かんできた見解を退けることはできない。そもそも、科学に必要なのは偏見に囚《とら》われない姿勢だ。科学者は事実に従う。そして、シスビーがアン・バリューの顔を知っていたことは事実なのだ。

だが、見たこともない女性をどうやって夢に見ることができたのだろう？　彼女が火あぶりになったと知る前に、なぜ火の夢を？　二百年前に消えたアン・バリューの処刑現場や旧ニューゲート監獄を、どうやって再現したの？

これらの夢は何を意味するのだろう？　なぜそれを見るのが自分なのだろう？　死者と

意思疎通する能力があるのなら、祖母のほうがこのような夢を見そうなものだ。アン・バリューが抱いた感情を、なぜ本人になったかのように感じたのだろう？

このことについて誰かと話したかった。デズモンドの名は脇に押しやった。テオ？　キリア？　だが、二人とも私以上にこの話を理解してくれるとは思えない。それに、正気を疑われそうだ。もしかすると、実際に正気を失っているのかもしれない。

祖母なら少なくともこの話を信じてくれそうだが、話を大きくし、都合のいいように解釈するだろう。自分たちがアン・バリューの子孫であるという持論が証明されたとうそぶきそうだ。

問題は……もし祖母の言うとおりだったら？

アン・バリューが公爵未亡人の先祖である証拠は何も見つからなかったが、先祖ではないという証拠もやはり見つからなかった。アン・バリューの血が母から娘へと何世代にもわたって受け継がれ、それがシスビーと妹たちまで続いているとしたら？　アンが子孫に語りかけ、遠い先祖に自分がいることをシスビーに思い出させているとしたら？

この奇妙な状況において、それがほかの何よりも筋の通った解釈だった。三百年も前に亡くなった女性の夢を見るなんて、ほとんど狂気の域に達している。しかしながら現に今、これまで理性的な人間だったシスビーが、アン・バリューの悪夢が自分に何を求めているのかを解明しようとしている。

アンはシスビーに助けを求めていた。〝私を救って〟と言っていた。いや、〝彼を救って〟だったかもしれない。我が子のことを言っていたのだろうか？　あの夢の直後に、正確な言葉を書き留めておけばよかった。もし、アンが死の苦しみの中で最後に思ったのが自分の子供のことであるなら、筋は通っている。だが、シスビーに何ができるだろう？　アンやその子供は三百年以上も土の中にいるのに。

気づけばこうして、悪夢の中で見た人物をまるで知り合いかのように〝アン〟と呼んでいる。まるで、その人物がシスビー自身の想像の産物ではないかのように。

シスビーは夢のことをいったん忘れようとしたが、痛む歯に舌を当ててしまうように、思考はたびたびそこに戻った。幸い、夢は見なかったが、ほとんど眠れない夜を過ごしたあと早起きし、朝食の盆を持って大叔父の部屋に向かった。

小さくノックし、ドアを細く開けて、中をのぞき込む。ベラードはノックの音が耳に入らないこともよくあるのだ。大叔父はテーブルの前に座り、目の前に大きな本を置いて、メモに走り書きをしていた。

ベラードは顔を上げてにっこりした。「ああ、シスビー。もう朝食の時間か？」窓に目をやる。「カーテンを開けないと」

「私が開けるわ」シスビーは盆をテーブルに置き、離れた壁に並ぶ窓のカーテンを開けに行った。

ベラードのもとに戻ってくると、大叔父は朝食を半分平らげていた。「気づかないうちにお腹がぺこぺこになっていたらしい」

「昨夜は夕食を食べなかったものね」シスビーはベラードの向かい側に座り、二人ぶんの紅茶をいれた。

「本当に？」ベラードは首を傾《かし》げた。「そういえばそうだな。先祖の調査に夢中になってしまってね。昨日はたどらなかった血筋もいくつかたどってみた。まだバリュー家には行き当たらないが、アンの一族が名字を変えたというコーネリアの言い分に一理あるのは間違いない」

「私たちは本当にアン・バリューの子孫だと思う？」

「見当もつかないね」ベラードはにっこりした。「でも、それを追跡するのはものすごく楽しいよ。さあ、お前がこんなに朝早くここに来た理由を教えてくれ」

シスビーは勢いをつけるために紅茶を飲んだ。「ベラード大叔父さま、大叔父さまは私が知っている中で誰よりも知性のある人だわ」

「ありがとう、シスビー」ベラードはシスビーの手をぽんとたたいた。「でも、そういうことを判断するのは難しい。ヘンリーもとても賢いし、ハーマイオニーもその使い道を間違っているだけで頭はいいからね」

「私、大叔父さまの意見をききたいことがあって……」シスビーは自分の夢について、アン・バリューの肖像画について、それらのつながりに関する荒唐無稽な推論について話した。話し終えると、問いかけた。「これって現実にありえることだと思う？　それとも、私の頭が変になったのかしら？」

「わからないな。どちらでもおかしくないと思う」ベラードはシスビーが正気を失ったことを警戒している様子はなかった。「夢の内容について考えてみよう。まず、お前は柱に縛られる夢を見たあと、火あぶりにされる夢を見て――」

「実は、それより前にもおかしな夢を見たの」シスビーは言った。「火もアン・バリューも出てこなかったんだけど、ほかと同じように奇妙で、リアルな夢だったわ。何かが私を追いかけて、捕まえようとしていて、そのあと……何かに脚をつかまれて目が覚めたの」

そのあと見つけた脚の爪痕のことに触れるのはやめ、火ぶくれと指先のすり傷のことも省略した。たとえ偏見のない大叔父であっても、人に話すにはあまりに異様な話だった。

ベラードは椅子から立ち上がり、本棚から本を一冊抜いた。「なるほど。つまり、最初の夢では何かがお前を捜していて、そのあと、お前は拘束と火あぶりを、自分が処刑される立場として経験した。最後に、同じ状況にあるアン・バリューを見た。つまり、あの錬金術師の霊……ほかにいい表現がないからそう言うが、それがお前と意思疎通する方法を見つけたのだとしたら、最初の夢でお前を捜していたのは彼女なのかもしれない。そして、お前を見つけた。お前が火あぶりを経験したときには――」

「彼女が私の中に入った？」シスビーの声は上ずった。「私を操縦していると？」

「いや、お前に取りついているわけじゃなくて、そこで自我を確立しようとしたんじゃないかな」

シスビーは目を見張った。「処刑を見た最後の夢で、彼女はそれを成し遂げたのね」

「そのとおりだ」

「でも、大叔父さま、それは……それは論理的ではないわ」

「ああ、そうだな」ベラードは明るくうなずいた。「でも、そんなふうに考えるととても面白いだろう？」

「だからといって、私が正気だと証明されたわけじゃない」

「そのことは心配しなくていいさ」ベラードは手を伸ばし、シスビーの手をぽんとたたいた。「さっき私を褒めてくれたが、お前も私が知る中で最も知性ある人間の一人だ。それに、我々モアランド家の中で、誰より地に足の着いた人間でもある。まあ、リードも同じくらい現実的だとは思うが。お前は物事をきちんと見られるし、思考は明晰《めいせき》で、不条理なことは決して信じない。誰もお前が空想の世界に生きているとは思わないし、まして正気を失ったなどありえないよ」

「ありがとう」シスビーはほほ笑み返した。「でも、自分ではなかなかそう思えないの。だって、全部が不条理すぎるわ」

「不条理だと見なされていた事柄が、のちの世で正しいと証明されることは多い。宇宙は無限だが、それについて人が理解できることは少ない。何かが起こったときにその仕組みを説明できなくても、それが起こらなかったことの証明にはならないんだ」

「そのとおりね」シスビーはうなずいた。それは昨日の午後に考えたことと同じだった。

「いつかの午後、お前のあの若者と私で、そのような問題に関する話をしたね。ミスター・ゴードンの研究は世間では軽蔑されているが、我々は思考の幅を狭めすぎているのではないか？ そういった事柄を即座に退けるのではなく、探究すべきではないか？ そうだとしたら、コーネリアが長年言い続けていることにも同じ原則を適用するべきではないか？ 自分が心霊を見ることができないからといって、コーネリアにもそれができないことの証明にはならないのでは？」

大叔父がデズモンドに言及したことでシスビーの胸は締めつけられたが、それを無視して言った。「でも、おばあさまの話はいつも、あまりにも――」

「仰々しくて、自分に都合がよすぎる？」ベラードはたずねた。「そのとおりだし、コーネリアは話を大げさにしているんだろうと思う。でも、人が嘘をついたり誇張したりするという事実も、その人が一つも真実を言っていないことの証明にはならないんだ」

「私はどうすればいい？ こんな夢を見ないようにしたいの。もし意味を解明できたら、見ずにすむようになるんじゃないかと思って」

「コーネリアと話をするべきだと思う」ベラードは答えた。「私なら、その〈アイ〉とやらを調べる。それを使って実際に何が見えるのかを確かめる。可能性を追求しなければ、どんな結論も出せない」

「そのとおりね」どんなに癇《かん》に障っても、祖母と話をしなければならないのだ。

シスビーが予想したとおり、公爵未亡人はいらだたしいほど喜んだ。「あなたもついに光を見たのね。孫娘の誰かが自分の才能に気づくのを、私は長い間待っていたわ。それが私の娘ではないことはわかっていた。パトリシアは気が小さすぎるもの。オリヴィアだろうと思っていたけど、あなたたち二人がという可能性も――」

「おばあさま、私には才能なんてないわ。幽霊が自分のまわりをうろついていたら、とっくに気づいているはずだもの」

「才能が育つのに時間がかかるかもしれないけど、そのうち使えるようになるわ」公爵未亡人は満足げに言った。「あなたはそれを受け入れる気になったんだから」

「私はアン・バリューについて詳しく知りたいだけよ。アンが名前を変えたのなら、おばあさまはなぜ彼女が自分の先祖だとわかったの？」

「残念ながら、アン本人とはまだ一度も交流できていないの。アンについて私が知っているのは、祖母が話してくれたことだけよ。アンは錬金術師で、人々の尊敬を集めていて、女性でありながら同業者に受け入れられていた。でも、アンはただ賢いだけではなかったの。才能があった。それまでの誰よりも……それをいうなら、その後の誰よりも力強い才能が」

「その力というのがよくわからないの。それは魔法のこと？　アンは魔女だったの？」

「魔法なんて存在しない。アンは薬も調合しないし、魔術も使わない。五感の先にある能力を持っていたの。その感覚を持つ人はごく少数で、持っている人のほとんどはそれを認めないわ。不快な才能だから」

「ええ、そうでしょうね。〈アイ〉は正確には何をするの？　おばあさまはあれを使ったことがあるの？」

「ええ、ときどき使うわ。ただ、ふだんは使わなくていいくらい私の能力は強いの。空中にいる心霊を見やすくする装置だから」

「おばあさまには本当に初代公爵が見えるの？　おじいさまも？」

公爵未亡人は力強くうなずいた。「親しい人のほうがよく見えるわ。もちろん、死霊魔術とかいうのはすべて戯言《たわごと》よ。死者を蘇《よみがえ》らせることはできないし、正直に言って、なぜそんなことをしたがるのかもわからない。黴《かび》くさい死体に歩き回ってほしい人がいる？」

「でも、アンはそれができると思われていたのよね」

「ええ、そうよ、その伝説は今も残っているわ」

「家族は？　私たちがアンの子孫なら、子供がいたはずよね。子供はどうなったの？」

「そのことは本当にわかっていないの。人里離れた場所に移って、身を隠したんじゃないかしら。スコットランドあたりに」

「でも、おばあさまは名前を変えたことを知ってるのよね。少なくとも、子孫のうちの一人は」

「変えたはずよ。そうでなければ、どうして家系図にバリューが載っていないの？」

「それは循環論法というんじゃないかしら？」

公爵未亡人は肩をすくめた。「私たちは〈アイ〉を持っているんだから、アンの子孫に違いないのよ」

「誰かが盗んだのかもしれないでしょう」

「そうね。でもそうだとするなら、私たちにそれを使う能力はないことになるわ。私たちには能力も〈アイ〉もあるでしょう？」

「おばあさまが知っているのはそれだけ？」

「ええ。ほかに何があるというの？」

「〈アイ〉は……死者を見るのとは別の能力も与えてくれるの？」

「別の能力？　あの若者が死を引き寄せているとか、あの人のせいであなたが死ぬとかいう真実がわかるような？」

「ええ。あるいは、夢を見るとか」

「あの若者のことは〈アイ〉を使わなくても見えたわ。夢は……何のことかわからないけど」

「おばあさまは予知夢も見るのかなと思っただけよ」

「いいえ。私は予言者ではないもの」公爵未亡人は嘲るように言った。

「もちろんそうよね。おばあさま、〈アイ〉をもう一度見せてほしいの。この前はちゃんとは見ていなかったから……怒っていて」

「怒るのは当然よ。あの若者はあなたの愛情を勝ち取る企《たくら》みをしていたんだから！　私があの人の正体を見抜けてよかったわ」

「ええ、だから、〈アイ〉を持ってきて見せてくれない？　じっくり見たいのよ」

「どうかしら。私も祖母が死ぬまではあれを使えなかったの。使えるのは――」

「それを受け継いだ人だけなのよね。わかってる。でも、私は仕組みに興味があるの」

「でも、分解したりするのは絶対にだめよ。私が鳩時計《はとどけい》のことを忘れたとは思わないで」

「おばあさま、あれは私が六歳のときでしょう。分解するつもりなんてないわ。ただ、よく見たいだけなの」

「わかったわ」公爵未亡人は寝室に向かった。

しばらくして大きな嘆きが聞こえ、シスビーは祖母のもとに走った。「どうしたの？」

公爵未亡人は勢いよくシスビーのほうを振り向いた。「〈アイ〉がなくなっているの！」

「また双子？　取り戻しに行きましょう」

「違うわ、そうじゃない。私、あれを金庫に入れたのよ」公爵未亡人は壁の中ほどの高さにある、開きっぱなしの小さな四角い扉を指さした。「さすがのグレーツも金庫までは開けられないわ。〈アイ〉は消えてしまったの！」

# 20

「デズモンド……」その名前はシスビーの口から、ほとんどささやきのような小声で発せられ、今ではおなじみとなった痛みが胸の中で暴れた。

「あの忌ま忌ましい男が〈アイ〉を盗んだのね！」公爵未亡人は金庫の扉をたたきつけた。

「やっぱりだわ」

「そうね」デズモンドにまた裏切られたことを、なぜ今さらショックだと感じるのだろう？

「あの人に見せるんじゃなかった」公爵未亡人は苦々しげに続け、責めるようにシスビーを見た。

「わかっているわ、おばあさま。これは私の責任よ。思いつきで行動しすぎたわ。あの時点で、デズモンドは〈アイ〉も見せられないくらい信用できないと気づくべきだった」怒りが全身を駆け抜けたおかげで、痛みと後悔は退いていった。「心配しないで。私が取り戻すから」

デズモンドの狙いは最初からずっと〈アイ〉だった。双子の子守りを雇うことを提案したのもデズモンドだ。ケイティはおそらくデズモンドの仲間。双子はどこにでも行くため、あの女性はこの家のどこにいても怪しまれない。

どうりでデズモンドは私を愛している芝居をやめたわけだ。自分よりも〈アイ〉を捜しやすい位置にいられる人物を、共犯として屋敷に送り込んだのだから。その後シスビーは愚かにも、〈アイ〉の隠し場所をデズモンドに明かした。正確な場所はわからなかっただろうが、ケイティが捜索する範囲を絞り込むことはできた。双子が以前それを見つけたことがあるという情報もケイティに伝えられる。

デズモンドたちの目的のためにアレックスとコンが利用されたかもしれないと思うと、怒りはいっそう沸き立った。まあいい、ケイティのことは後回しにしよう。まずはデズモンドを捜しだし、〈アイ〉を奪い返さなければならない。ケイティの手からすでにデズモンドに渡っているだろう。

シスビーは外套《がいとう》をつかみ、貸し馬車を捕まえようと家を飛びだした。ただし、今回は硬貨を一つかみ持って出るのを忘れなかった。貸し馬車で工房に向かう間、鬱々と考え、怒りを募らせた。

よくもこんなことを……なぜ私はデズモンドをここまで見誤っていたの？　デズモンドが自分に言い寄ったのは〈アイ〉を手に入れるためだとわかったときも、デズモンドのすべてがまやかしではない、彼も自分に何らかの感情は——少なくとも優しさは持っているはずだと心の奥底で期待していた。

デズモンドはまたも私を欺いた。だが、これ以上は許さない。だまされやすく、純粋な自分は捨てる。家族以外の誰も信用しない。デズモンドのチョコレート色の目と甘い笑顔に揺れたりもしない。

御者に代金を払い、待機するよう頼んだあと、工房に入った。カウンターの中にいる中年男性が目を丸くし、すばやくカウンターを回ってきて、両手を上げてシスビーを止めた。

「だめです、お客さま、お願いですからもう喧嘩《けんか》はやめてください。私の店が——」

「あなたのお店に何もするつもりはありません。ある男性に会いに来ただけです」シスビーは祖母に匹敵する目つきで相手を見た。「どいてください」

男性は頭を抱え、うめきながら後ずさりした。「また今朝もおじゃんだ」

シスビーはカーテンを押しのけて、作業場に座って作業をしているデズモンドにまっすぐ視線を向けた。シスビーのまわりで誰もが一瞬凍りついたあと、新たな見世物に備えよとばかりに、急いで立ち上がってデズモンドのほうを向いた。その物音にデズモンドは顔を上げ、シスビーに視線を向けた。顔に浮かんだ表情を、以前のシスビーなら喜びだと解釈していただろう。今では、彼の感情を想像さえしなかった。

「シスビー」しんと静まり返った工房の中で、デズモンドの言葉がはっきり聞こえた。デズモンドはシスビーのほうへと歩きだし、シスビーは彼のもとに駆け寄った。

「よくもこんなことを！」シスビーは冷静に話すつもりだったが、ほとばしる熱い怒りを抑えることができなかった。「信じていたのに！　あれだけのことをされても、嘘をつかれても、だまされても、裏切られても……あなたがこんなことをするとは思っていなかった」

デズモンドは足を止めた。「シスビー？　何のことか――」

「否定はさせないわ！」シスビーは彼の手前で立ち止まった。デズモンドの頬を平手打ちにする、絶対にしてやると、ここに来る間ずっと考えていたが、彼の顔を見るとできなかった。目にあふれる涙を止めることもできなかった。「あなたが盗んだんでしょう。あなたが〈アイ〉を盗んだから、それを取り戻しに来たの」

デズモンドは口をぽかんと開けた。「何だって？　〈アイ〉がなくなったのか？」

「犯人はあなただと気づかないと思った？　私が警察に行かないくらい、恋に溺れていると思った？　それは間違いよ。今すぐ返してくれなければ、私は警察に行くわ」

デズモンドは上着をつかみ、シスビーの腕を取って、ドアのほうに向かい始めた。「この話は外でしたほうがいいと思わないか？」

シスビーは何も言わずデズモンドについていった。最初の怒りをぶちまけた今、部屋じゅうの人に好奇の目と耳を向けられていることに気づいていた。

「デズモンド、どこに行くんだ?」通り過ぎる二人に、店主が声をかけた。「また出ていくのか? デズモンド、もうこんなことは――」

デズモンドは背後で工房のドアを閉め、雇い主の言葉を締めだした。シスビーのほうを向く。「僕は〈アイ〉を盗んではいない。誓って言う、僕じゃない」

「もうあなたの言葉は信じられないわ。私に嘘をついたんだから!」

「嘘はついていない」

「事実を省略するのは嘘よ」

「君も同じことをしただろう!」デズモンドの目に怒りが燃えた。「くそっ、シスビー、僕だけに責任があるわけじゃない。君も僕に身元を隠した。君が何者か、誰が君のおばあさんかなんて、僕にどうやってわかる? 僕はこの国の貴族の家系図をすべて把握しているわけじゃない」

「もしそうだとしても……私の身元を知ったあとも本当のことを言ってくれなかった事実は変わらないわ」シスビーは首を振った。「私がここに来たのは、誰に何の責任があるかを議論するためじゃない。〈アイ〉を取り戻すためよ。家族の問題を世間に言いふらしたくはないから、警察に届けずにすむならそうしたいの。あなただって警察に捜査されたくないでしょうし。あなたが〈アイ〉を返してくれれば、それ以上は何も追及する気はないわ」

「僕は、〈アイ〉を、持って、いない」デズモンドは食いしばった歯の隙間から言った。「どうして君は、僕がとったすべての行動に、考えうるかぎり最悪の意味を持たせようとするんだ？　意地を張るのはやめて、よく考えてみてくれ。自分が真っ先に疑われることがわかっていて、なぜ僕が〈アイ〉を盗む？　盗むならなぜもっと早く盗まなかった？」

「私が愚かにもそのありかを示してしまうまで、あなたはそれがどこにあるか知らなかったからよ」

「だから、それは……」デズモンドは言葉を切り、自分たちを見ている通行人を見回した。

「あれは君の貸し馬車か？」

シスビーが答えを返す間もなく、デズモンドはシスビーの腕を取って馬車へ歩きだした。シスビーはデズモンドの手を振り払い、じろりとにらみつけ、すたすたと馬車に向かった。

「今度はどこまでだい？」御者がたずねた。

シスビーはためらい、デズモンドをちらりと見た。

デズモンドは両腕を大きく広げ、その仕草はシスビーをひどくいらだたせた。「僕の部屋を捜すか？　それで満足か？」

「そうしましょう」御者に行き先を伝えるデズモンドを残し、シスビーは馬車に乗り込んだ。かなり説明が必要だったようだが、シスビーは構わなかった。おかげで落ち着きを取り戻せた。デズモンドに怒りをぶちまけたことで胸はすっとしたが、感情に囚《とら》われていても何の役にも立たない。冷静に、論理的にならなければ。デズモンドにこの考えが正しいことを理解させなければならない。何はなくとも、デズモンドは理論と知性の人なのだから。

デズモンドも馬車に乗り込み、シスビーの隣に座った。貸し馬車は狭く、座席は一つしかないため、デズモンドはシスビーが困惑するほど近くにいた。腕は今にも触れ合いそうだ。馬車の端まで伸ばしてもまだ窮屈そうなデズモンドの脚を、シスビーは見下ろした。

この姿をなぜかわいいと思ってしまうのだろう？　なぜ今もデズモンドを見ると、こんな気持ちになってしまうのだろう？　顔に一筋落ちている髪をなでつけたい、頬に手のひらを当てたいと思ってしまうのはどういうこと？　キスしたいと思ってしまうのはなぜ？

シスビーはすばやく視線をそらし、窓の外を見た。

「〈アイ〉が公爵未亡人の部屋にあることがわかっても、それではほとんど何の手がかりにもならないよ」デズモンドは議論を再開した。「どこに隠したのかは見えなかったから」

「寝室にあることはわかったでしょう」

「そんなことは誰でも想像がつく。僕も公爵未亡人の寝室ならそれまでに捜せていた」デズモンドは言った。

「ええ、実際に捜したでしょうし」

「君もわかってるだろう、そんなことはしていない。僕が屋敷にいるときは、君が四六時中そばにいたじゃないか」

「だからこそ、そのころは盗めなかったのよ。だからこそ、仲間を我が家に送り込んだの」

「仲間？　もしかして、ケイティのことを言っているのか？」

「ええ。あなたが都合よく知っていて、都合よくすぐに働き始められて、信用されていたあなたのおかげで、私たちもすぐに信用した人。家じゅうのどこにいても、あなたとは違って目立たない人」

「やめろ」デズモンドの目が険しくなった。「ケイティを巻き込むな。ケイティはまったくの無関係だ。〈アイ〉のことなど何も知らない。僕が公爵夫人にケイティを紹介したのは、公爵夫人の力になりたかったからで、嬉《うれ》しいことにケイティの力にもなれたからだ。もしそんな理由で、何の証拠もなしにケイティをこの件に巻き込むなら、それは冷酷すぎる」

「あなたが私に冷酷さについて語るの？」

「今は、君とは何も語りたくない」

信じられないことに――そして愚かなことに、その言葉は心に刺さり、シスビーは突然目にあふれた涙を隠すためにそっぽを向くしかなかった。

デズモンドは低く苦々しげな声で続けた。「君が貴族のようなふるまいをするところを見るとは思ってもいなかった」天井をノックし、御者に声をかける。「ここで停《と》めてくれ」

馬車が完全に停まりきる前に、デズモンドは扉を開けて飛び降りた。両手をポケットに入れたままシスビーを待つ。顔を振って、二つの建物の間にある狭い路地を示した。

「その階段を上ったところだ」

シスビーはデズモンドに続いて階段を上り、ドアの前に出た。デズモンドはドアを開け、中に入った。

「鍵を開けたままにしているの？」シスビーは驚いてたずねた。

「盗まれるようなものはないから」

シスビーは奇妙な形の、天井が壁へと傾斜している部屋に入った。もとは屋根裏部屋だったのだろう。ドアの隣に一つきりの窓があり、差し込む光は隣の高い建物に遮られるせいで弱かった。部屋は狭く、粗末で、新品ではない簡素な家具が数個置かれているだけだ。けれど、隅々まで清潔で、古びているゆえの趣があった。

シスビーは室内を見回した。小さなテーブルに本が散らばっている。櫛《くし》とブラシ、ひげ剃《そ》り道具が洗面台の隣の収納箱の上に置かれ、その上に小さな鏡があった。椅子の背にマフラーがかけられている。デズモンドの私的な空間に立つのは、とても気まずかった。自分が場違いなところに、求められていない場所にいる気がした。

〈アイ〉がどこにも見当たらないことも、室内に隠し場所がほとんどないことも明らかだった。デズモンドはこれ見よがしにたんすの引き出しを一つずつ開け、服を引っ張りだして、〈アイ〉がないことを示していった。最後の引き出しを閉めると、シスビーのほうを向いて腕組みをし、眉を上げた。

シスビーは唾をのんだ。これほど冷淡なデズモンドを見るのはつらかった。何かやることを作るために、窓辺に歩いていく。外を見ながら言った。「ケイティには何も言っていないわ。母にも、あなた以外の誰にもこの話はしていない。それから、証拠もないのに彼女を責めたりはしない」無理やりデズモンドを見た。「私は貴族のようなふるまいをしているわけじゃない。ケイティを疑っているのはあなたとつながりがあるからであって、労働者階級の出身だからじゃないわ」

「本当に？」デズモンドはシスビーに近づいた。「僕はそれこそが、君がケイティのせいにした理由だと思う。僕が盗んだと思い込んだ理由も。〈アイ〉を欲しがっている人はほかにも何人もいるのに、君はまっすぐ僕のもとに来た。カーソンはどうだ？　カーソンが自分は〈アイ〉を盗んでいないと言えば、紳士の言葉として信じたんじゃないか？　僕に対するのと同じくらい、カーソンを厳しく責めたか？」

「いいえ！　だって、私はカーソンを愛していたわけじゃないもの」目に涙が浮かび、シスビーはドアに向かい始めた。泣いているところはデズモンドに見せたくなかった。

「シスビー……」デズモンドの声から険しさが消えた。シスビーの腕をつかみ、前に回り込む。「シスビー、僕を見て」シスビーのあごを上に向け、頬を両手で挟んで、流れ落ちる涙を親指で拭った。「ごめん。本当にごめん、君を傷つけてしまって。過去に戻ってすべてを変えられるなら、そうする。でも、それはできない。僕にできるのはせいぜい、君の愛情を失うとわかっていながらも、君に真実を告げることだ。だから、今真実を言う。僕は〈アイ〉を盗んでいない」

デズモンドとこれほど近づいて、彼の声を聞き、彼の肌を頬に感じ、彼の目の暗い深みをのぞき込むのは、痛みをともなう行為だった。デズモンドを信じたいと、心の底から思った。デズモンドの腕に身を預け、唇を唇に感じ、彼をどこまでも信じたかった。だが、今のシスビーはそこまで愚かではない。感情に身を任せるよりも、考えなくてはいけない。シスビーは後ずさりし、二人のつながりを断ち切った。

頭を使うのだ。そしてシスビーの頭は、デズモンドはおそらく真実を言っていると告げていた。さっきは怒りと苦痛で判断力が鈍っていた。デズモンドを犯人にしたかったのだ。だが、論理的に考えると、〈アイ〉を見せられた直後にそれを盗むのは愚かなことだし、デズモンドは愚かではない。また、そのあともロンドンに留《とど》まり、同じ職場で働き続けて簡単に見つかるほど、頭が悪いわけでもない。シスビーが〈アイ〉が盗まれたと告げたとき、デズモンドが見せた驚きの表情は本物だった。

「わかったわ」シスビーは言った。デズモンドを信用できるかどうかはまだわからないが、もし彼が盗んでいないのなら、協力してもらえばいい。もし盗んだのなら、どこかに隠してあるはずだから、その場所の手がかりを得られるだろう。「ここからはあなたが犯人ではないという前提で動くことにする」

デズモンドの目には落胆の色がにじんだが、彼はただうなずいて言った。「僕のまわりにいる人が主な容疑者だろう。ミスター・ウォレス、ゴードン教授、カーソン。その中の誰かがやった可能性はあると思う、でも……」デズモンドは頭を振った。「盗んだとは思えないな」

「それは、あなたがその人たちに〈アイ〉のことを話したってことかしら」シスビーは問いかけた。

デズモンドの顔に浮かんだ罪悪感が答えを物語っていた。「すまない。公爵未亡人が僕たちに〈アイ〉を研究させてくれないことは伝えた。だから、そう、彼らはあれが実在し、公爵未亡人が実際に所有していることは確信している。〈アイ〉はなかったと言えばよかったんだろうけど、そんなことは思いつきもしなかった。ゴードン教授に嘘をつくことはできない。教授は笑いものになってきたから、〈アイ〉に関して長年言ってきたことは正しかったと、どうしても教えてあげたかったんだ」デズモンドは髪をかき上げた。「僕は人を欺くのが下手なんだろう」

〝私相手にはうまくやったわ〟という言葉をシスビーはのみ込んだ。自分の痛みをあらわにするだけだ。「つまり、教授に〈アイ〉がどんなものだったかは説明したのね」

「大まかに言っただけだよ。光学装置で、プリズムのついたレンズだったと。置き場所については何も言わなかった。むしろ、あの屋敷内で盗みをするのは絶対に不可能だと、何度も言った。教授は公爵未亡人の説得は続けるだろうけど、あれを盗もうとまでする人ではないと思うんだ」

「でも、明らかに誰かが盗んだのよ。ゴードン教授がいちばんありえそうに思えるけど」デズモンドはため息をついた。「教授がそこまでするとは思いたくないけど、あの人はほとんどやけになっているように見える。〈アイ〉が手に入れば自分の理論が正しかったことが証明できると思っているし、どうしても同業者にまた認めてもらいたいんだ。教授と話をしないと。研究所にいるはずだ」

「まずは家に戻って、うちの馬車で出直しましょう。そのほうが乗り心地がいいから」それに、デズモンドとあれほど近づかずにすむから安全だ。


ゴードンは研究所にはいなかった。ほかの研究員もいなかったため、二人は戸棚を捜した。鍵がかかっている戸棚が二つあったが、デズモンドがゴードンのデスクの引き出しから鍵を見つけだした。残念ながら、そこには備品しか入っていなかった。

「ここに隠してあると本気で思っていたわけじゃない」デズモンドは言った。「むしろ、肌身離さず持ち歩いて、詮索の目が届かないようにしているんじゃないかな」

二人は表に出て、デズモンドは辛抱強く待っていた御者にゴードンのアパートへの道順を告げた。馬車の中で二人は向かい合わせに座り、ぎこちなく黙り込んだ。

デズモンドの向かい側に座って恋しかった顔をまともに見ることが、彼の隣に座るよりましだとは思えなかった。唇の形、うなじの襟の際でカールした髪、長くほっそりした指。デズモンドは今日も手袋をはめていない。世話を焼く人間が必要だ。

シスビーは顔をそむけた。窓を見ていたほうがいい。

「ご家族は元気か？」デズモンドは唐突にたずねた。シスビーが視線を向けると、彼は手元をじっと見ていた。「双子は？　元気にしてる？」

「双子はいつもどおりよ。馬みたいに健康で、みんなをあちこち走り回らせているわ」

デズモンドは唇にほのかに笑みを浮かべ、顔を上げた。「妹さんたちは？　ご家族は僕のことを憎んでいるだろうね」

シスビーは肩をすくめた。「モアランド家は憎しみにはあまり手を出さないの。がっかりしている、という感じかしら」

デズモンドは悲しそうな目をしてうなずいた。「それは本当に申し訳ないと思っている」

シスビーは同情に揺らぐことはしないと決めていたが、しばらくして言った。「オリヴィアはあなたの味方をしていたわ。少しだけ」

デズモンドの口角が上がり、目が一瞬楽しげにきらめいた。「だめなやつをかばってしまう性格なんだろうな」

「心優しい子なの」シスビーは窓に視線を戻した。デズモンドを見るたびに決意が鈍っていく。「ああ、着いたみたい」

二人は丸石敷きの街路に降り、建物に向かって歩きだしたが、到着する前にドアが開き、一人の男性が姿を現した。

「カーソン!」

カーソンは立ち止まり、やはり驚いた顔をした。「デズモンド」シスビーを認めると、目に好奇の色を浮かべたが、ただこう言った。「ミス・モアランドも」

「ここで何をしている?」デズモンドは顔をしかめてたずねた。

デズモンドの責めるような口調に、カーソンは両眉をわずかに上げた。「たぶん君と同じで、教授を捜しているんだ。研究所にいなかったからこっちに来てみたけど、だめだった。たぶん講義をしているか、図書館にいるんだろう」

デズモンドは目を細め、カーソンを避けて建物に入った。カーソンはしばらくデズモンドの後ろ姿を見守ったあと、シスビーのほうを向いた。「デズモンドは少し……疑い深くなっているようだ」

「そうね。私も疑い深くなったわ」

「そうか」カーソンは言葉を切った。「実は、君とデズモンドが一緒にいるところを見て驚いている」

「必要に迫られたのよ」

「まったく、今日の僕たちの会話は謎めいているな」カーソンの目が意味深に光った。「理由を当ててみてもいいかな?」

「ええ、どうぞ」シスビーは冷静に見つめ返した。シスビーの容疑者リストの中で、カーソンはゴードンとウォレスのすぐ下につけている。いくら軽薄にふるまっても、残りの面々と同じくらい〈アイ〉に興味があるのは間違いないし、デズモンド以外では唯一、自分と仲良くなろうとしてきた人物だ。

カーソンはシスビーをまじまじと見た。「よくわからないんだが、きっと〈アイ〉に関係があることだと思う。公爵未亡人が承諾してくれた?……それはなさそうだな。デズモンドが何らかの方法で君の機嫌を直し、君が彼に〈アイ〉を使わせることにした?……その様子からして、違いそうだ」カーソンの目が突然丸くなった。「なくなったんだ。そうじゃないか? 誰かが〈アイ〉を盗んだ」

「ずいぶん急にその結論に飛びつくのね」

「論理的な説明はそれしか残っていないと思ったんだ。僕の言うとおりだろう? 君の目を見ればわかる」

デズモンドが戻ってきた。「ノックしても返事がなかった」

「次はみんなで大学に行ってみたらどうかな」カーソンは提案した。

「みんなで？」デズモンドは同僚をまっすぐ見た。「君を誘った覚えはないんだが」

カーソンはなだめるように両手を上げた。「じゃまにはならないよ。君が教授を捜している理由は知っているし、僕なら力になれる」

「カーソンに話したのか？」デズモンドはシスビーにたずねた。

「僕が言い当てたんだ」カーソンは言った。「さあ、行こう、デズモンド。意地を張らなくていい。三人寄れば文殊の知恵、っていうだろう」

「あなたが許可を求めるべき相手は私よ」シスビーは指摘した。「でも、来てくれていいわ。少なくとも、あなたが共犯にこのことを伝えに走らないよう、見張ることができるから」それに、デズモンドと二人きりでないほうが気が楽だろう。

「じゃあ、行こう」カーソンはにっこりした。さっと手を振って馬車を示す。「狩りの始まりだ」

# 21

デズモンドは何とかこの事態を受け入れようとした。シスビーが言ったとおり、カーソンに目を光らせておくのは理にかなっているが、この男がいては、シスビーと二人きりになれる一度きりのチャンスが台なしだ。だが、シスビーに焦がれるあまり、明らかにそっけない態度をとられながらも一緒にいられることをありがたがるのは、みじめではないか？

この一週間は絶望に暮れていたため、シスビーに厳しく非難されたところで、彼女に会える喜びが削《そ》がれることはなかった。シスビーが勢いよく作業場に入ってきて、顔を上気させ、目をぎらつかせているのを見たとき、最初に感じたのは純粋な喜びだった。もちろん、シスビーが激怒しているのはすぐにわかった。罪悪感、不満、怒りがデズモンドの中で沸き立ち、喜びや希望と混じり合った。シスビーがそれほど怒っているのは、自分に対して何らかの感情がまだあるということなのだと。

シスビーは笑っていないときでも美しく、たとえ自分を切りつける言葉でも耳に心地良かった。貴族のようなふるまいだとシスビーを非難しながらも、彼女への気持ちが弱まることはなかった。シスビーはあまりにもシスビーらしく、理屈と誠実さで行動を起こしていて、互いに息ができなくなるほど彼女にキスしたくなった。

なのに、今はカーソンがいて、隣でぺちゃくちゃ喋《しゃべ》り、こちらをからかい、決してまねできない話術でシスビーと戯れている。

だが、思い悩んでいても仕方がないし、唯一シスビーに支持してもらえる可能性のある成果を上げることに集中するべきなのはわかっていた。〈アイ〉のありかを突き止め、公爵未亡人に返すのだ。デズモンド自身は、自分の行動のせいで誰かに泥棒を働かせてしまったことへの罪悪感を別とすれば、〈アイ〉のことなどどうでもよかった。正直に言って、あの装置が実際に機能しているのかどうかも、今この瞬間はどうでもよかった。

デズモンドが心から望んでいるのは、シスビーの目が喜びに輝くところを見ること、彼女が自分に温かな笑顔を向けてくれることだった。自分が〈アイ〉を盗んだのではないことを証明したかったし、それを取り返せたら、〈アイ〉を手に入れるためにシスビーを利用したのではないと多少は証明できるのではないだろうか?

シスビーを取り戻すことは不可能だろう。自分はシスビーの愛、シスビーの信頼を失ったのだ。自分がシスビーにとって呪われた存在だという事実もある。もしそれらの障害を乗り越えられたとしても、シスビーの夫にはふさわしくない。家名もなければ、名声や富を築く見込みもなかった。

だから、デズモンドの目標はもっとささやかで、もっと達成しやすいことだった。シスビーがかつて自分に抱いていた敬意――いや、友情だけでもいいから取り戻せたら、彼女の目から嫌悪を取り除けたら、それでじゅうぶんだった。

いいや、もちろんそんなのは嘘だ。もう一度シスビーとキスしたい、彼女を腕に抱きたい。愛撫《あいぶ》したときに彼女の体に走る喜びの震えを感じたい。

そんな切望は満たされないだろうが、今抱いているこの虚無感よりはずっとましだ。

三人が大学に入ると、シスビーに視線が集まった。この大学が女子学生を受け入れるようになったのは今年からのため、女性がいるだけで珍しいのだ。シスビーは周囲の視線を無視し、デズモンドはぽかんと彼女を見ている連中をにらみつけて追い払った。

ゴードン教授の狭い事務室は暗く、鍵がかかっていて、面会を待っている学生もいなかった。講義室もいくつか回ったがやはり収穫はなく、閲覧席があちこちにちらばった広大な図書館に三人は向かった。

「手分けしたほうがいい」カーソンは提案した。「そのほうが広い範囲を調べられる」

デズモンドはカーソンをお払い箱にできるチャンスに飛びついた。「ああ、いい考えだ。シスビーと僕はこっち側を捜すよ」

カーソンは面白がるように、君が作業を分担する本当の意図はお見通しだと言わんばかりにデズモンドを見たが、何も言わず歩き去った。

「今のはかなり失礼だったわ」二人で歩きながら、シスビーは言った。「高圧的なのは言うまでもないし。もし私が、カーソンと一緒のほうがいいと思ってたらどうするの？」

「僕は大悪党だから、君は僕に目を光らせておきたいんじゃないかと思ったんだ」デズモンドは答えた。

「私はあなたたち二人に目を光らせたいわ」シスビーは言い返した。「でも、カーソンの言うとおりね。三人で一緒に動いたら、ものすごく時間がかかりそう」

近くの学生ににらまれ、そこからは静かに歩いた。すべての階を捜し、利用者に今日ゴードン教授を見かけなかったかとたずねて回ってはいやな顔をされた。ほとんどが教授のことを知らず、教授を知っている人も最近は見かけていないと言った。

カーソンと合流すると、彼もやはり成果はなかったと報告した。「逃げたんだ」

「それはわからないだろう」デズモンドは抗議した。

「家にいない、研究所にいない、ここにもいない」カーソンは指を立てて挙げていった。

「お仲間が泥棒であってほしくない気持ちはわかるわ」シスビーはデズモンドに言い、その声は今日聞いた中では最も優しかった。「でも、教授がどこにもいないというのは、いい兆しではないわね」

「人は自宅と職場以外の場所にも行くものだろう」

「ゴードン教授が?」カーソンは疑わしげに眉を上げた。

「確かに」デズモンドは認めた。

「どこかにはいるはず」シスビーは言った。「ただ消えるはずがないもの。だから――」

「ウォレスだ」デズモンドは言った。

「あの人も調べなくてはいけないな」カーソンは同意した。「でも、まずは――」

「いや。僕が言いたかったのは、ゴードン教授はウォレスの屋敷に行っていてもおかしくないってことだ。ウォレスは〈アイ〉のことで教授を追いつめていた。教授は真っ先にウォレスに〈アイ〉を見せると思うんだ」

「そうね。それに、もしウォレスが盗んだのなら、教授に調べさせたいでしょうし。何かの実験をさせるはずよ」シスビーはデズモンドにほほ笑みかけ、一瞬、すべてが元どおりになったように、会話に気楽さが戻ってきたようだった。

次にカーソンが口を開いた瞬間、その時間は終わった。シスビーのほほ笑みは消え、体は少しこわばった。自分がデズモンドを嫌わなくてはならないことを思い出したのだろう。

ウォレスの家を訪ねても、やはり成果はなかった。ノックには誰も応えず、窓はすべて閉まっていて、灯《あか》りは一つもついていなかった。

「ウォレスも逃げた」カーソンは言い、向きを変えた。「このあとの計画は？」

「私に計画はないわ」シスビーは認め、三人は馬車の前まで戻った。

「今日はこれ以上どうしようもないと思う」デズモンドは言った。カーソンとこの問題について話したくなかった。早めにカーソンを追いだせるなら、それに越したことはない。

「もうすぐ暗くなるし、選択肢も尽きてしまった」

驚いたことに、シスビーは反論しなかった。「そうね、あなたの言うとおりかも。この件については、私が祖母と話し合うわ。お願いだから二人とも、この窃盗事件のことは誰にも言わないで」

探るようにカーソンを、そしてデズモンドを見る。

「もちろん」カーソンは答えた。「誰にも言わない。この先も僕にできることがあれば、遠慮せず連絡してほしい」

「ありがとう。覚えておくわ」

「じゃあ、これで」カーソンは別れの会釈をした。「僕は研究所に行く。デズモンド、君は？」

「僕は家に帰るよ」じゃま者であるカーソンがその場を離れず、自分を待っている以上、デズモンドは立ち去るしかなかった。デズモンドはシスビーをちらりと見たが、彼女の顔からは何も読み取れない。

「では、さようなら」シスビーは男性陣に別れを告げ、馬車に乗り込むことで、その問題を片づけた。

二人は歩きだした。カーソンは珍しくいつもの軽薄なお喋りをせず、デズモンドはふさぎ込んでいたため口を開く気になれなかった。まだシスビーといようと思っていたのに、カーソンに妨害された。もっと巧みにカーソンを追いだす方法を考えるべきだった。デズモンドは交差点でカーソンと別れ、自宅のほうに向かい始めた。次の角で振り返り、カーソンが視界から消えているのを確かめると、再び向きを変えた。シスビーの家を訪ねて、話をしよう。可能性は低くても、彼女が受け入れてくれることを願うしかなかった。

馬車が街路を走ってきて、デズモンドの傍らで停《と》まった。視線を向けるとそれはモアランド家の馬車で、シスビーが扉を開けていた。喜びでデズモンドはおかしくなりそうだった。結局のところ、まだ希望はあるのかもしれない。

「歩いたらどうかと思ったの。ブロートン・ハウスはそう遠くないから」シスビーは言い、馬車を降りた。デズモンドが仰天しているように見えたので、急いで説明する。「話さなきゃいけないと思って。歩いたほうが時間がとれるでしょう」顔が赤くなるのを感じ、唐突に言葉を切って、御者にブロートン・ハウスに戻るよう告げた。

「よかった。僕もカーソンがいないところで話がしたかったから」デズモンドは同意し、二人は街路を歩き始めた。

「私もよ。今日はもう帰りましょうって、自分から提案するつもりだったの。カーソンがいて助かったけど、私たちの計画には加わってほしくなかったから」

「僕たちに計画があるのか？」デズモンドの口角が片方上がった。

「いいえ」シスビーは認め、デズモンドの不遜《ふそん》な笑みを見るといつも起こる、お腹の中がむずむずする感覚を抑えた。「ほかにどこに行けばいいのかも、何をすればいいのかもわからないわ」

デズモンドはうなずいた。「思ったんだが……」

「何？」シスビーはたずねた。デズモンドのその表情には見覚えがあった。

「カーソンがすんなりと僕たちのもとを離れすぎたと思うんだ。まだ続けると言い張るか、居座る口実を思いつくかだと思っていた」

「昼間に大学に行ったときみたいにね」シスビーは同意した。

「問題は、なぜ最初はあれほど張りきって僕たちといようとしたのに、さっきはあっさり帰ってしまったのか、ということだ」

「あなたがカーソンを追い払いたかったのと同じように、カーソンもあなたを追い払いたかったのかも」シスビーは提案した。

「ありうるね。もしそうなら、カーソンはじきに君の家の前に現れるはずだ。僕もそうしようと思っていたから」

デズモンドが自分と離れたくなかったと知って、これほど喜ぶのは間違っている。「私があなたに会いに来るとは思わなかった？」

「ああ」デズモンドは簡潔に答えた。「僕は今、君のお気に入りじゃないから」

シスビーはその議論を蒸し返すつもりはなかった。「どうしてカーソンは私たちから離れたがったんだと思う？」

「一つ考えられるのは、カーソンが犯人だということだ。ゴードン教授のような運動不足の太った中年男性よりも、カーソンのほうが君の家に押し入るにはずっと向いている。それに、僕たちが教授のアパートに行ったとき、なぜあいつはあそこをうろついていたんだ？　カーソンが僕の質問にきちんと答えていないことには気づいたかい？」

シスビーはうなずいた。「ええ、気づいたわ。それに、あなたの言うとおり、ゴードン教授はブロートン・ハウスに押し入るようなタイプには思えない。ミスター・ウォレスのような地位にある紳士もね。でも、もしカーソンが泥棒なら、どうして私たちについてきたの？」

「僕たちを惑わせるためだ。犯人は教授かウォレスだと僕たちに思い込ませるため」デズモンドは肩をすくめた。「あるいは、窃盗に関してはまったくの無実で、親切心から僕たちを手伝ったあと、単に夕食のために家に帰りたくなったのかもしれない」

「でも、あなたはそんなふうには思っていない」

デズモンドは肩をすくめた。「わからない。どうしてもカーソンが疑わしく思えるんだ。公爵未亡人が僕たちに〈アイ〉を研究させてくれないとわかったとき、盗もうと言いだしたのはカーソンだったから」

「なるほど」シスビーは、デズモンドの裏切りを思い出させる話に胸が痛くなったが、その感情を無視しようとした。

「ただ、カーソンはふだんから冗談や皮肉を好むから、あいつの言うことがどこまで本気なのかよくわからないんだ。カーソンの話し方ときたら――」

「何もかもを嘲笑うみたいに言うのよね」

「そのとおりだ」デズモンドはにっこりした。「だから、カーソンを理解するのは難しい」

「カーソンに共犯がいたらどうかしら」シスビーは言った。「カーソンは私たちに偽の追跡をさせ、共犯者に〈アイ〉を隠させる時間を与えたのかもしれない。それが達成できたあとは、共犯者のもとに行きたがった」

「つまり、教授かウォレスと手を組んでいる可能性がある。あるいは、その三人が全員ぐるなのかもしれない」

「別の可能性としては、カーソンは窃盗とは無関係だけど、自分も〈アイ〉が欲しいとか」シスビーは続けた。「だから、手がかりが得られることを期待して、私たちを手伝った」

「それだ」デズモンドは声に興奮をにじませ、シスビーのほうを向いた。「カーソンは泥棒がどこに〈アイ〉を隠したのか気づいたんだ。図書館の半分はカーソンが聞き込みをした。ゴードンの行き先を知った誰かに出会って、それを僕たちに言わなかったんだとしたら？」

「私たちにじゃまされないようにしてから、ゴードン教授を捜しに行ったのね。引き返して、カーソンと話をした人を捜さないと」振り返って大学の方向を見る。

「もう遅いんじゃないかな」デズモンドは言った。すでに夕方になっていて、冬の夜が急速に迫っていた。紫がかった空は黒へと深まりつつあり、街路沿いのガス灯はすでに灯《とも》されていた。

シスビーの声が小さくなった。「そうよね、もちろん。私たちが着くころには、カーソンと話した人はいなくなっているでしょうし」

「明日の朝、また図書館に行けばいいさ。図書館で会った人なら、明日もそこにいる可能性はかなり高い。あるいは、今日は話をしなかった人から、求めている情報が得られるかもしれない」

「そのほうがよさそうね」二人は再びシスビーの家へと、歩調を速めて歩きだした。「いろんなことについてじっくり考える時間もできるし。おばあさまにミスター・ウォレスのことを話して、田舎に身を隠せるような屋敷を彼が持っているかきいてみる。おばあさまはあらゆる人のあらゆる事情を、驚くほどよく知っているの」

二人は歩きながら、翌朝図書館で待ち合わせする計画を立てた。明日も二人で捜索を続けられると思うと、シスビーの心は軽くなり、そのことに不安も感じた。危険な兆候だ。デズモンドとは距離をとり、正しい物の見方を維持しなければならない。デズモンドは祖母の遺物を盗んではいないという思いが強まりつつあったが、それを信じきってしまうのは愚かだ。何しろ、カーソンが自分たちの捜索に加わった理由はデズモンドにも当てはまる。デズモンドは私を間違った方向に導こうとしているか、私の気をそらそうとしているのかもしれない。

今日はすべてが以前と同じに思えた瞬間が何度もあった。その心地良さに心がぐらついているのだろうか？　デズモンドにまただまされるわけにはいかない。デズモンドを信じ、もう一度夢を見るのは危険すぎる。

ほどなくして、ブロートン・ハウスが二人の前に現れた。シスビーは裏口に続く通路で足を止め、デズモンドのほうを向いた。街灯の光がデズモンドの顔を照らし、深みのある目を、魔法をかけてくれる口を、頬骨の輪郭を際立たせていた。デズモンドは何を考えているの？　何を感じているの？　後悔？　悲しみ？　ことがうまく運んだ満足感？

「シスビー……」デズモンドは近づき、少し下を向いてシスビーと目を合わせた。「説明したいんだ」

「デズモンド……お願い、やめて。私――」

「僕を許してくれと言うつもりはない。ただ、本当のことを話したいんだ。僕が君をだまして利用したと、僕が君に対して抱いた感情は嘘だったと思われるのは耐えられない。僕は君と知り合うよう仕組んだわけじゃない。講義で君を見かけたとき、君が誰なのかなんて知りもしなかった。そのあと、ウォレスが公爵未亡人に〈アイ〉を譲ってくれないかと問い合わせたことを聞いたけど、モアランドが公爵未亡人の名字であることも、君が彼女の孫娘であることも知らなかった。偶然にしてはできすぎているように聞こえるのはわかっているけど、偶然というのは起こるものだ。僕が君の隣に座ったのは……君があまりにきれいだったからだ。僕は君に惹《ひ》かれたけど、それは君が公爵未亡人の孫だったからじゃない」

シスビーは震える息を吸い込んだ。「その説明は受け入れたとしても、あなたはどこかの時点で私の身元を知ったのに、私を欺き続けたわ。〈アイ〉を見つけだすために、私を利用してこの家に入り込んだの」

「僕は〈アイ〉のことなんかどうでもよかった。どう言えば君が納得してくれるのかわからないけど、それが事実だ。僕が君に抱いた感情も、僕が君に言ったことも、〈アイ〉とは何の関係もない。〈アイ〉を所有しているのが君のおばあさんだと気づくと、僕はかかわりたくないとゴードン教授に言った。君も知ってのとおり、僕は君に〈アイ〉のことをたずねたこともないし、手伝ってくれるよう説得を試みたこともない」

「本当のことさえ言ってくれれば――」

「言えなかった。君を失うことがあまりにも怖かった。君の目に失望と不信の色を見たくなかった。君に今のような目で僕を見てほしくなかった。もし君に知られれば、すべてが汚れてしまう気がしたんだ」

「私を失うことがそんなにも心配だったなら、なぜ自分から別れると言ったの?」シスビーはその声に切望と痛みがにじんだことを恥じ、唇を引き結んだ。

「その理由は言ったとおりだ。僕と一緒にいるかぎり、君は危険だから」

「おばあさまの予言のせい?」シスビーは軽蔑したようにたずねた。

「ああ。僕も最初は信じたくなかった。そんなのは戯言《たわごと》だと自分に言い聞かせた。でも、連中が君を脅したとき、公爵未亡人は正しかったと気づいたんだ。僕が君を危険に晒《さら》していると」

「私を脅した? ちょっと待って。誰が私を脅したの? 何の話をしているの?」

「ミスター・ウォレスだ。というか、ウォレスに雇われていると僕が思っている、どこかの悪党だ。そいつが、僕が連中のために〈アイ〉を盗まなければ、君の身に悪いことが起こると仄《ほの》めかしたんだ。君が通りで転びかけた日のことは覚えているか?」

「ええ。でもあれは事故だわ」

「君が倒れてしまう前に腕をつかんだ男が、前日に君を傷つけると脅した男だったんだ。あの事故を仕組んで、自分がここまでやることを僕に見せつけたんだよ」

「デズモンド」シスビーは頭を振った。「とても信じられないわ。あまりに馬鹿げているもの。オリヴィアが読む小説の中の出来事みたい」

デズモンドはシスビーの両腕を取り、目をじっと見つめた。「これは実際に起こったことだ。現実なんだよ。僕は君の身に何かあってはいけないと思った。君とのつながりをすべて断ち切る必要があった。君を通じて僕を動かすことはできないと、連中に知らせる必要があった。君の家族が僕に抱いてくれていた好意はすべて失ったことを証明しなくてはならなかったんだ」

「どうしてあのときそう言ってくれなかったの？」

「言うべきだった。でも、そうすれば、君が僕に持っていてくれた愛情はきれいさっぱり消え失《う》せるに決まっていた」デズモンドはため息をついた。「僕は弱かった。君に軽蔑されることに耐えられなかったんだ」手を伸ばし、シスビーの頬を両手で包んだ。「君と一緒にいられないなら、せめて君の思い出の中で汚れない存在であり続けたかった。でも、もちろん、そんなことは不可能だった」

「デズモンド……」シスビーの目に涙があふれ、デズモンドの顔がぼやけた。

「ああ、泣かないで」デズモンドは言い、シスビーの頬から涙を拭った。「君には少しの痛みも与えたくなかったのに。君の痛みを取り除けるなら、僕は何でもやる」顔を近づけ、シスビーの唇にそっとキスした。「シスビー、ごめん。本当にごめん。君は最初から僕に出会わないほうがよかったね。できることなら、過去をすべて消し去りたいよ」

「やめて」シスビーは激しい口調で言った。「そんなことは望んでない。あなたと出会わなければよかったなんて、その記憶がなくなるなんて……」

シスビーはとっさに背伸びし、デズモンドにキスした。デズモンドの腕は鋼のように強く巻きつき、彼の唇はシスビーの唇に深く重なった。

# *22*

シスビーはキスに酔いしれた。突然、あらゆる神経が息づき、あらゆる感覚が覚醒した。二人を取り巻く空気は冷たく、体内は熱に焼かれた。痛いくらいなじみ深く、あまりに長い間焦がれていたデズモンドの感触に、匂いに、味に、頭がくらくらした。

二人の唇は離れてもすぐに再び重なり、デズモンドの腕は下ろされたかと思うとシスビーの外套《がいとう》の中に潜り込んだ。シスビーの両手はデズモンドのコートの襟をつかみ、彼に体を押しつけた。これほどの熱を、これほど脈打つ欲求を感じたことはなかった。デズモンドの肌を自分の肌に感じたい。唇を体に、手を肌に感じたかった。

服にじゃまされながら、二人は愛撫《あいぶ》し、キスをし、それ以外の何もかもを忘れて情熱に身を任せた。デズモンドは体を震わせ、低いうめき声をもらして、突然シスビーから離れた。しばらくシスビーを見つめるその目は荒涼としていた。やがて、言葉にならないうなり声を発し、向きを変えて夜の中に駆けていった。

シスビーは裏階段を駆け上がって自分の部屋に入った。気を静めてからでないと、家族の誰とも顔を合わせられない。頬は上気し、唇は柔らかく赤くなり、呼吸はあまりに速かった。しかも、それらは外側の兆候にすぎない。内側では、お腹の下のほうが熱く燃え、体の全神経がうずいていた。どうにか態勢を立て直したあとも、意識はさっきの短い抱擁に戻り、すべての触れ合いを、すべてのキスを思い出して、体の中がとろけていった。

あれだけの思いをさせられても、私はまだ彼を求めている。だが、その衝動に行動を左右されてはいけない。デズモンドにキスしたのは間違っていた。愚かだった。そんなことをするべきではなかったし、同じことはもう絶対にしてはならない。明日、図書館でデズモンドと会うべきですらない。デズモンドを見ること、彼と話すこと、笑い合うことでさえ……デズモンドにまつわるすべてがシスビーを誘惑するのだ。

だが、デズモンドの助けなしに、どうやってゴードンとウォレスを捜せばいい？　あの二人は見つけなければならないし、デズモンドは二人のことをシスビーよりはるかによく知っている。再びデズモンドと力を合わせるのがいちばんの近道だ。それに、シスビーは大人であり、理性と自制を備えている。きちんと衝動は抑えられる。少し気をつければいいだけのことだ。だが、眠りに落ちる途中、頭の奥につきまとう声が、それは言い訳にすぎないとささやいていた。

炎は轟々《ごうごう》と上がり、まわりの群衆は歓声をあげた。炎の真ん中に立って動かない人物を彼らが眺めていると、嵐が起こった。分厚い黒雲が空に垂れこめ、遠くで雷がごろごろ鳴る。風が渦巻き、炎は煽《あお》られて、空中に火花が散った。まるで風が女性を火あぶりから守っているかのように見え、その荒れ狂う一瞬、シスビーは空が口を開けて大雨を降らせ、薪《まき》から上がる火を消すのではないかと思った。だが、雨は降らなかった。次の瞬間、風に煽られた火が女性のスカートに燃え移った。

火が女性の服を駆け上がる。たちまち彼女は炎に包まれた。炎が渦巻き、燃える髪が風に躍った。だが信じられないことに、アンの顔に苦痛の色はなく、変わらぬ憤怒《ふんぬ》だけがあった。またも雷鳴が轟《とどろ》き、稲妻が空を走った。

アンの目は稲妻と同じくらい鮮やかで強烈だった。アンは縛られた両手を上げ、まっすぐシスビーを指した。「あなたは私に従う。逃れることはできない。あなたには私に対する務めがある」

シスビーはその場から動けず、ただアンを見つめていた。周囲の空気が変わり、腕の産毛が逆立った。何か言おうと、アンの言葉を否定しようとしたが、声は出てこなかった。

アンは両腕を上げ、天を仰いで叫んだ。「来て、サマエル。ここであなたを待っている。ああ、ガブリエル、ああ、デュマ。あなたの娘の懇願を聞いてちょうだい。私が殺されるのは裏切りのせい。復讐《ふくしゅう》を求めるわ。来て、バラキエルとハールート、私の願いを聞いてちょうだい。来て、ミカエル。来て、クシエル。来て、アズラエルとアバドン。私にあなたの力を与えて」視線を落とし、縛られた両手をシスビーに向けた。「あなたを私に縛る。天国の全聖人と地獄の全悪魔によって、あなたを縛る。命には命を。あなたは私のもの……」


シスビーは飛び起きた。心臓は大きく打ち、息は切れている。稲妻のかすかな匂いが空中に漂い、腕の産毛は逆立っていた。

しばらくじっとして、心臓と肺の動きが元どおりになるのを待った。しかし、感情が元に戻るかどうかはわからなかった。アン・バリューが私に呪いをかけた？　私を縛る？　どういう意味？　アンに対する務めがあるというのは、いったいどういうこと？　アンは私が生まれる三世紀前に死んだのに。

シスビーはうなった。まったく馬鹿げている。夢の中の言葉を理解できるはずがない。こんなことを続ければ、本当に正気を失ってしまう。

シスビーはベッドから出て、ガウンをはおり、窓辺に向かった。夜が明けようとしている。もう眠れそうにないから、身支度をしよう。デズモンドに会いに行く前に、大叔父とも話をしたい。

幸い、ベラードは朝食のテーブルにいて、心地良い沈黙の中、公爵と食事をしていた。

シスビーは父と大叔父が食事を終えるのを待ってからたずねた。「お父さまでも大叔父さまでもいいんだけど、天使とかそういうものの名前は知っている？」

「天使？」公爵は目をしばたたいた。「うむ、キリスト紀元は私の専門よりは少しあとだが、そうだな、ヨフィエルがいる。アダムとイヴを楽園から追放したのがヨフィエルじゃなかったか？」

「ミカエルとかガブリエルのような天使はどう？　アバドンとか」

「ガブリエルは伝令役だったと思う」公爵は言った。「ギリシャの神々におけるヘルメースのような役割だ」

「でもイスラム教では、ガブリエルは破壊の天使とされているよ」ベラードが指摘した。

「そうなんですか？」公爵は言い、興味を惹《ひ》かれたように叔父のほうを向いた。学術的な議論となると、分野が何であれ興味を持つのだ。

「ああ。それから、これも面白いんだが、ミカエルはイスラム教では慈悲の天使とされているけど、キリスト教の少なくとも一部では、死の天使だ」

「なるほど」シスビーはつぶやいた。

「それで、もう一人は誰だった？　お前が最後に言った名前はなじみがなかった気がするんだが」ベラードは続けた。

「新たな研究分野に乗りだしたのか？」公爵はたずねた。

「違うの、単に私が見た夢の内容を考えたくて。夢に出てきた人が言っていた名前よ」

ベラードは鋭い目でシスビーを見た。「ああ、そういうことか。出た名前はそれで全部か?」

「いいえ、ほかにもあったわ。アズラエル、デュマ……」シスビーはアン・バリューが呼んでいた名前を列挙した。すべてはっきりと覚えている。

「妙な夢だ」公爵は言った。「アズラエルは聞いたことがある。懲罰の天使だ」

「それから、死の」ベラードがつけ加えた。

「また死の天使?」シスビーは言った。

「うむ、死を司《つかさど》っている天使は多いと思う。サマエルも死と関連があったはずだが、正確な内容は思い出せない」小柄な大叔父は椅子からぴょんと飛び上がった。「待った。そういえば……」そこで部屋から駆けだしていった。

「大叔父さまに手間をかけさせるつもりはなかったんだけど」シスビーは申し訳ない気持ちで言った。

「何を言ってるんだ」公爵は手を振って娘の懸念を一蹴した。「ベラード叔父さんは何よりも調査を愛している。私が思うに、それが若さの秘訣《ひけつ》だ」

公爵の言葉を証明するかのように、ベラードは分厚い本を二冊抱え、笑顔で戻ってきた。

「シスビー、非常に興味深いテーマだ。何日間も没頭できそうだよ」

「実際、そうなるでしょうね」公爵は笑いながら言った。

「そのとおりだ。さてと……」ベラードは本を二冊ともテーブルの上に広げた。「サマエルの死との関連は、魂を収集しているという点だ。アバドンもやはり破壊の天使だ。ギリシャではアポルオンという名になる」

「ああ、そうか、そうだった！」公爵はうなずいた。「私が気づくべきでした」

「それから、懲罰の天使はほかにもいた。クシエルだ。デュマの専門は名誉回復だ」ベラードはシスビーに意味ありげな視線を送った。「バラキエルは守護天使の長とされていて、専門は祝福。そして、啓蒙《けいもう》。次の天使は興味深い」ベラードは二冊目の本に移った。「イスラム教にしか見つけられなかった。ハールートはマールートとともにバベルに来て、人間に魔術を教えた」

「驚いた」公爵は言った。「お前の夢は物騒だな」

「かなり物騒よ」シスビーは同意した。

父と大叔父が本に没頭し始めたので、シスビーは椅子にもたれた。アン・バリューの存在は日に日に脅威になってきている。〈アイ〉を見つけださなければならない。そこに、祖母の持ち物を取り戻す以上の意味があるのは間違いない。悪夢を解決する鍵が〈アイ〉にあるのは確かだった。

父とベラード大叔父との議論である程度は時間が潰せたが、支度を終えても、図書館での待ち合わせまでにはまだ時間があった。シスビーは気がはやってじっと座っていられず、早めに行って馬車の中で待つことにしたが、デズモンドがおなじみの大股な歩き方——あまりにもデズモンドらしい様子で歩いてくるのを見ると、心臓が大きく打った。

これは幸先《さいさき》が悪い。平然としていることは得意ではないが、それでもシスビーはできるだけ表情を抑え、デズモンドが近くに来る前に馬車を降りた。彼の手を取って降りるのは賢明とは思えなかった。

シスビーは昨夜のことには触れず、幸いデズモンドもその話題を出す気はなさそうだった。二人はぎこちない沈黙の中、図書館に向かった。中に入ると、図書館にいる人に話を聞きながら進み、何度も迷惑そうな視線を向けられた。聞き取りを終えるころには、ぎこちない雰囲気は消えていたが、ゴードンの居場所については何の収穫もなかった。

二人はもう一度ゴードンの事務室に行ってみたが、昨日と同様に部屋は暗く、鍵がかかっていた。教授用のローブを着た年配の男性が隣の部屋から現れ、二人に咎《とが》めるような視線を向けた。「君たちもゴードンを捜しているのか？」

「はい」デズモンドは熱心に近づいていった。「居場所をご存じですか？」

「最近は誰もが異様にゴードンに興味を持っているようだ。ほかの人たちにも言ったが、ゴードンはお姉さんのところに行っている。病気なんだ」

「ほかの人たち？　誰かにゴードン教授のことをきかれたんですか？」シスビーはたずね

た。

その教授は顔をしかめてシスビーを見た。「名前など知らないよ。ゴードンのもとを訪ねてくる人間を私がいちいち知っているはずがないだろう？　学生だと思う。ゴードンの悲惨な実験にかかわっている誰かだ」

「お姉さんがどこに住んでいるかはご存じですか？」シスビーは別の方向から質問し、またも教授に顔をしかめられた。

「それはあまりに無礼だろう。病気のお姉さんの自宅まで学生が追いかけるとは！　最近の世の中には敬意というものがない。だから私は女性に試験を受けさせるのは間違いだと言ったんだ。門戸を開きすぎると、あらゆる――」

「ありがとうございました」シスビーに返事をする隙を与えずデズモンドが口を挟み、シスビーの腕を引っ張ってその場を離れた。

「あの教授！」シスビーは憤慨した。「狭量で時代遅れな〝先生〟の典型だわ。あんな調子だから、大勢の学生に何の役にも立たない勉強をさせるくせに、重要な分野にはほとんど注意を向けないのね」

「そうそう、もっと科学や物理学の科目を増やすべきだ」デズモンドは笑みをこらえようとして失敗しながら言った。「でも、その議論を続けるのは時間の無駄だろう」

「わかってる。あの教授の凝り固まった意識を変えることは誰にもできないわ。それに、私たちの時間は次の一手を考えることに使ったほうがいいわね。ブロートン・ハウスに戻って――」

デズモンドの眉が跳ね上がった。「君の家に？　ご家族が僕を歓迎してくれるとは思えないけど」

シスビーは手を振って一蹴した。「おばあさまにはでくわさないほうがいいでしょうね。でも、ほかの人は……お母さまは、あなたの行為は社会の不平等が招いた結果だと考えているわ。ベラード大叔父さまはあなたが最近来ていないことに気づいてもいない。オリヴィアはあなたの味方だし」

デズモンドはシスビーに続いて馬車に乗り込んだ。「ほかのきょうだいと公爵に触れていないことには気づいてるよ」

シスビーは肩をすくめた。「彼らは確かに私に過保護だけど、キリアは紳士たちをはべらせているから、どっちにしても避けたいところよ。お父さまは新しい遺物と楽しく戯れているわ。テオとリードは、テオの旅行計画の最後の準備のために、昼間はほとんど家にいないの。テオを見送るために、リードもオックスフォードから戻ってきてるから」シスビーは思わずため息をついた。「テオは明日の午後にサウサンプトンに出発して、次の日にはブラジル行きの船に乗るのよ」

「寂しくなるね」

シスビーはうなずいた。「テオはもともと家を空けることが多いけど、いつもはまったく連絡が取れなくなるわけじゃないわ。でも、アマゾンとなると、何カ月も行ったきりになる。そこまで遠くに行ったことはなかったから」

デズモンドの前では、以前と同じように素直な気持ちを話せた。お喋《しゃべ》りなシスビーの家族とは違って、すぐに自分の意見を口にせず、ただ耳を傾けてくれ、冷静で知的で、理解を示してくれた。だからこそ、モアランド家の面々にもあれほど人気があったのだろう。モアランド家の竜巻の真ん中に、彼という落ち着いた核があるのはいいものだった。

二人が家に入ると、〝スルタンの間〟から声が聞こえ、その中に祖母もいるのがわかった。シスビーは唐突に右に曲がり、正式な応接間に入った。「エドリックじいさんと一緒にここに座りましょう。こっちのほうが静かだから」

「エドリックじいさん？　それは誰だい？」デズモンドは荘厳な部屋の中を見回した。

「初代ブロートン公爵よ」シスビーは暖炉の上の肖像画を指さした。「おばあさまが話せると言っている幽霊の一人」

デズモンドは肖像画を眺めた。「僕が霊と話せるなら、この人は選ばないな」

「私もよ」シスビーは笑った。「ここは寒いわね。ふだんは使わない部屋なの。フィップスを呼んで、火を入れてもらうわ」

「呼ばなくていいよ。僕がやるから」デズモンドは巨大な暖炉の前にしゃがみ、火格子の上に炭を置き始めた。「ゴードンは本当にお姉さんの家に行ったんだと思う?」

「そもそも、お姉さんはちゃんといるのかしら?」

「少なくともそれは事実だ。チェルムズフォードに住んでいる。でも、〈アイ〉が消えたのと同時期に教授のお姉さんが病気になるなんて、怪しいと思わないか?」

「かなりね。でも、だからといって、教授がお姉さんのもとを訪ねていないことにはならない。ロンドンを出るのにいい機会だもの。それに、お姉さんの家に〈アイ〉を隠してくれば、自宅を家捜しされても何も出てこないわ」

「残念ながら、ロンドンのどこかに〈アイ〉を隠している可能性もあるよ」デズモンドは火をおこしながらそう指摘した。

ホールから足音と男性の声が聞こえてきた。テオとリードだ。シスビーがため息をつき、ドアのほうに向かいかけたとき、ちょうどテオが部屋に顔をのぞかせた。

「やあ、シスビー、どうしてここにいるんだ?」その視線がシスビーを通り過ぎ、今も暖炉の前に膝をついているデズモンドをとらえると、テオは顔をしかめた。「こいつはここで何をしている?」

デズモンドはため息を押し殺して立ち上がった。シスビーの兄にまた痣《あざ》をつけられるのは気が進まなかった。村の少年たちの中では腕っぷしに自信があったが、テオ・モアランドはまったくの別次元だった。憂鬱の理由は、テオの腕がボクシングのチャンピオン級だからだが、この問題で正しいのはテオだと思ってしまうせいもある。それに、昨夜シスビーを抱きしめてキスをしたあとで、彼女との関係は薄氷を踏むような状態にある。愛する双子の兄を殴れば、決して事態はいい方向には向かわないだろう。そのとき、テオだけでは足りないとばかりに、もう一人の男兄弟も背後に現れた。

「テオ」シスビーは立ち上がった。「ここで喧嘩《けんか》はやめて」

「ここではしない」テオは部屋の中に入り、リードもあとに続いた。「こいつを外に引きずりだす」

「お願いだから、そんな野蛮なことはしないで。リード、テオを何とかしてよ」

「それは口で言うほど簡単じゃない」リードはそう言いながらも兄の腕をつかんだ。「テオ、シスビーの言うとおりだ。気をつけないと、お母さまとおばあさまが飛んでくるぞ」

「おい、放せ。こいつを殴るつもりはない」テオはうんざりしたように言い、リードの手を振り払ってシスビーのほうを向いた。「ただ、なぜお前がこの悪党とよりを戻そうとしているのかがわからないんだ」

「よりを戻そうとはしていないわ。おばあさまの持ち物を取り戻そうとしているだけよ」

シスビーが〝悪党〟呼ばわりに異を唱えていないことに、デズモンドは気づいた。「そもそも、それはこいつが盗んだんだ」テオはシスビーに思い出させるように言った。

馬鹿げた代物だよ。アニーの青い目だっけ？　それはいったい何なんだ？」

「〈アニー・ブルーの目《アイ》〉よ」シスビーは訂正した。「それは伝説の一部で、確かに馬鹿げているかもしれないけど、おばあさまがそれにどんな思いを抱いているかは知っているでしょう。それに、私はデズモンドが盗んだとは思っていないの。私たちは今、盗んだのは誰で、どうすれば取り戻せるかを考えようとしているのよ」

「伝説というのは？」テオはたずねた。

「誰が盗んだんだ？」リードも問いかけた。

テオとリードは腰を下ろし、疑わしげだった表情に興味をにじませた。

「デズモンド、あなたが説明して」シスビーは言った。「私よりあなたのほうがよく知っているから」

デズモンドは話し始めた。シスビーの兄弟はアン・バリューと彼女が発明した装置を馬鹿にするものと思っていたが、彼らは熱心に聞いていた。どうやらモアランド家の人間は謎をそのままにしておくことができないらしい。

デズモンドが話し終えると、リードは言った。「君の師匠は少しどうかしているように思えるが、〈アイ〉を盗んだのは後援者に違いないよ」

「そのウォレスという輩《やから》は、そもそもなぜ〈アイ〉にそこまでこだわるんだ？」テオはたずねた。「君の教授が汚れた評判を返上できると思っているのはわかったけど、そのウォレスには何の得がある？」

「名声じゃないかしら」シスビーは提案した。「科学界に受け入れられると思っているとか」

テオは疑わしげな顔をした。「実験の資金提供をするだけで、科学者からはちやほやされるだろう。公爵邸で盗みを働こうとまでするのなら、それ以上の目的があるはずだ」

「前は、ウォレスは社会的立場を高めることに熱心なのかと思ってたわ」シスビーは言った。「でも今思うと、おばあさまに会いたがっていたのは〈アイ〉のためだったんでしょうね」

「ウォレスは上流階級の輪に入りたいんだろうとは思う」デズモンドは同意した。「でも、心霊の世界に惹かれているのは、奥さんが亡くなってからのことなんだ。〈アイ〉を捜している理由もそれじゃないかな」

「亡くなった妻と話したいのか？」リードはたずねた。「なるほど。そこにこだわるというのは理解できる」

テオは鼻を鳴らした。「ロマンティックなやつ」

「どこかの乙女を救うことばかり考えているのはどこのどいつだ？」

「二人とも、やめなさい」シスビーが割って入り、兄弟喧嘩を止めた。

シスビーが子供相手のように兄弟に声をかけるさまを見て、デズモンドは笑みを押し殺した。だが、考えてみれば、テオはデズモンドより三歳ほど若いだけで、リードもテオのたった二歳下なのに、二人はデズモンドよりはるかに若く見える。

二人がどれだけ体格がよく、どれだけ知的で、裕福で、爵位を持っていても、特権階級として育ち、世間の厳しさからはほとんど守られてきた。困窮したことも、悲嘆に暮れたこともなければ、不可能や行く手を遮る障壁に直面したこともない。いずれなるはずの大人に、まだなりきっていないのだ。

デズモンドがシスビーの兄弟を見る目はここで少し変わった。モアランド家に好意は抱くようになっても、この二人に親近感を感じたことはなかった。二人と接する機会が少なかったからというだけではない。正直に言うと、二人を生身の人間だと思っていなかったのだ。自分を警戒し、漠然とした敵意と軽蔑の目を向けてくる貴族の一部として見ていた。彼らを知ろうとするより、避けることに労力を使っていた。それに、おそらく心の底では、テオとシスビーの固い絆《きずな》に少し嫉妬していたのだろう。

シスビーはきはきと続けた。「手元の問題に戻りましょう。デズモンドと私は、ミスター・ウォレスとゴードン教授のどちらを追うべきか考えていたの。二人とも謎の失踪を遂げているから」

「一緒にいると思うか？」テオはたずねた。

「その可能性はあるわ」シスビーは同意した。「でも、もし二人が手を組んでいるとしても、別々に動いているかもしれないから、どちらが〈アイ〉を持っているかはわからないの」

「ウォレスが持っている可能性が高いんじゃないかな」テオは言った。「金を出しているのはそいつだから」

リードはうなずいた。「二人一緒にいるか、ウォレスが持っているかだ。ゴードンと一緒だろうと別々だろうと、ウォレスがゴードンのお姉さんの家に行くとは考えにくい。二人が身を隠すなら、ウォレスの家のほうだろう。田舎の屋敷はあるのか？　狩猟用の別荘は？」

「わからないわ」シスビーはため息をついた。「昨夜おばあさまにきいてみたんだけど、その人のことは何も知らないって」

「おばあさまはさぞかし悔しがっているだろうな」テオはにやりとした。「でも、すぐに突き止めると思う」

「それでも、おばあさまの情報網がそこに届くまでには少し時間がかかるはずよ。フィップスにも調べてもらっているんだけど、使用人の噂話《うわさばなし》にも限界はあるでしょうし」

モアランドきょうだいのやりとりを黙って聞いていたデズモンドは、おそるおそる口を開いた。「思ったんだが……教授もウォレスも実際にこの家に押し入って〈アイ〉を盗んだわけじゃないことでは意見が一致している。そうだね？」

「ええ、どちらかがプロを雇ったんでしょうね」シスビーは同意した。

「君を脅したのと同じ男をウォレスが雇ったとは考えられないか?」デズモンドは続けた。

「シスビーを脅した?」テオが身を乗りだした。「どういう意味だ? シスビー、誰がお前を脅したんだ?」

「その人が実際に私を脅したわけじゃないわ」シスビーは安心させるように言った。「自分のために〈アイ〉を盗んでこなければ私を傷つけると言って、デズモンドに警告したのよ」

つまり、シスビーはその点に関しては自分を信用しているのだ。デズモンドは元気を取り戻した。「その男は、自分では盗みをしないと言っていたが、ウォレスが声をかけている可能性は高いし、金をやると言われれば盗みもするだろう。あるいは、別の泥棒を雇うか。あいにく、そいつが今も〈アイ〉を持っているとは思えない。ウォレスに渡しているはずだ」

「それでも、その男と話したい」テオは重々しくうなずいた。

「その男ならこてんぱんにしてもいいわよ」シスビーが口を挟んだ。

「じゃあ、今からやるべきなのは、その男を見つけることだ」テオは言った。

「どうやって? デズモンド、その人の名前はわかる?」

「いや」デズモンドは認めた。

「そいつが見つかるまで、いかがわしい酒場を片っ端から回ろう」テオは立ち上がった。

「それは時間がかかりそうだな」リードはそっけなく言ったが、立ち上がった。

「僕も行く」デズモンドは静かな決意を込めて言い、やはり立ち上がった。

テオはデズモンドに向かって顔をしかめた。「君は――」

デズモンドはテオの目をまっすぐ見つめ返した。「その男の顔を知っているのは僕だ」

テオはますます顔をしかめたが、リードは軽く言った。「テオ、意地を張るな」

「ああ、わかったよ」

「待って。私を置いては行かせないわ」

三人の男性がくるりとシスビーを振り向いた。「だめだ」

シスビーは呆《あき》れたように目を動かした。「あれを捜しているのは私よ。私をのけ者にするつもりなら、考え直したほうがいいわ」

「お前は来るな」テオは語気を強めた。

「危険すぎる」リードが言い添えた。

デズモンドは穏やかに言った。「シスビー、その種の場所では、君は灯台のように目立ってしまう。大学でのことを覚えているだろう？　荒くれ者ばかりの酒場で、君がどれほど注目を集めるか考えてくれ。誰も僕たちと口を利いてくれなくなるだろう」

シスビーはあごをこわばらせ、デズモンドをしばらくにらんでいたが、やがて諦めのため息をついた。「あなたの言うとおりね」すねたように言い添える。「でも、何かわかったらすぐに帰ってきて、私に報告すると約束して」

「もちろんだ」

「それから、くれぐれも気をつけて」兄弟に目をやる。「あなたたちもよ。無茶はしないで」

「なぜそう言いながら僕を見るんだ？」テオは笑った。「こいつには無茶するなとは言わなかった」親指をぐいと動かし、デズモンドを示す。

「デズモンドには言う必要がないからよ」シスビーは言い返した。

テオとリードはコートを取り、馬車を表に回すよう指示するために出ていった。

シスビーとデズモンドだけが残され、シスビーは彼の腕に手をかけた。「本当に気をつけてね？　早まったことはしないで」

「約束する」

「それから、テオとリードにも危ないことをさせないでね」

デズモンドは眉を上げた。「二人が僕の言うことを聞くとは思えないけど」

「まあ、テオは危険に突っ込んでいくタイプだから。リードはもっと現実的だけど、テオがやることなら何でもやるわ。挑戦を受けて立たずにはいられないの。でも、二人とも理屈には耳を傾ける」シスビーはほほ笑み、こぶしを軽く自分の頭にぶつけた。「モアランド家の頑固ささえ突破できればね」

「君は頑固じゃないよ」デズモンドはシスビーに近づいた。「恐れ知らずで情熱的なだけだ」

シスビーの緑の目にデズモンドは吸い寄せられた。また彼女にキスしたかったが、それは取り返しがつかないほど愚かなことだ。廊下に響く足音にデズモンドは我に返り、シスビーの手を放して脇によけた。

シスビーは男性陣に続いて廊下に出た。「どうやって相手を見つけるつもり？　その人が何者なのかも、行きつけの店がどこなのかも見当がつかないのに」

リードはにやりとした。「幸い、僕はその見当をつけられそうな人を知っている」

# 23

デズモンドは兄弟について家を出て、待っている馬車に乗り込んだ。この家の馬車もシスビー同様に目立つと思ったが、何も言わずにおいた。シスビーが巻き込まれず、安全にいてくれれば、成功のチャンスがどれほど減ろうと構わなかった。少なくとも行動は起こしているし、ウォレスの手下に出会う可能性がまったくないわけではない。

テオはデズモンドの向かい側に、リードは隣に座った。こちらを牽制《けんせい》しやすくするための配置だろうが、何をすると思われているのかはわからなかった。

「どうやったんだ?」リードはたずねた。兄に比べれば、リードは友好的……とまではいかなくとも、敵意は少なかった。

「何を?」

「シスビーが僕たちについてこないよう説得することだ」

デズモンドは肩をすくめた。「僕は論理的に話しただけだ。シスビーは論理には必ず耳を傾ける」

テオは鼻を鳴らした。「まあ、君はシスビーと一緒に育っていないからな」

「確かにそうだが」デズモンドは認めた。

テオはしばらく指で膝をこつこつたたいたあと言った。「その男は本当にシスビーに危害を加えると脅したのか？」

「ああ。正確な言葉は覚えていないが、意味することは明らかだった。次の日、シスビーは街路で転びそうになったんだが、その男が現場にいたんだ。もっと気をつけたほうがいい、馬車に轢《ひ》かれるところだったと言っていた」

「くそ野郎め」

「君が〈アイ〉を盗んだ理由はそれか？」

「僕は盗んでいない。なるほど、これがシスビーが言っていた〝モアランド家の頑固さ〟だな」余計な一言だったかもしれないが、デズモンドは窃盗の罪を着せられることに腹が立ってきていた。「でも、僕がシスビーを訪ねるのをやめた理由はそれだ。その方法で僕を操ることはできないと、連中に知らしめたかったんだ」テオを見る。「君が僕の作業場に来たおかげで、連中はすっかり納得したようだった」

「貢献できて嬉《うれ》しいよ」テオはため息をつき、座席にもたれた。「でも、君がシスビーを守ろうとしてくれていたのなら、僕は謝らなくてはならないな。僕はただ、シスビーが悲しんでいるのが耐えられなかったんだ」

「僕もだ」デズモンドは簡潔に答えた。「僕はシスビーを悲しませるのは絶対にいやだった。でも、シスビーが危害を加えられるのはもっといやだった。もしかするとほかにも方法はあったのかもしれないが、一つも思いつかなくて」

兄弟は引き続きデズモンドを観察していた。二人の揺るぎない、値踏みするような視線に、幼い双子がときどき向けてくる、ほかの誰にも見えない内面が見えるかのような不穏な視線を思い出した。モアランド家の男性陣は妙な一団だ。いや、女性陣も同じかもしれない。だが、モアランド家の人々を好きにならずにいるのはとても難しかった。この二人ですら。

「自分がシスビーの相手に望まれる男じゃないことはわかっている。肩書きも金もない。僕を認めてほしいとは思わないが、僕が自分の目的のためにシスビーを利用したと君たちが思うなら、それは完全な誤解だ」理由はわからなかったが、二人に自分を信じてもらいたかった。「僕がシスビーを追いかけたのは〈アイ〉のためじゃない。シスビーが淑女なのはすぐにわかったが、ブロートン公爵未亡人の孫娘だとは夢にも思わなかった。確かに、初めてシスビーの身元を知ったとき、〈アイ〉のことや、僕たちがそれに興味を持っていることを話さなかったのは間違っていた。でも、シスビーを失うのが怖かったんだ。僕は愚かだった。二人も女性のことで愚かなふるまいをしたことはないか？」

テオは鼻を鳴らし、目をきらめかせてリードを見た。「リトル・ビドゥントンの酒場の女の子を覚えているか？　お前は昔から情にもろいよな」

リードは頬を赤らめたが、にっこりした。「そっちこそ、オックスフォードの学監の娘は？」

「思い出させないでくれ」テオは笑みを消してデズモンドのほうを向いた。「男は時に、女性のことで愚かなふるまいをするものだ。それで妹の誰かが心乱されるわけじゃなければ、僕は構わない。君が貧しくても金持ちでも気にしないし、肩書きなど単なる束縛の鎖でしかないと思っている。君がシスビーを傷つけるつもりがなかったというのは、きっと本当なんだろう。でも、またシスビーを苦しめるようなことをすれば、小枝のようにへし折ってやる」

「よくわかった」

「テオ、脅迫のじゃまをして悪いが、着いたよ」リードが窓に向かってあごをしゃくった。

馬車は石造りの建物の前で停《と》まっていた。

「孤児院？　君が言う犯罪者の専門家は、孤児院で働いているのか？」

「いや。住んでいるんだ」リードは馬車の扉を開けて降りた。

デズモンドの驚いた顔を見て、テオが言った。「世界を救おうとしているのは母だけじゃないんだ。トム・クイックは、ある日リードの財布をひったくろうとして失敗したすりでね。手先が器用なだけじゃなく頭の回転も速いから、リードはトムを母の孤児院に入れて、そこから学校に通わせることにしたんだ」

「監獄送りにする代わりにね」

テオはうなずいた。「さっきも言ったとおり、リードは情にもろいからな」

デズモンドが見てきたかぎり、モアランド家で情にもろくない人は一人もいなかった。もちろん、公爵未亡人は別だが。

建物に入ってすぐに、デズモンドはそこが今まで見たことのある孤児院とは違うことに気づいた。壁はくすんだ灰色ではなく、明るい水色で、アンモニアや薄い粥《かゆ》や汗の匂いが充満してはいなかった。

一人の女性がすばやく出てきて一同を迎え、歓喜の声をあげた。「レイン卿《きょう》。モアランド卿。お会いできるなんて嬉しいこと。今日は公爵夫人はご一緒じゃないんですか？」

「ああ、僕たちだけなんだ、ミセス・ワドリー。トム・クイックに会いに来た。授業中かい？」

「今日の授業は終わりました。雑用をしているから、連れだしてもらえるなら喜ぶと思いますよ」ミセス・ワドリーは三人を小部屋に通し、来たときと同じ早足で立ち去った。

デズモンドはリードが世話をしたという少年に興味を覚えていた。モアランド家の男性陣の見方をまた少し変えなくてはいけないようだ。

数分後、ミセス・ワドリーは八、九歳くらいにしか見えない少年を連れて戻ってきた。

きちんとした清潔な服を着て、金髪には櫛《くし》が入れられている。用心深く抜け目のない青い目がなければ、同年代のほかの子供と何も変わらないように見えた。生意気そうな表情の裏に、警戒心が隠れている。

「こんにちは」少年はまずリードを見たあと、テオとデズモンドに目を向けた。

「ほら、トム、おじぎをしなさい。ミセス・ティモンズに教わったとおりに」ミセス・ワドリーは促した。

少年は一瞬あごを突きだしたが、正しくおじぎをした。

「そう！　よくできました」ミセス・ワドリーの声は嬉しそうだった。

「ミセス・ワドリー、トムと話をさせてもらえると――」

「ええ、ええ、もちろんです」ミセス・ワドリーは部屋から飛びだし、背後でドアを閉めた。

「トム、元気にしてるか？」リードはたずねた。「座ってくれ」

その申し出にトムは安心したようで、革張りの丸い椅子に座り、勝ち気に突きだしていたあごを下げた。「元気だよ。ミセス・ティモンズが、文法は来年のを始めろって。僕は読むのがすげえうまいって言ってた。算数のほうが得意だけどね」

トムの発音は独特で、ときどき強い下町訛《なま》りが出たが、全体的には慎重に直してあった。品のいい話し方を学んでいる最中なのだろう。かつてのデズモンドと同じだ。

「ミセス・ティモンズが本当にそんな言葉遣いをしたわけじゃない気はするけどね」リードは言った。「でも、君の学習が進んでいるのは嬉しい」

「賭博の上がりをごまかせるようになったら、財布をくすねるより儲《もう》かりそうだから」

リードの顔につらそうな表情がよぎった。「教育の目的は、君が法を犯さなくても生きられるようになることだよ」

トムはにんまりし、青い目をきらめかせた。「冗談だよ、旦那。吊《つ》るし首になるなんてごめんだからね」興味深そうにデズモンドに視線を向ける。「こっちの兄ちゃ……方は誰？」上品な言葉遣いに直して言う。「旦那たちみたいな貴族じゃないね」

「ミスター・ハリソンは僕の姉の友達だ。ある人を捜していて、君が力になってくれるんじゃないかと思ったんだ」

「どういうこと？」トムはすっかり注意を引かれ、目に知性の輝きを浮かべた。

「この人を脅しに来た男がいるんだ」リードは説明した。

「何のために？」

「話せば長くなるし、ややこしい」リードは言った。「自分でも完全に理解できている自信がないし。でも、要するに、この人を脅した悪党の居場所を突き止めたいんだ。そのあたりのことは、君が精通しているんじゃないかと思って」

「精通」トムは復唱した。少年がその言葉を頭の中で転がし、それを記録するさまが目に見えるようだった。「よく知ってる、っていう意味で合ってる？」

「そのとおりだ」

「もちろん。悪党連中のことは何でも知ってるよ。オトゥール兄弟とか、クーパー一派あたりのスコットランド人……旦那たちはかかわらないほうがいいと思うけど」

「あの男の訛りはスコットランド系じゃなかった」デズモンドは言った。「そもそも訛りはほとんどなかったな」

「紳士ってこと？」トムはたずねた。

「いや。でも、セブン・ダイアルズの人間でもないと思うんだ。僕みたいなスーツを着て山高帽をかぶっていた。ごろつきのような外見ではなかった。金髪に、青だったか灰色だったか、色の薄い目。背が高い」

「あなたくらい？」

「どっちかというと……」デズモンドは手を振ってテオを示した。テオの爵位名がわからない。ミセス・ワドリーはどう呼んでいた？　デズモンドは思い出し、急いで続けた。「モアランド卿と同じくらいだ。でも、横幅はもっとあった」両手を前に出し、その男の胴まわりを表現した。「太ってはいない。ただ大きかった」

「用心棒っぽいな」トムは知ったふうに言い、うなずいた。

「ミスター・ザカリー・ウォレスに雇われていると思うんだが」

「倉庫持ってるやつ？　いや、倉庫持ってる人？」

「わからない」デズモンドは驚きながら言った。「不思議だ……ウォレスがどんな商売をしているのか、今までまともに考えたことがなかった。たしか、カーソンが以前、ウォレスは海運業をしていると言っていた気がする」

「ああ、じゃあそいつだ。倉庫は埠頭《ふとう》にあるから」

「何か違法な商売をしているのか？」テオがたずねた。

「知らない。でも、でっかい男たちを雇って倉庫を警備させてるんだ。あいつらには手を出しちゃいけないって、誰でも知ってる」

デズモンドはテオとリードにうなずいてみせた。

「トム、ほかに可能性がありそうなやつはいるか？」リードはたずねた。

「そうだな……ジェントルマン・ジャックがいる」トムは顔をしかめた。「でも、あいつには下手なことをしないほうがいい。人を殺すから。人を殺して、殺人じゃないように見せかける。でも、あいつの服装はそういう感じじゃない」トムはデズモンドを指さした。「しゃれてるっていうか。旦那たちみたいな服装だけど、もっと派手だ。シルクハットをかぶって、杖《つえ》を持って、って感じ。それに、そんなに体は大きくない。違うな」きっぱりと頭を振った。「ジェントルマン・ジャックじゃない。あいつには近づいちゃだめだ」

「その男の近くには行かないから、心配はいらないよ」リードは安心させるように言った。

「心配はしてない。ただ……旦那たちがフォークで刺されたら、僕はここから放りだされるだろ？」トムはまた生意気な笑みを浮かべたが、その顔が実はわずかに青ざめていることにデズモンドは気づいた。

「トム、その倉庫か持ち主について、ほかに思い出せることはあるか？」

「たしか倉庫に何か書いてあった。あのころ字が読めてたらなあ……あ！　その文字の隣に、豚の絵が描いてあった」

「豚？」

トムはうなずいた。「でっかい牡豚《おすぶた》だ。こんなふうに角が生えてる」口の両端から指を突きだしてみせる。「意地悪そうな顔で」

「牙だな」テオは言った。「いのししだ」

「それは赤かった？」デズモンドは興奮に声を上ずらせてたずね、トムはうなずいた。

「ウォレスは暖炉の上に紋章をかけているんだ。本物ではないと思う。でも、その図柄に赤いいのししが使われているんだ」

「それだ」リードの顔にゆっくりと笑みが浮かび、デズモンドは初めて、リードもその気になれば兄と同様の迫力が出せるのだと気づいた。「これでその男を捕まえられる」

「どうかな」デズモンドは言った。「まだそいつの居場所はわからないんだから」

「埠頭の近くにいるよ」トムは自信ありげに言った。「用心棒たちのたまり場は、〈ダブル・ローゼズ〉か、売春宿の下の酒場だ。名前は……ええと、名前なんかあったかな。とにかく、マダム・タンジーの店の下だ。あと、〈ベル&アンカー〉にもいる」

リードは眉を上げた。「かなりの酒飲みだな」

トムは肩をすくめた。「ときどきどこかの店から追いだされてるよ。とにかく、全部同じ場所にあるんだ。案内するよ」トムはぴょんと立ち上がった。

「君を連れていかがわしい酒場を回りたくない」リードはそっけなく言った。

「でも、僕がいないのにどうやって連中を見つけるんだ?」トムは抗議した。「僕なら面倒を起こさずにすむ方法を知ってる」その口調には、三人に同じことができるとは思えないという含みがあった。「僕が必要になるよ。ああいう連中のことは知ってるから。この人は大丈夫かも」デズモンドのほうに顔を向ける。「でも、旦那たちは?」頭を振った。「そんな服装じゃ話にならない。口を開いた瞬間に、こんなところにいる人じゃないってばれちまう」

リードはため息をついた。「僕たちはどうすればいいと思ってるんだ?」

「僕が、お母さんにも気づかれないくらい別人に変装させるさ。昔は物乞いも変装させてたからね? 話は僕がするから、旦那たちは黙ってたらいい。この人は……」トムはデズモンドのほうをくるりと向いた。「口調を変えられる? もっとそのへんの人みたいに」

「君みたいには話せないけど」デズモンドは口調を若いころのものに戻した。「でも、これならドーセット出身の男には聞こえるはずだ」

「ばっちりだ」トムはにんまりした。「この人はいける。まあ、地元民とは違うけど」

「酒場で子供は目立つんじゃないのか?」テオはたずねた。

「僕は大丈夫。自分の商売をしてると思われるだけだ」トムは指を小刻みに動かしてみせた。「あなたの財布をするふりもできるし——」

「もっと単純に考えないか?」テオは弟に視線を向けた。「トムが見たことのないものなんてないんだ。今さらショックを受けたり、道徳基盤を揺さぶられたりはしないよ」

「元の生活にトムを引き戻す理由はない」リードは抗議した。

「僕が逃げだすことを心配してるなら、それはないよ」トムは言った。「ここはそう悪くないから」

「まったく……」リードはため息をついた。「でも、トムは馬車の中にいてくれ。君が何と言おうと、危険に晒《さら》すつもりはないから」

　トムの案内で、一同は衣料が高く積まれた露天商の荷馬車を訪れ、ごわごわした上着とズボンと帽子を買って、着ていた服から着替えた。デズモンドの簡素なジャケットまでも、袖に継ぎの当たったものと取り替えた。

　ひとしきり買い物をしたあとは居酒屋で食事をとり、トムは体格に見合わない、驚くほど大量の食べ物を平らげ、その間ずっと生意気な口調で喋《しゃべ》り続けた。やがてお腹いっぱいになると、せいいっぱいみすぼらしい格好をした一同は馬車で埠頭に向かい、最初の目的地から少し離れた道路の反対側で停まった。寒さに両手をポケットに入れてうつむき、〈ベル&アンカー〉に向かう。店の看板は長年の間に色褪《いろあ》せ、夕方の薄闇の中ではほとんど見えなかったが、一度見過ごしたあと、二度目に目的の酒場に入ることができた。狭くて暗く窮屈な店内は、眺めこそあまりよくなかったが、少なくとも客の入りは半分ほどで、夜はまだ始まったばかりだった。

デズモンドが全員ぶん頼んだエールは飲めたものではなく、夜がふけていく間に、三人は飲んだのと同じくらいの量を近くの痰壺《たんつぼ》に捨てた。やがて店内は混み合ってきた。周囲は困惑するほど暗く、空気中には煙が立ち込めていて、ほかの客の顔を認識するのは難しかった。デズモンドは一度ならず、酒の注《つ》ぎ口まで行って客たちの顔をよく見ようとした。

「いつになったらここの人間に話しかければいいと思う?」リードはたずねた。

「すでに夜ふけまでいたみたいな気分だ」

「まだ一時間ちょっとしか経《た》っていない」デズモンドはドアから目を離さずに言い返した。ドアが開き、小さな人影が入ってくる。「おい、あの子が入ってきたぞ」

「何だと?」リードは振り向き、トムがこちらに向かってくるのを目にした。「くそっ」

「旦那」トムは自分の帽子をつまんだ。

「馬車の中で待てと言わなかったか?」

「うん。でも、倉庫の用心棒が三人、〈ダブル・ローゼズ〉に入っていくのを見たから、伝えたほうがいいと思って。もう一人、大きな男が一緒にいて、そいつは制服を着ていなかった。山高帽を取ったときに、灯《あか》りに照らされて髪が見えた。金髪だったよ」

「行こう」テオは立ち上がった。「これ以上この安酒を飲んだら、腹を壊しそうだ」

トムを先頭に、一同は新たな酒場のドアを入った。さっきの店よりも広くて騒がしかったが、やはり煙が充満していた。トムはデズモンドににじり寄ってささやいた。「あの壁の前にいるやつらだ」数人の男が囲んでいるテーブルに向かって、こっそりあごをしゃくる。そのうちの三人は黒っぽい制服を着ていた。「あのポケットのふくらみは棍棒《こんぼう》だ」

デズモンドはうなずいて、人ごみを縫って進み、問題のテーブルを見ないようにしながら動いた。そのうしろで、リードとテオが別方向から同じ地点を目指した。

例の男の顔はこちらからは見えない。仲間の一人と話をしているのだ。男は笑って振り返ると、デズモンドを見た。

デズモンドが男を認識したのと同時に、男もデズモンドを認識し、身をこわばらせた。デズモンドは前に進みでた。視界の隅で、モアランド兄弟が近づいてくるのが見える。獲物はうなり声をあげて飛び上がり、テーブルをひっくり返してジョッキとエールを飛び散らしながら、ドアに向かって走りだした。デズモンドは男を追いかけようとしたが、男の仲間も立ち上がった。彼らは悪態をつきながらあたりを見回し、行く手を遮った。

デズモンドが男たちを押しのけて進もうとしたとき、逃げていく男の前にテオが飛びだし、彼を倒した。デズモンドが押しのけた男が歯を剥《む》いてこちらを向き、殴りかかってくる。デズモンドはひょいとかわしたあと、体を起こして男の腹を殴った。リードも乱闘に加わり、トムは椅子に飛び乗って、別の用心棒の頭にエールのグラスを振り下ろした。

一瞬にして、店内は大混乱に陥った。

# 24

シスビーは暖炉の前を行ったり来たりした。父と大叔父以外の愛する男性が全員、危険に晒《さら》されている。夜がふけるにつれ、彼らに同行しないという自分の決断を呪った。まったく、デズモンドに言いくるめられるなんて。デズモンドを信用できるかどうかはわからなかったが、彼に何かが起これば胸が張り裂けてしまう。

その考えに至った道筋全体を検証する気はなかった。すべてが混乱していて、理不尽だった。だが、こういうときは、頭ではなく心に従うべきだ。

「もう何時間も経《た》つわ。どこに行っているのかしら?」

「イーストエンドじゅうを走り回っているんでしょう。それで何を成し遂げられるかはわからないけど」公爵未亡人は威嚇するように答えた。

祖母は正式な応接間にいくつもある座り心地の悪い椅子に座り、背筋をぴんと伸ばして、杖《つえ》の持ち手を両手で握っていた。その姿はまるで騎士のようだ。

祖母と一緒に男性陣の帰りを待つのは不本意だったが、すり減った神経を落ち着かせるのに公爵未亡人の揺るぎなさが役立っているのは否めなかった。

「おばあさま、私たち……」シスビーがそう言いかけたところで、玄関が急に騒がしくなり、従僕の驚きの声が響いた。

シスビーは歩きだしたが、ドアにたどり着く前に兄弟とデズモンドがよろよろと部屋に入ってきて、そのあとに少年が続いた。シスビーは彼らの身なりを見てあえぎ、公爵未亡人は言った。「まあ、ひどい」

祖母の言うとおりだった。リードは足を引きずっていて、テオに半分支えられ、デズモンドはふらふらしている。体に合わない粗末な服は、彼らが昼間に家を出たときには着ていなかったもので、破れて薄汚れている。乾いた血がテオの横顔を伝い、乱れた髪にもついていた。リードの頬は赤く、片目は腫れ始めている。デズモンドは額にこぶを作り、腫れたあごには切り傷があった。三人ともすり傷と痣《あざ》だらけで、エールの匂いを漂わせていた。

「デズモンド！」シスビーは叫び、彼のもとに向かいかけたあと、足を止めた。深く息を吸い、落ち着いた口調で続ける。「何があったの？」

「この汚い子は誰？」公爵未亡人は柄つき眼鏡を上げ、少年をまじまじと見た。

「おばあさま、この子はトム・クイックだよ」リードがやろれつの回らない口調で言った。「僕が学校に通わせているんだ」

「その目的はこの子を向上させることのはずでしょう？　なのに……」

「まあ、そうなんだけど」リードは少年のほうを向き、その急な動きで本人もテオもよろめいた。

「酔っ払ってるのね！」シスビーは叫んだ。

「いや、酔っ払ってはいない」テオは片手を振ってシスビーの言葉を退けた。「その場になじむ必要があったんだ」

「酒樽《さかだる》の中みたいな匂いがするわ」

デズモンドは上着の襟を持ち上げ、匂いを嗅いだ。「誰かが僕にジョッキをかぶせようとして、その中身が全身にかかったんだ」

「テオ坊ちゃま！」動揺のあまり、子供時代の呼び名を口にしながら、フィップスが部屋に飛び込んできた。「リード坊ちゃまも。今度は何をなさったんです？」

執事が一同の世話を焼いている間に、メイドがかごを手に入ってきて、さらに水差しと洗面器を持った別のメイドが続き、最後に双子の子守りが現れた。

「こんばんは、ケイティ」デズモンドが朗らかに言った。

「こんばんは」ケイティは男性たちを値踏みするように見た。「まあ、そこまでひどくはなさそうですね」シスビーのほうを向く。「お嬢さま、ご心配はいりません。私がきちんと手当てをして差し上げます。息子たちの手当てをしてきた経験がありますからね」

「それはアレックスとコンにも大いに役立つでしょうね」公爵未亡人が言った。

「はい、公爵未亡人。お二人は大物になりますよ」ケイティは公爵未亡人にほほ笑みかけた。「殿方の皆さん、座ってください。少し時間がかかりますから」

ケイティが傷の処置に取りかかると、テオが今夜の顚末《てんまつ》を語り始め、ところどころほかの三人も言葉を挟みながら、やがて喧嘩《けんか》の描写にたどり着いた。

「それで、僕が例の悪党を床から引き上げようとしたとき、別の男がうしろから飛びかかってきて――」

「デズモンドが別のごろつきから奪った棍棒《こんぼう》で、その男を殴ったんだ」リードが口を挟み、その声にわずかに誇らしさをにじませた。「でも、そのとき用心棒の一人がデズモンドに体当たりを食らわせたから、僕が例の男を追いかけるはめになった」

「僕はそいつのむこうずねを蹴ってやったんだ」トムが割って入った。

「そうだった」リードはかすかに顔をしかめた。「君は孤児院に連れて帰るべきだったな」

「いいよ」トムはうなずいた。「前にここに来たときみたいに、朝食を食べさせてもらえるもんね」

「そうだな。とりあえず今も何か食べたほうがよさそうだ」テオは言った。「おい、シスビー、がみがみ言わないでくれ」

「言ってないでしょう」シスビーは出かけた言葉をのみ込んだ。「あなたたち三人が酒場で喧嘩した話も確かに楽しいけど、その冒険の成果も教えてもらえると嬉《うれ》しいわ。見つけたその男から何か聞きだせたの？」

「ああ。それは――」テオはリードを見たあと、デズモンドを見た。「ええと……」

「そいつは喧嘩騒ぎの最中に逃げだした」デズモンドは認めた。

「まったく、男たちときたら！」公爵未亡人はうんざりしたように言い、杖を床に打ちつけて立ち上がった。「どこまでも役立たずなんだから。シスビー、この問題は私とあなたで処理しなくてはならないようね」


翌朝、シスビーが朝食を食べていると、祖母が食堂に入ってきた。「おばあさま。こんなに早起きだなんて驚いたわ」公爵未亡人はふだん、自分の部屋で紅茶とトーストだけの朝食をすませたあと、長い手順を踏んで身繕いをし、そのあと下りてきて本格的な朝食をとるのだ。

「早く取りかからなくてはならないからよ」祖母は答えた。

「何に取りかかるの？」

「あの子たちが見つけられなかったものを見つけること」

「本気で言ってるの？」シスビーは祖母を見つめた。

「当たり前ですよ。あの子たちが騒ぎを起こしていなければ、昨夜のうちに行っていたわね。あの子たちは店をめちゃくちゃにして出ていったでしょうから、行ったところで何の情報も得られないと思ったの」

シスビーの顔に笑みが広がった。「そのとおりね。レディに何ができるのか、あの人たちに見せてやりましょう」

公爵未亡人は〝早食いは消化に悪い〟が口癖なうえ、帽子をかぶり、手袋と毛皮のマフをはめるのにも時間をかけたあげく、外套《がいとう》を二度も替えたため、すぐに出発することはできなかった。しかも、アレックスとコンが馬車の荷物置き場に隠れていたせいで、出発はさらに遅れた。くすくす笑いで双子の存在に気づいたあと、二人を子守りのもとに返さなくてはならなかったのだ。

公爵未亡人が酒場〈ダブル・ローゼズ〉に行くよう命じると、御者は驚いた顔をしたが、公爵未亡人に楯突《たてつ》くほど愚かではなかったため、馬車は走りだした。

「酒場にお客が行くにはまだ早い時間ね」シスビーは控えめに指摘した。「それに、相手は私たちに捜されていることを知っているんだから、同じ店にまた来るほど大胆じゃないと思うわ」

「他人がどこまで愚かか、侮ってはだめ」公爵未亡人はシスビーに言った。「でも、私はその男がそこにいるとは思っていないわ。話を聞きたいのは酒場の主人」

この時間帯の埠頭《ふとう》は慌ただしかったが、〈ダブル・ローゼズ〉近くの街路はほぼ無人だった。その界隈《かいわい》は夜も薄汚いのだろうが、真っ昼間にはひときわみすぼらしく見えた。道端にはごみが積まれ、敷石はすり減っているか外れているかで、馬車はがたがた揺れた。建物は汚れ、看板は色褪《いろあ》せ、雨戸は失われ、あたり一帯が悪臭に包まれていた。テムズ川に近いせいだろうが、想像しないほうがいい理由もありそうだった。

馬車が停《と》まると、トンプキンズは扉を開けに降りてきて、心配そうに顔をしかめた。

「公爵未亡人、ここは淑女向きの場所には見えませんが」

「それはわかっています」公爵未亡人は馬車を降りた。シスビーは座席の下から予備の傘を取りだしてから、祖母のあとに続いた。

トンプキンズは不満げについてきた。「私も一緒に行きますよ。鞭《むち》を持っていきます」

「馬鹿をおっしゃい。あなたは馬と待っていなさい。そこらの女二人より、馬のほうがずっと泥棒に狙われやすいんだから」

シスビーは、〝そこらの女〟が指と喉元と耳たぶにダイヤモンドをつけていれば泥棒も興味を示すのではないかと思ったが、その指摘はせずにおいた。祖母に続いて酒場のドアを入り、祖母の隣で足を止めて、店内の惨状を見回した。まだ床にしみ込んでいないエールがあちこちに大きな水たまりを作り、テーブルと椅子がひっくり返って壊れ、店全体から安酒の匂いが漂っていた。グラスや陶器の破片がそこらじゅうに散らばり、中にはまだぶじなジョッキやグラスもある。金属製の大ジョッキまでもがほとんどへこんでいた。

店内はがらんとしていて、むっつりした顔でデッキブラシを押している少年がいるだけだった。少年は入り口で足を止め、口をぽかんと開けた。「うわ……」

公爵未亡人は両眉を上げ、少年がそれ以上何も言わないのを見て、こう言った。「言葉に気をつけなさい。店主はどこ？」

その言葉に、カウンターの奥にいた男性が立ち上がり、少年と同じくらい目を丸くした。

「何てこった」

「感動的なお言葉ね」公爵未亡人は辛辣に言った。

「おっと」店主は浅くおじぎをした。「お客さん。店はまだ開いてないよ」

「私はあなたがたの売り物をいただくためにここに来たわけではないの。情報が欲しいのよ。ここの常連の、ある男を捜しているの。昨夜ここで起こった大惨事の発端になった人」

「グリーヴズ？」店主は目を剥《む》いた。

「たぶんそう。シスビー、その男の説明をして」

「体が大きくて、金髪。倉庫の用心棒たちと一緒だったわ」

「じゃあ、そうだ」少年が口を挟んだ。「仲がいいんだ、あいつら」

店主は冷静さを取り戻したようで、少年に向かって顔をしかめた。「おい！　その口を閉じろ。うちにチクリ魔はいない」

「あんたも名前を言ったじゃないか」少年は抗議した。

「いや、あれは驚いたからだ。わかるだろ？」

「そのグリーヴズという男の家は知っている？」シスビーは言った。

「どこに住んでるかなんて教えないよ」店主は喧嘩腰に腕組みをした。

「では、あなたはこれには興味がないということね」公爵未亡人はハンドバッグから金貨を取りだして掲げた。「二十五ポンド《ポニー》、と呼んだりするのだったかしら」少年のほうを向く。「あなたにお願いしたほうがいいかもしれないわね」

　少年が何も言わないうちに、店主が言った。「ドットんとこだよ、水夫斡旋屋《あっせんや》の隣の」

「もう少し具体的な情報が欲しいわ」公爵未亡人は言った。「例えば、住所とか」

　店主は住所という概念に当惑しているようだったので、シスビーは助け船を出した。

「通りの名前は？　番地は？」

　店主と少年は顔を見合わせ、やがて店主が言った。「名前なんかねえよ。〈青い牡牛《ブルー・オックス》〉がある細い道だ」

「ウォーター・ストリートを入ったところ」少年が親切に言い添え、右のほうを指さした。

「番地はないんだ」

　シスビーはため息を押し殺した。「ドットは女性で、〝ドットんとこ〟というのは、その人の家という意味よね。合ってる？」

「当たり前だろ」少年はシスビーを、正気を疑うような目で見た。

「じゃあ、私たちが見つけられるように、どんな家なのか教えて」

少年は長々と俗語だらけの説明をし、シスビーはすべてを理解するのに苦労したが、説明が終わると内容をまとめた。「幅の狭い家で、赤いドアの家の隣にあるのね。各階に窓が一つずつあるけど、いちばん上の窓は今も雨戸が閉まっている。合ってる?」

「ばっちり」少年は同意し、公爵未亡人が差しだした金貨を取ろうと進みでたが、店主が驚くほどすばやく動いて先に取った。

「これが正しい情報であることを願うわ」公爵未亡人は二人に、使用人も家族も恐れる険しいまなざしを向けた。「もしその人がそこに住んでいなかったら、警察に行ってこの店で昨夜起こった喧嘩を捜査するよう言うわよ。そのせいで私の孫が重傷を負ったんだから」そう言うと、ハンドバッグをじゃらじゃら鳴らし、表情を少し和らげてつけ加えた。「でも、もし本当にその人がいたら、もう一枚あげるわね」

男性二人はこくこくうなずき、店主が請け負った。「いい加減なことは言ってねえ。誓うよ」

「あの人たちはイングランド人よね?」二人で馬車に戻る途中、公爵未亡人はシスビーに言った。

「そうね」

「まったく、イングランド人らしく喋《しゃべ》ってもらいたいものだわ。〝水夫斡旋屋〟っていったい何なの？」

「それなら知ってるわ。テオが前に教えてくれたの。安い下宿屋のようなもので、水夫を海軍の船に乗り込ませている場所よ。それから、〝チクリ魔〟っていうのは、仲間を裏切る人のことだと思う」

「変な言葉ね。とにかく、御者に行き先を伝えて、出発しましょう」

行き止まりに入り込んだり、曲がる地点を二度間違えたりもしたが、数分後には目的の家が見つかった。公爵未亡人は杖でドアをたたき、彼女に負けないほど険しい目つきの痩せた女性が出てくると、やはり金貨を提示して情報を求めた。

二階に上ると、ドアの向こうにいたのは体格のいい金髪の男で、目のまわりに痣があり、鼻が腫れていた。彼も戸口に淑女が二人立っているのを見るとぎょっとし、公爵未亡人は男が驚いている隙に脇をすり抜けて部屋に入った。

「ちょっと、おい」男は一拍遅れて抗議し、振り向いた。「あんたにここに入る権利はない」

公爵未亡人は男の文句に反応するほど親切ではなかった。「ミスター・グリーヴズ、でしょう？　私がここに来たのは、あなたの雇い主の名前を聞くためよ」

男は酒場の店主ほどひるんではいない様子で、呆《あき》れたように目を動かした。「じゃあ、帰ったほうがいい」シスビーを横目で見て、にやりと笑う。「でも、あんたはいてくれてもいいよ。最高の時を過ごさせてやるから」

シスビーは答えた。「私があなたに望むのはただ一つ、あなたが誰に雇われて〈アイ〉を盗んだのかを話してくれることよ」

「何の話をしているのかわからないね」

公爵未亡人は財布を取りだして振った。「これで理解できるようになった？」

男は目を細めた。「顧客をサツに売ったら、俺の商売はあがったりだ」

「この件に警察はかかわっていないわ。私だけよ」公爵未亡人は手の上に硬貨を数枚出した。

「その金だけいただくこともできるんだぜ」

「そうね、あなたがこれから数年間を監獄で過ごしたいのなら」公爵未亡人は答えた。「あなたは私が何者なのか知っているし、法律が自分にどんな処分を下すかも知っている。情報を売るほうがずっと簡単よ」男が肩をすくめたのを同意と見なして続けた。「雇い主は誰なの？」

男が両手をこすり合わせ、大げさにため息をつくと、公爵未亡人は紙幣を一枚足した。

「これでじゅうぶんでしょう。手持ちはこれしかないわ」

「小太りの男だよ。幽霊を捕まえようとしているやつだ」

「ゴードン教授?」シスビーは驚いてたずねた。「あなたはミスター・ウォレスに雇われたのかと思ってたわ」

「俺は金をくれるなら誰にでも雇われる。何とか教授には、あのくだらない単眼鏡を手に入れるよう言われた。ただ、俺は手に入れていない」

「もちろんあなたはそうよね。別の誰かを雇ったんだもの」

「違う、それじゃ窃盗になっちまう」男は明らかにやりとりを楽しんでいた。

シスビーはため息をついた。「ゴードンに渡したの?」

「もし手に入っていたら、渡しただろうね」男はにんまりした。

「ゴードンはどこに行ったの?」

「知らないね。どうでもいいし」

「ミスター・ウォレスには別宅がある? そこに行ったの?」

「あんたの望みは一つだけなんじゃなかったか?」

「違ったみたいね」シスビーは答えた。「ミスター・ウォレスは、ロンドンを離れるときはどこに行くの?」

「知らないよ。誘われたことはない。あの人は絶対に俺を連れていかないんだ」

「あなたは珍しいくらい好奇心がない人なのね」

「そのほうが安全だと気づいたんだよ」

「あなたは渡すお金に見合うだけの情報をくれていないわ」シスビーはむっとして言った。

「だから、俺は知らないって言っただろう」

これ以上この男からは何も引きだせそうになかったため、シスビーと公爵未亡人は馬車に戻った。

「さてと」公爵未亡人は座席に座りながら言った。「〈アイ〉を誰が持っているかはわかったわ。次はあれを取り戻さないと」いかめしい目つきで孫娘を見る。「私たちには義務があるの。ご先祖さまに対する務めよ」

先日の夢で聞いたのと同じ言葉を祖母が口にしたことで、シスビーは全身に寒気が走るのを感じた。「おばあさま……」なぜ急に祖母に打ち明けたくなったのかはわからない。シスビーと祖母はそんな間柄ではなかった。今日、協力して一つの任務に取り組んだせいかもしれない。あるいは、自分の言葉を信じてくれるのは祖母だけのような気がするからかもしれない。「私、最近夢を見たの。ある女性の夢よ。あたりが燃えていて――」

祖母はシスビーの腕をつかんだ。「あの人を見たの？　アンがあなたの夢に現れたの？」

「ベラード大叔父さまの本にあったアン・バリューの肖像画に似た人だったわ」シスビーは認めた。「でも、私はそういうものは信じていないの」

「あなたが何を信じても信じなくても、起こったことは変わらないわ」

「おばあさまもそういう夢を見たことはある？」

「いいえ」公爵未亡人はため息をついた。「でも、アンがときどき私たち一族のもとを訪れることは知られているわ。稀《まれ》なことだけど、祖母が〝自分の母親はアンの夢を見ていた〟と言っていた。この〈アイ〉泥棒がアンの霊を呼び覚ましたに違いないわ。だからアンはあなたのもとに現れた。あなたがそれを見つけださなければならないということよ」

自分がアンの姿を見ない理由が説明できて満足したらしく、祖母はうなずいた。「アンは何か言ってきた？」

「アンは、私には彼女に対する何かの〝務め〟があると言っていたわ。それが何なのかわからなくて」

「なるほど。〈アイ〉が呼んでいるのはあなたよ。私はオリヴィアだと思い込んでいたけど、今となってはどうでもいいことね」

「でも、〈アイ〉は私を呼んではいないわ。おばあさまが見せてくれたとき、何の結びつきも感じなかったもの」

「あの若者の存在に遮られていたに違いないわ。彼も何らかの形で関係しているのよ」

デズモンドがアンの子孫だという話には触れないほうがいいと、シスビーは判断した。

公爵未亡人は続けた。「いくら近くにいることが危険でも、彼の力を借りなくてはならないでしょう。じゅうぶんに注意するのよ」

「おばあさま、未来が見えると本気で思っているわけではないわよね？」

公爵未亡人は両眉を上げた。「私は未来なんて見ていないわ。あの若者に死の呪いがかかっているのを見たのよ」

「呪いなんて現実には存在しない。馬鹿げているわ」

「馬鹿げているのは、真実を無視することよ」公爵未亡人は言い返し、その目は突然、不穏な炎を上げた。「あの子の顔にそう書いてあるのが見えたの。今も見えるわ。あの子の血筋の誰かが、私たちの血筋の誰かを殺すの。あの子はその運命に縛られているし、あなたも同じように縛られている。どういう形なのか、いつなのかはわからないけど、遅かれ早かれ、あなたはあの子が理由で死ぬわ」

# 25

その恐ろしい宣言のあと、シスビーと公爵未亡人は家に着くまで黙っていた。シスビーはしばらく一人になって考えたかったが、兄弟とデズモンドがホールにいて双子とボール遊びをしていた。コンとアレックスが甲高い声をあげてボールを追い回す間、三人はお喋《しゃべ》りし、笑っていた。むさ苦しい外見は昨夜とほとんど変わっていない。少なくとも、服はきれいなものを身につけ、髪には櫛《くし》が入れられている。とはいえ、デズモンドの長めの髪はもちろん、あちこちに突きだしていた。

切り傷やすり傷は癒え始めていたが、三人の顔は黒と青の痣《あざ》にまみれ、ところどころにかさぶたができている状態だった。

まあ、血がついているよりはましだ。少なくとも、今回デズモンドの目のまわりに痣はできていない。

双子はシスビーと公爵未亡人に気づくと、ぺちゃくちゃ喋りながら駆け寄ってきて、男性三人もいっせいに振り向いた。

「おかえり」リードが二人に声をかけた。

「どこに行ったのかと思っていたんだ」テオが言った。「デズモンドが来て、三人でウォレスの手下を見つける計画を練っていたところだ」

「でしょうね」シスビーはそっけなく答え、双子とのハグを終えると立ち上がった。

「その必要はないわ」公爵未亡人は軽く言い、無造作に手袋を外した。「男の名前はグリーヴズ、もう話をしてきたの」

男性三人は唖然《あぜん》として二人を見たあと、口々に〝なぜ〟〝まさか〟〝どうやって〟と言い始め、最終的にテオがその場を制した。「あの酒場に行ったなんて言わないでくれよ！」

「じゃあ、言わないことにする」シスビーは待っていた従僕に上着を渡しながら答えた。

三人が口をぽかんと開けているのを見るのは気分がよかった。

「冗談だろう。あんなごろつきだらけの場所に？」リードが抗議した。デズモンドは賢明にも何も言わなかったが、同じくらいぞっとした顔をしていた。

「こんな早い時間にはほとんど誰もいないわ」公爵未亡人が言った。「だから、男が誰なのか、どこに住んでいるのか、簡単に聞きだせたの」

「店主が喋ったんですか？」デズモンドは目を見張った。

「ええ、もちろん。ミスター・グリーヴズも」

「でも、どうやって聞きだしたんです？」テオが叫んだ。

「私は経験から知っているのよ」公爵未亡人は答えた。「たいていの場合、お金はこぶしより説得力があるって」

「金を渡したんですか？」

「ええ、もちろん。あの男がお金で動くのはすぐわかったから」

「あの人は〈アイ〉を持っていないわ」シスビーは言い添えた。「すでに……」デズモンドに目をやり、ためらってから言う。「ゴードン教授に渡したから」

「持っているのは教授なのか！」リードは言った。「面白い」

デズモンドは無言のままだったが、何か言う必要はなかった。表情にはっきりと心情が表れていたからだ。デズモンドは手を伸ばしてボールを取り、反対側の手を双子に差しだした。「行こう、そろそろ二階に戻ったほうがいい」

コンを連れていくデズモンドに続いて、リードもアレックスを抱き上げた。

「まあ、そういうことだから」公爵未亡人は宣言した。「私は休もうかしら。出かけている間は息をつく暇もなかったのよ」

「でしょうね」テオはぶつぶつ言い、腰に両手を当てて、階段を上る祖母を見守った。シスビーのほうを振り向く。「お前がおばあさまと埠頭《ふとう》に行ったなんて信じられない」

「おばあさま一人で行かせるわけにはいかないでしょう？　それに、言っておくけど、うまくいったのよ」

「おばあさまがあの男から情報を引きだせたことに驚く必要はないんだろうな。僕だっておばあさまはいつも怖い」テオは居間に向かって歩きだし、シスビーもついていった。

「あなたとリードはデズモンドとずいぶん仲良くなったのね」シスビーは皮肉めかして言った。

テオは肩をすくめた。「僕は誤解していたらしい。デズモンドは信頼できる男だ」

「酒場の喧嘩《けんか》に一緒に参加したから？」

「いや……まあ、確かにそれもある。僕に助太刀してくれた。それに、デズモンドは……シスビー、あいつの話を聞いていたら、お前への愛は本物だと思ったんだ」

「そうかしら」シスビーは片眉を上げた。

「お前はいつも彼が論理的だと言っていた」からかうように言い、にやりとする。「愛に目くらましをされていないかぎり、そんなふうには思えないはずだからな」

「デズモンドはあなたより論理を理解しているというだけでしょう」

「確かに、あいつはお前に自分の立場を話しておくべきだったけど、愛する誰かを失うことを思えば、口で言うほど簡単なことじゃない。教えてくれ、自分の父親が公爵であると知ったデズモンドが離れていくなら、それをあいつに話していたか？」

「実際、離れていったわ」シスビーはその質問を避けた。

「デズモンドがお前を守りたいと思うのは当然だろう。僕も遠征を中止して、ここでお前の力になったほうがよさそうだ」

「馬鹿なことを言わないで。私は大丈夫。〈アイ〉は向こうの手に渡ったんだから、これ以上私が脅される理由はないわ。おばあさまと私は、この件でいちばん危険な人とすでに話をしたし。私が年のいった科学者一人を相手にできないと思うの？」

テオは両手を上げ、攻撃を避けるような仕草をした。「僕は命を大事にしているから、そうは言わないでおくよ。ただ、お前を置き去りにするような気分になるんだ」

「そんなふうに思わないで。私はあなたが何年もやりたがっていた遠征を台なしにしてほしくないの。今日の午後、サウサンプトン行きの列車に乗ってちょうだい」

「わかった。そうするよ。でも、リードは――」

「大学に戻らないとね」シスビーは言い、テオの言葉を断ち切った。「デズモンドは信頼できると言っていたわね？　私のそばにはあの人がいてくれる。だから、二階に行って荷造りをして。どうせまだ終わってないんでしょう」

テオはにっこりし、シスビーを短く、強く抱きしめた。「シスビー、愛してる。アマゾンから何か送るよ」

「手紙がいいわ」

テオは笑い、向きを変えて歩きだした。「いや、それは約束できないな」

テオがホールを歩き去る姿を見ていると、胸にこみ上げるものがあった。シスビーがテオに言ったことはすべて本心だった。ただ、どれだけ恋しくなるかは言わずにいた。

「黒幕がゴードン教授だったなんて……」数分後、シスビーのいる〝スルタンの間〟に入ってきたデズモンドは、開口一番そう言った。

「グリーヴズが嘘をつく理由がある？　それならウォレスと言わないのはなぜ？　どっちに雇われたんだとしても、グリーヴズには同じことでしょう」

「同じじゃないのかもしれない」デズモンドは頑固に言い張った。「雇い主を失いたくないから、ウォレスをかばったのかもしれないだろう。ウォレスがニューゲート送りになったら、金がもらえなくなる」

「それでも、ゴードン教授を捜さないのは愚かよ」

デズモンドは大きくため息をつき、椅子に身を沈めた。「ごめん。もちろん、教授は捜さなきゃいけない」膝に両肘をつき、両手に顔をのせた。「教授が〈アイ〉を盗んだことが信じられないわけじゃないんだ。あの人は〈アイ〉を手に入れようと必死だったし、あれは本当は公爵未亡人のものではないと言っていたから。科学界のものだと。でも、もし教授がグリーヴズを雇って盗ませたんだとしたら、グリーヴズを送り込んで僕にあれを盗むよう脅迫させたのも教授ということになる」

「そうとは限らないわ」シスビーはデズモンドを慰めたい衝動と闘った。「脅迫はウォレスがさせて、盗みはゴードンがさせたのかもしれない。グリーヴズは金さえもらえれば誰の下でも働くと言っていたし、それは本当だと思うの」

「考えうる手順としては、まずゴードン教授を捜すことだ。また同じ道筋をたどる？　教授が行きそうな場所を知っている人がほかにいないか、捜してみようか。教授の近所の人とか」

「もしくは、お姉さんの家に行っているか」シスビーは指摘した。「教授が〈アイ〉をそこに持っていっていてもおかしくないもの。少なくとも、教授の潜伏先をお姉さんなら知っているかもしれないし」

「ウォレスのところに持っていった可能性も見過ごしてはいけないと思う」

「そうね。二人とも姿を消しているのは怪しいわ。じゃあ、一つ選んでそこから始めましょう」

「もうすぐ昼だ」デズモンドは言った。「チェルムズフォードに行って戻る時間があるとは思えない」

「では、それはまた明日に。朝早く出ればいいわ」

デズモンドはため息をついた。「となると、来た道を戻るという、収穫があるとは思えない選択肢しか残っていないな」

二人は再び大学に行き、図書館とゴードンの事務室と講義室をもう一周したが、ゴードンに関する情報は何も得られず、学生の一人から憤慨した長演説を聞いただけだった。「これで二回連続で講義を休みにしたんだ。気まぐれで姿を消す講師を雇うことに何の意味がある？」

二人は次に研究所に行ったが、ベンジャミンがいるだけだった。ベンジャミンはゴードンともほかの研究員とも話していないようだった。

「アルバートもカーソンも？」デズモンドはたずねた。

「ああ。これで三日続けて、僕以外の誰も来ていない」ベンジャミンは悲しげに答えたあと、顔をしかめた。「待った。なぜ君は工房に行ってないんだ？　昨日工房の人が、君の道具だと言って持ってきたよ」デズモンドの道具一式が置かれた作業台を手で示す。「いったい何がどうなってる？」

「それを今突き止めようとしているんだ」デズモンドはシスビーを見ずにきびすを返した。「行こう」大股に部屋を出ていく。

「デズモンド……」シスビーは外に出たところでデズモンドに追いついた。デズモンドは返事をせず、シスビーを乗り込ませるために馬車の扉を開けた。「解雇されたんでしょう？　工房の店長さんに。私のせいよね？　私がこの前押しかけたから」

デズモンドは肩をすくめ、シスビーにかすかな笑みを向けた。「僕は工房にとって迷惑な存在になってしまったらしい」

「デズモンド……ごめんなさい。私、ちゃんと考えていなくて……あまりにも腹が立って……」言葉はそこでとぎれた。デズモンドがこの数日間、自分の時間をすべて〈アイ〉捜しにあててくれていたことにさえ、考えが及んでいなかった。自分の世界には、誰かに雇われて働いている人はいないから。何て浅はかだったのだろう。シスビーはデズモンドの腕に手を置いた。「ごめんなさい。店長さんのところに行って、私から説明――」

「やめてくれ」デズモンドはシスビーの手を振り払った。いつもは柔らかな茶色の目が突然険しくなり、怒りすらにじんだ。「君には僕のために何もしてほしくない」

デズモンドの怒りにシスビーはうろたえ、拒絶されたことに傷ついて手を引っ込めた。次の瞬間、わかった。デズモンドは私を何にも利用するつもりはないと言っていた。こちらから申しでた協力すら拒むことで、それを証明しようとしているのだ。

デズモンドは人を利用しない。誠実さや、優しさや、知識への愛と同じように、それもデズモンドに深くしみ込んだ性質なのだ。彼を信じないシスビーの態度は、デズモンドを全面的に否定することだったのだ。

デズモンドが、身元を黙っていたというシスビーのふるまいを許してくれたのは、シスビーのことを知っていたから――その偽りがシスビーに占める割合がいかに小さいかを知っていたからだ。だが、シスビーはその信頼と同じものをデズモンドに抱いていなかった。デズモンドがシスビーを傷つけたように、シスビーも彼を傷つけていたのだとようやく気づいた。

「デズモンド、ごめんなさい」シスビーは言い、デズモンドは困惑した顔になった。

「ごめんって、何が？」

「その……全部を謝りたいの」

デズモンドはますます目を丸くしたが、彼が口を開く前に、馬車がゴードン教授のアパートの前に停《と》まった。シスビーは急に気後れし、自信がなくなって、返事を聞くより先に扉を開けてそそくさと降りた。

シスビーが共同玄関のドアに手を伸ばそうとしたところでデズモンドは追いついたが、シスビーと同じくらい話をする気はなさそうだった。デズモンドは足を進め、いちばん近くのドアをノックした。「大家に話を聞いてみよう」

しばらくして、痩せた男性がドアを開け、二人をまじまじと見た。その目は鋭く、眉間に深いしわがあるせいで、つねに顔をしかめているような印象を与えた。「何の用だ？」シスビーを見ると、その目が細くなった。「あんたは誰だ？」

「私はレディ・シスビー・モアランド」ここは力を誇示するべきところだと考え、シスビーは歯切れよく言った。「父はブロートン公爵です」

「公爵？　私には関係のない話だ」

「そうでしょうね。でも、こちらの賃貸人に関係のある人がいるんです。ゴードンという人が上の階に住んでいるでしょう？　行き先を聞いていませんか？　いつまで家を空けるとか……」

「いや。ほかの連中にも言ったが、その賃貸人のことは何も知らない」大家はドアを閉めかけたが、デズモンドが手を突っ張らせ、開けたまま固定した。

「ほかの連中？　ほかにもゴードン教授を捜している人がいたんですか？」

「だからそう言ってるだろう？」

「その人のお名前は？　何人いましたか？」シスビーはたずねた。

「忘れたよ。ここに来てドアをたたく人間をいちいち覚えていない」

「その人たちには何と言ったんです？」デズモンドは粘った。

「さっき言ったのと同じだ。行き先は知らない。賃貸人のことだっていちいち覚えていないからね」

「ぜひとも教授の部屋に入れてほしいんです」デズモンドは言った。「僕はあの人に師事していて、その、本を貸してもらう約束をしていました。でも、突然いなくなってしまって……僕はその本がどうしても必要なんです。授業のために」

デズモンドは嘘をつくのが壊滅的に下手なのだ。デズモンドはずっと本当のことを言っていたと気づくべきだった。むしろ、〈アイ〉に関心があることをあれほど長く隠せていたのが不思議なくらいだった。

「本だと?」大家は嘲るように言った。

「ミスター・ゴードンは私の祖母からあるものを盗んだんです」シスビーは自分がこの会話の主導権を握ることにした。デズモンドはとにかく優しすぎる。祖母の口調を意識してシスビーは続けた。「私たちを中に入れて、部屋に公爵未亡人の持ち物があるかどうか確かめさせてくれたほうが、あなたにとってはずっと楽だと思いますよ。でないと、父が警察に通報して家宅捜索させるしかなくなります。公爵の頼みなら、建物全体を調べることになるかもしれませんね」

「何も悪いことはしてないよ」大家はむっつりと答えた。

「そうなんですか?」シスビーは軽蔑したように片眉を上げた。人にはたいてい隠したい秘密があるものだ。特に、大家という立場なら。「それを決めるのは警察です。あなたはこの建物を所有しているんですか? それとも、誰かに管理人として雇われているだけ? あなたが家賃の一部をごまかしていることがその人にばれるかもしれませんね?」

「そんなことはしていな――」

「もしくは、必要のない修理代金を請求しているとか」母がこぼしていた大家への苦情をもっと思い出そうとする。残念ながら、大家が賃貸人につけいる方法はほとんどが違法ではない。「あなたは話が通じる人に見えます。きっと、あなたが必要だと判断したときに賃貸人の部屋に入ることは、大家の権利に含まれますよね」

「それはまあ……」

「今がそのときだとは思いませんか？」公爵未亡人の助言に従い、シスビーはポケットに手を入れて硬貨を見せびらかした。

「わかったよ」大家はぶつぶつ言いながらも、目を輝かせ、シスビーの手からすばやく硬貨を取った。「ついてきてくれ」室内に手を伸ばし、フックから鍵を取って、階段を上がり始めた。

ゴードンの部屋は狭く、当然ながら、本と日用品であふれていた。その中に〈アイ〉がないことを確かめるのに、さほど時間はかからなかった。だが、ゴードンは戦利品を肌身離さず持っているはずだ。期待しているのは、ゴードンの行き先の手がかりになるものだ。

デズモンドが戸棚と引き出しを調べている間、シスビーはゴードンのデスクに向かった。鍵がかかった引き出しがあったが、鍵はほかの引き出しから簡単に見つかり、シスビーはそれを開けた。その中にも書類がたくさんあったが、すばやく目を通したところ、気になるものは何もなかった。引き出しに再び鍵をし、デスクの上の品々を動かしていく。

封蝋《ふうろう》が破られた便箋が目に留まり、それを開いた。すぐに署名に視線が引き寄せられる。

「デズモンド」

シスビーの声音にデズモンドが振り向き、急いでそばにやってきた。シスビーは便箋を掲げ、声に出して読んだ。「〝明日の午後、会って話せるのを楽しみにしています〟」署名を指でたたく。

「〝アルフレッド・サイミントン〟」デズモンドは言い、肩をすくめた。

「ベラード大叔父さまの友達よ。アン・バリューの本を書いた人」

# 26

「アルフレッド・サイミントン？」シスビーの問いかけにベラード大叔父は答えた。「正確には、友達とは呼べない。デンベリーの家で一度会っただけだから。ただ、ときどき手紙のやりとりはしている」ベラードは本棚に視線を走らせた。「ええと、あの本はどこにしまったかな？」

「私に貸してくれたわ、大叔父さま」

「ああ、そうか。よかった」ベラードはにっこりし、デズモンドのほうを向いた。「君と会うのは久しぶりだな。コーネリアが怖くて寄りつけないんじゃなければいいが。ここにはいつでも来てくれていいんだよ」

「ありがとうございます」デズモンドは小柄なベラードにほほ笑みかけた。「最近は忙しくしていたもので」

「君もコーネリアの〈アイ〉を追っているのか？　当然だな、君はアン・バリューに興味があるだろうから……たしかドーセットの出身だったね。サイミントンも君の知恵を借りたがるはずだ。各地の伝説に大きな関心のある人だから」

「それはよかったわ」シスビーは言った。「私たちもミスター・サイミントンと話がしたいの。どこに住んでいるかわかる？」

「ああ、もちろん。ええと……」ベラードはデスクの上を漁《あさ》り始め、やがて革表紙の薄い手帳を見つけだした。「ここに書いてある」ページをめくっていく。「ああ、やっぱりあまり遠くない。トッテナム・バラのセブン・シスターズ・ロードの近くだ」手帳をシスビーに見せる。「なぜ忘れていたのか不思議だ。サイミントンが住むにはぴったりの場所なのに。例の木にまつわる伝説がたくさんあるんだから」

「伝説というのは？」

「〝花は咲くけど生長しない〟木ですか？」デズモンドは言った。

ベラードはデズモンドがわかってくれたことに嬉《うれ》しそうな顔をしてうなずいた。「そうだ！　君にはまだ新しい軽騎兵の一団を見せていなかったね。最近手に入れたんだ」ベラードはうきうきとテーブルに向かい、デズモンドがあとに続いた。「バラクラヴァの戦いを再現しようと思ってね。もちろん、あの突撃はとんでもない間違いだった。ノーランの責任だとされているが、私の考えでは、あれはカーディガン卿《きょう》の失策だ。あの男はいつだって愚かだった」テーブルに向かって腕を振って〝シン・レッド・ライン〟を示し、大砲を置く予定の地点を指さした。

デズモンドは考え込むような顔でうなずいたが、その後シスビーとホールを引き返しているときは小声で言った。「カーディガン卿って誰だ？　親戚か？」

シスビーは笑った。「軽騎兵旅団の突撃を率いた人だと思うわ」

「ああ」デズモンドの眉間のしわが消えた。「バラクラヴァというのは楽器か何かかと思った」

シスビーはくすくす笑った。「私も焼き菓子の名前だと思ったわ。どんなに知識があっても、誰もベラード大叔父さまにはついていけないの。ただうなずくのがいちばんよ。あなたは大叔父さまにとても優しくしてくれるわね」

「あの人に優しくせずにいられる人なんているのか？」

「世の中にはいるのよ」シスビーは暗い声で言った。階段に近づくと足を止め、デズモンドのほうを向いた。「明日、セブン・シスターズに行ってみる？」

デズモンドはうなずいた。「教授がいちばん行きそうなのはそこだと思う。お互いアン・バリューに興味を持っているんだから、二人が友達である可能性は高い。もし運がよければ、教授はサイミントンの家に滞在しているはずだ」

「サイミントンが教授の行き先や予定を知っているかもしれないし」シスビーはそう言ったあと、黙り込んだ。デズモンドにまだいてほしかったが、これ以上彼の帰りを遅らせる理由が見つからなかった。「あの……ありがとう、このことで力になってくれて」

「僕はいつだって君の力になるよ。それは覚えていてほしい」デズモンドの目は温かかった。彼が身を乗りだし、手を伸ばそうとしたので、シスビーはキスされるのかと身構えた。だが、デズモンドは手を下ろし、一歩下がった。「それに、〈アイ〉がなくなったのは僕の責任だから。ゴードン教授が何をしようとしているのか、僕が気づくべきだった。あの人を止めるべきだったんだ」

「そんなことはできるはずないでしょう？　そろそろ責任を感じるのはやめて。自分にも、お互いにも」シスビーはとっさに爪先立ちになり、デズモンドの唇に軽く、そっとキスした。デズモンドが息をのむのが聞こえ、彼の手はシスビーのウエストに置かれた。

「シスビー……」デズモンドの指に力が入り、視線がシスビーの唇に落ちた。「僕が今どれだけ君にキスしたいか、わからないだろう」

「じゃあ、見せてみて」シスビーは口角を上げた。

そのとき、階段から足音が聞こえた。めったにないことだが、シスビーは家族全員どこか遠くに行ってほしいと思った。デズモンドは後ずさりし、階段を振り返ったとき、ちょうどオリヴィアが視界に入った。

「あら」オリヴィアは足を止め、申し訳なさそうにシスビーを見た。「そうだ、私、忘れ物をしたみたい」向きを変えようとする。

だが、デズモンドはすでにオリヴィアに挨拶をしていて、さっきまでの雰囲気は消えた。

「やあ、オリヴィア」デズモンドはそう言ったあと、シスビーのほうを向いた。「じゃあ、明日の朝に」

シスビーはうなずき、オリヴィアは言い添えた。「朝食を食べに来てよ。おばあさまはそんなに朝早くは下りてこないから」

デズモンドは笑った。「僕の運の悪さだと、そのときに限っておばあさまが下りてきそうだ」オリヴィアのお下げ髪をからかうように引っ張り、階段を下りていった。

「ごめんなさい」オリヴィアは言った。「私、知らなくて」

「当たり前でしょう。あなたは何も悪いことはしてないわ。どっちにしても、デズモンドは帰ろうとしていたし」

「ええ、でも……知らなくて……お姉さまはもうデズモンドのことでおかしくなってはいないように見えたから」

「おかしくはなっていないかも」シスビーはにっこりした。「これからどうなるかしらね」

シスビーは寝室に行き、サイミントンの本を取りだして、アン・バリューのページを開いた。見慣れた顔がこちらを見つめてくる。その表情は誇り高く、どこか傲慢にさえ見えた。自分は賢いから安全でいられると思ったのだろうか？　ほとんど女性がいない場所でも成功すると？　もしそうなら、女性と階級に対する根深い偏見の強さに気づかず、代償を支払わされたのだろう。

私が見る夢にはどんな意味があるの？　なぜこの女性が何度も出てくるのだろう？　夢を何かのお告げや前兆と見なすことがどれほど馬鹿げて見えようとも、起きていることは無視できなかった。そもそも私は、空想に身を任せたり、容易に影響されたりする人間ではない。にもかかわらず、これほど鮮やかな悪夢を見続けることには、何か理由があるはずだった。

シスビーはこの問題に科学的に取り組むことにした。夢の出所はどちらかのはずだ——シスビー自身の思考や感情から生じた想像か、シスビーの外部から来たものか。後者は誰か、もしくは何かがシスビーの睡眠中の意識に侵入できることを意味していて、それはひどく恐ろしい考えだった。

前者に的を絞ろう。脳に棲《す》みついていて、このような形で現れるものはいったい何だろう？　鉛筆とメモ用紙を取ってデスクの前に座り、リストを作り始めた。夢に出てきたのは……火、アン・バリューかもしれないし違うかもしれない女性、痛み、恐怖。

シスビーが見たアンは誰かを救いたがっていた。彼女の子供だろうか？　何かそのようなことを言っていた。シスビーには自分に対する務めがある、シスビーは自分のものだともアンは言っていた。

シスビーがアンのものであるという言葉は、簡単に説明がつく。祖母が自分たちはアン・バリューの子孫だと言っているのだから。だが、アン・バリューに対する務めとは何だろうか？〈アイ〉を見つけること？　もしかすると、救わなくてはならないのは人ではなく、〈アイ〉なのかもしれない。その解釈だと筋が通る。この二週間、シスビーは〈アイ〉について考えることが多かった。自分を悩ませるものにまつわる悪夢を見るのは、珍しいことではない。それでシスビーは〈アイ〉を救うよう頼まれる夢を見たのだ。

問題は、〈アイ〉やアン・バリューが存在することさえ知らないうちから夢を見ていたことだ。

シスビーはうんざりしてデスクに鉛筆を放りだした。論理的な説明も、夢が自分の不安から生じているという考えもここまでだ。となると、可能性はあと一つしかない。遠い昔に亡くなったアン・バリューが蘇《よみがえ》ってシスビーの夢につきまとうのは、シスビーに自分の発明品を取り戻してほしいからというものだ。

そういえば、この夢を見始めたのは祖母が家に来るころからだ。〈アイ〉が何らかの方法で自分に夢を見させている可能性はあるだろうか？　アン・バリューの霊と〈アイ〉、どちらの仕業がより恐ろしいのかはわからなかった。正直に言って、両方馬鹿げているように思える。

デズモンドも何らかの形で〈アイ〉と関係しているという、今朝の祖母の言葉についても考えた。〝あの子の血筋の誰かが、私たちの血筋の誰かを殺すの。あの子はその運命に縛られているし、あなたも同じように縛られている〟

デズモンドの〝血筋〟とは何だろう？　シスビーの〝血筋〟とは？　なぜ二人とも縛られているのか？　最新の夢でアンが言っていた〝あなたを縛る〟は祖母の言葉に合致する。だが、何に縛りつけるというのだろう？　どうやって？

デズモンドのおばは、彼がアン・バリューの子孫だと信じていたという。ドーセット出身であることは、アンがデズモンドの先祖である根拠としてはかなり薄い気がする。だが、それをいうなら、シスビーと祖母がアンの子孫である証拠も、一族が〈アイ〉を所有している以外には何もない。

デズモンドはアンの子孫で、シスビーは違うのかもしれない。あるいは、二人ともアンの子孫で、十八親等くらい離れた親戚なのかもしれない。もしくは、二人ともアン・バリューの子孫ではなく、このすべてが狂気の沙汰なのかもしれない。

シスビーはいらいらと頭を振り、立ち上がって部屋を出た。もうたくさんだ。一階に下りて、家族と食事をしよう。ここに至るまでの思考に比べたら、モアランド家の面々は極めてまともに思えた。

シスビーは凍えていた。冷気がそこらじゅうで渦巻き、シスビーを暗い中心部へと引っ張り込もうとする。足元にあるのは、底なしの氷の奈落だけだ。シスビーは呼吸しようともがき、耳の中で脈がどくどく打った。逃げなければ、死ぬ。それは確かだったが、動くことも、考えることもできなかった。シスビーは無力で孤独で、誰からも見放されていた。いや、違う、そうではない。あの女性もそこにいて、シスビーと同じようにさまよい、孤独だった。今やアン・バリューからは火が消え、生気も消えていた。顔に血の気がない。髪にも服にも霜が付着していた。目は閉じられ、両手は胸の前で重ねられて、墓に入る姿勢をとっていた。

死んだのだ。一人きりで。非難されながら。

シスビーは身震いした。自分も同じ運命をたどるのだろうか？　何も感じず、誰にも知られず、永遠の中を漂う？　これがアンの復讐《ふくしゅう》なのだろうか？

アンの目がぱちりと開いたが、瞳からは命が消え、白濁していた。「すべてあなたのせい」

「私は何もしていないわ」シスビーはささやいたが、言葉は喉から出てこなかった。

これは自分のせいだったのだ。気づくべきだった。知るべきだった。理解できないのなら、これだけ知識を持っていることに何の意味がある？

アン・バリューはシスビーのほうへ漂い、その目はどんよりとして何も見ていなかったが、シスビーに向けられていた。

「いや……」シスビーはうろたえ、後ずさりしようとしたが、できなかった。

「お願い。白黒つけてちょうだい」アン・バリューは腕を伸ばし、その死体のような手がシスビーに向かってきて……。

シスビーはどうにか目を開けた。体は丸められていて、きつく巻きつけた上掛けだけではぬくもりが足りないのか、ぶるぶる震えていた。また夢を見ていた。かつては自分を炎で焼きつくしたものが、今度は骨の髄まで凍えさせていた。

震えているうちに思考が戻ってきた。きっと火が消えてしまったのだ。暖炉のほうに顔を向ける。火はまだ燃えていて、石炭は輝き、暗い部屋にうっすらと光を投げかけていた。そして、シスビーと暖炉の間に、アン・バリューが立っていた。

今回全身に走った寒けはすさまじいものだった。これは夢ではなく、本物の女性だ。生身の肉体を備えた女性が、背後から照らされてシルエットになっている。

これまでアン・バリューの顔にあった復讐への激しい渇望は、今は少しもなかった。今のアンは、苦悶《くもん》に顔が歪《ゆが》められ、黒い目は懇願するようだった。

「あなたにお願いするわ、彼を救って」アンはささやいた。「彼を救って。あれはあまりに強力すぎる。彼を壊してしまう。私の血の血、私の骨の骨。お願い、どうか……」言葉にならない泣き声を残し、彼女は消えた。

シスビーはしばらく、横になったまま動けずにいた。アン・バリューが部屋にいた。話しかけてきた。あまりに信じがたい出来事だったが、それでも現実であるのはわかっていた。

「デズモンド！」シスビーは突然上掛けを払いのけ、ベッドから飛びだした。アンが言っていたのは〈アイ〉のことではなく、デズモンドのことだ。シスビーはずっとしながらも確信していた。〝私の血の血、私の骨の骨〟。デズモンドはアンの子孫に違いない。

ここで何もせず震えているわけにはいかなかった。デズモンドは彼を救わなければならない。最初に目についたハーフブーツに足を突っ込み、ストッキングや着替えのことは気にもしなかった。そのままローブをはおって腰紐《こしひも》を結び、その上にすっぽりと外套《がいとう》をまとう。

階段を忍び足で下りて裏口に行き、ドアを開けて冷たい夜気の中に出た。頭の上にフードを引き上げて走りだす。街は暗く、霧に包まれていて、灯《あか》りといえば街灯のぼやけた光だけだった。遠くで時計台の鐘が一度だけ鳴った。シスビーは心臓の音を轟《とどろ》かせながら夜の中を急いだ。

貸し馬車がゆっくりと街路を近づいてきたので、飛びだして停《と》めた。御者は怪訝《けげん》そうな目を向けてきたが、構わなかった。具体的にどんなことが起きるかはわからなかったが、アンの警告の曖昧さそのものが、この状況をいっそう恐ろしいものにしていた。

貸し馬車は街路を進んだが、耐えがたいほどの遅さに、シスビーは座席の上でいらいらと身動きした。デズモンドの自宅に近づくと、街灯の数はどんどん減り、闇が広がった。馬が止まると、シスビーは急いで馬車を降り、デズモンドが住む建物を見上げた。灯りのついた窓は一つもなかった。デズモンドの部屋に続く階段は真っ暗闇に包まれている。その光景に、悪い予感はいっそう募った。

シスビーは御者の手に硬貨を数枚押しつけ、急ぎ足で路地に入って階段を上った。デズモンドの部屋のドアにたどり着くと、息を切らしながら鋭くノックした。低い声を保って言う。「デズモンド！　デズモンド、私よ。大丈夫？　ドアを開けて」そして答えを待つことなくドアを開けて中に飛び込み、再びデズモンドの名前を呼んだ。

「シスビー？」デズモンドはぼんやりと言い、起き上がった。ぼさぼさの髪をかき上げ、困惑したようにシスビーを見つめる。「どうしたんだ？」今度は声に警戒の色をにじませて立ち上がったが、デズモンドが一歩踏みだすより先にシスビーは部屋を横切り、彼に飛びついた。

「デズモンド！　ああ、デズモンド！　大丈夫？」デズモンドに腕を回してしがみつき、不安が言葉にならない奔流となって飛びだした。

デズモンドはシスビーに腕を巻きつけ、頭頂にキスをした。「僕は大丈夫だ。いったいどうしたんだ？　何があった？」

「あの人が言ったの……私、すごく怖くて。てっきりあなたが……」シスビーは顔を上げ、デズモンドの目を見上げた。両手で彼の顔を挟む。「あなたに何かあったらと思うと耐えられなかった」デズモンドの唇に、頬にキスし、両手を彼の肩に下ろした。

手の下でデズモンドの肌が熱くなるのが感じられ、シスビーは突然、彼の上半身がむきだしであることに気づいて息が止まった。同時に、長身の引きしまった体が上から下まで裸であることもわかった。デズモンドは腕に力を込めて、シスビーを自分の体に押しつけ、唇で唇を探り当てた。シスビーはデズモンドの首に両腕をかけ、彼に会った瞬間から沸騰していた情熱のすべてを注ぎ込んでキスを返した。

シスビーは、デズモンドを永遠に自分のものにするかのようにキスを続けた。デズモンドは低い声をもらし、指先をシスビーの外套の中に潜り込ませ、二人のキスはいっそう深くなった。シスビーはデズモンドへの思いをすべてさらけだしたかったが、体の中で渦巻く感情はあまりに強く、あまりに未完成で、言葉にならなかった。

デズモンドの両手はシスビーの全身を這《は》い回ったが、再び外套に阻まれた。シスビーは結び目を引っ張り、外套を脱いだ。これでデズモンドは自由に愛撫《あいぶ》できるようになった。彼の両手は前に回り、ローブの腰紐を発見するとそこで止まった。デズモンドの体は張りつめ、熱が渦巻いていて、シスビーがねまきしか着ていないことに気づいているようだった。一瞬のためらいののち、デズモンドは紐を引っ張ってほどき、指をローブの下に潜り込ませた。

薄布越しの指の感触にシスビーは身を震わせ、それを素肌に感じたくて全身がうずいた。もっと……ああ、もっともっと欲しい。シスビーは一歩下がってローブを床に落とし、ボタンを少ししかはめていなかった靴を脱いだ。手を下に伸ばし、ねまきを引き上げていく。

デズモンドはその場に立ちつくしていた。目をきらめかせ、激しい息遣いに胸を上下させながら、シスビーが最後の一枚を体から頭の上へと引き上げるさまを見つめる。デズモンドの言葉はかすれたささやき声にしかならなかった。「シスビー……だめだ」

シスビーは頭を振って、デズモンドに手を伸ばした。「そんなことは言わないで。私、これを望んでいるの。デズモンド、あなたが欲しいのよ」

デズモンドがシスビーを引き寄せると、二人の間で言葉は消え失《う》せ、会話も思考もためらいも、互いの情熱の炎に焼きつくされた。

# 27

シスビーはデズモンドの背中を両手でなで、熱くなめらかな素肌の感触を指で知っていった。デズモンドの体の輪郭をたどって、筋肉の曲線に沿って進み、ごつごつと浮きでた背骨をなぞり上げる。

これこそシスビーが求めていたもの――切望し、夢見ていたものだった。デズモンドに触れ、それに反応した彼の震えを、自分と同じように彼の中で燃える炎を感じること。衝撃が次々とシスビーを襲い、それは耐えがたいほどに炎をかき立てた。視界がぼやけ、頭がくらくらしたが、一つだけ確信していることがあった。これはあらゆる点で正しい。

キスし、愛撫《あいぶ》をしながら、二人はベッドの上に倒れ込んだ。デズモンドは横向きになり、シスビーは彼の体が押しつけられる感触を恋しく思ったが、今度は二人がキスを続ける間、彼の手は自由にシスビーの体を探れるようになり、シスビーはそこにまったく別の喜びを見いだした。デズモンドは上から始めて、首をなぞり、喉元の柔らかな窪《くぼ》みをさすったあと、鎖骨をたどり、柔らかな胸のふくらみへと下りていった。

デズモンドは指先で胸の片方の縁をなぞってから、ふくらみを羽根のように軽くたどった。唇で唇を貪りながら、片手で胸を包む。あまりに速くデズモンドは次に進んでしまったが、お腹に手のひらを広げられるのもやはり刺激的だった。はっきりとした目的地へとデズモンドが一直線に向かう間、シスビーの体は期待に張りつめた。ついに、その手は脚の間にすべり込んだが、驚いたことに、それはより深く激しい快感の始まりにすぎなかった。

ほっそりと巧みな指で鮮烈な衝撃を生みだしながら、デズモンドはキスをやめ、唇を胸に移動させた。シスビーはあえぎ声をもらし、指をシーツに食い込ませた。その快感は途方もなかった。耐えられそうにないと思った。だが、耐えた。そして、その先が欲しくなった。

デズモンドは両腕に体重をかけてシスビーに覆いかぶさり、シスビーは両脚を広げて彼を迎えた。知識は身につけているため、次に何が起こるかは知っていた。だが、どんなに知識があっても、現実には備えきれていなかった——デズモンドの一部が自分の中に押し入ってくるこの不思議な感覚にも、彼を奥深くまで取り込みたいというせっぱつまった欲求にも。鋭い痛みが走ったが、やむにやまれぬ渇望がそれをかき消し、ついに形容しがたい満足感がシスビーの全身に行きわたった。

デズモンドが中で動き始めると、ゆっくりとした規則的なその動きは、一突きごとにシスビーに声をあげさせた。期待に体が張りつめていく。やがてデズモンドは低い叫び声を発して身を震わせ、シスビーは圧倒的な喜びにさらわれた。シスビーがデズモンドにしがみつくと、彼はシスビーの上に崩れ落ち、二人は手足を絡み合わせたまま、うっとりと横たわっていた。

シスビーは悟った。これこそが私の世界のすべて。

デズモンドはシスビーを腕に抱いた。生まれ変わったような気分だ。圧倒され、すべてを出しきって、快感のもやの中を漂い、しばらくの間はその贅沢《ぜいたく》さに身を浸した。これさえあれば……。

だがもちろん、これは決して手に入らないものだ。デズモンドはあまりに現実的で、この世の中を知りすぎているため、長い間夢を見ていることができなかった。ため息をついて、髪をかき上げる。「すまない。こんなことは、するべきでは――」

「後悔してるの？」シスビーがたずね、片肘をついて体を起こし、デズモンドを見下ろした。肩に落ちかかった黒髪はさらさらで、魅惑的に乱れ、唇はキスで柔らかく、色濃くなっていた。上掛けは腕をすべり落ち、裸の肩と胸があらわになっていて、その姿はあまりに官能的で、満たされたばかりのデズモンドの欲望が完全に蘇《よみがえ》った。

その傷ついたような声音に、デズモンドは急いで安心させるように言った。「違う。もちろん後悔なんかしていない」手を伸ばし、シスビーの腕をなで下ろす。「後悔するはずがないだろう。これは……僕は美しい言葉は使えないけど、これは今まで僕に起こった中で何よりもすばらしい出来事だった」

「あなたの言葉はじゅうぶん美しいと思うわ」シスビーはほほ笑んで再び横になり、デズモンドの胸に手を置いた。「これがどんな感じなのか、想像もつかなかった。でも、あなたはすでに知っていたんでしょうね。前にも経験があるんだわ」

「そういうわけじゃないよ」

「本当に？」シスビーはまた体を起こし、デズモンドの顔をのぞき込んだ。

デズモンドは頬が赤くなるのを感じた。「つまり……僕は勉強も仕事もあったし、本代と授業料で手いっぱいで、ヘイマーケットの女性に払うお金はなかった。それに、そういうのは何だか悲しい気がしたんだ。好意を持った女性もいたし、その、少しはそういうことも……。でも、そこまでの感情を持っていない相手を妊娠させる危険は冒せなかった。だから、そんなに経験があるわけじゃない」デズモンドは少し言い訳がましく説明した。

シスビーはにっこりして身を乗りだし、デズモンドの唇に軽くキスをした。「嬉《うれ》しい」

「それに、僕は少し奥手だから」

「知ってる」シスビーはもう一度、今度は長めにキスをし、デズモンドの血液は沸騰し始めた。

デズモンドもシスビーの髪に指を差し入れ、二人のキスは激しさを増した。体の細胞ひとつひとつがシスビーを求めてうずいた。

直後、デズモンドはうなり、体を引きはがして立ち上がった。ズボンをつかみ足を通す。

「だめだ。もうできない」

「どうして？」

これがシスビーだった。単刀直入で、ためらいがない。

「理由はいくらでもある」自分が何よりも求めているものを拒否するなんて。だが、これは抑えなくてはならない。用心しなければならないのだ。シスビーは勝率がどうあろうと、どんな障害があろうと、突っ込んでくる。「第一に、これを続ければ、君は妊娠してしまうかもしれない」

「なるほど」シスビーは膝を立てて、その上で腕を組み、デズモンドが半裸で自分は素裸である事実を忘れたかのように、議論の体勢を作った。「あなたは私に、結婚するまでの感情は持っていないということね」

「違う！」デズモンドは驚いて言った。「そうじゃない。僕が君と結婚したがっていないと思うか？　君と結婚できる理由ができて有頂天にならないと思うか？　傷つくのは――体面が汚れるのは君だ。たとえ結婚しても醜聞は免れない。子供の誕生が早すぎるんだから。君にそんな思いはさせられない」

「私がどれだけ醜聞を恐れているか、お互いよく知っているものね」

「君は気にしないのかもしれないが、君を中傷する人間のことを僕は気にする。君が無理やり僕に縛りつけられることを気にするよ」

「私が？　無理やり？」シスビーは信じられないというふうに両眉を上げた。「むしろ逆だと思うけど」

「たとえ結婚するはめにならなくても、僕たちの階級は不釣り合いだ。君の家族が僕の家族と親戚同士に？　ありえない」

「デズモンド、私の両親がそれを気にすると思うほど、あなたの目は曇っていないはずでしょう？」

シスビーに言わなくてはならない。たとえ、そのことを考えるだけで怖くてたまらなくても。

「僕は紳士階級の息子ではないというだけじゃない」デズモンドは息を吸い、思いきって言った。「泥棒の息子なんだ。父は死んでいない。犯罪者だ」

シスビーは唖然《あぜん》としてデズモンドを見た。「犯罪者？　でも、あなたは――」

「わかってる」デズモンドはうなり声をあげ、そっぽを向いた。「このことでも君を欺いた。父は死んだのかときかれて――」

「お父さまはもういないとあなたは言ったわ」

「父がいないのは、オーストラリアの犯罪者植民地に送られたからだ。ごめん、シスビー。本当にごめん、話しておくべきだった。間違ったことだし、最低のふるまいだとわかっていたけど、どうしても君に告げる勇気が湧かなかった。君はすでに、僕が〈アイ〉のために君を利用したと思っていた。しかもそのあとは、僕があれを盗んだと――」

シスビーはうなずいた。「あなたが言いたくなかった理由はわかるわ」身を乗りだし、真剣な声で言う。「でも、デズモンド、あなたの行為に私が腹を立てる筋合いはないの。私もモアランドとは名乗ったけど、ブロートン公爵の娘であることは伏せた。そんなことを理由に、私はあなたと結婚するのをやめようとは思わないわ」

「シスビー！」デズモンドは笑うしかなかった。「まさか、君が公爵の娘だと言わなかったことが、僕が泥棒の息子だと告白しなかったことと同じだとは思ってないよね。わからないか？　僕はこのごまかしを心から悔いているけど、問題はそこじゃない。誰も、君のご家族でさえ、そんな男と親戚関係になるのを望まないことなんだ」

「よくもそんな……」シスビーは怒りをあらわにした。「お父さまの罪の汚名をあなたに着せるほど、私の家族の器が小さいだなんて、よく仄《ほの》めかせるわね？」

「そういう意味じゃない」

「じゃあ、どういう意味？」

「それは……」デズモンドは言葉につまった。

「デズモンド、私の家族はあなたのことが好きだし、私に幸せになってもらいたいの。あなたのお父さまが何者かなんて、家族は誰も気にしないわ」

「おばあさまは気にするよ」

「〝私が意見を聞きたい家族〟は誰も気にしない」シスビーは訂正した。

「僕には金がない。くそっ、職だって失ってしまった。職があったとしても、妻は養えない。たとえその妻が贅沢に慣れていないとしてもだ」

「馬鹿げているわ」シスビーは笑った。「お金は、何より私たちが心配する必要のないものだもの。お父さまはお金をたくさん持っていて、壺《つぼ》や像に注《つ》ぎ込んでも使いきれないくらいよ。家だってどこに住んでもいいし」

「どこに住んでもいい？」デズモンドは唖然としてシスビーを見た。「何軒あるんだ？」

「知らないわ。バースにはおばあさまが住んでいる家があるし、スコットランドにも釣り用の別荘があるけど、テオとリードが男同士の遠出をするとき以外は誰も使っていないし。アイルランドの地所は、お母さまがアイルランド併合に反対しているから絶対に使わないの。それから、もちろんブロートン・パークがあるわ、モアランド家の本拠地よ。ロンドンの屋敷よりだいぶ大きいの」

「だいぶ大きい？」デズモンドは弱々しくたずねた。ことあるごとに、二人の溝の深さを示す、新たな証拠が現れる。

「ええ、パークなら一つの翼棟を丸ごと二人で使えるわ。あなたも研究室を持てる。私のを一緒に使ってもいいし、自分専用がよければそれでもいいし。万華鏡を作らなくても大丈夫よ。本当に研究したいことに時間を費やせばいいの。でも、もし私の家族と一緒に住みたくなければ、お父さまに言ってほかの家を使わせてもらいましょう。新たに自分たちの家を探してもいいし……。私も今はお金を持っているの。お父さまの弁護士が子供たち全員に基金のようなものを設定してくれていて、私も二十一歳になったから——」

「シスビー……」デズモンドは両手を髪に突っ込んでかきむしった。「問題は君の家族じゃない。ご家族は気持ちのいい人たちばかりだ。ご家族と一緒に住むことも、研究室も、自分の欲しいものは何でももらえることもすばらしい。でも、僕はそんなふうに君の家族に依存したくない。君の寄生虫になりたくないんだよ」

「それは、あなたが私を利用していると責めたせい？」シスビーはたずねた。「今はそうは思っていないわ。あなたがしたことは理解できたし、もともとあんなふうに言ったのは、自分が傷ついたから。あなたがそんなことをする人だと本気で思ってはいないわ」

「世間の人は思うよ」デズモンドはため息をついた。「それに、そのことだけじゃない。わかってるだろう」ベッドに歩いていき、シスビーの隣に座って手を握った。「僕は君にとって危険な存在なんだ」

「いいえ、もう危険はないわ。教授が〈アイ〉を手に入れた以上、私を脅す理由はないもの」

「問題は教授と〈アイ〉だけじゃない。僕だ。君がおばあさまの警告を軽蔑しているのはわかってるけど、僕はそう簡単に無視できない。僕が君にとって危険な存在なら――」

「危険なのはあなたのほうかもしれないわ」シスビーは反論した。

「何だって？　なぜ僕が危険なんだ？　そうだ、今夜ここに来たとき、君は何か言っていたね……」実を言うと、デズモンドはシスビーの言葉を覚えていなかった。眠りからシスビーを腕に抱くという夢に移行したため、彼女の言葉は快感のもやの中に消え去ってしまっていた。「君は怯《おび》えていた。何があったんだ？」

シスビーはデズモンドが今まで見たことのない、怯えるような表情を浮かべた。「あなたのおばあさまの話が伝説じゃなかったらどうする？　あなたが本当にアン・バリューの子孫だったら？」

「何だって？」シスビーが言ったとは思えない台詞《せりふ》だった。「なぜそう思ったんだ？」

「アン・バリューがあなたの先祖ではないと判明しているわけじゃないのよね？」

「ああ。でもそれは、世界じゅうの誰についても言えることだ。ドーセット出身だからといって、アンの子孫だということにはならない。アンに子供がいたかどうかさえ、誰も知らないんだ」

「でも、子供がいた可能性は高い。アンは錬金術師で、尼僧ではないし、魅力的な女性だもの。肌や髪の色もあなたと似ているし」

デズモンドは目を見張った。「シスビー……こんなの君らしくない。根拠にするにはあまりにたよりない事実だ。なぜ君は――」

「わかったわ」シスビーはいっそう動揺した表情になり、ベッドからするりと出て、再びねまきを着てローブをはおった。「今夜、夢を見たの。かなり前から同じような夢を見ているのよ……あなたに会って以来」

「僕がアン・バリューの子孫だという夢？」

「そうね……いいえ、正確には違う」シスビーは深く息を吸い、早口で続けた。「私、アン・バリューの夢を見続けているの。私の夢に出てくる女性が、ベラード大叔父さまの本にあった肖像画の女性なのよ」

「まあ、アンの肖像画を見たのなら、夢に出てきても――」

「違うの」シスビーは頑とした口調で割って入った。「本でアンを見たから、夢にアンが出てきたわけじゃない。その本を読むよりずっと前にアンの夢を見ていたのよ。アン・バリューのことも〈アイ〉のことも聞く前に。火が燃えていて……熱さを感じたわ。アンは私に誰かを救ってほしいと頼んできた。私にはアンに対する務めがあると。私は彼女に縛られているそうよ」

「アンはそれを今夜の夢で言ったのか？」

「今まで見てきた夢の中で言ったの。そういう夢は何度も見たし、どんどん鮮やかさを増してきたわ。炎が燃え盛って、最後には、骨の髄まで凍える夢に変わった」デズモンドが口を開こうとすると、シスビーは両手を上げた。「馬鹿げているのはわかってる。夢はあくまで夢だという理由をあなたがいくら挙げても、すでに私が考えたものでしょうから。私は神秘的な事象や死者との対話なんて信じていないもの」

「知ってるよ。じゃあ、なぜその一連の夢を現実だと思うんだ?」

「妙なの……強烈なのよ。今までに見てきた夢とはまったく違う。アンは本の中の女性にそっくりだし、今夜アンは私に〝彼を救って〟と言ってきたの。〈アイ〉があなたを壊すというのよ」

「僕を名指ししたのか?」

「いいえ。でも、このことにかかわっている〝彼〟が何人いる? その中でアンの子孫だと語られている人は誰? アンはその彼を〝私の血の血。私の骨の骨〟と呼んだの。それから、デズモンド……私、アンを夢で見たんじゃないの。今夜はアンが私の部屋に立っていた」

「アン・バリューに話しかけたのか?」

「アンが私に話しかけたのよ。私は心底震え上がっていたから、何も言えなかった」

「ちょっと待て。君は今夜アン・バリューの幽霊と話したけど、僕が予言を信じるのはばかばかしいと？」

シスビーは視線をそらす礼儀は持ち合わせていたが、それでも反論した。「私は自分の目でアン・バリューを見たけど、あなたの予言はおばあさまが言ったことだし、おばあさまは私にあなたといてほしくないと思っているのよ」

「それは、僕のせいで君が死ぬからだ！」

「あなたの名前に爵位がついていたら、おばあさまの予言は劇的に変わるんじゃないかしら」シスビーは言い返した。「ああ、もう……私、何を信じればいいのかわからなくなってきた。おばあさまは頭がどうかしていて、私もどうかしていて、私もあなたもアン・バリューとは何の関係もないのかもしれない。あるいは、おばあさまは今までずっと本当のことを言っていて、初代公爵やいろんな霊と話ができるのかもしれない。でも、そんなことはどうでもいいの。私には関係ない」

「シスビー――」

「関係ないのよ。これは私の人生だし、私は危険を冒す覚悟ができているから」

「わかってる」デズモンドはシスビーに近づき、両手で顔を挟んだ。「君は恐れ知らずだ」身を屈《かが》め、そっとキスする。「でも、僕は違う。君が何かに傷つけられると思うと耐えられない。もし僕のせいで君が死んだら、僕はもう生きていけなくなるんだ」

シスビーは目に涙をため、デズモンドを振り払った。「私もあなたに対して同じ気持ちでいるとは思わない？　愛は人を臆病にするわ」デズモンドから遠ざかったあと、振り向く。「わかってるでしょう、おばあさまはあなたのせいで私が死ぬとは言わなかった。あなたの愛のせいで、と言ったのよ。あなたが私を愛するのをやめたら、私たちは一緒にいられる」

デズモンドは重く沈んだ心でシスビーを見つめた。「僕は、それだけはできない」

# 28

翌朝、シスビーとデズモンドは列車でアルフレッド・サイミントンの家に向かい、昼前にはドアをノックしていた。シスビーは戸口で隣に立つデズモンドを見た。今日の彼は口数が少なく、昨夜のことで葛藤しているのがわかった。

デズモンドは幸せそうだった。それは確かだった。二人は再び愛を交わし、不確定な未来を前に、飢えたように無我夢中で求め合った。その後デズモンドはシスビーを家まで送ると言い張ったが、裏口で別れるとき、デズモンドは長く激しいキスをし、シスビーへの欲望をあらわにした。セブン・シスターズに向かう列車の中でも、デズモンドが自分を見るたびにその目が熱を帯びるのがわかった。だが、そこには心配と罪悪感、自分と一緒にいることでシスビーが傷つくのではないかという恐れ、欲求に負けてしまったことへの自責の念もうかがえた。

デズモンドは自分がシスビーを守らなければならないと思い込んでいる。シスビーにもそれは理解できた。デズモンドが窮地に陥っているのではないかと感じたときは、彼を救うことしか考えられなかった。だが、自分たちが、祖母が予言した運命をたどるはめになることは受け入れたくなかった。

デズモンドが死の印を帯びているという公爵未亡人の予言とデズモンドの恐怖は、アン・バリューが暖炉のそばに立っているのを見た今では、そこまで荒唐無稽だとは感じなかった。だが、その件に関して自分に選択権がないと思うのはいやだ。結末を変えるためにできることが何もないのなら、予言に何の意味があるだろう?

とにかく、状況を変える方法を突き止めなくてはならない。第一歩は〈アイ〉を取り戻し、二人にとっての危険を取り除くこと。だからこそ、今朝ここまでミスター・サイミントンに会いに来たのだ。

シスビーはデズモンドの額に手を伸ばし、そこにあるしわを消したかった。デズモンドは苦労を背負いすぎる。これまでの人生ずっと、もがき続けてきたのだ。

視線を感じたのか、デズモンドはシスビーに視線をよこし、口角を上げて温かな、どこか悦に入ったような笑みを浮かべた。その直後、自分に課した規則を破っていることを思い出したらしく、表情を恋人から友人のものに変えた。

それがほとんど成功していないことに彼は気づいているのだろうか?

「留守かな?」デズモンドは言った。「昨夜のうちに大叔父さまが手紙を送ってくれていると思ったんだが」

「送ってくれているわ。もう一度ノックしたほうがいいかも」

デズモンドが再びノックすると、しばらくしてドアが開き、焦茶の髪のこめかみ部分に鮮やかな白髪が交じった、貴族らしい長身の男性が現れた。シスビーはアルフレッド・サイミントンの風貌をきちんと予想していたわけではないが、意外な姿だった。どこか大叔父のような人を――猫背で、眼鏡をかけ、浮き世離れした男性を想像していたのだ。クラブから出てくるのが似合う紳士のような外見だとは思わなかった。

「どうぞ、どうぞ」サイミントンはよく響く声で言い、鷹揚《おうよう》に手を振って家の中を示した。「二度ノックしてくださったかな？　本を読んでいて、家政婦に呼ばれるまで音が聞こえなくてね」階段のてっぺんで雑巾を持ち、いらだたしげな顔をしている女性を見上げる。女性は頭を一度振ったあと、向きを変えて視界から消えた。

サイミントンは二人を客間に通した。「お座りください。お茶を持ってこさせよう」

家政婦の表情を思い出し、シスビーは頭を振った。「いいえ、けっこうです。ありがとうございます」

「モアランド卿《きょう》の姪御《めいご》さんに会えるとは光栄だ。すばらしい学者だからね！　楽しく手紙のやりとりをしているよ。もちろん、モアランド卿のご興味は私の専門とは重なっていないが」サイミントンは自嘲気味に薄くほほ笑んだ。「でも、いつもためになるコメントをくれる」

シスビーはデズモンドを紹介したあと、つけ加えた。「ミスター・ハリソンはゴードン教授のもとで研究をしているんです」

サイミントンはうなずいた。「先日、ゴードン教授と話をしたよ。モアランド卿の手紙によると、あなたもアン・バリューと伝説の〈アイ〉のことを知りたいとか」

「ええ。アンのことが書かれたあなたのご本を読みました」シスビーは言った。

「何と！」サイミントンは嬉《うれ》しそうに言った。「わざわざありがとう」

「とても参考になりました。あなたがアンの肖像画を見つけだされたことに驚きましたわ」

「そうなんだよ！」サイミントンは熱心に言った。「当時のアンのような地位の女性に肖像画があること自体が珍しいし、こんなに長く残っているものはそうそうない。梱包《こんぽう》されてトランクに保管されていたんだと思う。意図的に隠されていたのか、単に忘れられていたのか……ことによると、魔女として恐れられていた人だから、あの絵にも力がありそうだと思われてしまい込まれていたのかもしれない。当時の人はとても迷信深いからね」

「どこで見つけたんです？」

「友人に聞いたんだ。ウォルター・カミングズという歴史学者の友人が、小さな博物館で絵を見かけて。私が興味を持っているのを知っていたから、手紙で教えてくれてね。五十年前にある家族が屋根裏で発見して、その博物館に寄贈したそうだ」

「でも、あれがアン・バリューの肖像画だというのは確かなんですか？」

「アン・バリューであることを記したメモが絵に同梱されていて、絵の裏の上部にも名前が書いてある。文書に残っているアンの描写とも合致する。〝黒髪と刺すような目をした、端整な顔立ちの女性〟。でも、それ以上に決定的だったのが、ブローチなんだ」

「ブローチ？」

「お気づきでないかもしれないが、肖像画の女性はブローチをつけている。そうだ、見てもらおう」サイミントンは飛び上がってそそくさと部屋を出ていき、本を手に戻ってきた。その分厚い本の肖像画のページを開き、二人に見せて、アン・バリューの肩を指さす。「ほら、ここだ。実物の肖像画ではもっとはっきり見えるんだけどね。このブローチは非常に変わっている。描かれているミズメイズは――」

「リーのものですね」デズモンドが口を挟み、サイミントンの言葉を結んだ。

「そうだよ」サイミントンは驚いたようにデズモンドを見た。「そのとおりだ」

「私、ついていけてないみたい。ミズメイズって何ですか？」シスビーはたずねた。

「芝生を盛り上げて造る迷路だ」サイミントンは説明した。「最も保存状態がいいのはハンプシャーのブリーモア・ダウンにあるものだけど、最も古いのはリーにあるものだと一部で言われている」

「とっくの昔に荒廃しているけどね」デズモンドは説明した。「でも、そのブローチにあるようなデザインだとされている」

「アンはこのようなブローチをいつもつけていた。それがアンを魔女として告発する根拠の一つにもなったんだ。リーのミズメイズは〝魔女が集う場所《ウィッチズ・コーナー》〟とも呼ばれていたから。ドーセットには魔法にまつわる迷信や伝説がたくさんあって、アンは死霊魔術師だと噂《うわさ》されていた。死者を見て、死者と話ができると思われていたけど、死者を復活させることもできるとささやかれていた。だからこそ、あれほど恐れられ、妬まれたんだ。そのころ、異教徒はちょっとしたことで悪魔の所業を行っていると裁かれ、火あぶりにされた」

「アンが作った装置、〈アイ〉についてはどうなんです?」デズモンドは促した。

「ああ、そうだ、悪名高き〈アイ〉。アンはそれを使って死者を蘇《よみがえ》らせると言われていた。伝説によると、アンは〈アイ〉を作るのに必要な知識を得るため、悪魔に魂を売ったとか。この伝説のどこまでがアンの時代から言われていたことで、どこからつけ加えられた部分なのかを判別するのは難しい。いろいろなパターンがあるんだ。私はこの伝説をさまざまな場所で聞いてきた。ドーセットだけでなく、ロンドンやハンプシャー、北部にもある。正直に言うと、言い伝えが途方もなさすぎて、〈アイ〉の存在は疑わしいと思っていた。ゴードン教授がそれを持ってきたときは我が目を疑ったよ」

「教授は〈アイ〉をあなたに見せたんですか?」デズモンドは身を乗りだしてたずねた。

サイミントンはうなずいた。「美しい彫刻が施された箱の中で、緑のベルベットに包まれていた」

公爵未亡人の〈アイ〉と同じ特徴だ。「試してみましたか？」

「ああ、もちろん」サイミントンは笑った。「機能しないことはわかっていたけど、ひとどおり調べずにはいられなかった。動かない〈アイ〉を見て、ゴードンはかわいそうにひどく取り乱していたよ。偽物や複製ではないかと言ってね。アン・バリューのことに詳しい私なら力を貸してもらえると思っていたようだ」デズモンドに向かってうなずく。「教授と研究をともにしているのなら、そのあたりのことはすでに知っているんだろうね」

「あなたの話を聞いて、教授は落ち着きましたか？」シスビーはたずねた。

「残念ながら、だめだった。私の返答のせいでいっそう落ち込んでしまって。伝説では、アンの血を引く者でなければ、それをうまく使うことはできないとされている。それ以外の人間が使えば、惨事を引き起こすだけだと」

「アンの血？」シスビーはデズモンドを見た。「アンには子孫がいるんですか？」

「それはわからない。家族はいたが、その後どうなったのかは誰も知らないんだ。逃げたと考えるのが自然だね。おそらく名前を変えて。私ならそうする。ロンドンに留《とど》まるのは危険すぎるから、故郷のドーセットに戻ったか、どこか遠く離れた新天地に向かったのかもしれない。コーンウォールとか、ノーサンバーランドとか。何とも言えないね」

「その話を聞いて、ゴードン教授は何と言っていましたか？」シスビーはたずねた。

「知らないのか?」サイミントンは眉を上げ、デズモンドのほうを向いた。「教授に聞いたのだとばかり思っていたよ」

「聞いていません。こちらにうかがったのはそのためです。ゴードン教授に何があったのかがわからなくて。もう何日も教授の姿を見た人はいません。大学にも、研究所にも、自宅にもいないんです」

完全な嘘にはならないようにデズモンドが答えたのが、シスビーにはわかった。

「何と。ゴードン教授は誰かに報告しなくてはならないと言っていた。私はてっきり研究所の仲間のことだと思っていたんだが」

「名前は言っていました? あるいは、行き先を」

「いや……」サイミントンは眉間にしわを寄せた。「私がこの話をすると、ひどく動揺していた。驚いたよ、今にもひきつけを起こして倒れそうに見えたから。ゴードン教授は飛び上がって、独り言を言いながら、しばらく歩き回っていた。〝あの人に言わなければ〟とか、〝あの人に知らせなければ〟というようなことをつぶやいて。それから、別れの挨拶もせずに玄関から飛びだしていったんだ」サイミントンは伝説の〈アイ〉を見たことより、そのことのほうに驚いているようだった。

「教授が会いに来たのはいつだったか覚えていますか?」デズモンドはたずねた。

「水曜日だったはず。毎週水曜に鳴鐘術の稽古があるんだが、ゴードン教授が来ているからそれに遅刻するかもしれないと思ったのを覚えている」

デズモンドはうなずいた。「でも、教授は急に帰ったから、お稽古には間に合った」

「そのとおり。お茶の時間にもならないうちに出ていったよ」

それからしばらく礼儀正しいお喋《しゃべ》りを続けたあと、二人はサイミントンの家を出たが、シスビーはできることならゴードンのように急いで飛びだしたかった。

ドアを出るや否や、シスビーはデズモンドに言った。「教授はウォレスに会いに行こうとしたんだと思わない？　ほかにこのことを言わなくちゃいけない相手はいないわよね？」

「わからない。共犯者がほかにいたのかもしれないし……研究所のメンバーの一人とか。例えば、カーソン」

「あなたはカーソンが嫌いなだけでしょう」

「いや、カーソンのことは好きだ。ただ……」デズモンドはポケットに両手を入れ、足元を見た。「あいつが君の近くにいるのが嫌いなだけだ」ため息をつく。「ごめん。イソップ童話の欲張りな犬みたいだけど、どうしてもそう思ってしまって」

シスビーはにっこりした。「構わないわ」デズモンドの腕に腕を絡め、身を乗りだしてささやく。「私だってあなたの研究所に女性科学者はいてほしくないもの。だから、それがいやな感じなら、二人ともいやな感じでいましょう」

「いいね」デズモンドの目に一瞬、切望の色がちらついたあと、すぐに消えた。デズモンドは咳払《せきばら》いをした。「僕も、ゴードン教授はウォレスに報告しに行ったんだと思う。もし、教授に〈アイ〉が使えなかったとしたら――といっても、誰にも使えないと思うけど――アンの子孫でないからというのは、都合のいい言い訳にしか聞こえないだろう。だとしたら、ウォレスは教授が失敗したことをすでに知っているか、じきに知るかだ。そうなると――」

「ゴードン教授への資金提供をやめるわね」シスビーはあとを引き取った。

「そのとおりだ。でも、失敗の理由をほかに挙げれば、ウォレスは資金提供を続けてくれるかもしれない。その間に教授は〈アイ〉が使えるアン・バリューの子孫を探せばいい」

「つまりあなたたね」

「教授は僕を子孫だとは思ってないんじゃないかな。僕も自分がそうだとは思っていないし。アンが訪ねてくるのは君だ。君がアンの力を受け継いでいる可能性のほうが高い」デズモンドは顔をしかめた。「というか、彼らはまさしくそう考えたんじゃないかな。何しろ、〈アイ〉は君の家族が所有しているんだから」

「我が家から〈アイ〉を盗んだ時点で、あの人たちに希望はないわ」

「だからこそ、暴力に頼るかもしれない。君は今も危険だ」

「あれを使えると言っているのはおばあさまよ」

デズモンドは唇の端を歪《ゆが》めた。「公爵未亡人ならどんな敵にも太刀打ちできそうだな。でも、さすがのあの人も、君の安全が脅かされたら降伏すると思う」

「でも、どんな危険があるとしても、それをなくすには〈アイ〉を取り戻すしかないわ。ゴードン教授がそれを持っていて、ウォレスのもとに行ったことはわかったんだから、あとはウォレスの地所がどこにあるのか突き止めなくちゃ」

「その方法については考えがある」

「どうするの？」

「教授が駅に着いたであろう時刻はわかっている。それほど動揺していたのなら、自宅には戻らず、ウォレスの家に向かう列車に乗ったんじゃないかな。もともと、ふだんよく行く場所は避けているように見えるし。切符係に教授がどこの切符を買ったかきいてみよう」

「切符係が教授を覚えていると思う？」

デズモンドは肩をすくめた。「試してみる価値はある。パディントン駅とは違って小さな駅だから、切符係も一人か二人しかいない。駅を利用する人はそう多くないし、地元の人でなければ目につくんじゃないかな。教授は記憶にも残りやすい。でっぷり太った赤毛の中年男性だから」

推測は当たっていて、デズモンドが日時と身体的特徴を説明している途中で、切符係はうなずき始めた。「ああ、その人なら覚えてるよ」

「行き先は覚えてるかい？」

切符係はうなずいた。「ロンドンに向かった」

「そうか」デズモンドはため息をついた。

「だから覚えてるんだ」切符係は続けた。「来たときは北部行きの切符のことをきいてきたのに、ロンドン行きの切符を買ったからね」

「北部のどこだったかは覚えていますか？」シスビーは急いでたずねた。

「ああ、すぐ思い出せるはずだ。マンチェスターの先で……」切符係は人差し指で唇をたたいた。「そうだ！　プレストンだ！」

「プレストンだけでは手がかりとして弱い」ロンドン行きの列車の中でデズモンドは指摘した。「ウォレスの家がプレストンにあるのか？　それとも、単に最寄り駅がプレストンというだけか？」

「フィップスとおばあさまなら、誰に話を聞けばいいかわかるはずよ。もしそれでわからなくても、私たちがプレストンできいて回ればいいし。金持ちの男やもめが注目されないはずがないもの」

シスビーの言うとおりだった。この知らせを執事に伝えた二時間後、二人がオリヴィアとベラードに調査結果を伝えているときにフィップスが部屋に入ってきて、どこか気取った調子で告げた。「ミスター・ウォレスの田舎の地所はグローヴトン・マナーという、プレストンのすぐ東の、非常に立派なお屋敷です」

「ありがとう、フィップス。あなたはこの家の宝だわ」

フィップスは今にも笑みをもらしそうになった。「勝手ながら、プレストン行きの列車の時刻表をお調べいたしました。夜行列車ですので、午後の遅い時刻に出発し、マンチェスターで乗り換えになります。列車の手配をいたしましょうか？」

「ええ。明日発《た》つわ」シスビーは言った。デズモンドはパディントン駅に戻ったときに時刻表を調べていたが、フィップスか公爵未亡人から新たな情報を得るまでは切符を買わないことで合意していた。「ミスター・ハリソンと私のぶんをお願い」

「仰せのままに。もちろん、客室は別々になさいますよね」

「ええ、もちろん」シスビーは冷静に答えたが、客室を両方とも使うつもりはなかった。フィップスがおじぎをして出ていくと、シスビーはデズモンドのほうを向いた。「列車は夜にならないと出ないけど、待ち合わせは早めにしたほうがいいわね。ええと……」理由を探す。「いろいろ話し合うために」

デズモンドはうなずいた。「いつもの場所もひととおり探したほうがいいだろう。教授がウォレスに会いに行ったと決まったわけじゃないし」

デズモンドが自分と同じくらい二人で過ごす時間を長引かせたがっていることを、シスビーは嬉しく思った。だが、デズモンドはもう帰ると言ってあっさり立ち上がった。シスビーは甘い別れの挨拶をしたかったが、大叔父と妹がいる場では不可能だった。玄関までデズモンドを送っていけば、執事や従僕に丸見えになってしまう。外までついていくのはやりすぎだし、いずれにせよ、暗くなってもランプで照らされている表通りから丸見えになってしまう。

そこでシスビーは、デズモンドとともに一階の玄関ホールに下りた。従僕がすかさずデズモンドのコートを取りに行く。デズモンドに手を差しだし、礼儀正しい別れの挨拶をしてから見送ったあと、向きを変えて足早に音楽室に入った。部屋をすばやく横切り、反対側の小さなドアを抜け、狭い裏廊下を通って屋敷の裏口を出る。

大股に歩くデズモンドは、すでに屋敷の脇の小道を通り過ぎるところで、シスビーは低い声で彼を呼びながら駆けだした。

「シスビー」振り向いたデズモンドは走ってきた。「何をしてるんだ？　コートも着ずに！」そしてコートの前を開け、シスビーを両側から包み込んで腕を回した。

コートの下でデズモンドに腕を巻きつけ、シスビーは思った。これこそ暖を取る最高の方法だ。

「ちゃんとお別れの挨拶をしたかったの」シスビーは言い、背伸びしてデズモンドにキスした。

しばらくののち、デズモンドはキスをやめて言った。「だめだ」だが、そう言いながらも、身を屈《かが》めて再びシスビーにキスした。やがて、うなり声をあげながらシスビーを放し、うしろに下がった。「帰らなくては。でないと……」頭を振る。「明日、会おう」

後ずさりするデズモンドにシスビーは、今夜も家を抜けだしてあなたの家に行くと言おうとしたが、その言葉はのみ込んだ。どんなに彼に飛びつきたくても、それをしてはいけない。心の中で燃える愛と切望の言葉も抑えた。あらゆるリスクを冒してもいいと思うくらいシスビーを愛していると、デズモンドが自分で決断しなくてはならない。無理やり追い込んではいけないのだ。

デズモンドはもう一歩後ずさりしたが、次の瞬間にはたった一歩で二人の間の距離をつめた。シスビーに腕を回し、抱き上げてキスをする。デズモンドの体が体に押しつけられ、シスビーは強く求められていることの証《あかし》を堪能した。消極的に見えたのは、欲望が足りないからではないのは確かだった。

デズモンドはシスビーの唇に、顔に、喉にキスしたあと、つぶやいた。「君から離れるなんて耐えられない」体を起こし、シスビーの顔を見つめる。「君と一緒にいればいるほど、離れがたくなるんだ」

シスビーは手を伸ばしてデズモンドの髪をなでた。「私も同じよ」

「シスビー……」デズモンドはシスビーと額を重ね、目を閉じて、切望と痛みにかすれた声で言った。「君から離れられない僕は最低だ。世界一弱い男だ」

シスビーはその言葉に抗議しようとしたが、デズモンドは強くすばやくキスをして、夜の中に駆けていった。

問題はデズモンドの弱さではなく、強さだった。しかし、シスビーの粘り強さも負けてはいない。


シスビーは冷たい虚空を漂っていて、闇が押し迫っていた。その夢は今やなじみあるものだったが、だからといって恐怖が薄まるわけではなかった。時間や場所の感覚はなく、刺すような寒さだけが感じられた。

「彼を救って」その声はざらつき、張りつめていた。「あなたの義務よ。あなたはずっと縛られている」

シスビーが目を開けると、アン・バリューがいて、煙に取り巻かれ、足元で火が燃えていた。暖炉の前に立っているのではない。暖炉の中にいる。アン自身が炎でできていた。

「私は悪を作りだし、永遠に責めを受け続ける」それは軋《きし》んだ声で言い、シスビーに向かって両手を伸ばした。その目はもう黒くはなく、炎とともに躍っていた。「でも、彼は無実」

「彼？」シスビーは言葉を絞りだしてたずねた。

「私の子……私の息子……」

「デズモンドのことを言っているの？」一言発するだけで精一杯だった。

「あれは彼の意志を食いつくすわ。精神を。魂を少しずつ蝕《むしば》み、いずれ彼には何も残らなくなる。あなたに彼を救ってほしいの」

次の一言を口にするのには、全身の力を振り絞らなくてはならなかった。自分が弱まっていくのを感じる。必死の思いで、ようやく問いかけた。「どうやって？」

アン・バリューは両腕を広げ、全身を炎に包まれながら、火花を空気中にまき散らした。輪郭は少しずつぼやけ始め、その言葉は悲鳴となって発せられた。

「あなたは死ぬ」

# 29

シスビーはあえぎ、息を大きくのんで、起き上がった。アン・バリューの気配はない。室内には火花も飛び散っていなかった。家の中はしんと静まり返り、悲鳴で眠りから起こされた驚きの声も、状況を確かめるために走り回る足音も聞こえない。どうやら、自分だけがそれを目撃したようだ。自分が起きていたのか夢を見ていたのかもわからなかった。だが、重要なことははっきりと覚えていた。〝あなたは死ぬ〟

昨夜のようにベッドを飛び下りてデズモンドのもとに走りはしなかった。悪夢の登場人物が警告しているのがどんな危険であれ、それは漠然としていて曖昧だった。〝精神と意志を食いつくす〟……その表現は、これから攻撃が始まるというよりは、すでに進行中のように感じられた。

アン・バリューはどんな危険を警告していたのだろう？　シスビーは起き上がり、ローブをはおって暖炉の前に行くと、火かき棒で石炭をつついて火をかき立てた。今も寒くてたまらなかった。石炭入れから新たに数個火にくべたあと、ベッドから上掛けをはがして体に巻きつけ、暖炉の横の椅子に縮こまって座った。

アン・バリューは、自分は悪を作りだしたと言っていた。〈アイ〉のことを言っているのだろう。となると、デズモンドを脅かしているのは〈アイ〉なのだ。先日、アンはそれがデズモンドを壊すと言い、今夜は、意志と精神を食いつくすと言った。だが、デズモンドにはどちらの兆候も見られない。彼はいつもと変わらないように見えたし、装置を手に入れたいというより、シスビーを助けたいという思いで動いている。

アンがゴードンのことを言っている可能性はあるだろうか？　あるいは、ウォレスのことを？　強迫観念に取りつかれている点でいうなら、二人とも確実に当てはまる。アンは具体的にデズモンドの名前を言ったことはなく、〝彼〟としか言わない。だが、もしゴードンがアンの子孫なら〈アイ〉を使えるはず。彼はサイミントンに、自分では動かせないと言っていた。そうなると、残るはザカリー・ウォレスだ。

アンが最後に言った破滅の言葉についても考えなくてはならない。アンの子孫が救われるためには、私が死ななくてはならないという意味だろうか？　もしそうなら、デズモンドが私にとって危険な存在だという祖母の言葉と合致する。だとしたら、危険に晒《さら》されているのはデズモンドだ。デズモンドはすでに取りつかれていて、シスビーがその変化に気づいていないだけなのかもしれない。何しろ、キリアにしょっちゅう、シスビーは男女の戯れの機微を少しも読み取れないと言われているのだ。

救われるべき男性がウォレスでもデズモンドでも、シスビーが自分を犠牲にしなくてはならないのはなぜだろう？　デズモンドを救えるのなら、もちろんシスビーはそうするつもりだ。だが、ザカリー・ウォレスのために命を捧《ささ》げるというのは、あまり気が進まなかった。

そもそもどういう仕組みで、シスビーの死がデズモンドを〈アイ〉の影響から解き放つのだろう？　誰も死ぬことなく、それを成し遂げることはできないのだろうか？〈アイ〉を見つけだし、それを祖母に返せば、すべては元通りになるように思える。だが、それで危険がなくなるのなら、なぜアン・バリューは悩ませてくるのだろう？　もうすでに〈アイ〉を取り戻すつもりでいるというのに。

もしかすると、アンの言葉が示しているのは、アンの子孫を救う方法ではなく、救わなかった場合に起こることなのかもしれない。

シスビーは引き続きその問題について考えながら、髪をとかし始めた。もうすぐ夜が明ける。着替えて朝食を食べに下りたほうがよさそうだ。この悪夢についてデズモンドと話し合うのが待ちきれないし、着替えと食事は彼を待つ間の暇つぶしになるだろう。

身繕いをし、ゆっくり朝食をとり、父と大叔父がペロポネソス戦争に関する議論を続けたせいで朝食がさらに長引いても、デズモンドが来るまでにはまだまだ時間があった。シスビーはメイドが荷造りしてくれた旅行かばんを時間をかけて確認したあと、オリヴィアの小説でしばらく気をそらしたが、ついにはただ〝赤の間〟に座って、柱時計の針が進むのを見守ることにした。

デズモンドは遅れていた。何かに気をとられがちな彼には珍しいことではないため、シスビーは最初、遅刻を気にしていなかった。二十分経《た》つと、室内を歩き回り始めた。デズモンドはふだん、シスビーとの約束に遅刻はしない。一時間が過ぎた。シスビーは従僕に二度確認したが、デズモンドからの伝言は届いていなかった。

もちろん、もともと昼間に大事な用事があるわけではないし、デズモンドも荷造りをしなくてはならないし……いや、服を数着かばんにつめるだけで、ここまで時間がかかるはずがない。シスビーは呼び鈴を鳴らして馬車を用意させた。

やきもきしながらデズモンドの家に向かった。胸の中がこれほど冷たくなるのは馬鹿げている。きっと、デズモンドは寝坊したか、あるいは……とにかく、何か事情があったに違いないのだ。アパートに着くと、階段を駆け上がってドアをたたき、数秒だけ待ったあとドアを開けた。部屋は空っぽだった。

次に研究所に行ってみたが、鍵がかけられ、ノックしても誰も応えなかった。デズモンドが以前働いていた工房にも行ってみたが、彼のことをたずねると、店主はただ首を振った。

シスビーは自宅に帰った。必死に走り回ってデズモンドを捜している間に、家に来ているかもしれない。デズモンドは自分が遅刻した理由を説明し、二人でそれを笑い飛ばして、何もかもが正常に戻るのだ。

だが、家の中に入ると、従僕にミスター・ハリソンは来ていないと告げられた。従僕は心配そうな顔でシスビーを見た。失神すると思ったのだろう。実際、自分でもそんな気がした。シスビーは玄関ホールのベンチにどさりと腰を下ろした。もう否定できない。

デズモンドは消えてしまった。

デズモンドはゆっくりと目を開けた。世界はぐるぐる回り、あごが痛かった。ひどく狭い空間に横たわっていて、床は硬く、ごろごろと音をたてながら揺れていて、埃《ほこり》っぽかった。今にも吐きそうだ。

苦い液をのみ込み、再び目を閉じた。眠気で頭が働かなかった。考えるのはあとでいい。次に気づいたのは、馬車の揺れにびくりとして目を覚ましたときだった。なるほど、ここは馬車の中なのだ。馬車の床だ。いったい何が起こったんだ?

昨夜はシスビーの兄弟としこたま飲んで、最後は乱闘していた。いや、待て、それは昨夜のことではない。おととい……いや、もっと前だ。なぜ考えることがこんなにも難しいんだ? デズモンドはおそるおそるあごを動かした。

大きな手に顔を打たれた記憶がぼんやりと蘇《よみがえ》った。もともと痛かった部分をまた殴られたに違いない。少年のとき以来、喧嘩《けんか》はしていなかったのに、この一週間で三回も巻き込まれている。シスビーの言うとおりかもしれない。彼女と一緒にいると、この身が危ないのだ。

そう思うと笑みがもれ、頭の中が少しはっきりした。昨夜起こったことは喧嘩とは呼べない。目を覚ますと、大きな黒い人影がベッドを見下ろすように立っていたのだ。デズモンドは飛び上がったが、こぶしはすでにあごに当たっていた。そのまま倒れ、壁で頭を打った。後頭部にも痛みがあるのはそのせいだ。

次に、口に何かが注ぎ込まれ、むせて咳《せ》き込んだ。男が覆いかぶさり、口に向かって瓶を傾けていた。その顔は知っていた。ウォレスの用心棒、グリーヴズだ。デズモンドは身をよじって逃れようとしたが、グリーヴズは膝で押さえつけ、ずっしりと体重をかけてきた。

「飲め、このくそ野郎、飲むんだ！」グリーヴズはどなり、デズモンドの鼻をつまんで無理やりのみ込ませた。

そのあとはどうなっただろう？　記憶がゆっくり蘇ってきた。暗闇が続いたあと意識が戻ってきて、馬車から引っ張りだされ、道端で用を足すよう言われた。屈辱的にもほどがある。手を縛られ、見知らぬ者たちに見張られながら、デズモンドはぎこちなくズボンのボタンを外した。そうするしかなかったのだ。さもないと、もっと屈辱的な結果に直面しなければならない。

そのあと、ふらつきながら逃走を図り、腕をつかむグリーヴズの手を振りほどいて走ろうとした。結局、よろよろと数歩進んだだけで地面に倒れ、グリーヴズは笑った。もう一人の男とともに体を両側から引っ張り上げ、馬車に放り込んだ。だが、近くには三人目の男もいなかったか？　少し離れた、灯《あか》りが届かない場所に立っていた男が。

またも瓶の中の液体を拒絶しようとして失敗に終わったあと、意識を失った。そして今、ゆっくりと目覚め始めている。何度も殴られ、アヘンチンキを大量に飲まされると、脳はどれほどの損傷を受けるだろうか。

脚がつっていたが、長身のデズモンドには馬車の座席の間が狭すぎるせいだった。馬車にはもう一人誰かが乗っていて、その脚がさらに一部をふさいでいた。

デズモンドは目を閉じ、脚の痛みを無視しようとした。目覚めたことを気づかれる前に、心身をもっと制御できるようにならなければならない。またすぐに一服盛られるだろう。だがついに、痛む脚が感覚を失って、動かざるをえなくなった。脚が完全に麻痺《まひ》してしまえば、どっちにしても使い物にならなくなる。その狭い空間で苦労して身動きし、少しずつ体をひねって、背後に座っている男のほうを向いた。

そこにはグリーヴズがいて、こぶしを固めるか、再び意識を失わせるための瓶を持つかしていると思っていた。ところが、事態はそれよりも悪かった。

「ゴードン教授！」

デズモンドの胃がむかついた。暗がりに立ち、すべてを見ていながら助けようともしなかったのは、自分の師匠だったのだ。いや、それだけではない。グリーヴズが単独で動くはずはないから、ゴードンこそが誘拐の首謀者なのだろう。

ゴードンは深いため息をついた。「君がぶじで本当によかった。あいつがやりすぎたんじゃないかと心配していたんだ。さあ、手を貸そう」

ゴードンはデズモンドの腕をつかみ、デズモンドが反対側の座席によじ登るのを手伝った。デズモンドは助けを拒否したかったが、自力で座席に上がれる自信はなかった。脚全体が一本の棒のようだった。

デズモンドは隅にうずくまって、脚をできるだけ伸ばし、元師匠をにらみつけた。「よくもこんなことができましたね？」

「デズモンド、本当に申し訳ない。こんな過激なことはしたくなかったが、君が同意してくれないのはわかっていたからね。君は我々の〈アイ〉を取り戻すことに反対して――」

「取り戻す？　〝盗む〟の間違いでしょう」

ゴードンはため息をついた。「君はそんなふうに解釈すると思っていたよ」

「ほかにどんな解釈があるんです？」

「これは科学を進歩させる。世界に関する知識を広げられるよう、障害を取り除くんだ。

誰の持ち物かなんてことより、はるかに重要なことだ。君もそのことに気づいてほしい。〈アイ〉は我々のものなんだよ」

「こんなことを言い争っていても意味がありません」デズモンドはうんざりして言った。

「なぜ僕を誘拐する必要があったんです？　あなたはすでに〈アイ〉を持っているでしょう」

「ああ。でもね、デズモンド、君にあれを使ってもらわなきゃいけないんだ」

## 30

シスビーが最初に思いつき、同時に胸がつぶれそうになった仮説は、この数日間のすべてが作り事だというものだった。それは残酷なほど筋が通っていた。デズモンドは〈アイ〉を欲しがっていて、ゴードンが盗んだあと、自身でそれを手に入れるためにシスビーを利用した。いったん目的を達成すると、シスビーを捨てた。デズモンドはシスビーを愛してなどいない。デズモンドの部屋での魔法のような夜は、彼にとって何の意味もなかった……と。

いや、違う。そんなことは少しも信じていなかった。どれほど筋が通っていようと、事実ではないと心が知っていた。デズモンドとのあの夜は、本当に魔法のようだった。デズモンドもこちらと同じように魅了され、圧倒されていた。デズモンドの目に見たもの、彼の手触りに感じたもの、キスに味わったものは現実だった。私はデズモンドを信頼している。デズモンドを知っている。デズモンドは誠実な男性だ。逃げだすはずがない。デズモンドがシスビーを置いてゴードンを捜しに行く理由はある。シスビーを脅威から守っているつもりなのだ。あるいは、シスビーが聞いたアン・バリューのお告げが真実なら、〈アイ〉がデズモンドに作用し、〝彼の意志と精神を食いつくして〟ふだんとは違う行動をとらせているのだ。

可能性はほかにもあり、シスビーはそちらのほうが心配だった。ゴードンとウォレスがデズモンドを無理やり連れていったという可能性だ。〈アイ〉の所有者が公爵未亡人であることを突き止めたのなら、アン・バリューの子孫を現在までたどることもできるはず。〈アイ〉を使えるのはアンの一族だけであることがわかったため、デズモンドに操作をさせたいと考えたのでは？

ゴードンはロンドンに戻ってすぐウォレスの家には向かわず、デズモンドを誘拐するために留《とど》まっていたのかもしれない。一人ではできないだろうが、またあのグリーヴズという悪党を使うことはできる。

デズモンドにきっと危害は加えない。彼に〈アイ〉を使わせなければならないなら、危害を加えるはずがない。シスビーはそう思い込もうとしたが、現実は、デズモンドが非協力的なら、犯人は強制的にやらせるだろう。どれほど恐ろしい行為がなされるかは考えたくなかった。

そして、もしデズモンドが彼らの強要に屈したら、もっと悲惨なことが起こりうる。アン・バリューはそれが自分の〝子〟を壊すと警告していた。デズモンドが〈アイ〉に影響を受けている気配がなかったのは、彼が実際にそれに触れていないからかもしれない。もし〈アイ〉を手にし、のぞき込んだら、デズモンドはそれにのみ込まれ、抜け殻になってしまうのでは？　あるいは、力に溺れる悪党に変わってしまうかもしれない。もしくは、アン自身がそうなったように、憎しみと死に服従させられるかもしれない。思いつく結果は、どれも同じくらい悲惨だった。

これこそが、アンが私の夢に侵入してきた理由だ。自分が見たものに意味があるとは限らないが、デズモンドが祖母の予言に抱いた気持ちをようやく理解した。彼が〈アイ〉に壊される可能性が少しでもあるのなら、その危険は決して冒せない。

デズモンドを救わなければならない。彼が〈アイ〉を使うのを阻止しなければ。

問題はその方法だ。列車が出るまでにはまだ何時間もある。馬車でプレストンに向かいたい気もしたが、最終的には列車のほうが早く着くはずだ。だが、じっと座って待っていることはできなかった。

デズモンドがよく行く場所を再び一巡することにした。そもそも、すれ違いになった可能性もある。デズモンドとゴードンがウォレスの家ではなく、ロンドンの別の場所にいるかもしれない。シスビーが急いでイングランド北部に向かってしまえば、取り返しがつかなくなる。行動を起こす前に、彼らの居場所の手がかりとなるものを探す必要があった。

シスビーはデズモンドのアパートを再訪した。今回は狭い室内をくまなく歩き、引き出しや戸棚を一つずつ調べた。布製の旅行かばんが隅に置かれ、その中に服が数着入っていた。デズモンドは出発に向けて荷造りを始めていたが、それを持たずに出ていったのだ。ベッド脇の椅子には、先日の晩とは違い、きちんとたたまれたズボンもシャツも置かれておらず、背にはジャケットもかけられていなかった。

コートはドア脇のフックにかけられ、隣には帽子もあった。デズモンドは帽子や手袋を置き忘れる癖があるが、コートまで置いていくことはそうそうない。もちろん、シスビーが彼と出会った日にはコートなしだったが、あのときは時間に追われていた。今朝、そこまで急いで飛びだした理由とは何だろうか？　会う約束をしていたのは私だけ。すべてが、デズモンドが自分から動いたわけではない可能性を示していた。しかし残念ながら、デズモンドの行き先を示唆するものは何もなかった。

シスビーはベッドの横に腰かけた。そうしていると、デズモンドがそばにいるような気がして、少し心が軽くなった。枕を取って抱きしめる。枕からはデズモンドの匂いがして、いっそう心が落ち着いたが、同時に胸が締めつけられた。

こんなことをしていても何にもならない。次に進まなければならない。シスビーは枕を置いて立ち上がった。そのとき、壁の小さな黒い点が目に入った。よく見ようと身を乗りだすと、それは乾いた血の色だった。胸の鼓動が激しくなった。

シスビーは何とか平静を保とうとした。血痕は小さく、一つきりだった。ベッドのまわりをくまなく調べたが、ほかに血の気配はない。おそらく、この血痕はずっと前からあったのだろう。先日の晩ここに来たときは暗かったし、壁をまじまじと見る時間もなかった。

パニックに陥ってはいけない。論理的な思考で次に進まなければ。工房をもう一度訪ねる必要はないだろう。もしデズモンドがそこに行っているなら、シスビーが彼を捜しに来たことを店主が伝えているはずだ。研究所は、ゴードンが〈アイ〉を試すためにデズモンドを連れていってもおかしくない。今朝鍵がかかっていたのも今となっては怪しく思えた。

研究所は今も鍵がかけられ、暗かった。一つきりの窓は汚れていて、中は見えない。ピッキングの方法を知っていればよかった。錠を壊すことはできるだろうか？　リードと一緒にいたあの少年……トム・クイックなら一瞬でドアを開けられるだろう。

「シスビー」

名前を呼ばれ、シスビーは勢いよく振り向いた。「カーソン」

「何か力になれることはある？」カーソンが階段を駆け下りてきた。

「デズモンドを捜しているの」

「デズモンドを置き忘れたのか？」カーソンはいつもの冷静な笑みを浮かべた。「ここには誰もいないようだ。でも、見てみよう」ポケットから鍵を取りだし、身を屈《かが》めてドアを開けた。

室内は無人のうえ、寒かった。シスビーの希望は潰《つい》えた。デズモンドがここにいないのは明らかだった。

「あっちの部屋は？」シスビーは反対側の壁にあるドアを指さした。

「備品室か？　デズモンドがいるとは思えないけど」カーソンがドアを開けると、数日前にデズモンドと一緒に捜索したときに見たのと同じ、消耗品の山や備品が並んでいるのが見えた。

「ありがとう。あなたはお仕事をしていて」シスビーは向きを変えた。ほかに行ける場所はどこだろう？　選択肢はどんどん減ってきていた。

「待って」カーソンはシスビーについてドアまでやってきた。「何かあった？　少し動揺しているように見えるけど」

シスビーは無理に笑顔を作った。「いいえ、特に何も……ただ……」

カーソンは顔をしかめた。「何かあったんだね。デズモンドのこと？　デズモンドの身に何か起こったのか？」

「わからないの」シスビーの声は小さく、言葉はほとんど泣き声のようだった。「私たち、約束を……デズモンドは今朝うちに来ることになっていたけど、来なかったの。どこにも見当たらないのよ」

「それは〈アイ〉と関係のあること？　ゴードン教授と？」

「ええ、たぶん。もしかすると。ごめんなさい、私、行かなきゃ」

「僕も手伝うよ。一緒に捜そう」カーソンはシスビーを追って外の階段に出てきた。「デズモンドのことだから、図書館で本を読んでいて時間を忘れているのかもしれない。大英博物館の図書室に行ってみよう。あるいは、大学に。工房には行ってみた?」

「あそこにはいなかったわ。それに、デズモンドが今日図書館に行ったとは思えないの」

「今も教授を捜しているのか? 教授を追いかけてどこかに行ったということは?」

「ええ、その可能性はあるわ」

「研究所を閉めるから、一緒に行こう」

シスビーはカーソンに事情をすべて打ち明けたい気分になった。心から心配しているように見えるし、デズモンドが苦境に立たされていた場合、人手が増えれば助かるだろう。特に、それが自分より力の強い男性の手であれば。

だが、デズモンドがカーソンに疑念を抱き、自分たちの調査に参加させるのを渋っていたことを思い出した。きっと、デズモンドの懸念は嫉妬から出たものなのだろう。それでも、デズモンドはカーソンのことを、シスビーよりよく知っている。というより、シスビーはカーソンのことをほとんど知らない。カーソンもほかの面々と同じく、〈アイ〉を見ることを熱望している。盗みを最初に提案したのはカーソンだったと、デズモンドは言っていた。カーソンが教授と手を組んでいたらどうする? 先日、教授が急いで報告しに向かった相手はカーソンだったのかもしれない。

「いいえ、あなたに手伝ってもらわなくても大丈夫」シスビーは言った。「あなたには仕事があるでしょうし」

「それは後回しでもいいんだ」

シスビーは首を振った。「正直に言うと、ほかに捜す場所が思いつかない。だから、家に帰ってデズモンドを待つわ。あなたが言ったように、ほかのことに気をとられているんでしょうし、そのうち平謝りしながら駆け込んでくるわね」にっこりし、言葉に軽い調子をせいいっぱいにじませて、返事を待たずに階段を上り始めた。

「もしデズモンドが現れなかったら、僕のところに来ると約束してくれ」カーソンは数段上ってからそう呼びかけた。

「ええ、もちろん。ありがとう」シスビーはトンプキンズが待っている馬車へと戻った。ゴードンのアパートの住所を告げ、御者の手を取って馬車に乗り込む。カーソンのほうは振り向かないよう気をつけた。もしカーソンが自分を見張っているなら、こそこそしているように見えることは何もしたくなかった。

ゴードンの大家はシスビーが先日渡した硬貨のことを覚えていて、すんなりと教授の部屋に入れてくれた。何も見つからなかったが、それは予想どおりだった。隣人に囲まれた部屋に人を監禁するのは考えにくい。だが、ここへ来たことは完全な無駄足ではなかった。

ゴードンがアパートに戻っていたことを、大家が喜んで教えてくれたのだ。

「この前あんたたちが帰ってから、けっこうすぐだったよ。知らせたかったけど、方法がわからなかったから」

「それからずっとここにいたんですか？」

「何度か出たり入ったりしたけど、夜はここにいて、昨日出ていった。かばんを持ってね」その言葉の重要性を強調するために間を置く。「あんたたちがまた来たときに備えて見張ってたんだ。馬車に乗っていったのが彼を見た最後だったよ」

「それは何時ごろです？」

「どうだったかな。あたりはもう暗かった。馬車がはっきりとは見えなかったから」

「誰か一緒でしたか？」

「アパートには誰も入っていない。馬車の御者はいたけど、背中しか見えなかった。御者席の隣にもう一人誰かが乗っていたな」

「どちらかは大柄でした？」

大家は驚いたようだった。「ああ、そうだ、体の大きな男だったよ。御者じゃなく、もう一人のほうだ」

つまり、ゴードンは二人の男とともに馬車で出ていき、そのうち一人がグリーヴズらしいということだ。今さらながら、祖母があの男を告発していればよかったのにと思った。

ゴードンは貸し馬車でプレストンに向かったのではない。貸し馬車なら御者席には一人しか乗れない。彼らは大型馬車で移動したのだ。誰かを誘拐するためなら理解できる。それに、デズモンドに言うことを聞かせるという、年齢のいった科学者一人ではできないことをやる以外に、グリーヴズを連れていく理由があるだろうか？

「ありがとう。すごく役に立ちました」シスビーは大家に前回より高額の硬貨を渡した。「もし教授が戻ってきたら、ブロートン・ハウスに伝言を送ってください。誰に言ってくれても大丈夫なようにしておきます」

シスビーは馬車に戻ったが、乗り込むとき、うなじに鳥肌が立った。うしろを振り返る。案の定、大家が窓の前に立ち、シスビーを見ていた。いい兆候だ。ゴードンの自宅には詮索好きの人間がいる。

ゴードンがデズモンドを無理やり連れていったことがはっきりしたので、シスビーは自宅に引き返した。馬車の行き先が北部のウォレスの屋敷であることも、同じくらい確信していた。彼らが馬車で向かうより、列車に乗ったほうが所要時間は短い。彼らとの差を少しは縮められるはずだ。

テオが家にいてくれればよかったのにと思う。三人の男と対峙《たいじ》するとき、双子の兄が隣にいれば心強いだろう。リードも力になってくれただろうが、二学期が始まったためオックスフォードに戻っている。わざわざ呼びに行くことで時間を浪費したくなかった。そして再びカーソンのことを思ったが、その考えは捨てた。

すべてが私自身にかかっている。

家に着くと、オリヴィアにことの次第を説明した。ゴードンの大家が実際に伝言を送ってきたときのために、家の中にシスビーの居場所と目的を知っている人がいなくてはならない。また、考えたくないことではあったが、何もかもが失敗に終わり、シスビー自身も助けが必要になる可能性もあった。

キリアにも話したほうが安全なのだろうが、思いとどまるよう説得しないと思えるのはオリヴィアだけだった。本の虫で内気なオリヴィアだが、冒険家の心も持っている。それ以外の家族には話せなかった。心の広い両親も、シスビーが一人で誘拐犯からデズモンドを救出しに行くと聞いたら、仰天するだろう。デズモンドはシスビーと一緒に〈アイ〉奪還の旅に出かけていると思わせておいたほうがいい。

次に、武器を探しに二階へ上がった。必要にならないのがいちばんだが、シスビーはあらゆる可能性に備える主義だった。テオは拳銃を所有しているが、それは遠征に持っていっているし、いずれにせよ、持ち運ぶには大きすぎて目立つ。使い方も知らなかった。だが、テオはナイフも何本か持っている。

いちばんいいナイフはテオが遠征に持っていっていて、去年レヴァント地方で買った三日月刀は論外、スコットランドの大剣も同様だった。大きなキャンプ用ナイフもしっくりこない。幸い、引き出しには小型ナイフが何本もあり、刃が鋭く、折りたためてポケットに隠しやすいものを選んだ。最後にビリヤード室に行って、小さな硬い球を二つハンドバッグに忍ばせた。これで武装はできた、出発だ。

北部への旅は順調に進んだが、シスビーは過敏になっていたため、何でもないことにもびくびくした。一度は、視界の隅で何かがすばやく動くのを見て、勢いよく振り向くと、若い男性が列車の乗り換えで走っているだけだった。ときどき、うなじにぞわりとした感覚が走り、それはパディントン駅の中を歩いているときだけでなく、乗り換えのためにマンチェスター駅に降りたときにも起こった。そのたびにあたりをきょろきょろしたが、自分を見張っている人間は誰も見当たらなかった。

気のせいだ。なぜ尾行の必要がある？　デズモンドの身柄はすでに確保しているのだ。シスビーを捕まえても意味がない。あの男たちもシスビーを脅威だとは思っていないだろう。女性であることには不快な点も多いが、この過小評価は好都合だった。

客室に一人きりのときは不快な感覚から解放されたが、緊張していて読書もできず、窓の外をぼうっと見つめ、デズモンドの身を案じるばかりだった。眠りに落ちるたびに不穏な夢を見て、朝が来たときには目がしょぼしょぼした。

それでも、夜明け前の薄明かりの下、列車がプレストンに着くと、シスビーはとたんに神経を研ぎ澄ました。列車を降りても、もう不安げにあたりを見回しはしなかった。目標をしっかりと見据え、荷物預かり所に歩いていってかばんを預けた。それから、ポケットに小型ナイフを忍ばせ、ハンドバッグにビリヤードの球とお金、デズモンドが気を失っていたときのための気つけ薬を入れて、愛する男性を見つけだすために出発した。

# 31

「僕はアン・バリューの血筋じゃない」デズモンドは師匠をにらみつけた。「この話はもうしたはずです。昨夜、意識を失わされる前にも言った。それに、僕にあのアヘンチンキを飲ませ続けたら、そのうち使い物にならなくなります」ゴードンの隣で腕組みしているグリーヴズに視線を移す。

「おいおい、それは困るよ」ゴードンは抗議し、グリーヴズのほうを向いて顔をしかめた。「君があんなに飲ませなかったら、デズモンドは十二時間近くも眠らずにすんだのに」

実際には、デズモンドは目覚めてから一時間は眠ったふりをしていた。数分前、グリーヴズがここに引きずってきたとき、デズモンドは大げさにふらついてみせたが、実際には完全に目覚めていて、神経を研ぎ澄ませていた。この策略がどう役立つかはわからないが、今できるのは可能なかぎり時間稼ぎをし、敵を混乱させながら、逃げるチャンスを待つことだけだった。

現時点では、逃げるのは不可能に見えた。両手は今も縛られ、縄の端は座っている重い椅子の脚に結びつけられている。そのせいで部屋にいる三人目の男のほうは向きづらかったが、デズモンドは体をひねってその男に話しかけた。「ミスター・ウォレス、こんなの馬鹿げている。僕はあなたがたと同様、〈アイ〉をのぞいても何も見えない。アン・バリューは僕の先祖ではないんだ」

「いや、先祖だよ」ゴードンは請け合った。「我々は調査をすませている。君のおばさんに話を聞いただけじゃなくてね」

「おばだって?」デズモンドはうなり声をあげ、目を閉じた。「あれは単なる民間伝承だ」

ゴードンは首を振った。「それだけじゃない、それだけじゃないんだ。ミスター・ウォレスは、悲劇のあとのアンの夫の動きをロンドンからドーセットまでたどった。一家は身を隠し、名前を変えて、カンビー＝オン＝マロウに移り住んだんだ」

「母が生まれ育った場所だ」

「そのとおり。一六〇〇年代に一、二世代ほど空白があるが、その血筋は続いているはず――」

「あなたは僕と知り合う前に、この調査をすべて終えていた」デズモンドは衝撃に目を見張った。自分で思っていたより、頭が働いていないのかもしれない。それが意味するところをすべて把握するまで、少し時間がかかった。「だから僕の面倒を見たんですね? 僕が〈アイ〉を持っているか、僕を通じて持ち主にたどり着けると思ったから」

驚いたことに、すでにゴードンの本性はわかっていても、真実を知るのはつらいことだった。ゴードンが弟子に選んだのは、デズモンドではなかった。アン・バリューの子孫だったのだ。

「君なら力になってくれると思った」ゴードンは認めた。「でも、君を弟子に選んだのはそれだけが理由じゃない。君はとてつもなく優秀だよ」

「そう言われても、もう信じられません」

「君は努力家で、私は君に愛情を感じるようになった。息子同然に思っているよ」

「息子？　誘拐しておいて、よくもそんなことを！」

時が経《た》つにつれ、冷静さと思考の明晰《めいせき》さを保つのが難しくなっていた。

「手厳しい言い方だ」

「ほかにどう言えばいいんです？」デズモンドは息を吸い、声をそれなりに落ち着いた調子に戻した。やるべきなのはこの議論に勝つことで、ここにいる狂信者たちを怒らせることではない。彼らの言うことに腹を立てている場合ではなかった。「皆さん、こんなことをしても無意味ですよ。僕に〈アイ〉は使えない。いや、誰にも使えないんじゃないかと思います」シスビーの血筋の誰かなら使えるのかもしれないが、その発想こそ何としてでも避けなければならなかった。「教授。よく考えれば、あなたの証拠が疑わしいことはわかるはずだ。一家は名前を変えたと言っていましたよね。それは証明できるんですか？

バリューという名前がその地域社会で自然と、もしくは移住で途絶えたわけじゃないと証明できますか？　あなたは何世代も飛ばしている。それは調査ではなく、希望的観測だ」

「違う」ウォレスの声には熱がこもっていた。「調査は正しい。さまざまな人の手を渡ってきたというのに、私は〈アイ〉を見つけただろう？」

「ええ、そうですね」デズモンドは軽い口調を保って言った。「調査のことは僕が間違っているのかもしれない。でも、もしあなたたちの言うとおりで、僕がアン・バリューの子孫だったとしても、アンの力が子孫に残っている可能性は低くないですか？　アンが持っていた才能は弱まっていって、今ではほとんどなくなっているかもしれない」

「それを突き止める方法が一つあるだろう？」ウォレスは戸棚の前に行き、鍵を開けて、彫刻が施された木製の箱を取りだした。それを見たデズモンドは身をこわばらせた。何かが鋭く胸を貫く。

「〈アイ〉だ」デズモンドが見ている前で、ウォレスはその箱を小さなテーブルに置き、うやうやしく〈アイ〉を取りだして掲げた。

デズモンドの呼吸は速くなった。窓から差し込む光でガラスは虹を放ち、そのあまりの美しさに目がそらせなくなった。ロンドンで公爵未亡人が見せてくれたとき、それがいかに美しかったかが思いだされたが、この色と光の極上のダンスとは比べものにならなかった。シスビーが今これを見られたらいいのに。そう思うと、胸の中で心臓がぎゅっとつかまれた気がした。

「見てごらん」ウォレスは〈アイ〉をデズモンドのもとに持ってきた。「この小さな装置に世界じゅうの力がつまっている。それを感じないか？　これで何ができるのか見たくないか？　我々の想像力の限界を超えた世界を」

デズモンドは苦心して虚《うつ》ろな表情を保った。実際には、自分の奥深くで何かが引っ張られ、〈アイ〉に吸い寄せられるような感覚があった。それを手にし、鑑賞したくてたまらない。その奥をのぞき込んで、見てみたい……その向こう側にあるすべてを。時を超えた真実を、無限の英知を。

発見への飽くなき欲求はつねにデズモンドの中にあったが、これは段違いだった。腹の底で響く鼓動、うずきのような……。ウォレスの手から〈アイ〉を奪い取りたい。〈アイ〉にこの男は分不相応で、触れる資格すらない。〈アイ〉は僕の、、、、ものだ。

そう思ったとたん、デズモンドは横面を張られたように、奇妙な陶酔状態から目覚めた。何ということだ。〈アイ〉は本当に中に入り込み、操ろうとしているのか？　シスビーの夢が――〈アイ〉がデズモンドをのみ込むという彼女の不安が思い出された。

いや、そんなことは起こらない。確かに、〈アイ〉には本当に力があるのかもしれない。だが、何者にも自分の精神と意志を乗っ取られるつもりはない。どれほど〈アイ〉に惹《ひ》かれているかを露呈し、この男たちを満足させるつもりもない。デズモンドはシスビーのことを思い、彼女の姿に意識を集中させた。ぽってりした唇、意志の強そうなあご、こちらを見るとき緑の目に浮かぶ愛と信頼。

デズモンドは肩をすくめた。「単眼鏡だ」冷ややかな、分析的な口調で続ける。「かなり大きく、興味深い切り子面がいくつかある。持ち手には上品な彫り模様が入っている」ウォレスの顔に憤怒《ふんぬ》の色が湧き上がるのを見ると、大きな快感を覚えた。

「役立たずめ」ウォレスは単眼鏡を引っ込め、箱に戻した。

「そう思うよ」デズモンドはうなずき、荒れ狂う喪失感は無視した。「どうやら、それを操作できるのは僕ではなさそうだ。僕の手をほどいて、家に帰して、みんなでこの出来事を忘れるのがいちばんだろう。この誘拐のことは告発しないし――」

「言うとおりにしろ！」ウォレスは顔を真っ赤にしてどなった。それを聞いたゴードンがそわそわと後ずさりする。

「いやだ」〈アイ〉が視界から消えた今、まだあの切羽詰まった吸引力は感じるものの、気分は楽になった。

「文句を言うな！」

グリーヴズが進みでて、デズモンドを逆手で打った。「こいつはやるよ。これをもう少し続ければ、やらせてくださいと自分から言いだすはずだ」

「僕を殴って気を失わせたら、〈アイ〉が使えるようになると思っているのか？」デズモンドはウォレスに視線を向けた。

グリーヴズは脅すように片手を上げたが、ウォレスがぴしゃりと言った。「馬鹿なまねはよせ。下がっていろ、グリーヴズ」

ゴードンは温和な笑みを浮かべ、急いで会話に加わった。「ここでいがみ合っても仕方ない。彼もそのうち目を覚ますはずだ。デズモンド、科学界でどれだけの名声が得られるか、尊敬を集められるか、想像してごらん。どれほどの知識が得られるか」

「金のことを考えるんだ」ウォレスは耳障りな声でつけ足した。「重要なのはそれだ。私はお前に金をやる。五百ギニーだ。そんな大金、お前は見たこともないはずだ」

「やらない」

「いや、やるよ」ウォレスは薄くほほ笑んだ。「そのうちな。それだけの金があれば何ができるか、そこに座って考えてみろ。そして、ほかにここを出る方法はないという事実についてもな」

「僕を永遠に閉じ込めることはできない」

「お望みなら、お前をここで終わらせてやるよ」グリーヴズがにやにやしながら言った。

「モアランド家は僕の居場所を知っている」

「ふん！」ウォレスは嘲笑した。「あんな連中がわざわざお前を助けに来ると思っているのか？　愚か者め」

「あなたたちが〈アイ〉を持っていることも知っている」

直後、シスビーの家族のことを思い出させたのは間違いだったとデズモンドは思い当たった。〈アイ〉の持ち主こそアン・バリューの子孫の可能性が高いとウォレスは気づくかもしれず、ウォレスがシスビーを狙うことだけは何としてでも避けたかった。

デズモンドはすばやく、〈アイ〉がアンの子孫に受け継がれている可能性から彼らの気をそらそうとした。「公爵未亡人の祖先が〈アイ〉を手に入れたんだし、実際にそれを所有する権利がほとんどなくても、あの人は自分の財産を手放さない。公爵未亡人を敵に回したいか？　やめておいたほうがいい。ブロートン公爵未亡人はあなたたちを、うさぎを狙う狼《おおかみ》のように追いつめる」

ウォレスはせせら笑った。「よぼよぼのばあさんを怒らせたところで、少しも怖くない」

デズモンドは鼻を鳴らした。「では、愚か者はあなただ」

「自分の選択肢についてしばらく考えれば、気持ちも変わるだろう」ウォレスはほかの二人に向かってうなずいた。「行こう。ミスター・ハリソンにはここで将来についてよく考えてもらう」

一同が部屋を出ていくと、デズモンドは椅子の背にぐったりもたれかかった。冷静なふりを続けるのは疲れる。実際には平常心も理性も吹き飛んでいた。

あの忌まわしい〈アイ〉は危険すぎる。今日は誘惑に抗《あらが》えたが、あの試練をまた味わいたくはない。前に公爵未亡人に〈アイ〉を見せられたときは、その力を感じなかった。〈アイ〉を調べたい、試したいとは思ったが、それは事象を理解したいといういつもの欲求と同じだった。だが、今日は……〈アイ〉にまつわるシスビーの不安が伝染したのかもしれないが、あの感覚は二度と経験したくなかった。単眼鏡の向こうに何が見えるのか、知りたいとはもう思わない。〈アイ〉が怖かった。

デズモンドに求めているものは得られないとウォレスが気づいたらどうなるだろう？誘拐の話が広がるのを止めるには、デズモンドの息の根を止めればいい。

では、シスビーはどうなる？　シスビーは僕を追いかけているに違いない。自らシスビーのもとを離れたと思われた可能性を考えると、胃がむかついたが、きっとシスビーは信じてくれている。それに、僕をどう思っているとしても、〈アイ〉はここにあると考えてやってくるだろう。シスビーがウォレスの手に落ちることを思うと、今すぐここを出なければならないという思いが強くなった。

デズモンドは身をよじり、椅子から縄をほどこうとした。手首を縛られた状態で固い結び目をほどくのは、とてつもなく難しかった。椅子は重く、背を折ることはできない。縄を切るのに使える何かが室内にあるかもしれない。デズモンドはあたりを見回し、ペーパーナイフかはさみか、とにかく鋭くとがったものがないかと探した。火の中から石炭を取りだして、縄を焼くことはできるだろうか？　暖炉の火かき棒をてことして使い、椅子を壊せるだろうか？

デズモンドは立ち上がった。縄が短いせいでまっすぐは立てず、ひどくぎこちない姿勢になったが、椅子をつかんで引きずり始めた。外のホールから物音が聞こえ、振り返る。

「シスビー！」

「デズモンド！」シスビーはデズモンド目がけて室内を走った。デズモンドは椅子に縛りつけられている。いっきに怒りが湧き上がった。

「だめだ。早く……早く出ていってくれ」

「期待していた挨拶とはずいぶん違うみたい」シスビーはそっけなく言い、ポケットからテオのナイフを取りだした。

デズモンドは目を丸くした。「武器を持っているのか？」

「テオのナイフだけよ。たいした攻撃はできないと思うけど、いちばん隠しやすかったから」シスビーは縄を切り始めた。「手首！　血が出ているわ」

「縄をゆるめようとしていたんだ。ここで何をしている？　どうやって入った？」

「鍵のかかっていない窓を見つけたの。家の中をこっそり歩き回ってあなたを捜していたのよ」ナイフがついに最後の繊維を断ち切り、シスビーは縄をほどいた。「さあ、ナイフはあなたが持って。私には別の武器があるから」ハンドバッグを掲げてみせると、デズモンドはいっそう困惑した顔になったが、説明している時間はない。

「おい！　何だこれは！」二人が振り向くと、ゴードンが戸口に立っているのが見えた。シスビーとデズモンドがいっせいに飛びかかると、ゴードンは後ろ向きに廊下によろけた。だが、二人が駆けだそうとすると、ザカリー・ウォレスがホールの先のドアから飛びだしてきた。

「こっちよ！」シスビーが勢いよく向きを変え、反対方向に走ろうとしたとき、デズモンドがウォレスに向かってまっすぐ進んでいるのに気づいた。デズモンドはまずウォレスの腹を、次にあごを殴り、ウォレスは体を二つに折った。

ゴードンが体勢を立て直し、腕をつかんできたので、シスビーはハンドバッグを振り回した。頭に当てようとしたが、ゴードンが驚くほどすばやく身を屈《かが》めたため、バッグは肩に当たっただけだった。

しかしゴードンは悲痛な声を出し、シスビーの腕を放して自分の肩をつかんだ。

「そこには何が入ってるんだ？」デズモンドは驚いてたずねた。

「ビリヤードの球よ」

デズモンドは笑ったあと、シスビーの手を取って玄関を目指し始めた。ウォレスがよろよろと立ち上がり、二人の前に立ちはだかった。デズモンドはナイフの刃を出し、シスビーが見たこともないほど冷たい目をして、冷たい声で言った。「これを試したいのか？

すぐ届く距離だ」

「でも、お前には銃が向けられている」背後の声が言った。シスビーとデズモンドは凍りつき、ゆっくり振り返ると、グリーヴズが拳銃を手に笑っていた。シスビーに拳銃を向けたまま、前に歩いてくる。「さあ。ナイフを置け」

デズモンドは手を開き、ナイフを床に落とした。

「そのバッグもだ！」ゴードンはシスビーの手にあるハンドバッグを指さしてから、肩をさする動作に戻った。シスビーはため息をつき、バッグを落とした。

「さあ」ウォレスはジャケットを直した。「これで冷静に話し合えるはずだ」

シスビーがデズモンドを見ると、彼は肩をすくめた。「君が警察に行き先を言っていたらいいんだけど」

「もちろん言ってきたわ」シスビーは冷静に答えた。「祖母は今も首相に熱弁をふるっているところよ。母はもっと現実的だから、ロンドン警視庁で同じことをしているわ。でも、何よりもまずいのは、リードとテオがすでにここに向かっていること」テオがこの瞬間に大西洋を渡っていることを彼らは知らないだろうが、今言っているのがすべて嘘であることはデズモンドに伝わってほしかった。

「運が悪かったな」デズモンドはグリーヴズに言った。「シスビーの双子のお兄さんは、怒ると手がつけられないからね」

「テオはすごく過保護なの」シスビーはデズモンドと完璧に通じ合っているのを感じながら、彼を見上げた。この苦境でも、ほほ笑んでデズモンドの手を握らずにはいられない。

「もういい、黙れ」グリーヴズは怪しむように顔をしかめた。「前に進め」二人が出てきたばかりの部屋に向かって銃を振る。「あそこに戻るんだ」

「ミスター・グリーヴズ、わかってると思うけど」シスビーは愛想よく言った。「私ならミスター・ウォレスよりずっとたくさんお金を払えるわ。私たちを解放してくれれば、ウォレスに約束されている金額の二倍を渡すわよ」

グリーヴズはにやりとした。「それはそそられる。でも、お前たちを解放したら、どうやって金をもらえばいいんだ？」

「グリーヴズ……」ウォレスが警告するように言った。

「私が約束する」シスビーは言った。もちろん、それはグリーヴズのような男にとっては何の意味もない言葉だ。「このイヤリングを支払いの担保として渡すわ」

「それはどっちにしてもいただくよ」グリーヴズは答えた。「ハリソンはあそこに入れ。お嬢さん、あんたは待ってろ」グリーヴズは近づいてきてシスビーの腕をつかみ、後頭部に銃を当てた。挑むようにデズモンドを見る。

デズモンドは険しい目でグリーヴズを見たが、向きを変えて、さっきまでいた部屋に戻り、そのあとにウォレスとゴードンが続いた。グリーヴズはデズモンドを本棚のほうに行かせ、シスビーをさっきデズモンドが座っていた椅子に座らせてから腕を放したが、銃は頭に向けたままだった。

「さあ、手近な問題に戻ろう」ウォレスは棚から箱を下ろし、うやうやしく〈アイ〉を取りだした。

「僕はそれを使わないと言ったはずだ」デズモンドは腕組みをした。

「ああ、でもそれは、このお嬢さんが来る前のことだ」ウォレスは勝ち誇ったようにほほ笑んだ。「今ならお前ももっと素直になってくれるだろう」

「デズモンド、やめて」シスビーの全身に警戒が走った。「それはだめ。危険すぎる」

「危険？　いやいや」ゴードンは舌をちっちっと鳴らして言った。「危険などない。デズモンドはただ――」

「失礼ですが、ゴードン教授」シスビーはきびきびと言った。「あなたは何もご存じないわ。〈アイ〉のことも、デズモンドのことも、アン・バリューのことも――何よりも、私のことを知っていらっしゃらない」シスビーが立ち上がり、背の低いゴードンを見下ろすと、グリーヴズは鼻を鳴らしてくぐもった笑い声をあげたが、シスビーを止めはしなかった。祖母に匹敵する鋼のような目つきでシスビーは続けた。「祖母はあなたのような小物を噛《か》みつぶして吐きだすでしょう。名のある人は全員、女王陛下に至るまで知り合いよ。あなたはこの程度で、科学界の自分の評判は地に落ちたと思っていらっしゃるの？　このあと、公爵未亡人があなたに絶交を言いわたしたらどうなるかしら」

ゴードンは唖然《あぜん》としてシスビーを見つめ、口をぱくぱくと魚のように動かした。

シスビーはゴードンを一蹴するように向きを変え、ウォレスに話しかけた。「それから、あなた。あなたはすでに窃盗と誘拐の罪を犯しているわ。そのリストに殺人を加えるつもり？　死後の世界を一目見るためだけに？　その必要はないでしょうね。私を殺せば、あなたはすぐに自分の目でそれを見ることになるんだもの」

「黙れ、この馬鹿女！」ウォレスはどなった。「私は妻の霊を見たいわけではない。妻を蘇《よみがえ》らせたいんだ」シスビーに向かって〈アイ〉を振ってみせる。「これで何ができるか、お前はわかっていない。この男は死者を蘇らせられる。妻は元通りになる！　生き返るんだ！」ウォレスは目をぎらつかせながら、〈アイ〉を聖杯のようにデズモンドの前に掲げた。「やるんだ！　この女の命と引き換えに、妻の命を蘇らせろ」

「やめて、デズモンド！」シスビーは前に出た。グリーヴズとゴードンはただ、繰り広げられる光景に目を見張っていた。

「お前は正気を失っている」デズモンドはそっけなくウォレスに言った。

「私が？　そうかもしれない。でも、だからこそ、私が言っていることがはったりではないのがわかるはずだ」

「私を殺したら、あなたには何も残らない」シスビーは言った。「馬鹿げた脅しだわ」

「すぐに息の根を止めるつもりはないさ。ゆっくりだ」ウォレスはデズモンドに〈アイ〉を放り、シスビーの腕をつかんで引っ張った。片腕をシスビーに回し、自分のほうに引き寄せて、反対側の手をシスビーの喉に当てる。

鋭い痛みと首を滴る液体に、喉元の手にナイフが握られていることをシスビーは知った。デズモンドはその奇妙な装置を手に、いっそう顔を青くした。ナイフの先端が再びシスビーを突く。

「やめろ！」デズモンドは叫んだ。「わかった、やるよ」そして単眼鏡を自分の目に当て、のぞき込むと凍りついた。

「だめ！」シスビーは悲鳴をあげ、頭をうしろに振ってウォレスの鼻に激突させた。腕をすり抜け、デズモンドの動かなくなった手から〈アイ〉を奪って部屋の向こう側に投げる。

銃声が鳴り響き、全員が振り向いた。カーソン・ダンブリッジが戸口に立ち、手にした拳銃からは煙が上がっていた。「やあ、デズモンド。君はぱっとしない男だが、トラブルにはやたらと巻き込まれるんだな」

# 32

一瞬、室内の全員が固まって、口をぽかんと開け、グリーヴズに銃を向けているカーソンを見つめた。ウォレスまでもが〈アイ〉に駆け寄る途中で止まったほどだった。

「カーソン……助かった」デズモンドは少し血色の戻った顔で言った。

カーソンはうなずいた。「シスビー、ミスター・ウォレスがまた取りに行こうとする前に、〈アイ〉を確保したほうがいい。それからお前――銃を持ったやつ、それを床に置いてデズモンドのほうに蹴るんだ」

グリーヴズは命じられたとおりにし、シスビーは急いで〈アイ〉を取りに行った。それは奇妙に熱く、頭の中にある光景が浮かんだ。手袋をはめた手が火の中に手を伸ばしている。シスビーは動きを止め、目を丸くしたが、〈アイ〉が燃えるように熱くなったため、箱の中に戻してふたを閉めた。デズモンドのほうを見る。今ではほぼいつもどおりに見えた。さっきの表情は、私を心配してのものなのか、それとも〈アイ〉の中に見えた何かへの恐怖か……。手から〈アイ〉を奪い取ったときは、デズモンドは不自然なほど動きがなく、凍りついているかのようだった。シスビーが感じたのと同じものを感じたのだろうか？

それらの疑問は落ち着いてから片づけることにして、シスビーは箱を机に置き、デズモンドが男たちを縛るのを手伝いに行った。最初の問題は、三人分の手首を縛れるだけの拘束具がないことだった。デズモンドの手首に巻いてあった縄はすでに切り裂いてしまっていた。

シスビーは床に落ちていたナイフを拾い上げた。この便利な折りたたみ式ナイフはふだんからポケットに入れて持ち歩こうかと思いながら、呼び鈴の引き紐《ひも》とカーテンの留め飾りを切り取った。

「この三人をどうする？」急ごしらえの縄を持って戻りながら、シスビーはたずねた。

「地下室に閉じ込めよう」カーソンは提案した。

「カーソン！」ゴードンはぎょっとして言った。「今は冬だ。地下には暖房がない」

「上等な設備とはいえませんね」デズモンドは同意した。「でも、そのうち使用人があなたたちの声に気づいて出してくれますよ」

「使用人はいるの？」シスビーはたずねた。「今ごろ何が起こっているのか気になっているんじゃないかしら」

「ここに使用人はいない」ゴードンは警告の色を強めながら言った。「明日になるまで、私たちの声は誰にも聞こえない」

「私たちが警察に事情を話すわ」シスビーは約束した。「警察がここから出してくれるわよ。あなたたちを監獄に入れるためにね」

「監獄！」ゴードンは目を剥《む》いた。「それはちょっとやりすぎじゃないかな」

「誘拐や窃盗や殺人未遂をしておいて？」

「ウォレスは君を殺すつもりはなかった」ゴードンは反論した。

「それは、殺してしまうと目的が果たせないからでしょう」シスビーは引き紐をゴードンの手首に巻いた。

やがてシスビーたちは三人を地下室に追い立て、毛布と水とろうそくを置いて、ドアに鍵をかけた。カーソンがドアに挿した鍵を回すや否や、シスビーはデズモンドの腕の中に飛び込んでキスをし、やがてカーソンがこっそり咳払《せきばら》いをして初めて、二人は今の状況を思いだした。

シスビーが箱を持ち、デズモンドはドア脇のフックにかかっていたコートをつかんで、三人は町に向かって出発した。

「今思えば、誰か一人くらい貸し馬車で来るべきだったね」とぼとぼ歩きながら、カーソンは言った。

シスビーは笑いだし、たちまち三人とも大笑いして、この数時間の緊張感を発散させた。

やがて静かになると、再び歩きだした。デズモンドはシスビーの手を握って歩き、それぞれが自分の身に起きたことを語った。デズモンドは誘拐のいきさつを覚えているかぎり説明し、ところどころでシスビーが怒りの声をあげた。

シスビーはデズモンドに、彼を必死に捜し回ったことを話し、研究所でカーソンと話をしたところまで行くと、カーソンのほうを向いて非難がましく言った。「あなた、私をつけてきたのね？　誰かに見られている気がしたもの！」

「僕の尾行の腕はその程度だということだね」カーソンはにやりとして言った。「でも、僕が君を一人で行かせたらデズモンドにどやされるだろうし、ついていっても君に追い払われるだけだと思ったんだ。君は明らかに僕を信用していなかったから」

「ごめんなさい」

「いいんだ」カーソンはシスビーの謝罪を一蹴した。「ちゃんと理性が働いている証拠さ」

シスビーが胸に抱いている箱に視線を向ける。「それには強烈な魅力があるようだね」

「あなたには見せないわ」シスビーはきっぱりと言った。「私たちの誰も見ないようにしましょう。これは危険よ。このままおばあさまに返すつもり。おばあさまはこれに心を乱されないようだから」

「君は違った？」カーソンは興味深そうにたずねた。

シスビーは肩をすくめた。「熱くなっている気がしたの。変でしょう？」

「デズモンド、君はどうだった？」カーソンは続けた。「教えてくれ。これは機能したのか？」

「いや」デズモンドは頭を振った。「まったく。部屋の景色がごちゃごちゃと、切り子面に反射して見えただけだ。魔法のようでも、神秘的でもなかった」

「あの連中はどうする？」カーソンはウォレスの屋敷の方向に頭を振った。

「警察に任せるわ」シスビーは答えた。「ほかにどうすればいいの？」

デズモンドは顔をしかめ、カーソンと視線を交わした。

「何？」シスビーは言った。「どうしてそんなふうに顔を見合わせるの？」

デズモンドが答えた。「君は僕と違って警察を信頼しているんだろうけど、ウォレスはこの町の有名人だ。金持ちで、尊敬されている。僕たちはよそ者で、しかも僕は……」そこかしこが破れ、土で汚れたシャツとズボン、その上にはおったゴードンの大きすぎるコートを見下ろした。「一晩中、馬車の床に寝ていた人間のような姿をしている。君のお父さんが公爵であることもここでは知られていないし、僕たちの言い分をどうやって証明する？」

「事情を話しても信じてもらえないと思っているのね」

「信じてもらえると思うか？」

シスビーは首を振った。「たぶん無理でしょうね」

「たとえ信じてもらえても、ゴードンとウォレスは罰を受けないんじゃないかな」カーソンが言った。「誘拐と窃盗の実行犯であるグリーヴズに全部なすりつけて、あいつ一人が監獄送りになると思う」

「私はそれでも構わないけど」シスビーは小さな声で言い、しばらく沈黙が続いたあと、こう続けた。「でも、あの人たちに何の報いも受けさせず放置するわけにはいかないわ」

「君のおばあさまのゴシップ網があれば、罰は受けるよ」デズモンドは言った。「ウォレスはロンドンの社交界に居場所がなくなるだろう。教授も科学界に顔を出そうとは思わないはずだ」

シスビーはデズモンドをまじまじと見た。「あなた、教授に罰を受けてほしくないのね？　あれだけのことをされたのに！」

「わかってる。でも……いくら動機は間違っていても、教授が僕によくしてくれたことは事実なんだ。監獄送りになってほしいとは、どうしても思えないんだよ」デズモンドは肩をすくめた。

「私は監獄に行ってほしい」シスビーは言い返した。

「ああ、でもそれこそが、デズモンドが貴族でない証《あかし》だよ」カーソンはシスビーに軽い調子で言った。「この男には貴族に必要な無慈悲さがないんだ」

「グリーヴズは何も失うことなく逃げおおせるわ」シスビーは不満げに言った。

「グリーヴズのような男は遅かれ早かれ監獄送りになるよ」デズモンドは言った。「あるいは、野垂れ死にするか」

町への帰り道は、恐怖と怒りに駆られていた往路よりも長く感じられたが、やがて町外れに着いた。最初に通りかかったのは酒場で、三人ともお腹がぺこぺこだった。

シスビーは店内を興味津々に見回し、デズモンドはどこか面白がるように言った。「酒場に来るのが初めてなんだね？」

「正確には違うわ。この前、おばあさまと〈ダブル・ローゼズ〉の中に入ったから」シスビーはカーソンの驚いた顔を無視した。「でも、お客として見るのはこれが初めて。とても興味深いわ。ここはあのお店よりずっと清潔で、設備が整っているわね。……ねえ、二人で顔を見合わせてにやにやするのはやめてくれる？　女性が酒場に入りづらいのは私のせいじゃないんだから」

「そうじゃないよ」デズモンドはシスビーの手を握った。「この店に対する君の反応が面白いんだ」

「僕が知っているほとんどの女性は、〝興味深い〟じゃなくて〝下品で悪趣味〟だと言うだろうね」カーソンはテーブルの椅子をシスビーのために引いた。

「あなたがつまらない女性ばかりと知り合いなのも、私のせいじゃない。さあ、私を笑いものにして気がすんだら、これをどうすればいいか教えて」シスビーはテーブルに箱を置いた。「ここにあると、かなり場違いな感じがする」

「こうしたらいい」カーソンは箱に帽子をかぶせた。

帽子も場違いに見えたが、とりあえずその箱を見る必要はなくなり、大きな胸騒ぎを感じずにすむようになった。〈アイ〉に触れた今では、その危険性がよくわかる。〈アイ〉をデズモンドから遠ざけておかなければならないという確信が強まっていた。

デズモンドは〈アイ〉の前でもかなり落ち着いているように見えた。むしろ、シスビーとカーソンのほうがそわそわしている。だが、デズモンドがこの単眼鏡をのぞき込んだときの、凍りついたような姿が忘れられなかった。〈アイ〉はできるだけ早く祖母の手に返さなくてはならない。

だが、三人が鉄道駅に着いたとき、南部行きの最後の列車はちょうど出発したあとだった。マンチェスター行きの次の列車は、明日の朝まで運行がない。

シスビーはため息をついた。「宿を探すしかないわね。この大きさの町なら、快適な宿が一軒くらいあるはずよ。幸い、全員が誘拐されたわけじゃないから、お金を持ってきている人もいるわ」

デズモンドにはそもそも宿泊料と帰りの切符代を払う余裕がないであろうことはわかっていたので、彼に気まずい思いをさせずにすむ口実が見つかった。シスビーは二人を荷物預かり所に連れていき、預けていた頑丈なかばんを受け取った。かばんを開け、小銭入れを取りだす。「三人分の宿泊料と切符代にはじゅうぶんね」カーソンのほうを見る。「あなたもお金はあまり持ってきていないんでしょう」

「家に帰ってポケットにお金をつめる時間はなかったよ」カーソンは同意した。「君は持ち金に余裕があるようだから、デズモンドを何とかしたほうがいいと思う」デズモンドのほうに向かってうなずく。「まともな宿屋はこの服装を好意的に見てくれないだろうから」

「確かに」引き裂かれ、汚れたデズモンドの服と、横幅は大きすぎるのに袖と丈は滑稽なほど短いコートをまじまじと見た。「ここのお手洗いでみんなさっぱりしたあと、あなたのまともな服を探しに行きましょう」

シスビーは〈アイ〉をしまえると思うとほっとした。かばんの底に押し込み、服をかぶせる。デズモンドはかばんを持とうと手を伸ばしてきたが、自分で持った。今日はデズモンドを〈アイ〉に近づけるつもりはない。

デズモンドは両眉を跳ね上げ、カーソンも同じ表情をした。「まさか、僕が盗むとは思っていないよね」

「当たり前でしょう。ただおばあさまに、自分の手から離さないと約束したのよ」口からすらすらと嘘が出てくるようになったことが少し怖かったが、不安な気持ちの本当の理由をカーソンの前で話したくなかった。カーソンは二人に大いに力を貸してくれたし、それなりに信頼も生まれていたが、デズモンドが受け継いだ才能を知る人は少ないほうがいい。

顔と手を洗い、ヘアピンを留め直したシスビーは気分がよくなった。デズモンドも服の埃《ほこり》をほとんど落とし、手ぐしで髪をある程度整えていた。少しきいて回ると、古着を売っている荷馬車にたどり着くことができた。デズモンドの服選びを手伝う行為には、何かひどく親密なものがあった。背伸びして頭に帽子をかぶせてみたり、シャツを胸に当てたりしていると、デズモンドの目は熱を帯びて輝き、それを見たシスビーは全身がぞくぞくした。

一度か二度、カーソンが自分たちを興味深げに見ていることに気づいた。二人の本当の関係を怪しんでいるのは明らかだった。カーソンの目の前であんなキスをしたのだから、当然だろう。カーソンがその疑いを自分の胸に留《とど》めてくれることを願うしかない。シスビーはデズモンドを自分のものにしたいと思っていたが、それと同じくらい、デズモンドがシスビーの体面を汚したと思い込んだせいで願いが実現するのはいやだった。

最終的に、少しだけ短いズボンとシャツ、靴下とアスコットタイが調達できた。ベストもジャケットもないが、コートをはおればごまかせるだろう。三人はさっき情報を教えてくれた貸し馬車の御者のもとに戻り、〝淑女が泊まれるくらいまともな〟宿屋の名前を聞きだした。

御者に宿屋の敷地内で降ろしてもらい、三人で入り口に向かっていると、カーソンがためらいがちに言った。「考えてたんだけど……僕は今夜ここに泊まらないことにする」

「どうして?」シスビーは驚いてたずねた。

「実家がそう遠くないんだ。僕は湖水地方の出身でね。貸し馬を借りればそっちに行ける」カーソンは空を見上げた。「出発が早かったから、夜になるまでには時間がある。家にたどり着けるか、暗くても帰り道がわかる地点までは行けるだろう」

「でも……」デズモンドの言葉はとぎれた。

「本当に?」シスビーはたずねた。カーソンは今夜二人きりになるチャンスをくれようとしているのではないだろうか? その采配に感謝する気持ちは隠せなかった。

「もちろん。何もかもうまくいっただろう?」カーソンはにっこりし、手を差しだしてデズモンドと握手した。

「ありがとう」デズモンドは答えた。「僕が疑っているように見えていたらごめん」

「仕方ないさ」カーソンはほほ笑み、シスビーに視線を移した。帽子を持ち上げる。「ミス・モアランド。たいした経験をさせてもらったよ」

「本当にありがとう」

シスビーとデズモンドは、カーソンが馬屋のほうに歩き去るのを見送った。

デズモンドがたずねる。「カーソンは気づいたんだと思う? その、君と僕が――」

「ええ」シスビーは簡潔に答えた。「カーソンは紳士的にふるまおうとしたんだと思うわ。私たちに夫婦ごっこをさせてくれるつもりなのよ」

「シスビー……それはいい考えだとは思わない」

「あら」シスビーは上目遣いでデズモンドの目を見てほほ笑んだ。「どこがだめなの？」

「やめてくれ。そんな目で見られると、まともにものが考えられなくなる」

「あなたは考えすぎなの」シスビーはデズモンドに近づいた。

「シスビー……」デズモンドは身を寄せ、シスビーの匂いを吸い込むように鼻孔を広げた。「どうして君はいつもラベンダーの香りがするんだ？　こんなときでも」

シスビーは軽く笑った。「ハンカチについてるのよ」ハンカチは頬の汚れを拭くために濡《ぬ》らしたあと、胸の谷間に押し込んでいたので、手を伸ばしてそれを引っ張りだした。

「驚いた」デズモンドの声はかすれ、目は影を帯びた。「シスビー……君に話したいことがある」

「じゃあ、一部屋取って、二人きりで話しましょう」

# 33

今この瞬間にきちんと受け答えする自信がなく、デズモンドはうなずいた。欲望がこぶしのように体を打ちつけ、〈アイ〉をのぞき込んでからずっと体内で渦巻いている愛と痛みの混じり合った何かがさらにふくれ上がった。シスビーのハンカチを握りしめ、自分のポケットに入れる。これを永遠に持っておくつもりだった。

シスビーの誘いに屈するのは愚かだ。無謀だ。無責任だ。正しい行動をとることをどれほど固く決意していても、ベッドのある部屋でシスビーと二人きりになれば、真逆の結果になるに決まっている。だが、シスビーと一緒にいられるこの最後のチャンスを拒めるほど、デズモンドは強くなかった。

宿屋の主人に続いて階段を上がる間、デズモンドは何も言わず、シスビーを見もしなかった。自分がシスビーを見る目つきだけで、主人に自分たちの関係が不義のものであることがばれてしまう気がしたからだ。部屋に入り、ベッドを見ると、デズモンドの自制は吹き飛ばされた。

時間稼ぎをするため窓辺に向かう。こんなことをするのは耐えられない。デズモンドは勢いよく振り向き、だしぬけに言った。「僕たちは無理なんだ……僕は……さっき嘘をついた」

シスビーは眉を上げた。「いつ？」

「カーソンに、〈アイ〉の向こうに何か見えたかときかれたときだ。僕は平凡な景色が見えたと答えたが、事実じゃない」デズモンドはその先をためらった。

シスビーは怯《おび》えた顔でデズモンドを見た。「デズモンド、怖いわ。何が見えたの？」

「君が見えたんだ！」〈アイ〉を目に当てたとき、心に巣くっていた身がすくむほどの恐怖を、真っ暗な絶望を感じた。どうにか次の言葉を絞りだす。「君が……死んでいるのが見えた」

「それは幻覚よ」

「現実だ」デズモンドはほとんど叫ぶように言った。深く息を吸い、声を落ち着かせる。「シスビー、本当なんだ。君は地面に横たわっていて、息をしていなかった。唇は青かった。氷みたいに冷たかった」シスビーがぶるっと体を震わせるのを見て、うなずく。「そう――君が見た、悪夢の中の君のように」

シスビーはそれでも言い張った。「あれは単なる夢だわ」

「〈アイ〉が僕を壊すと君に告げたのも、単なる夢だ」

「そうよ」シスビーは抗議した。「ただ、無視するのはあまりに——」

「リスクが大きかった」デズモンドはシスビーに代わって結論を言った。「シスビー、〈アイ〉は確かに僕を壊した。君が死んでいるのを見て、その原因が僕であることを知ったんだから」

二人はしばらく、なすすべもなく見つめ合った。

シスビーの目に涙がたまった。「あなたは本気でこれを信じているのね?」

「ああ。僕がアン・バリューの子孫なのか、僕が死を引き寄せる怪物のような存在なのか、単に人生には苦難がつきものなのかは知らないけど、一つだけ確信していることがある。君のおばあさまは正しかった。僕が理由で……君は死ぬ」

デズモンドはシスビーを見つめながら、胸の中で心臓が砕ける気配を感じた。シスビーの顔を、手ざわりを脳に焼きつけたい。それがどんなにつらくとも、シスビーをつねに自分の中に宿しておきたい。

シスビーが手に入らないことは覚悟していた。人生とはそういうものだ。だが、自分にこの運命を課したものがシスビーをも引き裂くとなれば、憎まずにはいられなかった。

シスビーは背筋を伸ばし、デズモンドをいつも圧倒するあの輝かしい光を目に宿した。

「私があなたを失うことになるのなら、この夜は一緒に過ごしましょう」

デズモンドはシスビーに近づき、腕の中に抱き寄せて、身を屈《かが》めてキスをした。これを後悔しない。これに抗《あらが》わない。二人には、アパートでの一夜とこの夜しかない。これほどの愛に対し、たったそれだけ。だが、今夜はいただく。この一瞬をとらえ、それを一生続くものにするのだ。

二人はゆっくりとキスをし、愛撫《あいぶ》して、一つ一つの動きに、一つ一つの感覚に最高の喜びを見いだした。前回は暗闇の中、味と匂いと感触に包まれながら結ばれた。今回は明るい中で愛し合い、デズモンドはシスビーの姿に恍惚《こうこつ》となった。

シスビーの服を一枚ずつ脱がせ、ぞくぞくするほど少しずつ、なめらかな白い肌を暴いていく。シスビーの肌は指の下でサテンのように柔らかくなり、唇と舌の上で甘く溶けた。今や、真珠のように白い肌と長い脚、丸みを帯びた胸と濃いピンク色の先端がすべてあらわになっていた。

シスビーの美しさがデズモンドを包み込み、頭と心をいっぱいにした。シスビーの唇に、胸に、背中にキスし、体のどの部分も知らないままにはしたくなくて、それに応えるように自身の体も脈打った。欲求が高まっていき、その強烈さには痛みを覚えるほどだったが、デズモンドはそれを抑え込み、欲望の高まりを味わった。

驚いたことに、シスビーも同じ喜びを感じているようだった。彼女がデズモンドのシャツを引き上げ、その中に両手を潜り込ませてくると、デズモンドは無我夢中で自分の服を脱ぎ捨てた。シスビーの手になでられるたびに、唇が肌の上で動くたびに、震えが走った。

シスビーの指先が肌をなぞり、肋骨《ろっこつ》のうねを、腰の曲線を、硬い太腿の輪郭を探索する。体をまさぐるうちにシスビーの息遣いも乱れ、体は熱くなった。シスビーが昂《たかぶ》っていくさまに、デズモンドの情欲は大きくうねった。

シスビーの手が脚の間にすべり込んでくると、デズモンドは身震いし、その快感のほとばしりだけで達してしまいそうになった。二人はあまりの渇望に優しさを忘れ、あまりの欲求に待てなくなって、ベッドに倒れ込んだ。デズモンドはシスビーを自分の下に引き入れ、シスビーはデズモンドに向かって体を開いた。

デズモンドはゆっくりとシスビーの中に入っていった。きつく、熱く締めつける極上の快感は、前の夜をしのぐものだった。押し入っては引き、内側に火をかき立てていく。シスビーが動き、声をあげるたびに、デズモンドはさらに高く昇り、シスビーの最後の震えを感じると、自分もこれ以上抑えられなくなった。

デズモンドはその力強さに震え、解放のすばらしさに溺れた。この瞬間、デズモンドはシスビーの一部に、シスビーはデズモンドの一部になった。二人は粉々に打ち砕かれ、また生まれ変わって結びついた。

「シスビー、愛してる……愛してるよ」

シスビーは窓辺に立ち、迫りくる闇を見つめていた。デズモンドはシスビーが一人きりで着替えられるようにと、つい先ほど出ていった。その配慮はありがたく思ったが、それは裸でいることが落ち着かないからではない。この隙に涙を流すことができるからだ。

シスビーはデズモンドへの愛と、デズモンドの喪失に泣いた。今ではデズモンドの気持ちが——自分よりも相手を思いやる献身が理解できた。デズモンドの決意は本気で、シスビーはそれをひるがえすよう迫るつもりはなかった。

シスビーは今夜を永遠に心に残るものにするつもりだった。涙の痕を拭いたあと、意外なことにこの宿で提供されていた風呂を贅沢《ぜいたく》に楽しんだ。このあとは二人で夕食をとり、再び愛の営みをして、一晩じゅう抱き合おう。それで満足しなくてはならない。

この二カ月の間に、人生が、世界が、自分の存在そのものが変わった。今では、科学では説明できない力が存在すること、論理では感情を制御できないことを知っている。時には、闘うよりも受け入れるのに勇気が必要になること、一緒にいるより別れるほうが大きな愛の行為となりうることも理解した。

シスビーは冷たい窓ガラスに額をもたせかけた。でも、諦められるはずがなかった。確かに理解はした。デズモンドがやるべきだと思うこともやればいい。だが、解決策を探すことは絶対にやめない。デズモンドが受け入れた運命を変える方法を見つける。何しろ、私はモアランド家の一員なのだから。

今回ははるかにひどかった。恐怖は刺すようで、痛みは鋭さを増し、寒さは強烈すぎて焼けつくほどだった。

「救って。彼を救って。彼はそれに抗えない」

岩棚に一人の男性が立ち、両腕を広げて、髪とシャツを風になびかせていた。顔は見えず、真っ赤な夕日を背に黒いシルエットになっている。雷雲が頭上に押し寄せ、雨が降り注いで、視界がぼやけた。空に稲妻が走って、男性の背後の大きな岩に雷が落ち、真っ白な光が弾《はじ》けた。

岩からは煙が上がり、空中で火花が躍った。煙が風に運ばれて男性のまわりを渦巻き、いっそう濃く、黒くなっていくさまを、シスビーはその場に立ちつくして見つめていた。闇があらゆる方向から男性に押し寄せ、不吉な雰囲気で彼を包み込んでいく。

「行って」シスビーの耳元で軋《きし》んだ声がささやいた。「〈アイ〉が彼を引き裂く。彼を乗っ取るわ」

渦巻く闇は消えていき、地獄のような光景があらわになった。二人の黒い人影が取っ組み合っていて、沈みゆく太陽の輝きにその輪郭が浮かび上がった。

「彼を救って。あなたには返すべき借りがある」

シスビーは走ろうとしたが、呼吸が苦しく、足は鉛のようで、寒さが体の隅々にまでしみわたっていた。間に合わない。

「お願い……お願い。あなたのものは私のもの。命には命を」

ナイフが光った。シスビーは叫び声をあげ、前に飛びだした……。

「シスビー！　起きるんだ、シスビー」デズモンドの腕が巻きついてきて、温かく包み込まれた。

「デズモンド！」シスビーはデズモンドにしがみついた。「あの男……あなたを殺した」

「シスビー、僕は死んでいない。ここにいるよ」

デズモンドのぬくもりに包まれていても、シスビーはぶるぶる震えていた。「わかってる。でも、ひどい光景だった」

「どれも現実じゃないし、もう怖がらなくていい。危険は過ぎ去ったんだ」

「いいえ。終わっていないわ。終わっていないのがわかる。警察に行って、彼らを監禁してもらえばよかった。あの人たち、またやるわ……私にはわかる」

「何があったか教えてくれ」デズモンドはシスビーをなだめるように、優しく背中をさすった。

「男があなたを刺したの」

「誰が僕を刺したって？」

「わからない」シスビーは頭を振り、体を引いてデズモンドを見た。「それは見えなかったわ。太陽がまぶしくて、光を背にあなたたちの輪郭が見えただけだったの。ウォレスだったかもしれない。グリーヴズ？　わからないわ。でも、相手があなたなのはわかった。男はナイフを持っていて、あなたを刺したの。私はあなたのところに行けなかった。必死に走ろうとしたけど、動けなかったの。ああ、デズモンド！」

シスビーは再びデズモンドに腕を巻きつけ、頰を胸につけて、ぬくもりと、心落ち着く心臓の音に身を浸した。デズモンドはここにいて、生きている。運命を変えるための時間はまだある。

「〈アイ〉よ。これではっきりしたわ。〈アイ〉はあなたを引き裂くとアンは言っていた」

「シスビー、僕を見て。僕は大丈夫だ」

「ええ、今はね」シスビーはデズモンドの腕から抜けだし、旅行かばんを手に戻った。「私は自分が何を見たのかわかっている。正気を失ったわけじゃないわ。アンは、私があなたを救わなくてはならないと言ったの」アン・バリューの言葉の続きは言わずにおいた。〝命には命を〟という言葉を聞けば、デズモンドは私を引き止める。「問題は〈アイ〉なの。〈アイ〉そのものが悪なのよ。やるべきことはただ一つ」シスビーは服をかき分けて箱を取りだした。「これを破壊する」

「そんなことをしたら、おばあさまが――」

「構わないわ」シスビーは留め金を外してふたを開けた。

箱の中は空っぽだった。

しばらくの間、二人は緑のベルベットをただ見つめていた。やがて、シスビーは見たままの一言を発した。「消えてる」

「でも、なぜ……どうやって……」

ある考えが同時に閃《ひらめ》き、二人は顔を見合わせた。「カーソン！」

「カーソンが盗んだのね」シスビーは箱をぴしゃりと閉めた。「どうりであんなに急いで帰ったわけだわ」

デズモンドは毒づき、ベッドから出て、怒りもあらわに服を着始めた。「なぜ僕はこんなにも大馬鹿野郎なんだ？　カーソンは最初から〈アイ〉を狙っていた。君のあとをつけたのもそのためだ。あれほど熱心に協力したのも、〈アイ〉のためだったんだ」

「私が見ていないときに、こっそり箱から取りだしたんでしょうね」

「それができるタイミングはいくらでもあった。駅でも、酒場でも。荷馬車で服を見繕っているときでも……僕たちは二人とも注意を払っていなかった。もっと前にやることもできた。僕がウォレスたちを縛っている間、カーソンは連中に銃を向けていたが、ほかに何をしているのかは一度も見なかったよ」

「私はかばんに箱が入っているかどうか、三回確認したわ」シスビーはうんざりしたように言った。「なぜ一度も箱を開けようと思わなかったのかしら?」

「今さらくよくよしても仕方ない」デズモンドは箱をかばんに戻して、ほかの持ち物をまとめ始めた。「〈アイ〉を取り戻さないと」

シスビーの指は、着始めた服のボタンの上で止まった。「デズモンド……夢の中であなたと闘っていたのは、カーソンだったんだわ。気づくべきだった。ウォレスにしては背が高すぎたし、グリーヴズにしては細すぎたの。あなたを刺したのはカーソンよ」たちまち、祖母の持ち物を取り戻すという動機は消えた。「〈アイ〉はカーソンに持たせておきましょう」

「君はあれを処分しなきゃいけないと言っただろう」

「取り戻すことで、〈アイ〉があなたを壊すんだとしたら? それこそがアンの警告だったのかもしれないわ。あの諍《いさか》いが起こらないようにすること」

「〝〈アイ〉は自分の子を引き裂く〟とアンは言ったんじゃないのか? 〝彼はそれに抗えない〟と。それは喧嘩で刺されることを指しているようには思えないけど」

「アンは〈アイ〉があなたを〝乗っ取る〟とも言ったわ」シスビーは少し気が進まないながらも、そう認めた。

「そして、君はそれを止める方法が〈アイ〉を破壊することだと言ったし、カーソンから取り戻さなくてはならないことも意味する」

「でも、カーソンにあなたを殺させるわけにはいかないの！」シスビーは叫んだ。
「結果がそうなると決まったわけじゃないだろう。君は僕が死ぬところを見たのか？」
「あの男がナイフを繰りだすところを見たわ。私はあなたのもとに行けなかった。私には
わかったの――」
「君がそう思い込んでいるだけだ。僕たちの運命は決まっていない。君が見たのは可能性
の一つで、起こりうる出来事を知っていれば、僕はそこから自分を守ることができる」
「あなたは誰かの運命を変えられるの？」シスビーは語気を荒らげ、腰に両手を当てた。
「いいかい、シスビー」デズモンドはシスビーの両手を握った。「アン・バリューは理由
があって君のもとに来た。アンは君に結末を変えてもらいたがっている。君なら、自分が
作りだした悪を終わらせられると考えている。もし君がアンの子孫なら――」
「子孫じゃないわ。それはわかってる」
「じゃあ、なぜ君の家族が〈アイ〉を持っているんだ？　なぜ君はそんなにも〈アイ〉と
結びつきが強いんだ？」
「それは……私がアンの敵だから」
「何だって？」
「アンが魔女として告発されるよう仕向けたのが、私の先祖だったと思うの。最初の夢で
その男を見たのよ。火の向こう側に立って、アンが死んでいくのを平然と見ていた。いい

え、平然どころじゃない……満足げだった。その人は〈アイ〉を自分のものにしたかったんじゃないかしら。だから、アンの死を画策して〈アイ〉を奪った。そうして、おばあさまの血筋に代々受け継がれることになったの」

「それは確かか?」

「証拠があるわけではないわ。でも、おばあさまが言った中にそれらしい言葉はあった。〝あの子の血筋の誰かが、私たちの血筋の誰かを殺す〟って」シスビーは慎重に、一方の命が他方の命と引き換えになることは省略した。「アンは私に、私にはアンに対する務めがある、アンに縛られていると言っていた。昨日、あなたの手からアイを奪ったとき、私は火傷《やけど》しそうになったの。分厚い昔風の手袋をはめた男性の手が火の中に入って〈アイ〉をつかむところが見えたわ。その瞬間、何が起こったかわかったのよ。私の先祖が〈アイ〉のためにアンを殺したの。アンが作りだした力を手にするために、悪をなしたのよ」

「だからこそ、君がそれを終わらせなくてはならないというわけか」デズモンドは断言した。「アンは悪を作りだし、君の先祖はそれを手に入れるためにアンを殺して、その悪を増幅させた。今、君は世界からそれを消さなくてはならない」

デズモンドの言うとおりだった。私はすべてを終わらせなければならない。そのことは、自分と〈アイ〉のつながりと同じくらい確かなことだった。これが先祖と、その血筋全体に対するアン・バリューの呪いなのだ。

〈アイ〉とそこに棲《す》みついた悪を破壊し、悪夢を消し去らなくてはならない。デズモンドの死を防がなくてはならない。もしデズモンドの命の代償が自分の命であるなら、それを支払うまでだ。

# 34

「どうやってカーソンを見つける？」二人で階段を駆け下りながら、シスビーはたずねた。「カーソンは、実家が湖水地方にあると言っていたわよね？　あれは本当かしら」

「実は、一度カーソンに実家に招かれたことがあるんだ」デズモンドは答えた。「グラスミアの近くだった。村に行けば家はわかる」

宿には軽装馬車が一台あり、それを引く馬たちは元気で速いと宿の主人は請け合ってくれた。出発したとき、シスビーは胃がきりきりしていたが、目的地に近づくにつれて不思議と神経は静まり、心の中に決意が固まっていった。

デズモンドとはほとんど話をしなかった。何を言えばいい？〝私はあなたを世界の何よりも愛している〟？〝私たちは生きるか死ぬかの状況にあるわね〟？

午後遅くにはグラスミアに入った。そこから数キロ進んだところで、デズモンドは御者に曲がるよう指示した。その道は、船のへさきのように突きだした岩山に沿ってカーブしていた。切り立った崖の下には、深く暗い、小さな湖がある。

この厳しくも美しい景色の前に、火山岩を使った領主邸が宝石のように立っていた。二人は対決する覚悟を決めて馬車を降りたが、カーソンは不在だという答えに拍子抜けした。

「ここに来ていないんですか?」シスビーは戸口で執事にたずねたあと、うろたえてデズモンドのほうを向いた。

「いいえ、屋敷にはいらっしゃっています、ただ、その……今は外出中ということです」執事はデズモンドをまじまじと見た。「あなたは!」妙なことに、執事の顔に安堵《あんど》の色が広がった。「申し訳ございません、あなたさまだとすぐにはわかりませんでした」

デズモンドはにっこりした。「そもそも僕を覚えてくれていたことに驚いたよ。ここに来たのは何年も前のことだから」

「はい。しかし、ミスター・ダンブリッジは、お父さまが亡くなられてからはほとんどこちらにいらしていませんので。さあ、お入りください、応接間にご案内いたします。私はウィロビーと申します。ミスター・ダンブリッジがご挨拶できなくて申し訳ございません。お客さまがいらっしゃることは聞いておりませんでした」

「カーソンは僕たちが来ることを知らなかったんだ」デズモンドは執事に言った。「グラスミアに来たついでに寄ろうということになったから」

「先にお手紙を送ればよかったです」シスビーは言い添えた。「でも、デズモンドがこのすてきなお宅のことをいろいろと話してくれるものだから、どうしても見てみたくなってしまって。ご迷惑をおかけしてごめんなさい」

「いえいえ、迷惑だなんてとんでもございません。とても嬉《うれ》しいです……ミスター・ダンブリッジもお二人にお会いできれば喜ばれるでしょう」その言葉とは裏腹に、執事は困惑したような表情をしていた。

「カーソンはいつ戻ってくるだろう？」デズモンドはたずねた。「どこに行ったかはわかる？　僕たちが合流してもいいし」

「ええ、それは……」ウィロビーは揉《も》み手《で》を始め、やがてだしぬけに言った。「心配なのです。私は余計なことを言うべきではないのですが、あなたさまはミスター・ダンブリッジのお友達でいらっしゃいますし、ですから、その……」

「どうしたんだ？」デズモンドは執事を遮ってたずねた。「カーソンに何かあったのか？」

「いえ、ただ……」ウィロビーは深く息を吸い、執事としてのためらいを捨てたようだった。「ミスター・ダンブリッジは昨夜、すっかり日が暮れてから馬で帰っていらっしゃいました。私どもはミスター・ダンブリッジがいらっしゃるとは思ってもいなかったので、お部屋の準備もしていませんでした。ミスター・ダンブリッジは荷物をお持ちでなく、何と言いますか……とにかくふだんとは様子が違っていました。ひどく気が立っておられて、なぜか単眼鏡を持ち歩いているんです。それを置こうとはしませんでしたし、私に片づけさせることもしませんでした」

「なぜここに来たかは言っていたかい？」

「いいえ、意味のわかることは何も。アンとかいう女性のことをずっと話されていて、お父さまの事務室に入って何かを捜し回っていました。結局見つからなかったようで、ひどく腹を立てられていて……。おわかりかと思いますが、まったくミスター・ダンブリッジらしくありませんでした」

「確かに、それはカーソンらしくない。何を捜していたんだろう？」

「わかりません。お父さまの持ち物をどこにしまったかときかれて、屋根裏だとお答えすると、古い金属製の箱を持って下りてこられました。それから一晩じゅう、今日になっても、お父さまの事務室に閉じこもっていました。何も食べようとも、飲もうともされないんです。ミスター・ダンブリッジは……」ウィロビーは声を潜め、ささやき声になって言った。「実を言うと、かなり無作法になられていて。ふだんは完璧な礼儀を備えた方でいらっしゃるのに」

「何か大きな悩みがあるんじゃないかと思う。実は、僕たちがここに来たのもそのためなんだ。カーソンと話がしたくて」

「ええ、ええ、お願いします。つい先ほど、ふらふらと出ていかれました。コートも着ずにです！　ミスター・ダンブリッジはかなり……不安定で、今までずっとお父さまのブランデーを味見されていたのではないかと思います」

「酔っ払っていたのか？」

「いえ、そこまでではないですが……お酒が強い方ですから。でも、様子はおかしかった。あの奇妙な単眼鏡をまだ持っていて、しかも……」ウィロビーは鋭く、浅く息を吸った。

「反対側の手にはナイフをお持ちだったのです」

「カーソンはどこに行った？」デズモンドは執事の腕をつかんだ。「どの方向に？」

ウィロビーは玄関のドアを指さした。「岩山を上られていきました」


デズモンドの長い脚はシスビーよりも大股に地面を歩き、すぐに離されてしまう。デズモンドは一、二度は引き返してきて、歩きづらい場所を通るのに手を貸してくれたが、本当は先に走っていきたくてうずうずしているのがわかった。実際にはデズモンドの助けは必要なかったので、先に行くよう促してもよかったのだが、夢の中で取っ組み合っている男たちのシルエットが忘れられなかった。夕日は今にも地平線の向こうに沈もうとしている。

デズモンドは急に立ち止まり、追いついたシスビーはその理由を知った。カーソンが岩山の崖っぷちに立ち、下には湖が広がっている。カーソンは両腕を大きく広げていた。右手にはナイフを、左手には〈アイ〉を握っている。

夢の中で見たとおりの姿だった。

「何てこと」シスビーはつぶやいた。「あの人だったんだわ！　カーソンこそ、アン・バリューの〝子〟だったのよ」

今では、それがまばゆいばかりにはっきりと見えていた。デズモンドは〈アイ〉に影響されないのに、カーソンの気が立っていたのも無理はない。〈アイ〉の呪いにかかっているのはカーソンで、アン・バリューが救ってほしいと懇願したのも彼だったのだ。

カーソンは執事が言っていたとおりコートを着ておらず、シャツの前は完全に開いていた。裸の胸に赤く長い筋が走っている。血だ。空はさらに暗く、風は強くなり、カーソンの開いたシャツがはためいた。カーソンは完全に正気を失っているように見えた。

シスビーはどうしていいかわからず、デズモンドを見た。カーソンは崖っぷちすれすれに立っていて危険だ。二人が駆け寄れば、足を踏み外すかもしれない。それどころか、その常軌を逸した表情を見るに、自分が空を飛べると思って飛びだしかねない気がした。こっちが叫ぶだけでも、驚いて落下するかもしれない。

何もできずにいる間に、カーソンが二人に気づいた。「デズモンド！　シスビー！」カーソンは笑い、その声ににじむ狂気にシスビーの背筋を震えが駆け下りた。挨拶するようにナイフを上げると、その動きで足元が少しふらつき、シスビーの心臓は口から飛びだしそうになった。

「いつ気づかれるかと思っていたよ。ごめんな」カーソンは頭を振った。「本当は君を欺くなんていやだったんだ、デズモンド。君のことは昔から好きだったから」

「僕も君が好きだよ、カーソン。今も僕は君の友達だ。こっちに下りてきて、話をしないか？」

「いやだね」カーソンはにっこりした。「それはできない。僕にはもう友達はいない」二人に向かって〈アイ〉を突きつける。「力があるだけだ」

「それは、カーソン、そのレンズ越しに見えるものは現実じゃない。あてにならない幻覚だ」

「カーソン、君がアンの子供ではないからだ。君はいいやつだけど、あいつらは馬鹿だから、君がアンの子孫だと思った。僕こそがアンの息子だ。僕がアンの日誌を持っているんだ」カーソンはそばの岩に置いてある革表紙の薄いノートをナイフで示したあと、ナイフを紋章のように掲げた。「僕はアンの短剣《アサメイ》を持っている」

「あなたがアンの子孫なのはわかっているわ」シスビーはカーソンに言った。「アン・バリューが夢に出てきたの。アンは私に、〈アイ〉があなたを壊すと警告した。私にあなたを救ってほしいと頼んできたのよ」

「こらこら」カーソンはアサメイを振り、たしなめるように言った。「嘘はだめだ」

「嘘じゃない。私はときどきアンの夢を見ていたの。アンは私に〈アイ〉は悪だと言った。私がアンの子を救わなくてはならないって。私には理解できなかったわ、あなたのことだと気づいていなかったから。でも、今ならわかる」

「嘘をつくな！」カーソンは叫び、軽薄な態度は怒りへと変わった。雷が鳴り、稲妻が空を走った。雨が降り始める。カーソンは〈アイ〉を掲げ、あたり一帯に色とりどりの閃光《せんこう》を放った。「〈アイ〉は絶対に僕を傷つけない。僕のものなんだから」

「それが君のものであることに異論はないよ」デズモンドはなだめるような口調で言った。シスビーがカーソンの注意を引きつけている間に、デズモンドは慎重に前進していて、喋《しゃべ》りながらさらにゆっくりと前に出た。「〈アイ〉は君のものだ。でも、それは君にとって何の役に立つんだ？」

「これにはアンの力が宿っているんだ」カーソンは激昂《げっこう》した。「わからないか？」エネルギーが走り、空気がぱちぱちと爆《は》ぜた。シスビーの腕の産毛が逆立つ。光の虹と、電気のような力の波動が共存する光景は、いっそう恐ろしく見えた。シスビーは自分の恐怖は無視して、カーソンの注意がデズモンドに向いているのをいいことに、静かにカーソンの視界から外れた。

「よくわからないよ」デズモンドは首を振った。「死者の心霊を見ることは別に――」

「デズモンド、馬鹿なふりをするな」カーソンは笑った。「君はそういうのが下手なんだ。目的は死者を見ることじゃない。死者を蘇《よみがえ》らせることだ」

「死霊魔術か？　ウォレスも奥さんを生き返らせるつもりでいたが、なぜ君が――」

「とぼけるんじゃない。僕はこれで彼女を蘇らせるんだ！」青白い火花がカーソンのまわりの空中で躍り、あたりの空気はさらに電気を帯びた。

「アン・バリューを？」デズモンドは目を見張った。

シスビーはカーソンの左側の、さらに近い位置まで来ていた。デズモンドも近づいている。カーソンは自分の言葉に夢中になりすぎて、デズモンドがどれほど移動したのかに気づいていない。

「僕はアン・バリューの知識を手に入れる。彼女の力を！　ずっと僕の家族に与えられずにいたすべてを手に入れるんだ。財産、土地、賞賛。僕は二流にはならない。父のような笑いものにはならないんだ！」

デズモンドはこわばった顔つきで大きく一歩踏みだし、手を伸ばした。

「止まれ！」カーソンはデズモンドにナイフを突きつけた。「ここには上がってくるな」

力の波動は少し小さくなったが、減ってはいないことにシスビーは気づいた。今それは、カーソンとデズモンドをまとめて取り巻いていた。デズモンドの髪はカーソンの髪と同じく、風で激しく乱れ、〈アイ〉が作りだす多彩な色のダンスは二人だけを囲んでいた。

シスビーは目を見開いた。カーソンは〈アイ〉の力を制御できるの？　すでに〈アイ〉がカーソンを乗っ取っているのかもしれない。

「どうして？」デズモンドは街角にでも立っているような軽い口調で言ったが、彼も空気の変化に気づいているのは確かだった。

カーソンは笑った。「君のことはよく知っている。君は僕を止めようとするはずだ」

「なぜ僕がそんなことを？　僕はただ理解したいだけだ。僕をよく知っているんだろう？　僕はいつでも、万物の〝なぜ〟を知りたがっているじゃないか」

「そうだな、確かにそうだ。だから、君は僕たちの中でいちばん優秀なんだ。でも、僕は……」カーソンはアサメイを見せびらかした。「僕は力を持っている」

「力だって？」デズモンドは少しずつ前に進んだ。「単にアンの血筋の人間だというだけではだめだろう」

「もちろんそうだ。でも、僕はその方法を知っている」

デズモンドはカーソンに近づきすぎていた。シスビーは夢の中での闘いをはっきり覚えていた。何より避けたいのは、デズモンドをカーソンの手の届く距離に行かせることだ。戻って、とデズモンドに叫びたかったが、自分の位置に気づかれるわけにはいかない。カーソンはこちらの存在をすっかり忘れているように見えた。

シスビーは必死に心の中でデズモンドに呼びかけた。〝近づかないで、あなたはそこにいて。私がカーソンを捕まえる。私に考えがあるの〟

カーソンを倒そうとは思っていない。ただ、〈アイ〉を彼の手からひったくればいい。ナイフは一般的な利き手の右手に握られている。〈アイ〉は左手にあり、カーソンはそれをハンカチのように振りながら喋っていた。あと一メートルほど近づけば、カーソンに向かって走りだせる。カーソンは振り向いて攻撃に備えるだろうが、真の目的をカーソンに気づかれる前に〈アイ〉をつかむのだ。運がよければ、カーソンに刺される前に走りだせるだろう。デズモンドが危険に晒《さら》されることはない。

「〈アイ〉を使う方法というのは？」デズモンドはやはり無害な、興味のこもった声でたずねた。

「血が必要なんだ。僕の血と、アンの血が。全部ここに書いてある」カーソンは薄いノートを再び示した。「アンの家族はアンの日誌を持って逃げた。それは敵には見つからなかったんだ。一族は名前こそ変えたが、秘密は守り続けた。必要なのはアンの手順と、僕の血」カーソンは胸を切り、赤い筋をもう一本つけた。シスビーはたじろいだが、カーソンは痛みを感じてはいないようだった。

「つまり……決まった形に切らなきゃいけないということか？」デズモンドはたずねた。

「自力でやるのはかなり難しそうだな。僕が手伝おう」片手を差しだす。

「やめろ！」カーソンはどなり、目をいっそう鮮やかに燃え立たせた。「君の目的はわかっている。僕の血を奪って、自分で〈アイ〉を使うつもりだろう」

カーソンからデズモンドに放たれる力はさらに強くなり、二人を取り囲む波動は小さく凝縮していった。青白い細かな閃光《せんこう》が、鮮やかな色の中で弾《はじ》ける。いい兆候でないのは確かだったが、なぜ夢ではこの光景を見なかったのだろう？

「違う、違うよ」デズモンドはなだめるように言った。「そんなことはしない。君の血をもらったところで、僕に〈アイ〉は使えない。君もそれはわかっているだろう。僕はアンの子孫じゃないんだから。ただ、手伝いたいだけなんだ」

「だめだ！　君もあいつらと同じだ。ウォレス、ゴードン……」カーソンは彼らの名前を吐きだすように言った。「あいつらは僕の生まれながらの権利を盗んだ。身を捧《ささ》げるのは僕だ」突然カーソンはデズモンドと向かい合って、片手でナイフを握り、反対側の手で脅すようにデズモンドへ〈アイ〉を突きつけた。「これは僕の力だ」

シスビーは息をのんだ。二人の間のエネルギーは一つのまばゆい光の流れへと凝縮され、それが色の帯をのみ込んでいく。細くなった筋の中で力は強まったものの、あたり一帯に放つ波動は弱まっていることにシスビーは気づいた。さらにはカーソンが体勢を変えたことで、〈アイ〉はシスビーの手の届くところまで来ていた。

シスビーは慎重に一歩踏みだしながら、目の前の場面が夢とは変わっていることに気づいた。二人の男性はもう、岩の上で太陽を背にしてはいない。シスビーは二人の下ではなく、同じ高さに立っている。デズモンドの言ったとおりだ。起こる出来事は変えられるのだ。シスビーは二人の男性に目を光らせながら、忍び足で前に出た。

「ああ、その力は君のものだ。すべて君のもの」デズモンドは穏やかに言った。「僕は君を手伝いたいだけだ」

「僕を止めようとするな」カーソンはデズモンドに言った。「君は〈アイ〉に何ができるかを知らない。僕は君を傷つけたくないんだ。〈アイ〉が君を遠ざけているのは感じるだろう？　僕にはそれ以上のこともできる。君から命そのものを奪うことができるんだ」

シスビーは恐怖に凍りついたが、デズモンドは怯《おび》えてはいないようだった。頭を振り、カーソンに一歩近づく。

カーソンの顔がこわばった。「止まれ！　これは命令だ！」足を踏ん張り、獰猛《どうもう》な顔になる。頭上で稲妻が空を照らし、雷が鳴った。

カーソンが〈アイ〉に全神経を集中させた瞬間、シスビーは前に飛びだした。カーソンは直前で音を聞きつけ、勢いよく振り向いたが、シスビーはすでに〈アイ〉に手を伸ばしていた。どうにかもぎ取ったが、手を引いたときの勢いでうしろに転倒した。カーソンがナイフを掲げ、襲いかかってくる。シスビーが転がって避けると、今度はデズモンドが前に飛びだした。カーソンの腕をつかみ、うしろに引っ張る。

シスビーは〈アイ〉を握ったまま、何とか立ち上がり、自分が恐れていたとおりの光景を目にした。カーソンとデズモンドがナイフをめぐって取っ組み合っている。デズモンドがカーソンのナイフを握った手をつかむと、刃は動かなくなったが、カーソンの力は正気を失った人間らしく強かった。デズモンドはナイフを食い止めるのに両手を使わなければならず、カーソンが反対側のこぶしで殴りつけてくるのを防げなかった。デズモンドの顔に血が流れた。

「やめて！」シスビーは叫び、体当たりした。両手で〈アイ〉を握りしめ、全身の力を込めて振り上げて、カーソンの頭を殴りつけた。カーソンは両手をばたつかせ、シスビーを押しのけたので、シスビーはうしろに倒れた。大きな平たい岩にぶつかり、雨に濡《ぬ》れてつるつるになった表面をすべっていって——突然、脚の下に何もなくなった。死にものぐるいでつかまるものを探し回ったが、指は濡れた表面をなぞるだけだった。

デズモンドが自分の名前を叫ぶのが聞こえ、シスビーの足元から世界は崩れ落ちていった。

# 35

「シスビー！」デズモンドの心臓は胸の中で凍りついた。カーソンを脇に押しのけ、崖の縁に駆け寄る。下から聞こえた水しぶきの音が耳の中で響いていた。暗い水面にシスビーの姿は見えず、彼女が落ちた地点から波紋が広がっているだけだった。

デズモンドが立っている岩棚は水の上に突きだしている。こちら側から崖を下りるすべはなかった。背後でカーソンがよろよろと立ち上がったが、彼には目もくれず勢いよく向きを変え、ごつごつした石の下り坂が続く岩山の右側へと走った。岩棚の下のように垂直に切り立ってはいないが、上ってきた側よりは距離が短く、傾斜が急だった。

デズモンドはそこをがむしゃらに、ところどころですべりながら駆け下り、一度は真っ逆さまに転がりながら数メートル落ちたあと、再び立ち上がって走り始めた。湖への最後の二メートルは一跳びで下りた。

シスビーの気配を求めて水面を捜し回り、途中で靴を脱いだ。いた……水面に黒髪が広がっている。デズモンドは水の中に飛び込んだ。凍りつくほどの冷たさが心臓を直撃したが、動きを止めず水をかいていった。流れに抗《あらが》って泳ぐ方法は身につけているが、この水の冷たさでは力が出せなかった。

シスビーはまた消えてしまった。水面に浮かぶ髪はもう見えない。デズモンドは動きを止め、必死にあたりを見回した。何かが足をかすめた。暗い水に潜り、両手で周囲を探る。指に生地が当たり、それをつかんだ。全身の力を込めて引っ張り、水を蹴って水面に浮かび上がる。シスビーの体を抱えて水から顔を出し、肺いっぱいに息を吸い込んだ。シスビーの顔が何とか水面に出た。

シスビーはぐったり寄りかかり、デズモンドが岸辺に向かって進む間、少しも動かなかった。泳いでいる方向が正しいことを祈る。夕日はすでに見えなくなり、二人のまわりは暗くなっていた。もし進む方向を間違え、湖の中央に向かって泳いでいたら、恐ろしいことになる。デズモンドは水を蹴り、片腕でうしろに水をかきながら、反対側の腕でシスビーが水に沈まないよう支えた。寒さに体力が奪われ、筋肉の動きが鈍くなり、シスビーの濡《ぬ》れそぼったスカートとペチコートの重さで水中に引き込まれそうになる。感覚が麻痺《まひ》したまま、ひたすらに泳ぎ続けた。

突然指が土に当たった。岸に着いたのだ。デズモンドは水から這《は》いだし、シスビーを自分の隣に引き上げた。シスビーの上に身を乗りだしたが、息切れしているせいで名前が呼べなかった。シスビーの顔は青白く、唇はほぼ真っ青だ。それはデズモンドが〈アイ〉の向こうに見た光景だった――シスビーが青ざめ、地面の上で死んでいる。

「死ぬな！」デズモンドはシスビーの首に指を押しつけた。脈はない。「死ぬな！　くそっ、シスビー、死ぬんじゃない」

腕で支えながらシスビーをうつ伏せにし、背中をたたく。口から水が飛びだしたが、胸は動かなかった。さらに強くたたく。何も起こらない。たしか、どこかで対処法を読んだことが……。凍りついた脳が記憶をたどろうとあがいた。

シスビーを仰向けにしてから、胸を何度も何度も押した。身を屈《かが》め、唇をシスビーの唇につけ、口の中に呼気を送り込む。胸を押し、息を吸う。呼気をシスビーの中に注ぎ込む。生きてくれと強く願った。

シスビーがびくりと動いた。激しく咳《せ》き込み始め、体を横向きにする。デズモンドは体を起こし、安堵《あんど》に体を震わせた。体力があれば、笑っていただろう。泣いていただろう。だが、今はただそこに座り、息を大きく吸って、シスビーが生きているという事実に感謝することしかできなかった。

石が転がる音に、デズモンドはさっき下りてきた岩場へ視線を向けた。カーソンが駆け下りてくるところだった。体は泥まみれで、そこに血が混じり、途中で一、二度転倒したことがうかがえた。

「こんなはずでは……」カーソンはあえぎながら立ち止まり、デズモンドから少し離れた場所で膝をついた。シスビーに視線を向ける。「すまない……まさかこんな……。ああ、どうしよう、シスビーは――」

「生きてるよ」デズモンドはこの男を殴りつけたい欲求を抑えつけた。

カーソンはうなずいたが、彼の注意はもはやシスビーにもデズモンドにも向いていなかった。自分のまわりの地面をしらみつぶしに捜して、身をよじり、向きを変え、土や小石を払いのけている。「どこだ？」カーソンは顔を上げ、デズモンドは彼の目が今も狂気にとらわれていることに気づいた。「あれはどこだ？」カーソンは取りつかれたように繰り返した。「〈アイ〉を返してくれ！」

「ああ、それは……もうない」デズモンドは立ち上がった。もうたくさんだ。骨まで冷えているし、シスビーを暖かい家の中に連れ帰らなければならない。デズモンドは背後の暗い湖を手で示した。「湖の底だ」

「嘘だ！」カーソンは叫び、湖に向かって走りだした。

デズモンドは反射的にカーソンのあごを殴りつけ、カーソンは倒れた。立ち上がろうともがくカーソンに叫ぶ。「やめてくれ！　あれはもうないんだ」

「いいえ……違うわ」二人の背後から聞こえたシスビーの声はひどくかぼそく、ほとんど聞き取れないほどだった。

デズモンドはくるりと振り向いた。シスビーは土気色になって震えていたが、体を起こして膝をついていた。濡れそぼったスカートのポケットから〈アイ〉を取りだし、高く掲げる。「私が持っているの」

シスビーは〈アイ〉を傍らの岩の上に置いた。小さい岩を拾い、〈アイ〉の上に振り下ろす。閃光《せんこう》が上がり、足元で地面そのものが震えたような気がした。カーソンは首を絞められたような叫び声をあげ、その目に浮かんでいた狂気の光は消えた。

シスビーは地面に崩れ落ちた。

シスビーはとてつもなく凍えていた。あたりを見回し、アン・バリューを捜す。ついさっき、アンが暗闇に立ち、頭上から穏やかな閃光が降り注いでいるのを見た。アンがほほ笑むところを見たのは初めてだった。しかし、アンはもう消えていた。そこにあるのは暗闇と、骨まで伝わる冷たさだけだった。

いや、違う、声が聞こえる。暗闇で先ほど聞こえ、シスビーを引っ張ろうとしていた声。今、シスビーはぬくもりに包まれ、熱が体にしみ込んできた。

「シスビー、愛《いと》しい人……戻ってこい」

その言葉が息となって頬にかかり、背中に低く響いた。

わかったわ。彼は私を休ませてはくれないのね……。

シスビーは重いまぶたを開けた。デズモンドがシスビーを固く抱きしめ、腕を体に巻きつけていた。山のような毛布が二人を押しつぶさんばかりになっている。

「デズモンド?」

「よかった……」デズモンドの声はシスビーと同じくらい震えていた。「君はいなくなってしまったのかと思った。あれに壊されてしまったかと」デズモンドはいっそう強くシスビーを抱きしめて繰り返した。「本当によかった」

その声はしゃがれていて、デズモンドはシスビーの髪に顔を埋《うず》めた。泣いているのだろうか? いったいどうして?

考えるのが難しかった。思考がふわふわと逃げていく気がする。それでも、何か返事をしなければならないのはわかっていた。

デズモンドは今度は笑い、シスビーの頬にキスした。「寒いわ」「わかってるよ、愛しい人、わかってる。すぐに暖かくなるからね」

次に目覚めたとき、シスビーはまだ寒かったが、屋外に長くいすぎたときに体が冷える程度になっていた。シスビーは身震いした。

「シスビー?」シスビーに巻きついている腕がゆるみ、デズモンドが体を起こしてシスビーの顔を見下ろした。「気分はどう?」

「体が痛いわ」さっきは冷えきっていたせいで、体じゅうの骨と筋肉が痛むことに気づいていなかった。シスビーは咳き込んだ。「肺が焼けているみたい」

「すまない」デズモンドはシスビーの顔から髪を押しやり、まるで何年も会っていなかったかのような目つきでシスビーを見つめた。「でも、どこも折れてはいないと思う」デズモンドがベッドから下りたのを見て、彼の顔が赤くなっていること、シャツが汗で湿っていることに気づいた。毛布の山の下にシスビーと一緒にいたせいで、耐えがたいほど暑くなっていたのだろう。「急いで下に行ってスープをもらってくる。ウィロビーに運ばせたくはないんだ。ここで働いているのは彼一人のようだから」デズモンドはドアに向かいかけて、ためらった。「でも、君はここにいれば大丈夫だからね」

シスビーは目をぱちぱちさせた。「当たり前でしょう」

再び目を閉じた。ここは快適だ。だが、ウィロビーとは誰だろう？　それをいうなら、私は誰？　眠りの縁で意識をさまよわせると、思考と記憶がゆっくり戻ってきた。

デズモンドが部屋に入ってくる音でシスビーは再び目覚め、痛む体に抗議されながら、起き上がろうとした。まるでめちゃくちゃに殴られたかのようだ。実際に殴られもしただろうが、とどめを刺したのは湖だった。

デズモンドは傍らに駆け寄ってきて、起き上がるのに手を貸してくれた。差しだされたスープを受け取り、飲み始めると、デズモンドは背中の枕を整え、毛布を体のまわりに引き上げて世話を焼いた。それから、椅子をベッド脇に持ってきて座り、シスビーの一口一口に魅了されているかのようにその姿を見守った。

「ウィロビーって誰？」お腹がいっぱいになり、これ以上スープが飲めなくなると、シスビーはたずねた。

「ここの執事だ」

「ああ、そうだった……思い出したわ。私たちは今もカーソンの家にいるの？　カーソンに追いだされたかと思ったわ」

「カーソンは誰かを追いだせるような状態じゃない」デズモンドは答えた。「何があったかは覚えてる？」

シスビーはうなずいた。「湖に投げだされるまでのことはだいたい覚えているわ。でも、そのあとは少しぼんやりしているの」そこでしばし考える。「暗くて冷たかったことを覚えてる。またアン・バリューを見た気がするけど、それは意識を失っている間に見た夢かもしれない。そのあとは……」顔をしかめた。「光と、地面が動いているように見えた」

「現実だ」デズモンドはうなずいた。「君が〈アイ〉を破壊したときのことだ」

「破壊したの？　その場面が思い出せたらいいのに。どうやって破壊したの？」

「岩で粉々に打ち砕いた。〈アイ〉はガラスの破片と、歪《ゆが》んだ金属の屑《くず》になってしまって、僕はそれを暖炉で溶かした。君があれを破壊するときに置いた岩には焼け跡が残っている」

「カーソンに何があったの？　さっきの言い方だと、まるで体調を崩したか……」シスビーの言葉はとぎれた。きっと、自分はカーソンの心も打ち砕いてしまったのだろう。

「カーソンはシャツ一枚で雨の中を跳ね回っていたから、肺炎になっていてもおかしくないけど、体調を崩してはいないようだ。ウィロビーの話では、ただ座って暖炉の炎を見つめているらしい」デズモンドは肩をすくめた。「僕がここに戻ってくる途中、廊下で彼に止められたよ」

「カーソンに？」

「謝りたいと言われた」

「私には？」

デズモンドは笑った。「僕もそう言ったよ。でも、カーソンはあまりに恥ずかしくて、まだ君の前に顔を出せないんじゃないかな」

「カーソンは何て言ってたの？」

「本当に申し訳なく思っているって。正気を失っていたそうだ。君を傷つけるつもりはなかったとも言っていたよ。この出来事全体にすっかり打ちのめされているようだった」デズモンドはため息をついた。「気の利いた皮肉はいっさいなかったな。あんなにも……無防備なカーソンを見たのは初めてだ」

「彼の言うことは信じられる？」シスビーはたずねた。

「自分が何をしているのかわかっていなかったのは事実だと思う。何らかの形で〈アイ〉に取りつかれていたんだ。僕はカーソンをうらやんでいたし、嫉妬や不信感を抱くこともあったけど、根っからの悪人だとは思わない。〈アイ〉にたどり着くのに僕たちが役立つと考える前から、僕と仲良くしてくれていたしね」

「じゃあ、カーソンを許したの？」

デズモンドは鼻を鳴らした。「僕はそこまで心優しくはない。あいつが君を突き落としたのがいくら偶然の出来事だったとしても、実際に君は死にかけたわけだから」

「ええ、それに、カーソンはあなたを刺そうとしたし、あれは偶然なんかじゃなかった」

「やっぱり君は、自分がカーソンにされたことより、あいつが僕にしようとしたことのほうに怒ってくれているんだね」デズモンドはにっこりし、シスビーの手を持ち上げてキスした。「カーソンには、僕が許すことはできないと言った。それができるのはシスビーだろうって。今のところはカーソンの現状を気遣う気にはなれない」

シスビーは再び黙ってしばらく考えた。「この状況について引っかかっていることが一つあるの」

「一つだけ？」デズモンドは笑った。

「とりあえず、今この瞬間には一つ」シスビーはほほ笑み、デズモンドの手を握った。こんなふうに自分を抑えることも心配することもなくデズモンドといられるのは、とてもすばらしく、とても正しいことに感じられた。「カーソンはアン・バリューの子孫だった。それは、日誌やあのナイフを持っていることから明らかだわ」

デズモンドはうなずいた。「そこは前提として話を進めても大丈夫だと思う」

「じゃあ、なぜあなたは私が死んでいる場面を見ることができたの？」

「わからない。僕もそのことについて考えていたんだけど……要は、アン・バリューの子供が一人だけだったとは限らないということだ」

シスビーは興味を惹《ひ》かれ、背筋を伸ばした。「その可能性は思いつくべきだったわね。たとえアンに一人しか子供がいなくても、その子供に二人以上子供がいて、その子供たちにも子供がいたら……アンの子孫は大勢いるはずよね」言葉を切り、その考えを検討する。

「だから〈アイ〉はあなたを止めることができなかったのかしら？　カーソンはできると思い込んでいたようだったもの。あなたが近づいてきたとき、驚いた顔をしていた」

「そうかもしれない。あるいは、カーソンの使い方が正しくなかったか、その力が伝説にすぎなかったか……」

「でも、なぜあなたはカーソンのように〈アイ〉に惹かれなかったのかしら？」

「僕も心惹かれたよ」デズモンドは打ち明けるように言った。「君が来てくれる前にウォレスに〈アイ〉を見せられたとき、僕はそれに触れたくてたまらなくなった。自分がどれほどのことを知るか、そこにどれだけの知識がつまっているか、そんな思いで頭がいっぱいになった。欲求が強すぎて怖いくらいだったよ」

「でも、ウォレスに無理強いさせられるまで、自分からは手にしなかったわ」

「ああ。〈アイ〉はあまりに魅惑的で、あまりに強力だった。僕はそんなふうに何かに自分を操らせたくなかったんだ。だから、ウォレスが君を脅すまでは、触れることを拒んだ」デズモンドはシスビーの手を口元に持ち上げてキスした。「君がそばにいるときは、ずっと簡単に拒絶できたよ」

「私？　なぜ？」

デズモンドは肩をすくめた。「とにかく、それほどの吸引力を感じなかったんだ。公爵未亡人に〈アイ〉を見せてもらったときも同じだった」

「本当に？　すごく不思議だわ」

「もしかすると、君の力のほうが〈アイ〉の力より強いんじゃないかな」デズモンドはシスビーにほほ笑みかけた。

「もしくは、私たちの愛の力が強いのかも」

デズモンドは身を屈めてシスビーにキスし、しばらく会話は脇に追いやられた。そしてデズモンドは顔を上げ、言った。「眠ったほうがいい」

シスビーは頭を振った。「大丈夫。どんどん体力が戻ってきているの。それに、ずっと眠ってばかりだし……あれからどのくらい経《た》ったの？」

「丸一日だ」

「一日！」

デズモンドはうなずいた。「僕はだんだん心配になって……正直、怖かった。君は死ななかった……というか、一度死んで生き返ったけど、精神は死んでしまったんじゃないかと思った。抜け殻になってしまったんじゃないかと」

「待って。一度死んで生き返った？　それはどういう意味？」

「君を水の中から引き上げたとき、君は息をしていなかった。でも、一世紀前に、自分の呼気を肺に強制的に送り込めば、その人は自力で呼吸を再開する場合があると発見されていたんだ」

「あなたはそれを私にしてくれたの？」シスビーは目を丸くしてデズモンドを見つめた。

デズモンドはうなずいた。「少し前に、溺れたときの対処法に関する記事を読んでいて、肺に空気を送り込むだけじゃなく、肺から空気を押しだせば、呼吸の擬態にいっそう近づくと書いてあった。君の肋骨《ろっこつ》を折ってしまう危険はあったけど、僕は必死だった。あのときの君は――」

「あなたが〈アイ〉の向こうに見た姿にそっくりだった」

デズモンドはうなずいた。

「結局、おばあさまの予言が当たったわけね。私たちの愛が私を死に導く。でも、私たちの愛が私を生き返らせることまではわかっていなかったの」

デズモンドは突然身を乗りだし、シスビーの両手を握った。「シスビー、僕はとんでもない愚か者だった。もちろん、そう聞いても君は驚かないだろうけど」シスビーの両手を持ち上げてキスする。「僕は君を信じるべきだったし、自分を信じるべきだった。前に君に言ったこと――僕たちは不変の運命に縛られているわけではなく、自分たちの運命をもっといいものに作り替えられるということ……あれこそが真理だ。なのに、君が僕を愛していると信じるのが怖かった」

「私があなたを愛さないはずがないのに」シスビーはデズモンドの顔を愛撫《あいぶ》した。

デズモンドはにっこりした。「僕は君との未来を求めすぎるあまりに、それが手に入ると信じることが怖くてたまらなかったんだ」

「わかるわ」

「本当に？　自分ではよくわからない。確かなのは、昨日、君があの岩棚から落ちたとき、君を死なせてはいけないということしか考えられなくなったことだ。そのためなら、どんなことでもやろうと思った。ただ君が死ぬのを見ていることだけはできなかった。人生は、自分がそれをどうとらえるか、自分に与えられたものをどう使うかで決まる。僕は君の愛という、考えうるかぎり最高に貴重な贈り物をもらったのに、怖すぎて、愚かすぎて、目が曇りすぎていて、それを受け入れられなかったんだ」

シスビーの目に涙があふれた。「じゃあ、私と結婚してくれる？」

デズモンドはにっこりした。「普通、それを提案するのは僕のほうだよ」

「私は普通がどうかなんて気にしないもの」シスビーは言い返した。デズモンドの首に腕を巻きつけ、キスをする。しばらくして顔を引き、言った。「で、どうするの？　私と結婚する？」

デズモンドは声をあげて笑った。「もちろんだよ」

「胃が痛くなったりしない？」

「ほかの人にどう思われるかを、なぜ気にしなきゃいけないんだ？　僕が気にするのは君のことだけだ」デズモンドは言った。「それに、君と結婚したら、君の楽しいご家族と一緒に巨大な屋敷に住んで、使用人たちに世話をされ、専用の研究室で研究したいことだけを研究することになるのなら……まあ、その試練にはただ耐えるのみだ」

シスビーは笑い、今では少しも寒くなくなっていたため、上掛けを押しのけた。デズモンドの脚の上に脚を投げだし、彼をまたいで、首にゆるく腕を巻きつける。「じゃあ、私が死ななくてあなたがどれだけ喜んでいるか、見せてもらおうかしら」

デズモンドの口元はゆるみ、目は影を帯びた。「本当にもう元気になったのか？」

「デズモンド、愛しい人、あなたがいれば私はいつだって元気よ」シスビーはデズモンドに身を寄せてキスし、彼をベッドに押し倒した。

翌日ロンドンに戻った二人が自分たちの経験を家族に語ると、当然ながら、公爵未亡人は猛然と椅子から立ち上がった。

「アン・バリューの〈アイ〉を破壊したですって？　シスビー、私はあなたにあれを捜しに行かせたのであって、壊しに行かせたのではないわ」その視線がデズモンドに向く。「あなたの差し金でしょうね」

「いいえ、おばあさま、その決断をしたのは私よ。私が粉々に打ち砕いたの」シスビーは祖母があえぐ声を無視し、さらに続けた。「デズモンドがしたのは、私の命を救うことだけ」

「もちろん、それが何よりも重要なことだけど……」公爵未亡人は言ったが、口調はまだ少し疑わしげだった。「でも、その両方を達成することもできたでしょう。あれは家宝よ。先祖が私たちに託してくれたものなの。アン・バリューが私たちにくれた贈り物」

シスビーの目がきらりと光った。「アン・バリューは私たちの先祖では――」

デズモンドはすぐさま口を挟んだ。「アン・バリューは〈アイ〉を救うことに賛成ではありませんでした。ご存じのとおり、アンはシスビーの夢に出てきて、それを破壊するよう具体的に指示していたのです」

「シスビー、あなたがアンの言葉を正確に聞き取ったとは思えないわ」公爵未亡人は言った。

デズモンドは賛辞するような口調で続けた。「公爵未亡人、あなたは〈アイ〉がなくても力を使えます。あなたに〈アイ〉は必要ないんです。あの予言がどれほど正確だったことか。シスビーは僕たちの愛が理由で死にかけたんですから」

「もちろん私は正しいわ。信じていない人たちに何を言われようとも」公爵未亡人は責めるように、室内にいる家族を見回した。

「あなたの正しさは完全に証明されました」デズモンドはうなずいた。

公爵未亡人は得意げな顔をした。「証明なんて別にいりませんけどね。私の才能が強力なものであることは、ずっと前からわかっていたんだから」

「あなたのような才能を持たない人には、〈アイ〉の力は強すぎたんです。それに、あれは簡単に悪の手に渡ってしまう。悪党にそのチャンスを与えないほうがいいことには、同意していただけると思います」

「あなたの言うとおりかもしれないわね」公爵未亡人は冷静さを取り戻した様子で認めたが、すぐに刺すような目つきになった。「それで、あなたは今、私の孫娘と結婚しようと思っているんでしょう」

「はい、お父さまに結婚のお許しをいただこうと思っています」

公爵未亡人は深いため息をついた。「私が孫娘の結婚相手に選ぶような相手とはほど遠いけど、シスビーはあなたに妙に愛着があるようね。それに、あなたのおかげでシスビーが溺れ死なずにすんだことには、感謝せざるをえないし。私は結婚を許します」威厳たっぷりにうなずいて言う。「もちろん、ばたばたと結婚特別許可証をとるのではなく、上流の結婚らしく、結婚予告が終わるまで待つならの話よ」公爵未亡人は息子とその妻をじろりとにらみつけた。

デズモンドと公爵の面談は、はるかにすんなり運んだ。デズモンドがシスビーとの結婚の許しを求めると、公爵は言った。「この件について、私に口出しする権利があるとは思っていない。でも、きちんと話をしてくれてありがとう」公爵は身を乗りだし、ふだんはぼんやりしている目に力がこもった。「一つだけ君に質問したいことがある……シスビーを愛しているのか？」

「それは簡単な質問です。僕はシスビーを心から愛しています。初めて出会った瞬間から愛していました」

公爵はほほ笑み返し、椅子にもたれた。「それは私にも覚えがあるよ」

シスビーとデズモンドはそれから三週間後に結婚したが、誰もが驚いたことに、公爵未亡人はザカリー・ウォレスに会いに行った。そして、デズモンドだけが驚いたことに、公爵未亡人の訪問のあと、ウォレスはデズモンドに無条件で研究資金を提供することになった。

デズモンドが礼を言いに行くと、公爵未亡人はいつもの鋼のようなまなざしをデズモンドに向けて言った。

「義理の娘に、結婚でシスビーの財産が自分のものになることにあなたは納得しないだろうと言われたの。エメリーンと私が唯一、見解が一致する点でしょうね。でも、あなたを一文なしにするわけにはいかない。シスビーに贈り物を買ったり、本だの何だのを買ったりするお金が必要よ。これがわかりやすい解決策に思えたの。あなたはあの男から金を受け取る資格がないと、自分からは言えないはず。もちろん、ミスター・ウォレスは私に訴訟を起こされないほうが得策だとわかっているから、この取り決めに喜んで合意したわ」また新たな闘いに勝ったことを思い出したのか、公爵未亡人の口角が上がった。「さあ、結婚式用のまともな服と、シスビーの社会的立場にふさわしい指輪を買ってちょうだい」

デズモンドは自身の服は買ったが、シスビーに贈る結婚指輪は本人の希望どおり、自分の母がつけていた簡素な金の指輪にした。

結婚式はブロートン・ハウスでほぼ滞りなく行われた。公爵は数分しか遅刻しなかったし、デズモンドはタイピンを忘れたものの、リードのピンを借りることで解決できた。双子は立派に務めを果たし、小さな四角いクッションにのせた指輪を運んでくる間、ジャンプもスキップもせず、クッションを投げることもなく、互いをたたくことも——儀式が終わるまでは――一度もしなかった。キリアとオリヴィアは午前中いっぱい、シスビーをいらだたせずにすんだ。このためにバースからやってきたハーマイオニーと公爵未亡人は、一度しか小競り合いをしなかった。

シスビーとデズモンドは結婚の誓いを立て、デズモンドは花嫁にキスした。エメリーンは涙を拭き、キリアとオリヴィアは泣きながら最高の結婚式だと言った。リードはデズモンドと握手し、にっこりして言った。「我が一族へようこそ。君が正気を保てることを願うよ」

披露宴はこぢんまりしていて、いかにもモアランド家らしく、お喋《しゃべ》りと笑い声に満ち、シャンパンとウェディングドレスを持ってパリから帰ってきたペネロピおばが声を張り上げて歌った。双子はハーマイオニーのよく吠《ほ》えるスパニエル犬と追いかけっこをし、部屋をどたばたと出入りした。部屋の反対側はダンスフロアになっていて、弦楽四重奏団が音楽を奏でていた。

シスビーはリードと父とベラード大叔父と踊り、内気なベラードもダンスでは軽やかなステップを踏んだ。そして、シスビーは誰よりもデズモンドと踊った。デズモンドは大叔父やリードほどダンスはうまくないが、彼の腕の中にぴったり収まり、その深い茶色の目を見つめ、未来に待ち受ける数々のすばらしい出来事を夢見ることができた。

やがて、シスビーはデズモンドの手を取ってパーティを抜けだした。デズモンドはシスビーについてドアの外に出ながら、不思議そうに眉を上げた。「どこに行くんだ?」

「あなたに見せたいものがあるの」

「それはそそられるね」

デズモンドのゆったりしたほほ笑みに、シスビーの体を欲望が貫いた。デズモンドを求める気持ちは日に日に高まっていき、それは驚くほどだった。「あなたが考えているようなことじゃないわ」シスビーは気取った声で言い、デズモンドに誘うような視線を送った。「でも、そのあと別の何かもあるかもしれないわね」

シスビーはデズモンドを連れて長い歩廊を歩き、階段を上った。ある短い廊下の突き当たりに閉ざされたドアがあり、その廊下には別の廊下が交差していた。

「ここに来るのは初めてだ」デズモンドは言い、あたりを見回した。「何がどこにあるのか、いつになっても覚えられない気がする」

「それは、お客さんが大勢来ないかぎりこの翼棟を開けないからよ」シスビーはドアを開け、さらに新たなホールを見せた。「来て。案内するわ」

二人はホールの反対側の、広くて日当たりのいい部屋に入った。テーブルがいくつも並び、さまざまな装置がのっている。顕微鏡からブンゼンバーナー、ビュレット……色度計には、デズモンドは感嘆して目を輝かせた。また、扉つきの棚と扉のない棚があり、ビーカーやピペット、化学薬品の瓶がぎっしりつまっていた。

「私たちの研究室よ」シスビーは言い、腕を振って室内を示した。「フィップスが準備してくれたの。ホールの向かい側に居間と寝室があるわ。ここは私たち専用の翼棟。あの外側のドアを閉めれば、双子も入れなくなるし」

デズモンドは笑った。「幸運を祈っておこう」

「ここ、すてきじゃない？」

「ああ」デズモンドはシスビーに近づき、両手で腰をつかんだ。「君もすてきだ」

シスビーはデズモンドの首に腕を絡めた。「私たちの我が家よ。ここならあなたも幸せでしょう？」

シスビーを見つめるデズモンドの茶色の目は温かく、熱を帯びていた。「シスビー、君がいるところならどこでも我が家だよ。愛してる」

「私も愛してる」

「じゃあ、あとは言うことなしだ」デズモンドはシスビーを腕の中に引き寄せた。

# 訳者あとがき

本作は〈モアランド公爵家の秘密〉シリーズ第七作目となります。一～四作目が刊行されたのが二〇〇三～五年（邦訳は二〇〇六～七年）、間が飛んで、久しぶりに新作である五作目『貴方《あなた》が触れた夢』が出たのが二〇一八年（邦訳も同じく）でした。そして、同年刊行となった六作目の『放蕩《ほうとう》貴族と恋迷路』（邦訳は二〇一九年）に続く最新作が、この『公爵令嬢の恋わずらい』となります。ただ、最新作といっても、物語の時系列としては一作目の『魅せられた瞳』よりも前で、いわば〝エピソード0〟のような位置づけとなっています。

〈モアランド公爵家の秘密〉シリーズを一作でもお読みになった方はご存じのことと思いますが、本シリーズでは〝いかれたモアランド一族〟と呼ばれる風変わりな公爵家、モアランド家の子供たちが一人ずつ主人公となり、そのロマンスが繰り広げられていきます。これまでに、長男テオ、次男リード、次女キリア、三女オリヴィア、そして年の離れた末っ子である双子のアレックスとコンの物語が語られてきました。そして今回、一作目の時点ですでに結婚していた長女シスビーのロマンスが、時をさかのぼって語られるというわけです。

モアランド家が世間で変人扱いされているのは、貴族らしからぬ自由奔放さや革新的な思想のためだけでなく、超常現象や超能力に縁が深いせいですが、きょうだいの最年長のシスビーとテオが二十一歳だった本作品の時点では、一家にその自覚はまだ薄いようです。ただ一人、公爵の母親で、モアランドきょうだいの祖母であるブロートン公爵未亡人が、自分には死者と話す能力があると主張していますが、家族はそれに対して懐疑的な反応をしています。公爵未亡人はまた、自分たちは十六世紀に魔女として火あぶりになったアン・バリューという錬金術師の子孫であり、アンの発明品である〈アイ〉という装置を代々受け継いでいるとも言っています。この〈アイ〉という謎めいた遺物をめぐって、『公爵令嬢の恋わずらい』の物語は展開していきます。

科学者であるシスビーはある講義で、同じく科学者のデズモンド・ハリソンという男性と出会います。二人はたちまち意気投合しますが、実はデズモンドが師事している教授は心霊研究が専門で、長年〈アイ〉を探し求めていました。シスビーが公爵家の人間であることを隠したせいもあって、デズモンドはシスビーが〈アイ〉の所有者の孫娘だとは夢にも思わず、シスビーも、デズモンドが所属する研究所がそれを欲しがっていることを知りません。二人はどんどん惹《ひ》かれ合っていきますが、身分が違いすぎるうえに互いに隠し事をしているせいで、なかなかすんなりとことは運びません。そのうえ、公爵未亡人に、二人の将来にまつわる不吉な予言までされてしまいます。また、シスビーはデズモンドと出会ったころから奇妙な悪夢を見るようになり、非科学的な事象を信じられないシスビーは、その悪夢が示唆する内容に悩まされます。〈アイ〉をめぐって、さまざまな人々の思惑が絡み合い、やがて大騒動へと発展していくのです。

『公爵令嬢の恋わずらい』は同シリーズのほかの作品同様、ただ胸がときめくロマンスというだけでなく、謎解き要素を含む冒険小説でもあります。また、シリーズ最新作とはいえ、エピソード0の位置づけであるがゆえに、過去作品を読んでいない方も一から楽しんでいただけることと思います。行動力はあっても男女の機微には疎いシスビーと、どこか抜けていて奥手なデズモンドの不器用ながら情熱的なロマンス、謎めいた〈アイ〉をめぐる冒険譚《ぼうけんたん》をどうぞお楽しみください。

二〇二〇年八月

琴葉かいら

訳者紹介　琴葉かいら
大阪大学文学研究科修士課程修了。大学院で英米文学を学んだあと、翻訳の道に入る。主な訳書にキャンディス・キャンプ『放蕩貴族と恋迷路』、ロレイン・ヒース『侯爵と麗しのサファイア』、マヤ・バンクス『消えない愛のしるしを』(以上、mirabooks)がある。

mira

# 公爵令嬢《こうしやくれいじよう》の恋《こい》わずらい

2020年8月15日発行　第1刷

著　者　キャンディス・キャンプ
訳　者　琴葉《ことは》かいら
発行人　鈴木幸辰
発行所　株式会社ハーパーコリンズ・ジャパン
東京都千代田区大手町1-5-1
03-6269-2883(営業)
0570-008091(読者サービス係)

印刷・製本　中央精版印刷株式会社


ISBN978-4-596-91829-1

mirabooks

貴方が触れた夢
キャンディス・キャンプ
琴葉かいら 訳
モアランド公爵家アレックスは、弟の調査所を訪れた黒髪の美女に心惹かれる。だが彼女はいっさいの記憶がなく、「自分を探してほしい」と言い…。

放蕩貴族と恋迷路
キャンディス・キャンプ
琴葉かいら 訳
堅物のライラと、変わり者揃いで有名なモアランド公爵家の末っ子コンスタンティン。いがみ合ってきた正反対の二人だが、実は互いに秘めた思いが…!?

伯爵とシンデレラ
キャンディス・キャンプ
井野上悦子 訳
「いつか迎えに来る」と言い残して消えた初恋の人が伯爵になって現れた。15年ぶりの再会に喜ぶジュリアナだったが、愛のない契約結婚を持ちかけられ…。

偽りのエンゲージ
キャンディス・キャンプ
細郷妙子 訳
祖父を安心させるため、婚約者がいると嘘をついた伯爵令嬢カミラ。祖父の屋敷へ行く道中に出会ったベネディクトに、婚約者のふりをしてもらうことになり…。

聖夜になれば、きっと
キャンディス・キャンプ
ペニー・ジョーダン
ヘザー・グレアム
とある屋敷に料理人兼家政婦として雇われたメリンダ。だが屋敷の主ダニエルは女嫌いの気むずかし屋で…。豪華作家陣がロマンティックに彩るクリスマス短編集。

孤島の囚人
スーザン・ウィッグス
岡 聖子 訳
一八七一年、シカゴを襲った大火災。令嬢デボラは混乱に乗じて彼女の父親への復讐を企てた男に人質として連れ去られ…。波瀾の名作ロマンス。

mirabooks

## 公爵家の籠の鳥
ロレイン・ヒース
富永佐知子 訳

両親を亡くし、公爵家で育てられたアスリン。跡継ぎと結婚するはずだった彼女の人生は、公爵家に復讐を誓った悪魔〝トゥルーラヴ〟によって一変し…。

## 公爵と裏通りの姫君
ロレイン・ヒース
さとう史緒 訳

貧民街育ちのジリーはある日、自宅近くで瀕死の公爵を拾う。看病を続けるうち、初めての恋心が芽生えるが、しょせん違う世界に住む人と、気持ちを抑え…。

## 路地裏の伯爵令嬢
ロレイン・ヒース
さとう史緒 訳

身分を捨て、貧民街に生きるレディ・ラヴィニア。ぼろきれのように自分を捨てた初恋相手と8年ぶりに苦い再会を果たすが、かつての真実が明らかになり…。

## 侯爵と麗しのサファイア
ロレイン・ヒース
琴葉かいら 訳

妹の夫候補を審査するため、逢瀬に同行することになったマティルダ。しかし、彼のまなざしが彼女に向くときだけ、官能的な熱を帯びることに気づき…。

## 蒼きバラのあやまち
ロレイン・ヒース
皆川孝子 訳

伯爵夫人ジュリアは、旅行帰りの夫との再会に心躍らせていた。前より男らしくなって帰ってきた夫――しかしその正体は、伯爵になりすました双子の弟で…。

## いつかあの丘の果てに
エリザベス・ローウェル
佐野　晶 訳

ユタの荒野でひとり暮らすジャナはある日、荒くれ者の集団に襲われ意識を失った男タイレルを助けた。やがて彼に惹かれていくが、それは叶わぬ恋の始まりで…。